Der Londoner Gynäkologe Dr. Dominic Lyall steht nur einem sehr ausgewählten Kreis von Privatpatientinnen zur Verfügung. Er hat sich auf Methoden künstlicher Befruchtung spezialisiert, um den Reichen und Prominenten dieser Welt zu helfen, die nicht in der Lage sind, sich ihren Kinderwunsch selbst zu erfüllen. Eines Tages mißbraucht er seine Fähigkeiten auf ungeheuerliche Weise. Alles beginnt mit der ehrgeizigen jungen Wissenschaftlerin, die er auf einer Party kennenlernt. Sie beschäftigt sich mit dem prähistorischen Menschen und macht Lyall einen unglaublichen, aber durchaus realistischen Vorschlag ... Ein ebenso spannender wie bewegender Roman.

Martin Booth wurde 1944 geboren und wuchs in Hongkong auf. Er hat bereits eine Reihe Romane veröffentlicht, außerdem für Fernsehdokumentationen geschrieben.

Martin Booth

Der Sohn des Schamanen

Roman

Deutsch von Chris Hirte

Deutscher
Taschenbuch
Verlag

dtv

Für Helen

Deutsche Erstausgabe
September 1996
Deutscher Taschenbuch Verlag GmbH & Co. KG,
München

Titel der englischen Originalausgabe:
›Toys of Glass‹ (Simon & Schuster, London)

Umschlagfoto: ›Young Man, Zürich, 1991‹ von Vittorio Santoro
Gesetzt aus der Stempel Garamond 10/11,75˙ (Linotype System 4)
Gedruckt auf säurefreiem, chlorfrei gebleichtem Papier
Gesamtherstellung: C. H. Beck'sche Buchdruckerei,
Nördlingen
Printed in Germany · ISBN 3-423-12215-3

Das Leben ist ein Spielzeug aus Glas;
es scheint von unschätzbarem Wert,
doch in Wahrheit ist es sehr billig.

PIETRO ARETINO, 1537

Das Göttliche wird von
den Menschen nicht bemerkt
wegen ihrer Ungläubigkeit.

HERAKLIT, ca. 500 v. Chr.

Seit ich das letzte Mal nachgeschaut habe, hat der Stamm des abgestorbenen Barriguda-Baums seine Lage verändert. Er steht jetzt noch schräger als vorher; das Hochwasser unterspült seine Wurzeln. Er hat sich zur Seite geneigt, sich um weitere drei Grad von der rechten Flanke des ausladenden Kapokbaums entfernt und legt sich dort am anderen Flußufer über eine junge Paxiuba-Palme, in deren Stelzenwurzeln ein Dreifingerfaultier Schutz gesucht hat.

Es sind vielleicht dreißig Minuten vergangen. Genau kann ich das nicht sagen.

Die Zeit vergeht hier so langsam. Der Flügelschlag eines Adlers über dem Dschungel wirkt gemächlich; die Wildbienen, die zu ihrem Nest schwärmen, schweben wie in Zeitlupe. Sogar die riesigen Schmetterlinge flattern mit vermindertem Tempo durch das dichte Unterholz. Jede Stunde schleppt sich dahin wie ein lebensmüder Gaul, der mit stoischer Geduld der Abdeckerei harrt, ohne von ihr zu wissen, obwohl er instinktiv spürt, daß sie ihm eines Tages bevorsteht.

Zwei Tage lang hat es ununterbrochen geregnet. Kein leichtes Nieseln, sondern ein stetiges, unablässiges Gießen, das ein monotones Getrommel auf dem Blechdach der Hütte erzeugt und laut auf die riesigen Blätter der Dschungelpflanzen niederprasselt. Sie wachsen bis an die Rückwand und schaffen bei Tag ein grünes Zwielicht, bei Nacht aber eine Schwärze, die so tief und drückend ist wie in einem unterirdischen Gewölbe. Da die Hütte keine Dachrinne hat, strömt das Wasser rundherum nieder wie ein flüssiger Vorhang. Alle gewöhnlichen Dschungelgeräusche werden erstickt oder ertränkt von der Kakophonie des Regens.

Wenn es so stark und so lange regnet, was mit einer trostlosen Regelmäßigkeit geschieht, kann ich weder lesen noch arbeiten, meist nicht einmal denken: Es ist unmöglich, sich bei dem permanenten Lärm länger als eine oder zwei Minuten zu konzentrieren. Ich hatte gehofft, mich nach etwa einer Stunde daran zu gewöhnen wie jemand, der in einer Geschäftsstraße wohnt und das ständige Rauschen des Verkehrs nicht mehr wahrnimmt, doch ich kann es nicht aus meinem Bewußtsein vertreiben.

Ein paar Stunden lang hatte ich auf meinem Feldbett gelegen, um den Schlaf nachzuholen, der mir in der Nacht nicht vergönnt gewesen war, aber der Regen erlaubte mir nicht einmal ein Dösen. Ruhelos und gereizt stand ich schließlich auf und ging auf die Veranda, um mich direkt vor das Gefängnisgitter des Regens zu setzen.

Jenseits der Lichtung konnte ich die trüben Umrisse der einheimischen Langhäuser erkennen, ihre durchnäßten und strähnigen Palmdächer. Der Regen beraubt den Dschungel seiner lebhaften Farben und reduziert die Welt zu einer Skala aus uniformen Grau- und Khakitönen.

In einem der breiten Eingänge flackerte ein Feuer, dessen orangefarbenen Flammen hin und wieder von einer vorbeigehenden Gestalt verdeckt wurden. Ein wenig Dampf stieg über dem Dach auf, als würde das Haus vor sich hin köcheln wie ein riesiger, schwärzlicher Pudding. Nicht einmal ein Hund trieb sich draußen herum, und der Raum unter den Hütten, zwischen den Stelzen, wo gewöhnlich die Kinder spielten, die Schweine wühlten oder die Hunde sich kratzten und balgten, war verwaist.

»Wo in Gottes Namen kommt das alles her? Wie kann dieser Regen nur so verdammt lange dauern?«

Ich sagte das laut, und meine Stimme klang tonlos in der

feuchtwarmen Luft. Kaum hatte ich gesprochen, bereute ich es schon. Ich habe mir vorgenommen, keine Selbstgespräche zu führen, unter keinen Umständen. Ich sehe darin ein Zeichen von Schwäche, von Nachgiebigkeit, aber es ist auch eine Form der Bestrafung, die ich verdient habe. Tief im Innern allerdings habe ich eher Angst, es könnte ein Symptom des allmählichen geistigen Verfalls sein.

Ein Mann erschien im Eingang des Langhauses. Selbst auf die Entfernung und im trüben Licht sah ich, daß er untersetzt und kräftig gebaut war, von jener seltsamen Kraft, wie nur Naturvölker sie besitzen. Es ist keine Frage der Muskeln oder der Statur, sondern der Präsenz.

Es konnte Keewei der Schamane sein oder Chuhi der Jäger. Wegen des Regens war das schwer zu entscheiden. Ich stand auf und winkte hinüber, doch der Mann schaute nicht in meine Richtung und reagierte nicht. Ich setzte mich wieder, starrte abwesend in den Regen und ließ die Gedanken schweifen, ohne ihnen völlig freien Lauf zu lassen; das schien mir zu nahe am Rand des Wahnsinns. Ich rief mir meine erste Begegnung mit Chuhi ins Gedächtnis.

Vom Tag meiner Ankunft an hatten mich die Bewohner der Lichtung akzeptiert, anfangs mit einer Art höflicher Neugier. Sie verstanden nicht, weshalb ich und mein Gefährte plötzlich, ohne Vorankündigung, bei ihnen auftauchten und die Zinkblechhütte von Dr. Suárez bezogen, die viele Jahre, länger, als sie zurückdenken konnten, leergestanden hatte. Von ferne verfolgten sie jede unserer Bewegungen wie gebannt, doch sehr bald hatten sie sich mit der neuen Situation angefreundet und Vertrauen zu mir gefaßt. Die Anwesenheit meines Gefährten war nützlich. Wir lachten mit ihnen und zeigten ihnen, daß wir ihre Freunde sein wollten. Sobald dieses Vertrauen entstanden war, vielleicht am dritten oder vierten Tag, machte Chuhi seinen Überraschungsbesuch.

Er kündigte sich an, indem er ein Geräusch von sich gab

wie ein Spinnenaffe, nur viel lauter, ein schrilles, schnatterndes Kreischen, etwas zwischen dem Liebesschrei einer Straßenkatze und einem Koloratursopran. Er stand vor mir wie aus dem Boden gestampft. Einen Moment vorher war die Lichtung leer gewesen und der Blick auf die braune Flut des Flusses mit dem vollgelaufenen Einbaum und dem wackligen Steg unverstellt, und im nächsten Moment stand er da, in voller Lebensgröße. Kein Zweig im Unterholz und kein Blatt hatte sich geregt. Wo vorher nichts gewesen war, war nun er, hervorgezaubert aus dem Dschungel, mit nichts bekleidet als zerlumpten Baumwollshorts. Der Hosenstall stand offen und zeigte seine Genitalien, die von einer Kapsel aus Baumrinde umhüllt waren. Über die Schulter gehängt trug er einen kleinen Jutesack mit seinem Bogen und einem Köcher mit Pfeilen, und an der Hüfte hing ein Täschchen aus dem Fell eines Brüllaffen, in dem er das Gift und die Blasgeschosse aufbewahrte. Sein Blasrohr hielt er in der linken Hand.

Ich schätzte ihn auf Ende Zwanzig, etwa einen Meter sechzig groß, er hatte eine breite, platte Nase, schmale, fast asiatische Augen und einen auffällig zierlichen, weiblich anmutenden Hals, um den er ein Halsband aus billigen Glasperlen, durchsetzt mit Tierzähnen, trug. Seine Arme waren lang und seine Beine kurz, als wäre die Evolution mit ihm nicht ganz zu Ende gekommen. Davon abgesehen war er wohlproportioniert, mit gut ausgebildeten Muskeln perfekt für das Dschungelleben konstruiert. Seine dunkelbraune Haut hatte die Tönung eines alten Walnußschranks, sein Haarschnitt sah aus, als hätte ihm jemand einen hohlen Kürbis auf den Kopf gesetzt und alles abgeschnitten, was überstand. Übertriebene Hautverzierungen hatte er vermieden, nur das Gesicht und die Brust waren mit Linien aus Pflanzenfarben bemalt: Jahrzehntelange Missionsarbeit hatte, wie ich annahm, genauso sein Unterbewußtsein beeinflußt wie die Impfungen der ausländischen Hilfsärzte, die seine Haut durchdrungen hatten, ohne sichtbare Spuren zu hinterlassen.

Doch die Drogen der weißen Zivilisation zirkulieren in ihm, und er kann nichts dagegen tun.

Der Besuch dauerte nicht länger als fünfzehn Minuten. In einiger Entfernung, im Schatten der Langhäuser, sah ich die übrigen Bewohner der Lichtung, die sich dort versammelt hatten, um unser Treffen zu beobachten. Es war mir klar, daß Chuhi in diplomatischer Mission gekommen war, um Erkundigungen einzuziehen.

Eine Weile stand er reglos da, bis er sich mit fast zierlichen Schritten der Hütte näherte. Ich trat auf die Veranda hinaus, um mich sichtbar zu machen. So verlangte es, wie mir Dr. Suárez in Santo Antonio do Içá eingeschärft hatte, die Stammesetikette. Es war ein Gebot der praktischen Höflichkeit: Feinde verstecken sich, Freunde treten heraus ins Offene. Soviel hatten wir miteinander gemein: Was für den Cavendish Square galt, galt auch für die Lichtung. Ich trat vor bis an den Rand des Verandaschattens – es war um die Mittagszeit –, und Chuhi näherte sich der Hütte bis auf etwa fünf Meter. Dort blieb er stehen und blickte mir direkt ins Gesicht. Er lächelte breit und zeigte mir sein weißes Gebiß. Die Schneidezähne waren mit der Feile zugespitzt und sahen aus wie die Zähne eines Raubfisches. Nach dieser Begrüßung holte er ein Geschenk aus seinem Jutesack und legte es vor sich auf den Boden. Es bestand aus einem Bernstein und einem Klumpen Bienenwachs, in dem ein halbes Dutzend erlesener, schillernder Federn steckte.

»Chuhi!« rief er und stieß die geballte Faust in die Höhe.

In der Annahme, das sei der allgemeine Gruß, antwortete ich ebenfalls mit »Chuhi!« und ballte dazu die Faust.

Einen Augenblick lang blickte er konsterniert, dann brach er in ein überwältigendes Grinsen aus. Seine Zähne strahlten bedrohlich. »*No. Me llamo* Chuhi. *Hay solamente uno.*«

Sein Spanisch hatte einen schweren Akzent, und ich brauchte ein paar Sekunden, bis ich die Worte verstanden hatte. Dann begriff ich meine Dummheit und grinste ebenfalls. »*No soy Español. Soy Inglés*«, sagte ich besonders langsam, da auch meine Aussprache alles andere als perfekt war. »*Me llamo* Lyall. Dominic Lyall.« Dazu machte ich wieder eine Faust und stieß sie in die Luft. Chuhi zog eine vergnügte Grimasse.

»Do-mi-niik Lei-ell«, wiederholte er, um die Aussprache zu probieren. »*Muy bien! Es como Santo Domenico.*«

Ich trat vor und bückte mich, um sein Geschenk aufzuheben. Im selben Moment überfiel mich eine schreckliche Befürchtung: Ohne Mühe konnte er mir mit einem Faustschlag das Genick brechen und meinen geschrumpften Kopf zu seinem Talisman machen. Sicher gab es noch derartige Souvenire. Dr. Suárez besaß allein drei, und keiner von ihnen war älter als zehn, zwanzig Jahre. Der letzte von ihnen, davon war er überzeugt, war der Kopf eines Mannes, den er kannte, da er ihn im Sommer 1970 als Führer angeheuert hatte.

Als ich mich wieder aufrichtete, war Chuhi verschwunden, wie verschluckt vom Dschungel. Ich sah ihn erst, als er auf der anderen Seite der Lichtung neben einem der Langhäuser auftauchte.

Wieder in der Hütte, stellte ich den Bernsteinklumpen und den Federschmuck auf das Wandbord zu der Bücherreihe mit ›Gray's Anatomy‹, der ›Applied Physiology‹ von Wright und ›Pharmacopoeia‹ von White und Humphrey, dem Kalender von Air Brazil und anderem Kram, den ich mitgebracht hatte und der nur dazu gut war, mich an diverse menschliche Torheiten zu erinnern.

Wenn ich jetzt von meinem Tisch aus über die Schulter blicke, sehe ich den Bernsteinklumpen noch immer dort auf dem Wandbord liegen. Im Dämmerlicht schimmert er wie ein riesiger, ungeschliffener Edelstein. Neben ihm stehen die Bücher, deren Einbände sich in der feuchten Dschungelluft verbogen haben und deren Umschläge von Stockflecken übersät sind.

Die ersten paar Monate strich ich täglich im Kalender ab, wie es ein Häftling tut, der auf den Tag seiner Entlassung wartet, oder ein Schulkind im Internat, das die Stunden zählt, bis die Ferien anbrechen. Ich tat so, als gäbe es einen bestimmten Tag ungewissen Datums, an dem ich das Wasser aus dem Kanu schöpfen, die Lichtung verlassen und mich mit der Strömung den Fluß hinabtreiben lassen würde. Doch nach einer Weile machte ich Schluß mit dieser Selbsttäuschung und ließ den Kalender liegen. Ich weiß nicht mehr, was aus ihm wurde. Vielleicht habe ich ihn mit den anderen Papieren verbrannt, vielleicht haben ihn die Termiten gefressen, oder er ist einfach verrottet. Wie auch immer, es ist ohne Bedeutung. Es gibt keinen Weg zurück für mich, für einen Mann, der Gott gespielt hat.

Ich gehe wieder zum Bett, ziehe die Hosen aus und schlinge mir ein Flanellhandtuch wie einen Sarong um die Hüfte. Irgendwo in meiner Erinnerung höre ich meine Mutter sagen: »Schlaf nie mit nacktem Bauch, sonst holst du dir den Tod.« Ich lege mich auf den Rücken und schaue die Dachbalken und die Rillen des Wellblechs an.

Neben einem der Querbalken hängt dichtgedrängt ein halbes Dutzend Fledermäuse. Als ich sie das erstemal sah, hatte ich noch die Befürchtung, es könnten Vampire sein, und ich versuchte sie mit einem Palmzweig aus der Hütte zu verjagen. Doch sie sträubten sich hartnäckig dagegen, ins Tageslicht hinausgetrieben zu werden. Als sie zur Dämmerung ausgeflogen waren, verschloß ich Fenster und Türen, um ihre Rückkehr zu verhindern. Am nächsten Morgen hingen sie wieder an ihrem Schlafplatz und begaben sich piepsend zur Ruhe. Ich überprüfte meine Unterarme und Fußgelenke, meine Ohrläppchen und Achselhöhlen, aber ich fand keine Bißspuren. Nach mehreren Wochen ignorierte ich sie und nahm ihre Anwesenheit nur noch wahr, wenn ich ihren Unrat aus der Ecke des Raums entfernte.

Ich schließe die Augen. Das Dach verschwindet, und an

seine Stelle tritt ein Abendhimmel, wie ihn die Landschaftsmaler des 18. Jahrhunderts – Constable oder der junge Turner – geliebt haben. Eine verwaschene Dämmerung hängt über dem tiefen, scharf abgesetzten Horizont und spiegelt sich im Wasser erlengesäumter Gräben, träger Bäche und stiller Mühlenteiche. Aus irgendeinem Krähennest hoch oben in den Ulmen dringt ein letztes Krächzen herüber; die erste Zwergfledermaus kriecht aus einer Spalte der alten Feldsteinmauer und beginnt ihren zuckenden Flug. Dann kommt eine Brise auf, der kühle Hauch eines nördlichen Ozeans, der mich erschaudern läßt, und ich ziehe meinen imaginären Umhang fester um die Schultern.

Allmählich scheint der Anprall des Regens sich zu mäßigen, und der Wind läßt nach. Ich höre Stimmen. Sie sprechen nicht im Dialekt der Lichtungsbewohner, auch nicht das Pidgin-Spanisch dieser entlegenen Gegend, sondern englisch. Ich kann nicht genau verstehen, was gesagt wird, aber der Ton der Unterhaltung ist sorglos, dabei bestimmt und selbstgewiß. Wie ein Lauscher an der Wand versuche ich, die Stimmen zu erkennen, aber vergeblich. Nur eine ist mir vertraut: Es ist meine eigene.

Ich richte mich auf, als könnte ich so besser erfassen, was ich sage, doch es ist verschwendete Mühe.

Der Regen steigert sich von einem Moment auf den anderen, als würden die Wolken ihre letzten Reserven aufbieten. Das plötzliche Prasseln bewirkt nur, daß die Stimmen untergehen, und es erinnert mich daran, wie heftig es an dem schrecklichen Freitag regnete, als das Schicksal, das mich ereilte, seinen Anfang nahm.

Meine Praxis befand sich in einer stillen Privatstraße nördlich der Oxford Street, zwischen dem snobistischen Mayfair und dem protzigen Marylebone; eine sehr praktische Lage. Die anonyme Sackgasse bot meinen Patienten Parkplätze und stellte gleichzeitig eine gehobene Adresse dar. Neben der Mahagoni-Haustür hing eine Messingtafel: DR. DOMINIC LYALL – FACHARZT FÜR GYNÄKOLOGIE. Das war alles. Kein Brimborium. In der Privatmedizin ist so etwas überflüssig. Meine Nachbarn verliehen mir zusätzliches Renommee: ein berühmter und geadelter Schauspieler, ein pensionierter Außenminister, ein ehemaliger Präsident der Bank von England und ein namhafter Psychiater, der sich, wie er es diplomatisch ausdrückte, auf die Gemütsleiden der Unterhaltungsbranche spezialisiert hatte.

Die Räumlichkeiten waren großzügig bemessen: Meine Praxis mit den Behandlungsräumen und dem Labor nahm das Erdgeschoß und den ersten Stock ein, während im Obergeschoß und einem Teil des benachbarten Gartenhauses meine Wohnung gelegen war. Ich beschäftigte ständig drei Laborkräfte, zwei Sprechstundenhilfen und eine Empfangssekretärin. Andere Fachleute, wie zum Beispiel ein Anästhesist, wurden bei Bedarf hinzugezogen.

Ich brauchte nicht lange, um mir einen guten Ruf zuzulegen. In jenen turbulenten Jahren, als die Welt noch voller Optimismus war und den Gierigen und Reichen gehörte, den Hungrigen und den Hoffnungsvollen, konnte man nicht scheitern, wenn man ein teures Auto, eine wertvolle Uhr, einen gepflegten Akzent und eine Adresse in der Londoner Innenstadt hatte. Ich hatte meine Jahre an der medizinischen Fakultät absolviert, hatte die Stationen eines städtischen Krankenhauses in endlosen Einsätzen durchlaufen, hatte die Kopfwunden von Betrunkenen genäht, Selbstmördern den Magen ausgepumpt und Junkies und Verkehrsverletzte versorgt, die von der Polizei eingeliefert wurden.

Als die Gelegenheit zur Spezialisierung kam, entschied ich mich für Gynäkologie und Urologie und arbeitete, nachdem ich die Qualifikation erworben hatte, in einer Entbindungsstation. Nach einer Weile jedoch lächelte mir Fortuna in Gestalt einer Erbschaft, und ich kündigte. Meiner Überzeugung nach hatte ich der öffentlichen Medizin gegenüber meine Schuldigkeit getan und war bereit, Neues zu beginnen. Ich machte eine Zusatzausbildung in Human-Embryologie, und achtzehn Monate nach dem Abschluß nannte ich alle Insignien des Erfolgs mein eigen – einen Porsche 911 Turbo, eine Vacheron-Constantin-Uhr aus Platin und Gold und das Grundstück mit der Praxis.

Es war nicht so, daß ich die Benachteiligten der Gesellschaft im Stich lassen wollte, daß ich die Bedrückten und die Einsamen verachtete, die Opfer von betrunkenen Autofahrern und brutalen Ehemännern, die Scharen werdender Mütter, die trostlos gestrichenen Wände des Kreißsaals. Es war auch nicht so, daß mich ausschließlich finanzielle Beweggründe trieben. Vielmehr fühlte ich mich im Netz des öffentlichen Gesundheitswesens gelähmt und unausgefüllt. Es schien mir unmöglich, dort für mich eine Zukunft ohne Neunzigstundenwochen zu sehen, ohne die Bereitschaftsdienste, in denen ich wie ein Hund auf einer Liege im Ruheraum schlief oder beim Warten auf das nächste Martinshorn einfach einnickte.

Mein Leben war bestimmt von Blaulicht und Notoperationen, von erschöpften Ambulanzfahrern und von zermürbten Hebammen, die vielleicht ganz hübsch gewesen wären, hätten sie nur die Zeit gefunden, sich Jeans oder einen kurzen Rock anzuziehen und ein wenig Make-up aufzulegen. Alles war so schäbig und deprimierend.

Eine wesentliche Rolle spielte auch, nehme ich an, daß ich mein eigener Herr sein wollte und mich nicht einem vertrottelten Verwaltungsdirektor beugen wollte, der sich mit einem drittklassigen Betriebswirtschaftsdiplom schmückte, seine Vierzigstundenwoche durchzog und von der Gesundheitsbehörde mit einem Spesenkonto und einer BMW-Sport-Limousine ausgestattet wurde. Ich wollte etwas erreichen, mich in meinem Beruf entfalten und an die äußersten Grenzen des medizinischen Fortschritts vorstoßen, ohne mich von steuerlichen Beschränkungen, ministeriellen Launen, staatlichen Einflüssen und politischen Erwägungen abhängig zu machen.

Im Rückblick glaube ich, daß ich Angst hatte, Angst vor einer Schwäche in mir selbst. Ich befürchtete, daß die öde Plackerei den Ehrgeiz, den ich in mir fühlte, aushöhlen oder gar auslöschen würde. Als einziger Ausweg blieb mir die Privatpraxis.

Meine Patienten waren reich. Reich und unglücklich. Trotz ihrer Ferraris und Pelzmäntel ging es ihnen schlecht, weil ihnen etwas zu ihrem Glück fehlte. Das Schicksal hatte sie mit gutgehenden Geschäften, dicken Bankkonten und Aktienpaketen gesegnet, doch ein Schatten lag über ihrem Leben: Sie waren unfähig, etwas zu tun, was sie für die leichteste Sache der Welt gehalten hatten – Kinder zu bekommen.

Ich war derjenige, der ihnen Hoffnung anbot. Aus ihrem Versagen wuchs mein Erfolg, mein Reichtum, mein beträchtlicher Ruhm und ein Lebensstil, den sich viele erträumten, doch nur wenige leisten konnten. Aber ich gestehe auch, daß mich Stolz und ein warmes Glücksgefühl erfüllten, wenn ich in den frühen Morgenstunden zur Entbindung eines Kindes gerufen wurde, an dessen Entstehung ich mitgewirkt hatte.

Die Praxis hatte etwa drei Jahre bestanden, als der Tag kam, ein Freitag im Mai, da das Schicksal seinen Lauf nahm. Der Tag selbst brachte nichts Außergewöhnliches. Ich war am Abend zuvor bei Freunden, die in Amersham lebten, zum Abendessen gewesen und erst weit nach Mitternacht in die Stadt zurückgekommen. Normalerweise sah ich die Termine für den nächsten Tag durch, bevor ich ins Bett ging. Molly, meine Empfangssekretärin, legte sie immer auf meinen Schreibtisch, sauber getippt auf einem Kopfbogen. Dieses eine Mal verzichtete ich darauf. Auf der A 40 war ein Wasserrohr geplatzt, und der Verkehr war durch die tristen

Vorstädte von West-London geleitet worden. Ich hatte mich verfahren, war übermüdet und ging sofort ins Bett.

Der Freitag, der stets für Beratungsgespräche reserviert war, brachte mir als erste Patientin die Gattin eines französischen Industriellen, deren Besuch in meiner Praxis eher therapeutischer als medizinischer Natur war: Sie hatte mehrere Fehlgeburten hinter sich, hatte das Vertrauen zu ihrem Pariser Gynäkologen verloren und spielte mehrere Male auf ihren Verdacht an, daß ihr Gatte sie vergiftete, um ihre Schwangerschaften vorzeitig zu beenden. Als streng katholische Familie hatten sie bereits vier Kinder, und er war anscheinend abgeneigt, noch weitere in die Welt zu setzen. Ob aus wirtschaftlicher Vernunft oder aus ethisch-moralischen Erwägungen, konnte ich nicht feststellen. Während die Frau in einem fort redete, ohne auch nur eine Atempause einzuschieben, kam mir mehrmals der Gedanke, sie an meinen Kollegen ein paar Häuser weiter zu überweisen.

Als sie nach einer Stunde Beratung gegangen war, von der bestenfalls fünfzehn Minuten ihrer Gebärmutter und ihrem Zyklus gegolten hatten, war ich wie betäubt. Molly geleitete die anstrengende Patientin hinaus und brachte mir eine Tasse Cappuccino.

»Ist der nächste Termin schon da?« fragte ich sie. Ich saß an meinem Schreibtisch und nippte am Schaum, der mit Schokolade gesprenkelt war.

»Ja, Doktor. Mr. und Mrs. Cordiner.«

Das war kein häufiger Name, und trotzdem klickte es nicht bei mir, auch nicht, als die Tür aufging und Molly sie hereinführte. Er war hochgewachsen, gut gebaut und gutaussehend in der Art, wie es Reiche oder Gebildete oft sind. Sie war kleiner, eine blonde, hübsche Frau, die es nur knapp verfehlte, eine Schönheit zu sein. Ich kam hinter dem Schreibtisch hervor, um sie zu begrüßen.

»Guten Tag«, sagte ich förmlich. »Darf ich Ihnen eine Tasse Kaffee anbieten?«

Ich wies auf die Wildleder-Sitzgruppe neben dem Couchtisch. Die Beratungsgespräche führte ich ohne die trennende Barriere des Schreibtischs, obwohl ich wie im Fall der Französin häufig daran dachte, eine Ausnahme zu machen. Sie hatte es fertiggebracht, mir geistesabwesend über das Knie zu streichen, um ihrer jeweiligen Sorge Nachdruck zu verleihen.

»Ja, danke«, erwiderte der Mann mit einem Lächeln in den Augen. Seine Frau nickte, und Molly nahm die Bestellung entgegen.

»Bitte, setzen Sie sich.«

Sie setzten sich nebeneinander auf das Sofa, beide rückten sofort vor zur Kante, und das Lächeln verschwand aus seinen Augen. Sie erinnerten mich an die Kandidaten eines Bewerbungsgesprächs.

Erst dann fiel mir der Regen auf. Er klatschte gegen die Scheiben und verschleierte die Aussicht auf den kleinen Hof hinter dem Haus. Die Geranien im Blumenkasten wurden von den Böen gepeitscht, ihre scharlachroten Blütenblätter flogen ans Fenster und wurden im nächsten Moment weggespült.

»Ein besonders ekelhaftes Wetter heute«, bemerkte ich und sah, daß seine polierten Schuhe stumpf vor Nässe waren. »Ich hoffe, Sie hatten es nicht weit.«

»Du kennst mich wohl nicht mehr, Dom?« sagte der Mann.

Ich blickte ihn verdutzt an. Seine Augen lächelten wieder.

»Es tut mir leid, aber ...«

»Denk dir einen Vollbart dazu.«

»Und längeres Haar«, ergänzte seine Frau. »Und Jeans. Möglicherweise auch Perlen.«

Jetzt erst fiel bei mir der Groschen.

»Brian?« sagte ich halb fragend, halb rufend.

Er grinste und fragte: »Hast du noch deine Harley?«

Einige Jahre lang, als ich meine Assistentenzeit in einem

Londoner Krankenhaus absolvierte, waren Brian Cordiner und ich enge Kollegen gewesen. Ich war ein Arzt, der unter den langen Diensten und dem Mangel an Schlaf litt, er war ein Zahnarzt, der entweder ein soziales Gewissen oder einen starken Hang zur Selbstzerstörung hatte: Obwohl er direkt von der Ausbildung weg eine Praxis in der Vorstadt hätte eröffnen können, zog er es vor, mit mir die Krankenstationen zu durchwandern, wachgehalten mit Koffeintabletten und bemüht, wenigstens den Anschein von Munterkeit aufrechtzuerhalten. Wenn ich die Säufer vernäht, die Raufbolde bandagiert oder die Unfallopfer beruhigt hatte, reichte ich sie an ihn weiter, damit er sich ihrer abgebrochenen Zähne oder zerschmetterten Kiefer annahm.

»Nein«, erwiderte ich. »Die Vorsicht des Alters, das unangenehme Gefühl von nassen Lederhosen und der Dreck, der einem ins Gesicht fliegt, haben mich vom Motorrad in den Sportwagen befördert. Und du? Hast du noch deine Triumph?«

Er versuchte ein entwaffnendes Lächeln und sagte: »Ich habe sie noch, aber ich fahre nicht viel. Sie steht hinten in der Garage unter einer Plane. Der Arbeitsdruck und ...« Er warf einen Blick auf seine Frau. »Meine Frau Larry.«

Ich schaute auf das Patientenblatt: *Brian und Larissa Cordiner, Alter 34 und 29, Zahnarzt und Hausfrau (ehemals Kunsthistorikerin).* Ihre Adresse lautete Dell Cottage, Harbury, Somerset.

»Er schreibt den Namen mit y. Ich habe ihn lieber als Lari, mit einem r und einem i. Es ist doch ein bißchen unfair, nicht wahr? Ziemlich unweiblich, einen männlichen Rufnamen zu haben«, sagte sie und lächelte etwas einfältig. »Und Brian kann man nicht einmal abkürzen.«

Molly kam mit einem Milchkaffee und einem weiteren Cappuccino herein und reichte mir meine Tasse vom Schreibtisch.

»Du siehst ja selbst, wie weit ich es seit unseren Höllenjahren gebracht habe«, begann ich und lehnte mich im Sessel zurück, der, mit dem Couchtisch dazwischen, ihrem Sofa gegenüber stand. »Und bei dir? Wie steht es um die Zähne der wackeren Bürger von Harbury?«

»Harbury ist kaum mehr als ein kleines Dorf«, entgegnete Brian. »Wir haben das Bauernhaus nach unserer Hochzeit gekauft. Das ist ganze sieben Jahre her. Was die wackeren Bürger anbetrifft, so befindet sich meine Praxis in der nahegelegenen Stadt. Das übliche Sortiment von Gebißkatastrophen. Und eine Nacht in der Woche bin ich im örtlichen Krankenhaus.« Er lächelte matt. »Wer einmal Blut geleckt hat...«

Er nippte an seinem Kaffee. Ein plötzlicher Schwall ließ den Regen gegen das Fenster prasseln. Ich blickte hinüber und sah, daß die Geranien alle ihre Blütenblätter verloren hatten. Es war ein Vorzeichen. Heute weiß ich es. Eins der kleinen Signale, die man nicht erkennt oder zum eigenen Schaden ignoriert.

»Ich mache eine ganze Menge Brücken«, fuhr er fort. »Kronen und ein wenig Gebißkorrektur. Das meiste ist der Routinekram der Krankenkasse. Es gibt Massen von Rentnern in Somerset, pensionierte Obersten und Konteradmirale, Kolonialbeamte – du kennst die Sorte. Arrogante Als-ich-Blicke und fette Gattinnen, die den Offiziersburschen und indischen Hausmädchen von früher nachjammern.«

»Als-ich-Blicke?« wiederholte ich fragend.

Larry erklärte es mir: »Als ich in Barbados war... Als ich in Rhodesien war... Brian kann sie nicht ausstehen«, fügte sie unnötigerweise hinzu.

»Als gelegentliche Privatpatienten sind sie mir schon mal willkommen«, sagte Brian.

Eine Weile plauderten wir weiter, bis dann der Ton langsam, aber unausweichlich ernster wurde und sie auf den Grund ihres Erscheinens zu sprechen kamen. Sie waren kinderlos.

»Wir haben es wirklich versucht«, sagte Larry beinahe schuldbewußt. »Viele Jahre lang. Als wir uns kennengelernt und geheiratet haben, nahm ich noch die Pille. Als ich sie dann abgesetzt habe – nun, seit der Zeit ist nichts passiert. Wir könnten ein Kind adoptieren, aber ...«

Der unfertige Satz blieb im Raum stehen. Sie wollte kein fremdes Wesen, sondern den eigenen Nachwuchs in den Armen halten, ihr leibliches Kind stillen und alles selbst durchmachen, die Mühen, die Schmerzen, die Risiken und Härten, die Wechselfälle des Gebärens.

Eine halbe Stunde befragte ich sie zu ihren sexuellen Gewohnheiten. Anfangs waren sie zögerlich wie viele andere Paare auch, dann lockerten sie sich allmählich. In ihrer Beziehung gab es nichts Ungewöhnliches. Sie liebten sich zwei- oder dreimal in der Woche, die Menstruation war meist regelmäßig und ohne Auffälligkeiten. Beide waren Nichtraucher, auch nahmen sie keine einschlägigen Medikamente oder hatten mit Drogen experimentiert, abgesehen von den harmlosen Haschischkeksen, die ich auch probiert hatte und die in den Schwesternheimen eine Zeitlang in Mode waren, als uns das staatliche Gesundheitswesen noch in den Fängen hatte. Weder sie noch er hatten an irgendwelchen Krankheiten gelitten, die ihre Fruchtbarkeit beeinträchtigen konnten.

Am Ende des Gesprächs wurde die unvermeidliche Frage gestellt. Sie kam von Larry – sie wurde fast immer von den Frauen gestellt: »Glauben Sie, daß Sie etwas für uns tun können?«

»Ein Versuch lohnt sich auf jeden Fall«, erwiderte ich. »Vorerst kann ich Ihnen noch nichts Sicheres sagen, aber wie Sie wissen, hat es auf dem Gebiet der Fertilitätsmedizin in den letzten Jahren rasante Fortschritte gegeben. Ich kann Ihnen nichts versprechen, aber ich nehme Sie als meine Patienten auf und werde alles Nötige veranlassen. Als nächstes werde ich Ihre Krankenakten bei Ihrem Hausarzt anfordern und ... Nun, es kann ein langwieriger und anstrengender –

möglicherweise auch enttäuschender – Prozeß werden. Wir müssen damit rechnen, daß wir am Ende kein Stück weitergekommen sind.«

Das war mein Standardspruch, und sie reagierten darauf wie alle anderen: Entweder hörten sie weg, weil er die Möglichkeit des Scheiterns nahelegte, oder sie nahmen ihn in Kauf, weil sie entschlossen waren, es trotzdem zu versuchen.

Nachdem die Patientendaten erfaßt waren und sie meine Aufklärungsschrift über die künstliche Befruchtung erhalten hatten, schickte ich Larry zu einem Einkaufsbummel in die Oxford Street und nahm mir Brian vor.

»Vor wieviel Tagen hast du das letzte Mal Verkehr gehabt?«

»Es war am Dienstag.«

»Du hast doch eine Public School besucht, oder?«

Er nickte, sah mich verwundert an und sagte: »Ja, Lancing.«

Ich drückte auf die Klingel an meinem Schreibtisch; meine Sprechstundenhilfe Angela klopfte an und trat ein. Ich stellte sie vor.

»Wir brauchen eine Spermaprobe«, fuhr ich fort. »So viel wie möglich, daher ist es besser, wenn nach dem letzten Verkehr ein paar Tage vergangen sind. Und frisch muß sie auch sein. Deshalb ist es nützlich, daß du auf einer Eliteschule warst. Dort hast du sicher Übung erlangt.«

Ich grinste. Es war immer das Beste, diesen Punkt am Anfang der Behandlung mit einem nicht allzu schlüpfrigen Witz zu überspielen oder mit klinischer Distanziertheit zu behandeln. Da auch er Mediziner war, erschien mir die erste Variante fraglos geeigneter.

»Angela wird dich hinauf ins Lustkabinett führen. Es ist ein bißchen eng dort oben, aber mit Sicherheit luxuriöser als die Toiletten von Lancing oder die sprichwörtlichen Büsche hinter dem Fahrradschuppen. Im Tischfach liegen ein paar Hilfen, falls du sie brauchst. Fast alles verbotene holländische. Das Beste daran ist, daß mein Steuerberater es geschafft hat, sie von der Steuer abzusetzen. Als Fachliteratur...«

Brian wurde entlassen, nachdem er seine Probe abgeliefert und einen neuen Termin für die nächste Woche vereinbart hatte, der sich nach Larrys Zyklus richtete. Ich ging ins Labor. Phillips, mein Hauptlaborant, hatte die Probe bereits aufbereitet und verflüssigt und das Gefäß für die Suspensionskultur mit der Aufschrift HAMS F10 versehen.

»Was hat die Zählung erbracht?« fragte ich.

Phillips schaute auf den Laborbericht an seiner Zettelwand.

»Wenig, etwa 28. Und wir haben nur 1,8 Milliliter bekommen. Das war die ganze Probe.«

Eine durchschnittliche Zählung mußte um die 120 Millionen Spermatozoen pro Milliliter erbringen, und von einer normalen Probe durften bis zu 5 ml Flüssigkeit erwartet werden.

»Beweglichkeit?«

»Gerichtete Fortbewegung 25 Prozent, Anteil der Normalformen dasselbe, Sir.«

Ich beugte mich über das Mikroskop. Eine gesunde menschliche Samenzelle sieht wie eine Kaulquappe aus. Sie hat einen Kopf von etwa zwei Mikrometer Länge, ein Mittelstück von etwa sechs Mikrometer und einen Schwanz von etwa fünfzig Mikrometer Länge. In Brians Probe gab es zwar eine ausreichende Anzahl gesund aussehender Spermien, aber auch einen ungewöhnlich hohen Anteil von anomalen: zwei- oder dreiköpfige, schwanzlose, unbewegliche oder schwach bewegliche Spermien, doppelschwänzige und solche mit zu großen Köpfen, denen es unmöglich gelingen konnte, eine Eizelle zu durchdringen.

»Antigene?« fragte ich.

Phillips fuhr mit dem Finger über die Tabelle und sagte: »Keine Probleme.«

Obwohl die Probe sehr klein war, beschloß ich, sie weiter

zu verwenden. Phillips zentrifugierte die Spermasuspension, stellte sie in das Filtergerät und wiederholte das Ganze mehrere Male, um die normalen Spermien von den anomalen zu trennen, von Bakterien und Zelltrümmern. Am Nachmittag hatten wir dann ein Konzentrat aus gesunden Samenzellen. Dieses wurde mit einem Kälteschutzmittel aus Hühnereiweiß und Glyzerin vermischt und in winzigen Mengen in farbcodierte Plastikröhrchen eingebracht. Es folgte ein Gefrierschock zur Dehydrierung der Proben. Danach wurden die Röhrchen etikettiert und in den Gefrierschrank mit Flüssigstickstoff von minus 197°C gestellt. Nur jeder dritte Mann hat Sperma, das diesen Gefriervorgang übersteht. Bald würden wir erfahren, ob Brians Sperma die Probe bestand.

Das Leben ist ein Geschenk. Wir verdienen es uns, indem wir Leben schenken.

Nur ein Weiser konnte so einen Satz gesagt haben, ein Poet, ein Mann, der weit über den eigenen Horizont hinausblickte. Ich erinnere mich lebhaft an den Tag, als ich ihn zum ersten Mal hörte. Der Hörsaal war mit Studienanfängern überfüllt. Wir waren eine muntere Bande, aufgeweckte und draufgängerische Neunzehnjährige, die darauf brannten, alle Krankheiten zu besiegen und die Welt vom Leid zu befreien. Jeder von uns hatte seinen Ringordner mit leeren Seiten, auf denen wir unsere Pläne ausarbeiten, unsere Taktiken und Kriegslisten erproben und den Vormarsch unserer Armeen über die Schlachtfelder des menschlichen Körpers organisieren wollten.

Um zehn Uhr traf unser General ein. Das Auditorium verstummte respektvoll. Aber er entsprach nicht dem, was wir erwartet hatten. Die Seitentür zum Podium öffnete sich, und ein gebeugter Greis trat ein, der mit kurzen, gebrechlichen Schritten die Plattform erstieg. Seine knorrige Hand suchte Halt am Katheder. Ein nervöser Tic der Fingermuskeln ließ die Hand beständig zucken. Ich konnte es nicht glauben, daß diese arthritischen Krallen zu so empfindlichen Organen wie Herzen oder Gehirnen vorgestoßen waren.

»Gentlemen«, begann er und schaute unter buschigen Augenbrauen in die Runde. »Und Ladies«, ergänzte er, als wäre es ihm gerade noch eingefallen, »Sie sind im Begriff, eine Schreckensreise anzutreten, eine Reise durch Schmerzen und Leiden, und viele davon werden auch die Ihren sein. Eine Reise durch Elend und Qual, durch Mißerfolg und Enttäuschung, die nur ganz selten einmal von allzu kurzen Momenten des Triumphs gemildert werden. Sie werden in den verschiedenen Häfen, die Sie ansteuern, Dinge zu Gesicht bekommen, vor denen normale Menschen zurückschrecken, die Augen verschließen und so tun, als hätten sie nichts gesehen. Ihre Fahrt wird Sie mit den Abgründen der menschlichen Existenz konfrontieren, und Ihr Schiff wird ein morscher Kahn sein, kein eleganter Kreuzer, sondern eine leckgeschlagene Rostwanne, deren Deck überspült wird von ...«

Er hielt inne. Manche tauschten verunsicherte Blicke mit ihren Nachbarn, andere befingerten ihre Parker-Kugelschreiber und goldenen Füller, die stolze Eltern ihren erfolgreichen Chirurgen in spe geschenkt hatten.

»Doch zum Ausgleich für all dies, Gentlemen – und Ladies –, werden Sie die privilegiertesten Menschen sein, denn Sie werden über die größte Gabe verfügen, die ein Mensch seinen Mitmenschen gewähren kann.«

Die Füllhalter und Stifte ruhten wieder. Aller Augen waren nach vorn gerichtet.

»Tagore«, sagte er. Seine Stimme war plötzlich lauter, und mit dem funkelnden Blick eines Nagetiers schaute er prüfend in die Runde.

Wir blickten uns vielsagend an, im Glauben, dies sei der

erste medizinische Fachausdruck. Die Studentin neben mir schrieb mit einem nervösen Seitenblick *Tay Gore* auf die erste Seite ihres Ringordners.

»Rabindranath Tagore«, fuhr der Alte fort. »Ein indischer mystischer Dichter, befreundet mit Yeats ...«

Danach zitierte er diese Sentenz.

Die lebhafte Vorstellung von Schiffen, die auf einem Ozean von Blut schaukeln, verblaßte sogleich. Schon sahen wir in unserem General keinen gebrechlichen Greis mehr, sondern einen Mann, an dessen Seite wir stolz vorwärts marschieren würden zu Sieg oder Tod. Nach der Einführungsvorlesung, so erinnere ich mich, war ich von einem Kampfeseifer durchdrungen, der einem Kreuzfahrer alle Ehre gemacht hätte. Es war die Flamme der Entschlossenheit, die in mir brannte, der unbezweifelbaren Rechtschaffenheit, der reinen Gewißheit.

Zeit und Wirklichkeit haben die Vision, die er uns an jenem frühen Oktobermorgen in dem kalten Hörsaal vermittelte, ein wenig verblassen lassen. Doch damals, während die Stadt sich unter den ersten schneidenden Windböen des Frühherbstes duckte, wurde die Lehre, die er mir eingepflanzt hatte, in mir lebendig; mehr noch, ich ging weit darüber hinaus. Denn was er als Leben betrachtete, war das Lindern körperlicher Schmerzen, die Heilung von Krankheiten und das Richten von Gliedern. Obwohl die Forschung zu jener Zeit schon weit fortgeschritten war, bin ich mir sicher, daß er nicht bedachte, wie nahe uns Wissenschaft und Technik an die Kunst heranführen, die er in einer späteren Vorlesung flüchtig mit der Bezeichnung *extrauterine Insemination* erwähnte.

Die größte Tat, die ein Mensch vollbringen kann, ist es, ein Wesen seiner eigenen Art zu schaffen: nicht einfach, indem Mann und Frau der Natur ihren Lauf lassen, sondern indem man das Ausgangsmaterial in die Hand nimmt, die natürlichen Gegebenheiten arrangiert, die richtigen Gene und die besten Chromosomen auswählt und den Zufall in die gewünschte Richtung lenkt – indem man das Glücksrad am richtigen Punkt zum Stillstand bringt.

Ich weihte mein Leben dem Ehrgeiz, die Karten selber zu mischen und die Gewinnchancen zu manipulieren – zum Vorteil derjenigen, denen das Schicksal ein schlechtes Blatt beschert hatte.

Was ich tunlichst ignorierte, war die alte Erkenntnis, daß jede Aktion eine Reaktion hervorruft, daß jedem glücklichen Gewinner ein trauriger Verlierer gegenübersteht.

Und ich wußte nichts von einer anderen Maxime Tagores: *Das Leben lacht wie ein Kind und rasselt mit der Klapper des Todes, sobald es seine ersten Schritte macht.*

Wie wenig wir uns doch unterscheiden.

So, wie Chuhi sich bei gegebenem Anlaß mit Glasperlen behängt, schmückt sich Keewei, der Schamane, mit einem Hut aus Jaguarfell, der wie Chuhis Haarschnitt vage an die Moden der sechziger Jahre erinnert. Er zieht auch, wenn die Bedeutung der Ereignisse es erfordert, ein Paar sehr abgetragener Reebok-Turnschuhe mit violetten Streifen an. Die Schnürsenkel sind seit langem verschwunden, und so bleibt es eine Quelle der Verwunderung für mich, wie er es schafft, mit ihnen durch den Dschungel zu streifen, ohne sie zu verlieren. Die Schuhe haben Größe 45, seine Füße nicht einmal Größe 40.

Wenn ich im voraus weiß, daß wir uns auf formeller Ebene treffen, kleide auch ich mich angemessen. Ich hänge mir das Stethoskop um den Hals und schlüpfe in meinen weißen Laborkittel. Findet das Treffen auf der Reebok-Ebene statt, stecke ich zwei bunte Kugelschreiber in meine Brusttasche, der eine grün, der andere rot. Beide funktionieren nicht mehr. Außerdem stecke ich mir das alte Namensschild aus der Klinik ans Revers. Es ist ein Plastikrechteck mit meinem weiß eingravierten Namen auf schwarzem Grund. Darunter ist ein Viereck aus Silberfolie, die eine strahlenempfindliche Schicht bedeckt und von einem kanariengelben Rahmen eingefaßt ist. Das war mein Röntgendosimeter. Jetzt ist es ein veraltetes Schmuckstück, das ich angelegt habe, um den Medizinmann zu beeindrucken.

Beide, Keewei und ich, sind Mediziner, jeder auf seine Art. Ich bin Mendelianer, was besagen will – Realist. Er ist Aristoteliker. Er weiß es nicht, aber er ist es dennoch. Er und der Vater der Zivilisation teilen dieselben Erkenntnisse und Irrtümer, dasselbe erträumte Wissen.

Aus mühevollen Gesprächen auf Pidgin-Englisch und -Spanisch, oft in einem Satz vermengt und gewürzt mit Huambas-Brocken, Zeichensprache, Skizzen auf Papier oder im Staub oder dem Zeigen und Berühren von Gegenständen, habe ich auf Keeweis Überzeugung geschlossen, daß der Vater die Vorlage des ungeborenen Kindes ist und die Mutter lediglich die Ernährerin. Ein Manioksamen bringt eine Maniokpflanze hervor, und so ist seiner Meinung nach die ganze Schöpfung beschaffen. Auf den Gedanken, daß ein Mann sich von einer Pflanze unterscheiden könnte, kommt er nicht. So wie ein Vater seinen Reichtum und Ruf, seine Stammesehre und seine Schweine, Hunde und kümmerlichen Hühner vererbt, so gibt er mit seinem Samen sein Abbild weiter, seine persönlichen Tücken, die dunklen Seiten seiner urzeitlichen Seele.

Er glaubt auch an die Urzeugung. Das erklärte er mir, indem er an einer Ranke zog, die von einem Ast über meiner Hütte hing, wobei er zischte, die Zunge ein- und ausfuhr und den Kopf hin und her warf wie ein siamesischer Tempeltänzer und schließlich den nackten Bauch eines kleinen Mädchens streichelte, das zufällig neben ihm saß. Daraus schloß ich, daß er glaubt, Lianen bringen Schlangen zur Welt. Er wollte mir dann auch seine Überzeugung beibringen, daß die grünen Algen in den Dschungelteichen die Vorgänger der Blutegel sind und Läuse aus den Schuppen entstehen, die sich von der Kopfhaut lösen. Die Flöhe, an denen seine Hunde leiden, sind die Kinder des Staubs, in dem sie sich wälzen.

Ich habe keinen Versuch gemacht, ihn von seinen Überzeugungen abzubringen. Es ist nicht mehr mein Ehrgeiz, andere von ihren Fehlhaltungen und Wissenslücken zu befreien. Außerdem glaubte Hippokrates, daß Menschen durch die Vermischung von Samenflüssigkeiten entstehen würden. Beim Mann sah er die Flüssigkeit in Erscheinung treten, und er nahm an, daß sie auch in der Frau existierte. Es war nur noch ein kurzer Schritt zur Annahme, daß sich, wie er es formulierte, Tröpfchen beider Flüssigkeiten zur endgültigen Gestalt des Kindes vereinten, in Abhängigkeit davon, welche der beiden Flüssigkeiten reichlicher vorhanden war. Und er hatte gar nicht so unrecht. Die Denkrichtung stimmte, nur die Details entzogen sich seinem Wissen. Ich bin großzügig genug, Keewei das Körnchen Wahrheit in seinen Vorstellungen zuzugestehen, das mir, dem Gebildeten, nicht zugänglich ist.

Wenn es nur so einfach wäre, daß der Feuervogel aus Flammen entsteht und der Kolibri aus einer Orchideenblüte, die abfällt und zu fliegen beginnt. Wenn ich es nicht besser wüßte, stünde es mir frei, an diese Mythen zu glauben, und sie würden mir einen Weg aus meinen Dilemma weisen. Doch die Erkenntnis kann man genauso wenig zurückdrehen wie die Zeit. Man kann das Vergangene genauso wenig formen wie das Kommende.

Mit meinen Mikroskopen und Petrischalen, meinem Ultraschallgerät und meinem Pulsmesser war ich ein weiser Mann, dem nichts unmöglich war.

Und das war mein Untergang.

Es war nie leicht, einem Mann zu sagen, daß er die Norm nicht erfüllte. Wenn sich die Unzulänglichkeit noch dazu auf etwas bezog, was er als den Zweck seines Daseins begriff, wurde es noch schwerer. Manche Männer weinten auf der Stelle, andere saßen wie betäubt, als wären sie soeben zum Tode verurteilt worden. Einige wurden wütend auf mich, auf ihren Gott oder auf ihr verdammtes Pech. Seltsamerweise kam es kaum jemals vor, daß jemand eine Überprüfung der Resultate verlangte. Hätte ich die Gesundheit ihres Herzens oder ihrer Lunge in Zweifel gezogen, ihrer Nieren oder ihrer Bauchspeicheldrüse, hätten sie nach einer zweiten Untersuchung geschrien, mein Urteil, meine Kompetenz und meine Eignung für den Beruf in Frage gestellt. Doch das taten sie nicht. Die Ursache wurde nie bezweifelt, nur die Auswirkung.

Brian nahm meinen Befund stoisch entgegen, und Larry war voller Anteilnahme: Meine Untersuchung an ihr hatte keine nachteiligen Resultate erbracht. Das häufige Problem infektiöser Veränderungen durch Chlamydien oder der Vernarbung der Eileiter mit der Zerstörung des Flimmerepithels, das die Eizellen befördert, war nicht vorhanden.

Ich erklärte ihnen, daß der nächste Schritt darin bestand, Eizellen für eine Reagenzglasbefruchtung zu entnehmen, sie wieder einzupflanzen und zu hoffen, daß die Natur dann das ihre tun werde.

Ich schob Larry eine Kalendertafel hin, und wir rechneten aus, auf welches Datum der 21. Tag ihres Zyklus fallen würde. Darauf verschrieb ich ihr Buserelin, ein östrogensenkendes Hormon, das sie sich als Nasenspray zuführen sollte.

»Und wenn ich mich erkälte?« fragte sie.

»Sie müssen es nicht hochziehen«, erklärte ich. »Nur ins Nasenloch einsprühen und die Nase zuhalten, ein paar Minuten nicht niesen. Das Hormon dringt schnell in die Nasenschleimhaut ein, und es dürfte Ihnen keine ernstlichen Probleme bereiten.«

»Und wenn ich mich erkälte«, sagte Brian, »sollte ich das Zeug besser nicht mit Schnupfenspray verwechseln. Einmal sprühen, und ich kriege Brüste und wackle mit dem Hintern.«

Er grinste über seinen Scherz, und wir lachten bereitwillig. Die Erkenntnis, daß das Defizit bei ihm zu suchen war, bereitete ihm noch sichtliche Schwierigkeiten.

Am ersten Tag ihres nächsten Zyklus kam Larry allein in die Sprechstunde, und ich gab ihr die erste Metrodin-Injektion, ein follikelstimulierendes Hormon. Es wird aus dem Urin klimakterischer italienischer Nonnen hergestellt und ist eine Haupteinnahmequelle für manches ländliche Kloster – ein Umstand, den ich so obszön wie belustigend finde. Ich erklärte Larry dann, wie sie die Injektionen selbst vornehmen konnte. Sie mußten eine Woche lang zweimal täglich verabreicht werden.

Aus einer stählernen Nierenschale nahm ich eine Orange und sagte: »So also müssen Sie sich die Injektion selbst geben.« Ich setzte die Kanüle an und drückte sie durch die Orangenschale. »Es gibt da einen Widerstand in der Epidermis, den Sie ...«

»Ich bin keine Zitrusfrucht«, unterbrach sie mich und lächelte grimmig, »außerdem bin ich nicht wehleidig. Zeigen Sie mir einfach, wo ich einstechen soll.«

Beeindruckt von ihrem Mut, demonstrierte ich eine subkutane Injektion an mir selbst und überreichte ihr dann eine Schachtel mit Ampullen in passender Dosierung sowie einen Vorrat an Kanülen und Spritzen.

»Ich komme mir vor wie ein Junkie«, sagte sie, als sie alles in ihrer geräumigen Lederhandtasche verstaute.

»Dann wollen wir doch hoffen, daß es die richtige Dröhnung ist«, erwiderte ich.

Am achten Tag erschien sie am frühen Morgen, und ich betrachtete ihre Eierstöcke im Ultraschall, nahm eine Blutprobe und gab ihr eine Injektion von 6000 I. E. Östradiol.

»Wie sieht es aus?« fragte sie, als sie im Ruheraum saß, mit einer Decke bis an den Hals und einer Tasse Tee neben sich.

»Sehr gut«, sagte ich. »Sie haben fünf Follikel in einem Ovarium und vier im anderen. Alle haben eine Größe zwischen 10 und 14 mm, wir scheinen also auf dem richtigen Weg zu sein.«

Sie griff nach meiner Hand. Ihre Finger waren kühl und glatt. Sie preßte meine Hand an ihre Lippen und küßte sie. Ich war nicht überrascht. Es war nicht das erste Mal, daß mich eine Frau in dieser Situation geküßt hatte, daß in ihr zwischen Tränenschleiern oder Beruhigungsphasen eine vage, flüchtige Liebeswallung hochkam. Für eine kurze Zeit war ich ihr Mann. Ich war in ihre intimsten Winkel vorgestoßen, hatte aus nächster Nähe gesehen, was ihr Frausein ausmachte, und war daher über ihre Reaktion nicht verwundert. Schließlich war ich tiefer in ihren Körper und in ihre Psyche eingedrungen, als es ihr Ehemann jemals konnte.

Für eine kurze Zeit war ich ihr Gott, und bis ich Larry kennenlernte, hatte ich gegen diese vorübergehende Vergöttlichung nichts einzuwenden. Doch Larry veränderte mich, oder die Umstände unseres Zusammentreffens veränderten mich. Das werde ich ihr nie verzeihen können, obwohl es nicht ihre Schuld war – es war Nemesis, die ihr böses Werk tat.

Eine weitere Untersuchung am zwölften Tag erbrachte neun Follikel, von denen sechs mit einem Durchmesser zwischen 18 und 21 mm zur Reife gelangt waren. Drei von ihnen erfüllten die Kriterien für eine Eientnahme. Ich verabreichte eine subkutane Injektion von 5000 I. E. HCG – Human-Chorion-Gonadotropin – und stellte die Uhr auf 36 Stunden Wartezeit.

Etwa drei Kilometer von der Lichtung entfernt gibt es einen Wasserfall. Es ist kein bedeutender wie der Iguassú oder die Ñacunday-Fälle mit kilometerlangen, kaskadenförmigen Abbrüchen von dreißig Metern Höhe. Das Wasser fällt nur auf einer Breite von dreihundert Metern an die fünfzehn Meter tief, und es ist nicht jungfräulich weiß, sondern vom Schlamm gefärbt und durchsetzt mit Treibgut aus dem Dschungel. Trotzdem nennt Chuhi ihn *el humo* – den Rauch.

Der Pfad zum Wasserfall führt am Fluß entlang. Er ist einer der wenigen freigehaltenen Passagen durch den Wald, denn die Männer der Lichtung benutzen ihn, um zur nächsten Eingeborenensiedlung zwölf Kilometer hinter dem Wasserfall zu gelangen oder zur Jagd noch tiefer in den Dschungel vorzudringen. Die Frauen gehen auf diesem Weg zu einer klaren Quelle, aus der sie unser Trinkwasser holen, und auf dem halben Weg zum Wasserfall gibt es einen Felsvorsprung, von dem aus die Leute manchmal fischen.

Die ersten fünfhundert Meter läuft der Weg parallel zum Ufer, allerdings in einigem Abstand, und er schlängelt sich durch das grüne Dämmerlicht zwischen den dicken Baumstämmen hindurch. Er sieht idyllisch aus, wie ein Pfad durch das Paradies. Aber jeder Hektar Wald ist ein Mikrokosmos der ganzen Welt, voller erlesener Schönheiten und Wunder, vibrierend von unverschuldetem Schmerz und Tod. Selbst die ehrwürdigen, alles überdachenden Urwaldbäume bergen ihre eigenen Gefahren. Die Tucuma-Palmen sind mit tückischen, fingerlangen Stacheln besetzt, und näher zum Fluß hin gibt es den *pau den novato*, den Novizenbaum, der von bösartig beißenden Ameisen besetzt ist, den Wächtern des Baums.

Ein- oder zweimal in der Woche besuche ich den Wasserfall. Das ist meine Methode, in Form zu bleiben, und sobald ich die Lichtung verlasse, treffe ich kaum noch einen Menschen, außer im Vorbeigehen oder am Felsvorsprung, wo sich die Männer mit ihren Wurfspeeren zum Fischen versammelt haben können. Die Einsamkeit ist mir kostbar.

Bei jedem Schritt entdecke ich neue Merkwürdigkeiten. Ein graufleckiger Baumfrosch umarmt einen Zweig, ein

Nashornkäfer wackelt durch das modrige Laub wie ein winziger Dinosaurier, eine bizarre Raupe, mit orangefarbenem Pelz besetzt, kriecht einen Stamm hinauf, eine smaragdgrüne Heuschrecke, die genauso geformt ist wie das Blatt, auf dem sie sitzt, bewegt sich und gibt so ihre Existenz preis, ein leuchtend kanariengelber und lackschwarzer Giftpfeil-Frosch hüpft von einem Felsblock, ein zehn Zentimeter langer Flachwurm gleitet über die feuchte Oberfläche eines riesigen Blütenblatts. Hier ist die Natur entweder klein und rein oder gigantisch und unverschämt.

Am Wasserfall setze ich mich auf einen besonderen Stein, der aus dem Wasser ragt und rund ausgehöhlt ist, so daß er einen bequemen Sitzplatz bietet. Wenn der Wind kräftig ist, bedeckt er mich gelegentlich mit einem unsichtbaren, kalten Dunstfilm, aber da der Platz tagsüber in der Sonne liegt und warm und trocken ist, werde ich nicht von Zecken, Blutegeln oder Ameisen belästigt. Das Beste ist, daß es nicht einmal Fliegen gibt, weil sie von *el humo* vertrieben werden.

Manchmal verfolge ich abwesend das silbrige Blitzen der Fische oder lasse mich vom Anblick der Schmetterlinge gefangennehmen, deren Flügel in allen Farben schillern, wenn sie sich an ihrer Tränke im Uferschlamm neben meinem Felsblock sammeln, oder von den weiß geflügelten Schwalben, die mitten im Fluß auf einem Baumstumpf hocken – oder mich belustigt die prähistorische, bizarre Gestalt eines Hoazins, eines Wildhuhns, das sich plump auf einem Ast niedergelassen hat.

So ist es an den besseren Tagen. Zu anderen Zeiten verschmähe ich den Segen der Schöpfung unter der tanzenden Sonne und der grellen Narbe des Himmels, starre ich lieber in die dunklen Schatten zwischen den Baumstämmen, unter den großen Blättern und in den Felsspalten. Und in die dunklen Schatten in mir selbst.

An einer Stelle in der Nähe des Felsvorsprungs gabelt sich der Weg. Die Abzweigung führt an einem schmalen Bach entlang, an dessen Quelle man auf ein Feld mit großen, moosbedeckten Steinen stößt. Von dort führt der Pfad wieder zum Hauptweg zurück, der weiter am Flußufer verlaufen ist und den Bach an seiner Mündung mit Hilfe einer kleinen, schwankenden Brücke aus Lianengeflecht und rotem Plastikseil überquert hat.

Trotz meiner Angst, daß ich von der Brücke fallen könnte, gehe ich selten den Umweg über das Steinfeld. Eine Zeitlang bin ich ihn gegangen, doch jetzt kommt er nicht mehr in Frage. Ich will keine Gespenster sehen, die durch die Bäume huschen oder sich als Quälgeister in mir festsetzen.

Während ich mir Hände und Unterarme desinfizierte, schaltete Angela die Geräte ein und legte mein Handwerkszeug neben dem Operationstisch bereit. Roger, mein Anästhesist, kümmerte sich um seine eigenen Geräte und Mittel.

Wir mußten uns nicht vorbereiten wie auf einen großen chirurgischen Eingriff: Zwar trug ich meinen Operationskittel, aber Angela behielt ihre Tracht an, Roger zog lediglich das Jackett aus und legte eine Gummischürze an. Natürlich trugen wir alle Handschuhe, aber es war nicht nötig, die Haare abzudecken oder das Gesicht zu maskieren. Als alles bereit war, trat Larry in einem hellblauen kittelartigen Umhang ein und legte sich auf die schwarze Fläche des Tisches. Angela spreizte ihr behutsam die Beine und hob sie in die verchromten Steigbügel.

Larry sagte nichts: Es ist merkwürdig, wie selten Patientinnen bei derartigen Gelegenheiten sprechen. Man sollte glauben, sie würden drauflosreden, um ihre Verlegenheit zu überspielen, das Demütigende der Situation und die Angst, die jede Frau vor einer solchen Entblößung hat, doch das tun sie nicht.

Roger setzte einen intravenösen Tropf an Larrys Armbeuge an und klemmte den Fühler des Pulsmessers an den Mittelfinger ihrer linken Hand. Die EKG-Sensoren wurden mit kleinen Saugnäpfen angebracht, die vorher mit einem Kontaktgel versehen worden waren.

»Wir geben Ihnen etwas zur Beruhigung«, sagte Roger mit sanfter und weicher Stimme. Man hätte nicht geglaubt, daß er Rugby bei den Barbarians spielte. »Sie werden nicht einschlafen. Sie werden die ganze Zeit bei Bewußtsein bleiben, sich aber hinterher an nichts mehr erinnern. Ich gebe Ihnen auch ein Schmerzmittel, doch das nur als Vorsichtsmaßnahme, es wird nicht notwendig sein.«

Ich schaute zu, wie er das Propafol und Alfentinil in den Tropf einleitete und sein Blick vom Schlauch hinüber zur Digitalanzeige des Pulsmessers und zum Oszillographen des EKGs wechselte. Nach einer Weile nickte er mir zu.

Während ich das Spekulum in Larrys Scheide einführte, wickelte Angela ein Gummituch um den Ultraschallkopf und bestrich es mit Kontaktgel. Dann riß ich die sterile Verpackung der Führungsschiene aus rostfreiem Stahl auf, befestigte die Schiene an der Sonde und schob sorgfältig die Absaugkanüle und den zugehörigen Katheter an ihren Platz.

»Larry«, sagte ich leise, »wir fangen jetzt an. Es kann ein bißchen unangenehm sein. Wenn es weh tut, sag es einfach.«

»Ja«, erwiderte sie abwesend, wie in einen Traum versunken. »Das werde ich.«

In Wirklichkeit ist der menschliche Körper nicht so beschaffen, wie ihn die medizinischen Bücher darstellen: Wenn keine Schwangerschaft vorliegt, ist der Uterus keine leere Höhle, sondern ein Kanal, dessen Wände nur durch einen dünnen Schleimfilm getrennt sind, und die Eierstöcke hängen nicht frei in der Bauchhöhle herum wie seltsame Früchte, sondern schmiegen sich an die Rückwand der Vagina. Das Absaugen von Eizellen ist daher relativ einfach, wenn es keine unvorhergesehenen Komplikationen gibt. Man muß lediglich die Scheidenwand mit einer Kanüle durchstechen und den Inhalt jedes Follikels ausspülen. Das ist es eigentlich schon. Die Blutung bleibt gering, ein tieferer Eingriff in den Körper findet nicht statt, und für den ganzen Vorgang braucht ein erfahrener Gynäkologe nicht länger als ein paar Minuten.

Ich führte den Schallkopf ins Spekulum ein und studierte den Bildschirm rechts neben mir. Auf dem Schwarzweißbild erscheinen Flüssigkeiten schwarz und Gewebe weiß. Die Sonde vorwärts schiebend, als würde ich mit einem kleinen Flugzeug und mit Radarortung in Larrys Körper einfliegen, sah ich den ersten reifen Follikel. Behutsam setzte ich die Kanüle an der Scheidenwand an, durchstach sie und drang in den anliegenden Follikel ein. Ich vergewisserte mich noch einmal, daß der Druck 100 mm auf der Quecksilbersäule betrug und die Spülautomatik genau 3,6 ml HAMS F 10 absaugen würde. Dann betätigte ich die Fußschaltung. Die elektronische Saugpumpe summte und klickte. Der Bildschirm schwärzte sich für einen Moment. Ein kleiner Glasbehälter auf der Pumpe füllte sich mit einer rötlichen Flüssigkeit.

Niemand sprach. Angela nahm das Gefäß und reichte es durch die Luke ins Labor hinüber. Ich sah Phillips' Hand, die es entgegennahm. Wir warteten. Zwanzig Sekunden verstrichen wie eine halbe Stunde, bis schließlich sein Gesicht in der Luke erschien.

»Positiv!« meldete er.

Ich zog die Kanüle heraus, verschob den Schallkopf und ortete den nächsten Follikel, um den Vorgang zu wiederholen. Es dauerte keine dreiviertel Stunde, bis ich alle sechs reifen Follikel abgesaugt hatte. Nur der dritte und größte stellte ein Problem dar und mußte dreimal ausgespült werden, bis es uns gelang, die Eizelle zu lösen.

Ich stand auf, streckte die Beine und lockerte meinen Rükken, während Angela Larry in den Ruheraum brachte. Obwohl ich während der ganzen Prozedur auf einem niedrigen Hocker gesessen hatte und mich nicht vorbeugen mußte, tat mir jeder Muskel weh. Das war die Anspannung und die Erregung, die ich jedesmal spürte, wenn ich eine Reise durch das menschliche Gewebe unternahm.

Ich setzte mich in mein Büro und wartete, vor mir stand eine dampfende Tasse kenianischen Kaffees. Nach einer Viertelstunde klingelte das interne Telefon.

»Wir haben die Eier sortiert«, sagte Phillips' Stimme. »Drei sind Kategorie 1 oder 2A, der Rest ist dritte Wahl.«

»Vernichten Sie die Dreier« befahl ich ihm unnötigerweise. »In zwanzig Minuten bin ich unten.«

Larry saß im Ruheraum auf einem großen, weichen Kissen und hielt einen bunten Pott Tee in der Hand. Sie lächelte schwach, als ich eintrat.

»Wie war ich?« fragte sie.

»Perfekt«, erwiderte ich, »und dein Körper hat sich fabelhaft benommen. Wir haben drei erstklassige Eier, und wenn mit Brians Sperma alles klappt, können wir sie schon morgen oder übermorgen einpflanzen. Ich werde mich rechtzeitig melden.«

Den Rest des Vormittags verwendete ich auf meine Korrespondenz, wimmelte einen Anruf der abscheulichen Französin ab, und mittags ging ich in mein Lieblingsrestaurant, aß ein leichtes Lachsgericht mit einem Glas Vouvray und einer *crème brûlée* mit türkischem Kaffee zum Nachtisch und kehrte kurz nach zwei in die Praxis zurück.

Im Labor waren Phillips und seine zwei Helferinnen mit den Teströhrchen und den Spektroskopen beschäftigt.

»Sind wir bereit?« fragte ich.

Er schaute auf die Uhr. »Wir hatten vier Stunden Zeit«, erwiderte er und nickte dann Janet, seiner Assistentin, zu, die den Gefrierschrank öffnete und ein Röhrchen mit Brians Sperma herausnahm und seine Identität an dem aufgedruckten Punktcode überprüfte.

Während das Sperma aufgetaut wurde, schaute ich mir die Eizellen an. Es war nichts Auffälliges an ihnen zu entdecken.

Phillips, der neben mir am Mikroskop saß, ächzte schwer, und ich wurde sofort nervös. Wenn er einen solchen Grunzer von sich gab, konnte das unbändige Freude oder tiefe Enttäuschung bedeuten.

»Wie machen sie sich?« fragte ich.

»Nicht so gut, wie man sich das wünschen könnte«, erwiderte er.

Er drehte den Beobachtungsschirm für den Objektträger zu mir herum. Er war voller Spermatozoen, aber nur annähernd ein Drittel von ihnen war aktiv und schlug mit den Schwänzen. Der Rest blieb reglos oder bewegte sich sehr träge und bot keinen vielversprechenden Anblick. Ein erfolgreiches Spermatozoon muß kräftig genug sein, nicht nur auf eine Eizelle zuzuschwimmen, sondern auch deren äußere Umhüllung zu durchstoßen; trotz des zugespitzten Kopfes keine geringe Aufgabe.

»Wie viele Röhrchen haben wir?« fragte ich.

Janet schaute auf ihre Liste und sagte: »Nur vier.«

»Nehmen wir alle drei Oozyten wie üblich, Sir?« fragte Phillips.

Ich nickte und sagte: »Alle drei.«

Phillips zog eine Grimasse, und Janet holte die restlichen drei Röhrchen zum Auftauen heraus. Eins enthielt kaum bewegliche Spermatozoen, aber die anderen beiden entsprachen dem ersten.

»Wir werden den ganzen verfügbaren Samen brauchen«, bemerkte Phillips.

Ich nickte. Das war keine wünschenswerte Situation; es war immer das Beste, für den Fall eines Fehlschlags eine Reserve zu behalten, aber wir hatten, wie ich meinte, keine andere Wahl.

Nachmittags um vier brachten wir das Sperma und die Eizellen zusammen und stellten den digitalen Laborwecker auf 18 Stunden ein. Am nächsten Morgen prüften wir die Eizellen: Ich befürchtete, daß das Sperma versagt hatte, oder, wie es manchmal passierte, sich eine entartete Zelle fand, doch alle drei enthielten die normalen zwei Pronuclei. Das Sperma hatte sich anscheinend gegen alle Hindernisse behauptet, und was ich da im Mikroskop erblickte, waren keine Eizellen mehr, sondern Embryos.

Es ist möglich, daß sich Zellen auch parthogenetisch zwei- oder dreimal teilen, deshalb behielt ich sie im Auge, aber trotzdem rief ich Larry an und bestellte sie für den nächsten Nachmittag zur Einpflanzung der Embryos. Die Zellteilung verläuft anfangs sehr langsam. 48 Stunden nach der Befruchtung besteht ein Embryo erst aus vier oder acht Zellen. Nach sechs Tagen sind es dann schon Tausende von Zellen, die sich zu einer Blastozyste geformt haben. Doch es gab keinen Grund zur Sorge. Ich war mir sicher, daß diese Embryos das Ergebnis der Befruchtung waren, und ein Blick am nächsten Morgen bestätigte mich darin, denn jedes Embryo enthielt mindestens sechzehn Zellen.

Larry traf pünktlich ein und kam zur Einpflanzung der Embryos in den Operationsraum. Sie schaute sich um, als wäre das ihr erster Besuch gewesen, und ihr Blick streifte das Ultraschallgerät, den Pulsmesser, den Ventilator, die endoskopischen Geräte und die Stahlflaschen mit Sauerstoff und Stickstoffdioxid.

»Ich kann mich an nichts mehr davon erinnern«, bemerkte sie.

»Du warst unter Beruhigungsmitteln« erklärte ich ihr. »Du hast alles gesehen, aber du hast keine Erinnerung daran.«

Sie legte sich auf den Tisch, und Angela half ihr wieder dabei, die Füße in die Steigbügel zu stecken.

»Diesmal bekommst du kein Beruhigungsmittel«, sagte ich und streifte mir die OP-Handschuhe über. »Es tut nicht weh und ist höchstens ein bißchen unangenehm.« Ich zeigte ihr die Ausrüstung, die ich benutzen würde. »Es passiert nicht mehr, als daß ich diesen dünnen Plastikkatheter durch den Muttermund schiebe und dann mit dieser kleinen Spritze die Flüssigkeit in den Uterus einbringe. Die Spritze sieht ein bißchen anders aus als die, die Diabetiker benutzen. Das Ganze passiert dreimal, weil ich drei Embryos implantiere. Alle drei sind normal entwickelt. Die Prozedur dauert nicht länger als zehn Minuten.«

Phillips reichte mir den ersten Embryo im Katheter. Ich injizierte ihn Larry und prüfte dann den Schlauch unter dem Mikroskop, um sicherzugehen, daß das Ei übertragen war. Das war der Fall, und die beiden anderen Übertragungen verliefen genauso glatt. Ich gab Larry eine Injektion von 2000 I. E. HCG und half ihr, sich aufzurichten.

»Das wär's«, sagte ich. »Mit ein bißchen Glück bist du schwanger. In vierzehn Tagen wissen wir es genauer, wenn du den üblichen Schwangerschaftstest machst.«

Angela schob mir die nötigen Papiere zur Unterschrift zu. Als ich wieder hochsah, weinte Larry. Die Tränen liefen ihr übers Gesicht und tropften auf ihren Baumwollkittel, wo sie sich auf dem hellblauen Stoff in dunklen Flecken ausbreiteten. Ihre Hände waren demütig im Schoß gefaltet. Ich fragte mich, ob das ein symbolischer Akt war, ob sie damit versuchte, das winzige Etwas, das ein Kind werden sollte, in ihrem Schoß festzuhalten.

»Danke, Dom«, flüsterte sie heiser, dann hob sie die Hände vors Gesicht und wurde vom Weinen geschüttelt.

Eines Vormittags, als ich auf dem Rückweg vom Wasserfall war, stieß ich auf eine Schar von Kindern, die von der Lichtung kamen. Sie waren zwischen vier und zehn Jahren alt und spielten in einer seichten Stelle des Flusses kurz oberhalb des Felsvorsprungs. Ein Dutzend planschte umher, und einer versuchte zu schwimmen, während eine Gruppe von Jungen damit beschäftigt war, ein Stück Holz in die Strömung zu treiben, indem sie es mit harten Früchten bewarfen.

Ich stellte mich hinter eine Palme und verfolgte unbemerkt ihr Spiel. Das Miteinander von Kindern hat etwas unergründlich Schönes, doch zugleich Erschreckendes an sich: Sie zeigen eine ursprüngliche Unschuld, die schon im nächsten Moment in archaische Grausamkeit umschlagen kann.

Der Anführer der Fruchtwerfer landete einen Treffer. Er hüpfte vor Freude und drehte sich mit ausgebreiteten Armen im Wasser, um Beifall einzufordern. Seine Freunde jubelten ihm zu, und sein Gesicht leuchtete vor Begeisterung. Er machte sich daran, ein weiteres Geschoß zu werfen.

Im selben Moment drehte sich der Schwimmer, ein etwa sechsjähriger Junge, auf den Rücken und strampelte mit den Beinen. Das Holzstück wurde in die Strömung gestoßen, es kreiselte und trieb langsam davon. Das Wurfgeschoß flog daneben.

Einen Moment lang war Stille. Dann schrie der Anführer etwas mit schriller, wutentbrannter Stimme. Er zeigte auf den Schwimmer, der nun bis zur Hüfte im Wasser stand und erschreckt dreinblickte. Alles an ihm war Angst und Entsetzen. Die Kinder ließen ihre Munition aus Früchten fallen und wateten auf den Schwimmer zu, der sich ins Wasser duckte und die Arme abwehrend in die Höhe hielt. Die Kinder umringten ihn, und ihr Anführer stemmte die Arme auf den Kopf des Schwimmers und drückte ihn unter Wasser. Im stillen zählte ich bis fünf. Der Junge wurde noch immer getaucht, und die anderen Kinder drängten sich schreiend und rufend um ihn. Sie waren von einem Mobinstinkt gepackt, und der Gott der Unschuld hatte sie verlassen.

Als ich bis zehn gezählt hatte und befürchtete, das Kind könnte ertrinken, verließ ich mein Versteck und rannte zum Ufer. Zuerst hatte mein Erscheinen keinerlei Wirkung. Der Junge war noch unter Wasser und ruderte verzweifelt mit den Armen. Dann sah mich ein Mädchen, das am Rand der Meute stand. Es sagte nichts, doch irgendwie übermittelte es mein Erscheinen den anderen, und das Getümmel und Geschrei erstarb. Der Junge kam keuchend und nach Luft schnappend aus dem Wasser hoch.

Der Anführer starrte mich an. Ich ging näher ans Ufer heran, und während ich mich auf sie zubewegte, wichen die Kinder zurück und suchten dichtgedrängt Zuflucht am Felsvorsprung. Mein Erscheinen einte sie zu einem Bündnis der Furcht. Sie waren nicht mehr die Schar herumtollender Kinder, die sich über einen Schwächling hergemacht hatte, sondern eine geschlossene Einheit, die von einer gemeinsamen Angst zusammengehalten wurde.

Ich stand jetzt im schlammigen Ufersand. »*No!*« rief ich. »*Es malo!*« Mit Gesten deutete ich das Untertauchen an und schüttelte den Kopf. »*No! Debe respirar!*«

Die Kinder starrten mich an. Ich wurde an den Blick erinnert, mit dem Tiere einem vorbeilaufenden Raubtier folgen.

Plötzlich rief der Anführer etwas. Er blickte zu mir herüber, aber er richtete sich an seine Gefährten. »*Es él que escucha a los espectros!*« brüllte er.

Es gab einen Moment der Starre, dann wirbelten alle Kinder herum und wateten schreiend zum Felsvorsprung, wühlten mit ihren dünnen Beinchen das Wasser auf und trieben die kleinen Fische vor sich her, die auf ihrer Flucht in die Luft sprangen. Die Kinder kletterten auf den Felsen und rannten schreiend davon. Allmählich wurden ihre Rufe vom Dschungel verschluckt.

Ich stand allein. Für den Moment war ich ihr Buhmann, und ich fragte mich, ob ihre Eltern manchmal mit mir drohten, um sich Gehorsam zu erzwingen. Ich konnte mir lebhaft eine alte Frau vorstellen, die von einem übermütigen Kind aus der Fassung gebracht wurde und mich dann ins Feld führte: *Hüte dich,* mochte sie sagen, *iß dein Essen* oder *geh jetzt schlafen* oder *hör auf mit dem Lärm* und dergleichen, *sonst kommt der Mann mit dem weißen Mantel, der auf die Geister lauscht, und holt dich weg.*

Im zweiten Monat von Larrys Schwangerschaft wurde ich übers Wochenende nach Harbury eingeladen. Ich fuhr an einem Samstagnachmittag, als die Autobahn voll war von Urlaubsreisenden auf der Heimfahrt von den südlichen Fährhäfen. Ihre Dachgepäckträger waren mit Koffern beladen und mit Kunststoffplanen abgedeckt, und Caravans wurden von schwächlichen oder überalterten Autos geschleppt. Je weiter ich mich von London entfernte, um so ruhiger und enger wurden die Straßen, und die letzten Kilometer meiner Reise legte ich auf kleinen Landstraßen zurück. Ich mußte dreimal anhalten und die Kartenskizze studieren, die Larry mir geschickte hatte. Es war schon sieben Uhr an jenem wunderbaren Abend, als die Sonne noch hoch am Himmel stand und Wärme spendete, während sich die Luft im Schatten schon abkühlte. In dichten Wolken tanzten die Mücken und speicherten das Sonnenlicht in ihren winzigen Körpern, als ich mit meinem Porsche in die Einfahrt bog und den Motor abschaltete.

Dell Cottage entsprach ziemlich genau meinen Erwartungen mit einem frisch gemähten Rasen und säuberlichen Rosenbeeten, einer gepflasterten Terrasse und einem gemauerten Grill sowie einer neuen Garage, die hinter Koniferenhecken verborgen war. Auf der grauen Feldsteinmauer neben der Tür wuchs eine dichte Glyzinie.

Larry kam heraus und begrüßte mich, während ich meine Tasche hinter den Sitzen hervorzog. Sie warf einen bewundernden Blick auf das Auto und strich mit dem Finger über die Wölbung des Daches. Es war schwarz lackiert und hatte eine Sonderausstattung aus grauem Leder.

»Sieht ja ziemlich schick aus.«

Es lag keine Ablehnung in ihren Worten. Sie war nicht neidisch auf meinen deutschen Flitzer, obwohl sie, wie ich beim Schließen der Tür dachte, bei einem Scheitern der Schwangerschaft möglicherweise einen Groll entwickeln würde, den ältere kinderlose Paare mit einer Hingabe pflegen, die sie sonst ihrem Kind gewidmet hätten, und oft einem Ersatz, einem King-Charles-Spaniel oder einer Siamkatze, zukommen lassen.

»Brian ist gerade weg«, sagte Larry, als sie mich durch das Haus führte. »Eine Notbehandlung.«

Das Wohnzimmer war kühl und dunkel, von Deckenbalken gesäumt, der Boden war gefliest. An seiner Rückwand befand sich ein gewaltiger Kamin, der von weichen Polstermöbeln und von Lehnstühlen umrundet war. Die Treppe war aus Stein, und die schmalen Stufen waren von Hunderten Füßen glattgeschliffen. Auf halber Höhe machte die Treppe eine Kehre, und ich mußte den Kopf einziehen, um mich nicht am Balken zu stoßen.

»Wie alt ist das Haus?« fragte ich.

»Etwa 1720 gebaut. Ursprünglich waren es drei Gebäude, die um die Jahrhundertwende zu einem zusammengefaßt wurden, von einem Landarzt, wie es der Zufall will. Früher hatte es ein Strohdach. Wir haben hier ein Bild ...« Sie zeigte auf eine vergilbte Fotografie im Eichenrahmen. Man sah das Haus mit einem Strohdach, und an der Tür stand eine untersetzte Frau in der Matronentracht der Jahrhundertwende, neben ihr ein schwarzer Hund undefinierbarer Rasse und ein kleiner Junge im Matrosenanzug. »Die Frau des Arztes und ihr Sohn«, sagte Larry, und ich spürte ein gewisses Zögern in ihrer Stimme, als sie das letzte Wort aussprach.

»Nun ja«, sagte ich, »ich kann diese Mrs. Macawber nicht ins Leben zurückrufen, und auch nicht ihren Höllenhund, aber ...«

Mehr mußte ich nicht sagen. Larry verstand, und ich fragte mich, wie oft sie das Foto betrachtet und denselben Gedanken empfunden hatte.

»Ich zeige dir dein Zimmer«, sagte sie halb flüsternd und nahm mich bei der Hand.

Es war ein geräumiges Schlafzimmer mit einem massigen Doppelbett, einer Frisierkommode und einem Kleiderschrank. Ich stellte meine Tasche neben dem Bett auf den Boden und blickte aus dem Fenster. Der Garten war gepflegt und traditionell: mit eingefaßten Blumenbeeten, einem frisch gemähten Rasen mit Streifenmuster, und die Apfelbäume bogen sich unter den Früchten. Neben einer strohgedeckten Laube jagten Schwalben über einem kleinen Teich nach Insekten, hinter einer niedrigen Buchsbaumhekke begann der schmucke Gemüse- und Kräutergarten und jenseits des Grundstücks, das von Buchen- und Haselsträuchern begrenzt war, begann das offene Weideland, auf dem sich Kühe aufhielten. Es war der Garten einer Frau, die viel Zeit hatte, dachte ich – oder viel Sehnsucht.

Am Abend aßen wir im Freien, und Brian grillte Steaks. Das Dessert war eine Komposition aus Bananen, Schokolade und Orangencuraçao, die über der Flamme erhitzt und mit Brandy flambiert wurde.

»Wenn du als Zahnarzt genauso gut bist wie als Koch, solltest du eine Privatpraxis aufmachen«, bemerkte ich.

»Ja, vielleicht«, erwiderte er. »Aber dann müßte ich nach London gehen, um das große Geld zu machen, und zum Pendler werden. Im Freitagsstau hierher und im Montagsstau zurück. Ich wollte eine ruhige Gegend, eine ruhige Praxis und einen ruhigen Feierabend.«

Die Sonne war hinter dem Horizont verschwunden. In der Nähe krächzten ein paar Saatkrähen, die sich in den hohen Ulmen zur Ruhe begaben, dann und wann brüllte eine Kuh.

»Weißt du«, fuhr er fort, »dieser Beruf ist ziemlich langweilig. Jeden Tag dasselbe: hier eine Füllung, da Zahnstein entfernen, eine Prothese für Mrs. Grumble oder eine Krone für Mr. Groan. Ich beklage mich nicht, aber es gibt Tage, wo ich mich über einen ordentlichen Abszeß freue.«

»Das spricht alles für eine private Praxis«, erklärte ich. »Laß dir die Langeweile besser bezahlen. Wenn du einem Rockstar die Zähne flickst, ist das spannender als ein vereitertes Bauerngebiß.« Ich blickte zum Himmel hinauf. Hoch oben zeichneten sich im letzten Tageslicht zwei V-Formationen von Möwen ab, die gen Westen zogen. Eine Eule schrie irgendwo in den Feldern.

»Wie stehen die Chancen, Dom?« Er sprach leise, etwa so, wie man in der Kirche spricht, als hätte er Angst, durch das Fragen sein Schicksal herauszufordern.

»Wie du es schon in meiner Broschüre gelesen hast. Etwa genauso wie in der Natur. Dreißig Prozent der Patientinnen mit künstlicher Befruchtung werden beim ersten Versuch schwanger, fünfundzwanzig Prozent bringen das Kind gesund zur Welt. Zwölf Prozent haben eine Fehlgeburt, gewöhnlich in den ersten zwölf Wochen. Was laut Statistik gegen euch spricht – oder für euch, je nach Vorliebe –, ist der Umstand, daß die Wahrscheinlichkeit von Zwillingen eins zu vier beträgt und die Wahrscheinlichkeit von Drillingen eins zu fünfundzwanzig. Sich mit einem Drillingskinderwagen durch den Supermarkt zu zwängen, ist vielleicht ein bißchen anstrengend.«

Larry erschien mit einem blauen Angorapullover, den sie um die Schultern gehängt hatte, und balancierte ein Tablett mit einer Kaffeekanne, mit Tassen, Brandygläsern und einer Flasche Kognak.

»Warum hast du dich auf die künstliche Befruchtung spezialisiert?« fragte Larry, als sie den Kaffee einschenkte.

»Ich nehme an, ich fand es – und finde es noch – spannend«, erwiderte ich. »Und es bringt Erfolge – nicht nur in finanzieller Hinsicht. Ich freue mich, wenn ich ein gesundes Baby sehe, das durch meine Arbeit entstanden ist. Besonders, wenn es nach mehreren Versuchen dann endlich geklappt hat. Es ist, wie wenn man einen Außenseiter ins Derby schickt, und er rennt allen anderen davon.«

»Es ist doch nicht etwa nur der Spaß am Gewinnen, oder?« stichelte Larry.

»Natürlich nicht. Es ist auch die Genugtuung, daß ich die

Natur überlistet habe, daß ich die Würfel des Lebens ein wenig manipuliert habe.«

»Manche könnten auch sagen, du würfelst mit Gott«, bemerkte Brian und schob mir einen Brandy zu.

»Und damit könnten sie recht haben«, bekräftigte ich. Das Argument war mir nicht neu, und es schmeichelte mir, weil ich das auch so sah. Ich spielte mit Gott, und ich war der Gewinner.

Eine hübsch getigerte Katze kam über den Rasen getrottet. Sie verharrte kurz, um einer Amsel nachzuschauen, dann sprang sie geradewegs auf Larrys Sessel und rollte sich in ihrem Schoß zusammen.

»Das ist Napoleon«, sagte Larry und streichelte die Katze. »Sag Hallo zu Dom, Napoleon!« Die Katze würdigte mich keines Blickes und ließ lediglich die Schwanzspitze zucken.

»Es ist mehr an der Sache als nur der Spaß am Gewinnen oder am Überlisten der Natur«, fuhr ich fort und wärmte das Brandyglas in den Händen. »Mit meiner Arbeit bewege ich mich auf der Grenzlinie zum letzten Geheimnis der Menschheit.«

»Wie meinst du das? Das letzte Geheimnis der Menschheit?« fragte Brian.

»Wie ich es sage. Wir haben die Lepra besiegt, die Tuberkulose, Cholera und Pest, und wir haben die schwarzen Pocken aus der Welt geschafft. Wir sind noch im Kampf mit dem Krebs, mit der multiplen Sklerose und so weiter, das ist nur eine Frage der Zeit. Aber wir wissen praktisch nichts über den Mechanismus der Schöpfung.«

»Wie steht's mit der Genetik?« warf Brian ein.

»Sicher, aber wir haben bisher nur die Oberfläche angekratzt. Das menschliche Genom wird gerade kartographiert, und jeden Monat werden neue Entdeckungen gemacht. Zum Beispiel ist der genetische Defekt, der die Fibrosis verursacht, theoretisch identifiziert. Man weiß, daß er sich auf dem Chromosom 7 befindet. Das ist aber nur ein winziger

Bruchteil, gemessen an der gesamten DNA. Und über die wirklichen Prozesse, die da ablaufen, wissen wir herzlich wenig. Wir haben gelernt, daß das Spermium den Eileiter hinaufschwimmt und das Ei befruchtet, daß sich das Ei in der Gebärmutter einnistet und daß sich eine Plazenta bildet. Doch welche chemischen Signale geben die Befehle zur Teilung der Eizellen? Trägt auch das Spermium ein Signal? Vielleicht. Aber Eizellen teilen sich auch ohne Befruchtung, wenn man sie künstlich penetriert. Und was das Wachstum des Fötus betrifft ...«

Ich merkte, daß ich mich in Begeisterung redete, aber ich mußte es loswerden. Nicht, um mich zu rechtfertigen, sondern um zu erklären, was mich vorantrieb. »Brian«, fuhr ich fort, »du siehst den ganzen Tag Zähne. Was gibt es da Neues? Sehr wenig. Die Zahnmedizin entwickelt sich weiter, neue Methoden, neue Materialien, um Löcher zu füllen und Zahnkronen zu verschönern. Das war's dann auch schon. Ich dafür sehe den ganzen Tag Vaginen und Gebärmütter, Penisse und Hoden. Im Grunde gleicht eine Gebärmutter der anderen, so wie ein Backenzahn dem anderen gleicht. Sie kann verletzt oder erkrankt sein, genau wie dein Backenzahn, aber du hast nur drei Optionen: Füllung, Krone oder Ziehen. Und nichts Neues zu entdecken. Doch in jedem Uterus laufen komplizierte chemische Prozesse ab, unüberschaubare hormonelle Wirkungen. Und ich will wissen ...« Ich verstummte. Am nächtlichen Himmel sah ich eine Fledermaus huschen.

»Warum hast du nicht geheiratet, Dom?« fragte Larry. »Hat dich deine Arbeit verdorben für ...«

Ich lachte leise und nippte am Brandy. Ich wußte genau, was sie dachte, und ich hatte die Frage schon oft zu hören bekommen: Dahinter stand die Vermutung, daß meine Suche nach dem Geheimnis des Lebens, der tägliche Anblick weiblicher Geschlechtsorgane, mir das Geheimnis der Liebe und Sexualität entzaubert hatte.

»Nein, mit der Arbeit hat das nichts zu tun«, erwiderte ich, »zumindest nicht direkt. Brian küßt dich ja auch noch, nachdem er den ganzen Tag in fremden Mündern herumgestochert hat. Ich glaube, ich bin ein Junggeselle aus Gewohnheit. Ich hänge an meinem Haus in der Stadt, an meinem Porsche, an meinem Urlaub auf den Virgin Islands, an meinen Yves-Saint-Laurent-Hemden und meinen Savile-Row-Anzügen, ich genieße es ...« – ich suchte nach einem passenden Wort – »unbeschwert zu sein. Außerdem glaube ich nicht, daß ich ein guter Ehemann wäre.«

Larry stand auf, und die Katze sprang von ihrem Schoß und blickte feindselig an ihr hoch. »Ich glaube, da bist du im Irrtum«, erklärte sie. »Du wärst der perfekte Ehemann. Du verstehst die Frauen.«

»Die Friseure auch«, gab ich zurück. »Würdest du deshalb einen heiraten?«

»Du weißt genau, was ich meine. Du weißt, was eine Frau in Schwingung versetzt.«

Ich lachte laut auf und schüttete meinen Brandy hinunter. »Nein, ich verstehe die Frauen nicht«, sagte ich. »Ich verstehe, wie sie körperlich funktionieren, zumindest, was den Gebärapparat betrifft, aber ich habe nicht die leiseste Ahnung vom weiblichen Verstand.«

»Der ist vielleicht das größte Geheimnis«, sagte Brian und grinste breit.

Später, als ich beim Forträumen des Geschirrs half, sagte Larry leise zu mir: »Wir schulden dir so viel.«

»Ihr schuldet mir gar nichts«, widersprach ich. »Ich habe meine Arbeit gemacht, und ihr habt mich dafür bezahlt.«

Sie blickte in den nächtlichen Garten. Ihre Wangen wurden von einem plötzlichen Aufflackern der erlöschenden Holzkohle erhellt. »Für uns beide bist du wie ein Freund, den wir schon seit Jahren kennen.«

Wenn man von der Lichtung aus ein Stück flußabwärts geht, kommt man an eine Hügelkette, die sich durch den Dschungel zieht. Die höchste Erhebung überragt den Fluß um keine hundertfünfzig Meter, und die Abhänge sind, obwohl ziemlich steil, dicht bewachsen. Ein Pfad windet sich vom Fluß auf den höchsten Hügel hinauf, und auch er wird, wie der Pfad zu den Wasserfällen, von den Männern ständig freigehalten. Wie die meisten Wege dient er als Zugang zu den Jagdgebieten, aber er hat noch eine andere Bestimmung: Er führt zum alten Friedhof des Stammes.

Wenn heutzutage einer von ihnen stirbt, geben ihm die Bewohner der Lichtung ein annähernd christliches Begräbnis. Die Leiche wird in ein Tuch oder eine Baumrinde gewickelt, je nachdem, was gerade verfügbar ist, und in ein ausgehobenes Grab gelegt. Das Holzkreuz, das am Kopfende des Grabhügels aufgestellt wird, verfault in weniger als einem Jahr. Bei der Beerdigung werden keine Gebete gesprochen oder Lieder gesungen. Das Grab im Dschungel ist schnell vergessen und wird nie wieder besucht.

Vor einigen Jahrzehnten noch erhielten die Toten eine traditionelle Zeremonie, bei der man große Mengen *masato,* ein faulig schmeckendes, selbstgebrautes Bier, trank und, den verwesenden Kadaver vor Augen, Cocablätter kaute. Auf dem Höhepunkt der Zeremonie, unter Tanz und Gesang, wurde die Leiche auf den Hügel getragen und auf einem Felsplateau abgelegt. Geschmückt mit Federn und Perlen, mit Schlangenhäuten und Tierfellen, wurde sie dort dem Verfall überlassen. Natürlich waren die Gelbkopfgeier sofort zur Stelle, gefolgt von den Königsgeiern und, wenn vom Festmahl noch etwas übrig war, von den Schwarzkragenfalken. Vielleicht beteiligte sich auch ein Jaguar am Schmaus. Und wenn das Fleisch verzehrt war, besorgten Ameisen und Käfer, kleine Eidechsen und Fliegenlarven den Rest, so daß nach wenigen Wochen nur noch eine Ansammlung verstreuter Knochen blieb, sauber und geruchlos wie ein Laborskelett.

Von Zeit zu Zeit besteige ich diesen Bestattungshügel. Die Bewohner der Lichtung scheinen immer das Boot zu benutzen und in der Nähe des Hügels anzulegen, doch da ich nicht geschickt genug bin, einen Einbaum zu steuern, und befürchte, gesehen zu werden, nehme ich lieber den wenig benutzten Pfad durch den Wald.

Vorm Dschungel habe ich keine Angst mehr. Darüber bin ich hinaus. Es gibt viele Gefahren, und die meisten gehen von den fast unsichtbaren Schlangen oder völlig unsichtbaren Bakterien aus. Aber daran habe ich mich gewöhnt. Meine einzige wirkliche Angst ist es, entdeckt zu werden.

Der Fußmarsch zum Hügel dauert etwa drei Stunden. Ich muß einen Taschenkompaß und eine rasiermesserscharfe Machete mitnehmen, denn oft verschwindet der Pfad, und ich muß ihn entweder freilegen oder mir einen neuen Weg bahnen. Außerdem stecke ich ein billiges Feuerzeug ein, das Dr. Suárez mir geschenkt hat. Obwohl ich nicht rauche, gehört es unbedingt zur Dschungelausrüstung, denn es bietet die einzig wirksame Methode, die Zecken und Blutegel zu beseitigen, die an den Beinen hochklettern oder sich schon an mir festsaugen, wenn ich nur ganz flüchtig ein Blatt streife.

Am Fuß des Hügels mache ich eine Pause und nehme einen Schluck aus der Wasserflasche. Trotz der Feuchtigkeit des Dschungels wird man schnell durstig, und es ist äußerst wichtig, den Flüssigkeitsspiegel hoch zu halten. Das weiß ich als Arzt, und auch Chuhi weiß es, der auf langen Wanderungen seinen Urin zurückhält, um nicht innerlich auszutrocknen.

Nachdem ich getrunken habe, steige ich den Pfad vom Fluß hinauf. Er führt nicht geradewegs auf den Hügel, sondern windet sich zwischen den Baumstämmen hindurch, vorbei an bizarren Pilzen, die aussehen, als wären sie der Phantasie eines Horrorschriftstellers entsprungen. Viele von ihnen strömen trotz ihrer makabren Schönheit einen äußerst widerwärtigen Gestank aus, der bei zwei Sorten eine besonders obszöne Note hat: Der eine Pilz ist gebaut wie eine Kuppel aus scharlachrotem Geflecht, während der andere wie zum Hohn auf meinen Beruf einem erigierten Penis täuschend ähnlich sieht. Die Abscheulichkeit der Pilze wird wettgemacht durch die erlesensten Blüten, die überall prangen. Knallgelbe Sterne sprießen aus unscheinbaren Lianen, pfirsichfarbene Trompeten mit geriffelten Blütenrändern ragen aus dicken, geschuppten Blütenständen heraus, während schmarotzende Orchideen mit ihren wachsartigen lila Blüten wie Kunstblumen in den Bäumen hängen.

Die Sonne hoch über mir, teile ich meinen Platz auf dem Felsplateau mit ein paar Knochensplittern und den Geistern zahlloser Waldbewohner. Doch was mir durch den Kopf geht, ist meine eigene Geschichte, besonders die der vergangenen zehn Jahre.

Und dann denke ich an Ruth und an die Fährte, auf die sie mich gelockt hat.

Thomas Arkassian betrieb seine Geburtshilfepraxis in einer hochnoblen Wohnung am Boscobel Place im Stadtteil Belgravia. Der in Armenien geborene Mittfünfziger war ein eleganter, makellos gekleideter Mann von unfehlbarem Geschmack. Seine Praxis sah eher aus wie der Salon eines Kunstsammlers als wie der Arbeitsplatz eines Arztes. Abstrakte Gemälde von Poljakow und Malewitsch, Kandinsky und Lanskoi hingen im Empfangsraum, während im Sprechzimmer eine riesige Leinwand von Arshile Gorky die Wand hinter seinem Schreibtisch bedeckte. Wie die meisten Emigranten brauchte er etwas, was ihn an die Heimat erinnerte, mochte sie noch so weit und unerreichbar sein. Sogar sein üppig ausgestatteter Behandlungsraum zeigte eine Hafenansicht von Braque, und über dem Instrumententisch waren Boote angebracht, die aus Gründen der Sterilität mit Plexiglas abgedeckt waren. Die Einrichtung war hochmodern, der Schreibtisch eine Konstruktion aus Chromstahl und Plexiglas, die Sessel prächtig tief und aus weißem Leder gearbeitet.

Gelegentlich überwiesen wir uns gegenseitig einen Fall. Thomas genoß eine beträchtliche Reputation, und wenn er mir Patienten schickte, förderte das meinen Ruf, während meine Überweisungen an ihn mir ebenfalls Pluspunkte einbrachten, weil ich mit diesem Doyen der Schickeria-Ärzte Beziehungen pflegte.

Seinem Lebensstil entsprechend, gab Thomas mit seiner Frau häufig Gesellschaften. Marie Arkassian war höchstens halb so alt wie ihr Gatte und seine vierte Frau, und alle waren so exotisch gewesen wie er selbst: Marie war teils schwedischer, teils französischer, teils japanischer Abstammung, hatte an der Sorbonne studiert, und ihr Aussehen war schlicht beneidenswert. Ihre Haut war glatt und sanft gebräunt, ihr dunkelbraunes, gelocktes Haar reichte bis auf die Schultern. Er nannte sie stets Modi, und tatsächlich verbreitete sie um sich die ruhige, sinnliche Atmosphäre der Schönheit, wie man sie auf den besseren Porträts von Modigliani findet. Mich erinnerte sie lebhaft an dessen ›Sitzenden Akt‹ im Nationalmuseum von Antwerpen.

Die Einladung zu einer Party bei den Arkassians konnte man schlichtweg nicht abschlagen. Im Unterschied zu mir wohnte er nicht über seiner Praxis, sondern hatte ein Haus mit Blick auf die Themse im Stadtteil Richmond. Die Einrichtung unterschied sich grundlegend von der in seiner Praxis. Hier gab es keine russischen Abstrakten: Im Salon hingen Aquarelle von Turner und John Crome, Ölbilder von Constable und Zeichnungen von Gainsborough, die Möbel stammten aus dem 18. Jahrhundert und die Teppiche aus Axminster. Nur das Wohnzimmer, das in eine Terrasse überging und über einen Garten hinweg auf die Themse sah, enthielt moderne Arbeiten, und die waren alle britisch: Graham Sutherland, Paul Nash, Ceri Richards und zwei Skulpturen von Henry Moore, eine in Bronze, die andere in Cumberland-Alabaster. Es war, als sei er bei der Arbeit noch immer der heimwehkranke Einwanderer, zu Hause aber der Engländer, der er seit langem war.

Die Gästeliste einer Party bei den Arkassians war so vielseitig wie der künstlerische Geschmack des Hausherrn und reichte von Haschisch rauchenden Rocksängern zu Bankiers, von Künstlern zu Models, von Forschern zu Technikern. Das Angebot der Speisen und Getränke war in ganz London berühmt, selbst in jenen partybesessenen Zeiten: Beluga-Kaviar, echtsilberne Sektkühler mit Bollinger und Montrachet, Porzellanschüsseln voller Wachteleier, ovale Platten mit Räucherlachs oder winzigen, tandoori-gewürzten Tintenfischen und eisgefüllte Terrinen mit irischen Austern.

Ich genoß diese Bacchanalien in vollen Zügen. Sie begannen gewöhnlich am Sonntagvormittag, wenn Thomas aus seiner russisch-orthodoxen Kirche heimkehrte, und endeten am Montagmorgen. Manchmal gingen sie auch weiter, wenn er in seine Praxis gefahren war, und seine Frau übernahm dann die Aufgabe, die letzten Gäste hinauszukomplimentieren.

Die Menschen, die ich dort traf, faszinierten mich. Es war nicht nur der Umstand, daß sie mir vorgestellt wurden und ich meinen Bekanntenkreis erweitern konnte, sondern auch die Gelegenheit zur Beobachtung, wie sich die Gattung Mensch verhielt, wenn moralische und soziale Schranken fielen. Im Lauf der Jahre sah ich Tory-Minister, die minderjährige Popsängerinnen betätschelten; geschmeidige Models und fette Unternehmer, die Strip-Poker miteinander spielten, wobei die Unternehmer stets verloren; einen sehr berühmten Künstler, der ein Porträt des vietnamesischen Hängebauchschweins zeichnete, das sich ein ebenso berühmter Filmstar als Schoßtier hielt, und einmal war ich Zeuge, wie eine Dame der Londoner Gesellschaft im beschwipsten Zustand eine Gitane-Zigarette mit ihrer Vagina rauchte und sogar Ringe zustande brachte, indem sie ihre Bauchmuskeln in schneller Folge kontrahierte. Da auch ich ziemlich betrunken war, empfahl ich ihr, sich zur Vorsorge gegen Unterleibskrebs auf Filterzigaretten umzustellen. Mein Vorschlag, für den ich mich hinterher sehr schämte, wurde mit schallendem Gelächter quittiert.

Auf einer Party, die Thomas aus Anlaß der Guy-Fawkes-Nacht veranstaltete, sah ich Ruth zum ersten Mal.

Die Gäste trafen kurz vor sieben ein. Thomas empfing sie in einem Kostüm des 17. Jahrhunderts, während seine Frau als Dienstmagd mit einem gebauschten Rock und einer bestickten Bluse ausstaffiert war. Ihr Busen wurde von einem viktorianischen Korsett nach oben gepreßt. Die Serviermädchen, sämtlich blonde Skandinavierinnen und gekleidet wie ihre Herrin, verteilten heißen Rum mit Butter in Krügen. Wir wurden auf die Terrasse geführt und standen bis Viertel nach sieben im naßkalten Wind herum, als plötzlich eine im Fluß vertäute Barke zu explodieren schien und wir mit einem grandiosen und höchst eindrucksvollen Feuerwerk überrascht wurden. Als die letzte Leuchtkugel erloschen war und das abschließende Feuerrad sich in eine rotierende Scheibe aus verkohltem Holz verwandelt hatte, wurden wir zu einem großartigen Büfett mit Gänsebraten, Wildschwein und Schneehuhn hereingebeten. Ich bezog Stellung im Salon und setzte mich auf ein Sofa. Meinen Teller und mein Champagnerglas stellte ich vor mir auf einen niedrigen Tisch. Ich hatte gerade zu essen begonnen, als Thomas an mich herantrat.

»Mein lieber Dom«, sagte er strahlend, »wie hat dir das Feuerwerk gefallen?«

Ich mühte mich nicht um eine Antwort. Thomas sagte nie etwas, ohne es noch weiter auszuschmücken, und er stellte nie eine rhetorische Frage, ohne seine Antwort sofort hinterherzuschicken.

»Es war großartig, findest du nicht? Und das Unglaubliche ist, daß der *maître de feu* oder wie man den Pyrotechniker in gehobenen Kreisen nennt, ein Schullehrer ist und, um der Sache die Krone aufzusetzen, ein Priester dazu. Was für eine Ironie! Ein Mann im Ornat, der die Geheimwissenschaft der Hölle beherrscht. Ein moderner Alchimist.« Er kicherte auf seine charakteristische Art. »Ein bezaubernder Mann, den du kennenlernen mußt. Er wird bald hier sein. Aber vorher mußt du noch mit jemand anderem sprechen.«

Er wurde plötzlich ganz ernst und setzte sich in einen Sessel gegenüber dem Sofa. Wollte er mir einen besonders heiklen Fall zuschieben? Aber Geschäft und Geselligkeit hatte er stets getrennt.

»Es ist keine Patientin«, erriet er meine Gedanken, »sondern eine Spezialistin, die unseren Rat sucht. Genauer gesagt, deinen Rat. Ich fürchte, ich kann ihr nicht sonderlich behilflich sein.«

Leute, die sich Informationen beschaffen wollten, waren für uns beide nichts Neues. Eine Woche zuvor erst hatte mich ein Filmproduzent angerufen, um Details über den Vorgang des Embryotransfers zu erfragen, die er für einen Arztfilm verwenden wollte.

»Ich wüßte nicht, was ich dir voraus haben sollte«, erwiderte ich.

»Die Praxiserfahrung, Dom. Du bist der Mann der künstlichen Befruchtung, ich nicht. Aber bleib hier mit deinem Essen, ich werde sie holen ...«

Die Tür zum Speisezimmer öffnete sich, und das Stimmengewirr der Gäste brandete herüber. Eine junge Frau trat ein. Sie war mittelgroß, trug einen einfachen schwarzen Rock und eine bestickte Bluse unter einem Kaschmirpullover. Ihr blondes Haar war kurz und im Nacken eingerollt.

»Das ist Ruth!« rief Thomas. Er stand auf und wies mit einer Geste auf mich. »Sie ist schön, meinst du nicht auch? Ein wunderschönes Mädchen.«

Sie kam auf uns zu und stellte ihren Teller neben meinen. Ich bemerkte, daß sie nichts zu trinken hatte, und sprang höflich auf.

»Ruth, darf ich dir Dr. Dominic Lyall vorstellen? Du kannst ihn ruhig Dom nennen. Das ist der Mann, den du suchst. Dom, das ist Ruth Schroeder. Auch vom Fach.«

»Angenehm«, sagte ich und schüttelte ihr die Hand.

Ihre Handfläche fühlte sich überraschend hart an, und ich fragte mich, ob sie vielleicht musizierte. Wenige Minuten zuvor hatte ich einen berühmten Gitarristen begrüßt, dessen Fingerspitzen so verhornt waren wie die Fußsohlen eines Buschmanns.

»Nun setzt euch hin und macht euch bekannt«, befahl Thomas. Er schob sie zu seinem Sessel und wies mit dem Kinn zu mir herüber. Ich wollte sie gerade fragen, ob ich ihr einen Drink besorgen könne, als auch Thomas bemerkte, daß sie kein Glas hatte.

»Du hast ja gar keinen Schampus!« rief er. »Wie willst du denn da mit einem so charmanten Mann wie Dom ins Geschäft kommen?«

Ohne sie nach ihren Wünschen zu fragen, winkte er eine Serviererin herbei, die mit ihrem Tablett an der Tür stand, und stellte ein Glas Champagner neben Ruths Teller. Bevor er ging, zwinkerte er mir noch einmal zu.

»Leben Sie in London?« fragte ich.

»Nein, in Headington. Das ist ein Vorort von Oxford.« Sie sprach mit einem leichten amerikanischen Anklang, nicht im selbstbewußten Ton der New Yorker oder dem breiten Akzent der Kalifornier, sondern in einem singenden Tonfall, der an die Südstaaten erinnerte.

»Und woher kommen Sie?«

»Ursprünglich aus Virginia. Aber ich lebe schon etliche Jahre in England.«

Sie nahm ihre Gabel auf und blickte sich um. »Sind das etwa echte Turners?«

»Aber ja. Thomas hat eine Schwäche für die englischen Maler des 19. Jahrhunderts.«

Sie schaute noch einmal und fragte mich mit etwas gedämpfter Stimme: »Ist er sehr reich? Ich meine, wirklich reich?«

»Ja«, erklärte ich. »Thomas ist wirklich reich, und das hier ist längst nicht alles. Ich nehme an, Sie waren schon in seiner Praxis?«

»Nein.« Sie schüttelte den Kopf. »Ist sie etwa auch ...?«

»Genauso üppig ausgestattet«, bestätigte ich. »Nur daß es dort russische Abstrakte sind. Und ein armenischer. Thomas ist nämlich – oder war es zumindest – Armenier.«

»Das habe ich bei seinem Namen schon vermutet.«

Sorgfältig schnitt sie eine Scheibe Schneehuhn durch und strich mit dem Messer eine dünne Schicht Bratensoße und Preiselbeeren darüber. Ihre behutsamen und beherrschten Bewegungen ließen auf eine Chirurgin schließen, doch ihre harten Hände verwirrten mich. Ein Chirurg muß seine Haut geschmeidig halten, um durch die Gummihandschuhe hindurch alle Nuancen zu ertasten.

»Was ist Ihr Spezialgebiet?« fragte ich.

»Ich bin keine Medizinerin«, erwiderte sie, »jedenfalls nicht im engeren Sinn. Ich habe zwar promoviert, aber als Archäologin, genauer, als Paläoprimatologin. Danach habe ich mich auf die Paläobiologie spezialisiert.« Sie lächelte. »Klingt wie ein Zungenbrecher.«

»Nicht komplizierter als In-vitro-Fertilisationsgynäkologe«, erwiderte ich und lächelte zurück.

»Ich war vor kurzem zu einer Ausgrabung in Syrien, daher meine rauhen Hände. Wenn man den ganzen Tag im Dreck wühlt, hilft auch keine Creme mehr. Ich habe gemerkt«, fügte sie hinzu, »daß Sie sich gewundert haben.«

»Da haben Sie aber gut aufgepaßt.«

»Das ist Teil meiner Arbeit, genauso wie bei Ihnen, schätze ich. Eine winzige Spur in der Erde oder im Gewebe kann eine lange Geschichte erzählen oder auf eine versteckte Krankheit hindeuten. Ich erkenne sofort ein Steinwerkzeug, wenn aus einem Erdklumpen nur das Eckchen eines Feuersteins herausschaut, und Sie erkennen eine Krankheit schon an ein paar beschädigten Zellen unter dem Mikroskop.«

Schweigend beschäftigten wir uns mit unseren Tellern. Sie schien irgendwie gehemmt, die Unterhaltung fortzusetzen. Das überraschte mich, denn die Leute, die Thomas zu seinen Partys einlud, waren gewöhnlich von der extrovertierten Sorte.

»Kennen Sie Thomas schon lange?« fragte ich sie, um es mit einem neuen Thema zu versuchen.

»Überhaupt nicht. Ich habe ihn schriftlich um Rat gebeten.« Sie schaute mich nicht an, während sie sprach, als wäre ihr das Eingeständnis peinlich. »Im Moment weiß ich nicht genau ... Ich mußte mit jemandem sprechen, der ... Ich weiß nicht, wie ich es sagen soll.« Sie verstummte, als müßte sie erst neuen Mut schöpfen. »Mir wurde gesagt ... ich hatte gehört, daß er unter Umständen bereit wäre, etwas zu tun, was ... Nun, ich brauche eine ... Es ist sehr schwer zu sagen.«

»Sagen Sie es nur geradeheraus!« ermutigte ich sie.

»Es ist so: Ich war zu dem Eindruck gelangt, daß ... daß Thomas dafür bekannt ist, daß er ... hart an die Grenzen der Medizin vorstößt. An die noch bestehenden.«

Sie wirkte sehr erregt, doch ich hatte nicht die geringste Vorstellung, was der Grund dafür war. Vielleicht wollte sie einen Schwangerschaftsabbruch und wußte nicht, daß er relativ leicht zu bekommen war, sogar über die Krankenkasse? Daß sie deshalb nicht zu einem Privatarzt gehen mußte?

»Haben Sie vielleicht ein persönliches Problem?« half ich nach.

Sie schaute mich einen Moment an und brach in ein nervöses Lachen aus, als sie meine Frage begriff. »O nein! Ich selbst habe kein Problem. Damit hat es nichts zu tun.«

»Das also auch nicht«, sagte ich ungeduldig. Ihr Zögern

ging mir langsam auf die Nerven. »Was ist es dann? Was habe ich sonst zu bieten, was Thomas nicht hat?«

Sie schob ihren Teller weg, von dem sie kaum gegessen hatte. »Können wir hinausgehen? Hier drinnen möchte ich nicht reden.«

Ich nahm mein Champagnerglas und folgte ihr durch den Wohnraum auf die Terrasse. Auf der schwarzen Fläche des Flusses spielten die Lichter der Häuser am anderen Ufer und der Autos auf der Richmond Bridge. Die Feuerwerksbarke hatte die Anker gelichtet und war verschwunden, aber ein kleines Motorboot kämpfte mühsam gegen die Strömung an, und das grüne Steuerbordlicht glühte wie das Auge eines Ungeheuers zum Ufer herüber.

»Lesen Sie die Fachpresse, Dr. Lyall?« fragte sie.

Ich lehnte mich an das Holzgeländer, das die Terrasse einfaßte. »Ja, soweit sie sich auf mein Spezialgebiet bezieht, aber kaum etwas darüber hinaus. Das Leben ist zu kurz, als daß ich mich über alles auf dem laufenden halten könnte. Und bitte nennen Sie mich Dom«, fügte ich hinzu, weil ich das Gefühl hatte, daß sie ein wenig Auflockerung brauchte.

»Das klingt, als wären Sie ein Mönch, ein Heiliger«, sagte sie lächelnd.

Aus dem Panoramafenster des Wohnraums fiel Licht auf die Terrasse und erhellte ihr Gesicht. Thomas hatte recht: Sie war eine sehr attraktive Frau, mit hohen Wangenknochen und vollen Lippen. Mochten ihre Hände hart sein: ihre Wangen waren weich. Sie war nicht das, was man eine Schönheit nennen würde, eine Schönheit von der Art, wie sie sich in den Räumen hinter uns tummelte, doch ich fand sie anziehend.

»Ich versichere Ihnen, daß ich kein Heiliger bin«, erwiderte ich, »wenn Sie nicht die Gynäkologie als Religion betrachten, wie es einige meiner Patientinnen leider tun. Für manche von ihnen« – ich dachte an die gräßliche Französin – »bin ich eine Mischung aus Arzt, Beichtvater und Hohepriester.«

»Aber würden Sie sagen, daß Sie ein moralischer Mensch sind?«

Jetzt verblüffte mich ihre Direktheit. Alle ihre Hemmungen schienen sich in der dünnen Nachtluft verflüchtigt zu haben.

»Ja«, sagte ich abrupt. »Das würde ich behaupten. Ich verführe meine Patientinnen nicht, ich mache keine illegalen Abbrüche, ich halte mich strikt an mein Berufsethos und die Richtlinien des AHE sowie die einschlägigen Parlamentsbeschlüsse.«

»Das AHE?« fragte sie zurück.

»Das Amt für Humanembryologie. Die Kontrollbehörde meines Gewerbes sozusagen. Ich verletze nicht die vorgegebenen Regeln.«

Sie schien eine Weile nachzudenken. Ich fragte mich, worauf in aller Welt sie hinauswollte und war schon kurz davor, ihr die Antwort abzuverlangen, aber es war nicht nötig. Jetzt konnte sie nicht mehr zurück. »Darf ich Ihnen etwas erzählen und Ihnen dann einen Vorschlag machen?« fragte sie.

»Unter der Bedingung, daß mich das zu nichts verpflichtet, können Sie mir sagen, was Sie möchten«, erwiderte ich und nippte an meinem Champagner.

»Mein Gebiet der Archäologie ist das der Frühmenschen. Es umfaßt alles von der Menschwerdung bis zur Bronzezeit vor etwa tausend Jahren. Daher die Bezeichnung ›Primatologin‹: Ich befasse mich in erster Linie mit Primaten. Ich arbeite in einem kleinen Forschungslabor bei Oxford. Den Namen möchte ich vorerst nicht nennen. Es ist keine archäologische Einrichtung und gehört auch nicht zur Universität, sondern es ist ein Privatlabor, das von einem internationalen Pharmakonzern finanziert wird, für den wir auf verschiedenen Gebieten forschen. Meist geht es um Heilmittel, die in prähistorischer Zeit angewendet wurden, zum Beispiel gegen Arthritis.«

Zwei andere Gäste traten auf die Terrasse hinaus. Ich sah,

daß sie den Kopf drehte und einen Moment lang zu ihnen hinüberblickte. Dann wandte ich mich selbst um und erkannte in einem der Störer einen berühmten Bariton. Die beiden vermuteten, daß sie in den Beginn einer Affäre hineingeplatzt waren, lächelten höflich und stiegen die Treppe hinab zum Fluß. Als sie verschwunden waren, sprach sie weiter.

»Für unsere Arbeit erhalten wir menschliches Gewebe aus aller Welt. Ägyptische Mumien, römische Skelette, im Sand der Wüste Gobi mumifizierte Mongolen, indianische Überbleibsel, und eine Zeitlang hatten wir eine dänische Moorleiche. Doch alle diese Proben haben ihre Nachteile. Den Mumien wurden die Eingeweide entfernt, und sie wurden einbalsamiert wie zu Zeiten auch die Indianer. An den Skeletten ist nichts weiter dran, und die Mongolen sind ausgetrocknet wie Kokosflocken. Die Moorleiche, die wir nur für ein paar Wochen hatten, war mit Tannin auf natürliche Weise konserviert. Obwohl wir aus diesen Überresten viele Erkenntnisse beziehen, sind uns die Einwirkungen der Zeit oder der Priester stets im Wege. Vor kurzem allerdings hatten wir das seltene Glück, ein komplettes und weitgehend unbeschädigtes Exemplar zu erhalten. Es ist ein Mann aus der mittleren Bronzezeit, etwa 1300 vor Christus.«

»Wie lange haben Sie den schon?«

»Seit ein paar Wochen erst. Und ich darf ihn nur noch neun weitere Wochen behalten, bekomme ihn dann aber zu einem späteren Zeitpunkt zurück. Eine Reihe von Einrichtungen, die sich finanziell an der Konservierung beteiligen, können der Reihe nach über ihn verfügen, um ihre speziellen Untersuchungen anzustellen.«

»Mich wundert daran, daß ich über die Entdeckung nichts gehört habe. Normalerweise stürzen sich die Medien doch auf solche einmaligen Funde«, sagte ich.

»Dieser wurde vertuscht«, erklärte sie mit geheimnisvoller Stimme. »Alle Beteiligten, auch die Finder selbst, wurden zum Schweigen verpflichtet. Man fand es klüger, die Presse erst nach dem Abschluß der Forschungen zu informieren. Auch Archäologen wurden nicht informiert, sofern sie nicht zum Kreis der beteiligten Institute gehören. Niemand darf einen Aufsatz oder ähnliches veröffentlichen, und wir mußten einen Eid auf die Geheimhaltung schwören.«

»Da muß er ja von gewaltiger Bedeutung sein«, sagte ich, als würde es sich um eine lebende Person handeln, »bedeutender jedenfalls als die anderen Funde.«

»Vor allem aus zwei Gründen ist er von äußerst großer Bedeutung für uns. Erstens handelt es sich um einen reinen Europäer, während unsere bisherigen Gewebemuster – abgesehen von den römischen Knochen natürlich – außereuropäisch waren. Sie werden sicher verstehen, daß unsere Geldgeber vor allem an der Entwicklung von Medikamenten für die Erste Welt interessiert sind, und das heißt, für Menschen mit weitgehend kaukasischer Abstammung.«

Ich nahm einen weiteren Schluck und sagte: »Das kommt mir doch ein wenig unmoralisch vor. Medikamente sollten für alle Menschen da sein. Außerdem hilft das, was den Weißen hilft, auch den Afrikanern, den Chinesen und allen anderen. Ein Mensch ist ein Mensch.«

»Das stimmt, und ich verhalte mich nicht unmoralisch, auch nicht die Geldgeber, wie ich glaube«, verteidigte sie sich. »Es ist einfach so, daß wir mit europäischem Material besser arbeiten können, weil wir mehr über das Leben der Europäer als über das der anderen ethnischen Gruppen wissen. Es gilt als erwiesen, daß die Ernährungsweise eine wichtige Rolle bei vielen Erkrankungen spielt. Wir brauchen also das europäische Material, um unseren Datenbestand darauf anwenden zu können. Wenn wir zum Beispiel wissen, daß die alten Europäer eine hohe Rate von Fehlgeburten hatten und daß sie sich vor allem von Weizen ernährten, die Azteken oder Inkas dagegen eine weit niedrigere Fehlgeburtenrate hatten und keinen Weizen aßen, können wir daraus eine

Fragestellung entwickeln: Was steckt im europäischen Weizen?«

»Die Antwort ist einfach«, warf ich ein. »Der Weizen war bekanntlich stark von Mutterkorn befallen. Wir wissen, daß Ergotamin ein instabiles Alkaloid im Mutterkorn ist, vor allem im Roggen vorkommt und zu Fehlgeburten führen kann. Es wird heute zur Migränebehandlung verwendet, aber aus einsichtigen Gründen nicht an Schwangere verabreicht.«

»Das ist mir durchaus bekannt«, sagte sie, und ich spürte ihre Ungeduld. »Es war nur ein Beispiel. Was ich meine, ist der Umstand, daß wir die europäischen und mediterranen Kulturen am gründlichsten studiert haben und ihre Geschichte am besten kennen. Deshalb sind europäische Proben so wertvoll.«

»Sie haben mir noch nicht den zweiten Grund genannt.«

»Der zweite Grund ist, daß er komplett und tiefgefroren ist.«

»Womit Sie meinen, daß er gut konserviert ist«, schloß ich nach einigem Nachdenken.

»Besser als eine tiefgefrorene Lammkeule im Supermarkt.«

In meinem Kopf wirbelten die Schlußfolgerungen durcheinander. Daß er ins Leben zurückgeholt werden konnte wie ein Frankenstein-Monster, mußte ins Reich der Sciencefiction verwiesen werden. Aber wenn sein Gewebe nicht stärker zerstört war, als es beim gewöhnlichen Einfrieren geschah, eröffnete das der Forschung einzigartige Möglichkeiten. Der Gedanke, daß diese junge, hübsche Frau den Körper eines Mannes zur Verfügung hatte, der mehr als dreitausend Jahre alt war, faszinierte mich. Doch gleich darauf stellten sich auch die Bedenken ein.

»Und wenn er erst eine Weile nach dem Tod eingefroren ist?« fragte ich. »Dann müßte die Verwesung schon eingesetzt haben.«

»Er ist bei einem Schneesturm umgekommen. Das ist zumindest die nächstliegende Vermutung. Sein Körper zeigt keine Verletzungen oder Zerstörungen wie etwa bei einem Lawinentod. Und es ist gesichert, daß er plötzlich starb und innerhalb von wenigen Stunden einfror. Mit an Gewißheit grenzender Wahrscheinlichkeit hat er noch eine Weile bei Minustemperaturen überlebt, denn an zwei Zehen weist er Erfrierungen auf.«

»Bevor Sie mir mehr erzählen«, unterbrach ich sie, »sagen Sie mir lieber, welches Anliegen Sie damit verbinden. Ich bin weder Gerichtsmediziner noch Pathologe.«

Sie blickte mich nicht an, als sie antwortete, sondern hinaus auf den Fluß mit seinen funkelnden Lichtreflexen. Aus dem Richmond Park stieg ein Feuerwerkskörper in den Himmel und explodierte zu einer Blüte aus grünen Leuchtspuren.

»Möchten Sie mich besuchen und ihn sehen?« fragte sie mit sanfter Stimme.

Ich hatte keine Wahl: Nicht nur der Gedanke an die prähistorische Leiche hatte meine Neugier angestachelt, sondern auch die Frage, welche Rolle Ruth mir bei ihren Untersuchungen zugedacht hatte.

Chuhi hatte sein Blasrohr verloren, oder es war ihm zerbrochen, denn er verbrachte vier Tage damit, sich einen Ersatz anzufertigen. Er hatte sich außerhalb des Langhauses postiert und sich in seine Arbeit vertieft, die er nur unterbrach, um hastig zu essen und um zu schlafen, was er im Eingang zum Langhaus tat.

Am zweiten Tag ging ich zu ihm und fragte, warum er im Eingang geschlafen habe.

»*Señor*«, antwortete er, ohne von seiner Arbeit aufzusehen, »*si me duermo, mi alma puede montar guardia con la cerbatana y asegurar que ningún fantasmas pueda entrar.*«

Darauf fragte ich, wo diese bösen Geister herkommen würden. Er wedelte unbestimmt mit der Hand.

»El aire«, sagte er. *»Del cielo.«*

Entgegen meiner Vermutung wurde das Blasrohr nicht aus Bambus oder einem anderen hohlen Zweig gefertigt, sondern aus zwei zusammengesetzten grauen Holzstäben. Der Prozeß der Herstellung faszinierte mich, denn obwohl es auf der Lichtung nicht an Eisenwerkzeugen mangelte, hielt sich Chuhi ausschließlich an Methoden, die offenbar der Tradition entsprachen.

Zuerst errichtete er unter dem Dachvorsprung des Langhauses einen Rahmen aus Pflöcken, die er mit einem glattgeschliffenen Flußkiesel in den Boden rammte. In jeden der Pflöcke schnitt er eine Kerbe mit einer Steinklinge, die ich nie zuvor gesehen hatte. Sie sei aus Obsidian, er habe sie nur geliehen, und es sei Keewei, der über sie wache, erzählte er mir. In den Kerben verkeilte er eine drei Meter lange Stange aus grauem Holz, die im Profil wie ein D aussah, so daß die Rundung nach unten zeigte. Auf die flache Oberfläche schmierte er feuchten Sand, und darauf legte er einen dünnen Stab aus äußerst hartem Holz, der noch länger als die Stange war und so gerade wie ein Ladestock. Auch er war für kurze Zeit aus Keeweis Besitz geliehen. Zugedeckt wurde das Ganze von einer zweiten, ebenfalls D-förmigen Stange.

Stunde um Stunde saß Chuhi im Schatten des Langhauses und drehte und schob den dünnen Stab in seiner Umhüllung hin und her. Immer wieder befestigte er die Keile und schob neuen Sand nach. Als der dünne Stab sich in die Stangenhälften eingeschliffen hatte, band er sie mit einem Strick zusammen, den er aus den festen, dünnen und elastischen Lianen gedreht hatte, wie sie von einem Baum hinter der Maniokpflanzung herabhingen. Niemand sprach ihn an, und er arbeitete in einem tranceähnlichen Zustand.

Am vierten Tag hörte er plötzlich auf und tauchte aus seiner Versunkenheit hervor. Er nahm die verbundenen Teile auseinander und fuhr mit dem Finger die beiden Rillen entlang. Dann blickte er auf und sah mich von weitem zuschauen. »*Bien!*« rief er mir zu, »*muy bien, muy recto.*«

Er stieß die rechte Hand flach in die Luft und winkte mich mit der anderen Hand heran.

Ich legte die Hose hin, an der ich einen Riß zunähte, und ging zu ihm hinüber. Er hielt die zwei Hälften des Blasrohrs in die Höhe. Sie waren überraschend leicht und noch warm von der ständigen Reibung mit dem Hartholzstab. Die Mündung war ein wenig weiter als das Mundstück. Ich hob den Daumen als Zeichen meiner Anerkennung, und er grinste selig.

»*Ahora a ver, Señor Dom.*«

Er nahm die zwei Hälften wieder an sich, und ich hockte mich neben ihn in den Schatten. Mit einem dreieckigen Schaber aus einem muschelartigen Material an einem Holzgriff bearbeitete er die äußere Oberfläche des Rohrs, bis sie ganz glatt war, und dann polierte er sie mit einem weichen Stein, der aussah wie Bimsstein oder Koralle und dessen Herkunft ich mir nicht erklären konnte. Darauf klebte er die beiden Rohrhälften mit einem Baumharz zusammen, das ihm Yetze, seine Frau, in einer lianenverschnürten und zuvor über dem Feuer erwärmten Blättertasche brachte. Während es fest wurde, verrieb er irgendeine Masse auf dem Rohr, die diesem eine dunkle Mahagonifarbe verlieh. Schließlich zog er aus der Tasche seiner zerschlissenen Shorts einen Ring, der aus einem Knochen geschnitzt und vom Gebrauch gelb und glatt geworden war. »*La vieja*«, sagte er, preßte ihn an seine vorgestülpten Lippen und blies hindurch.

Als ich wissend nickte, reichte er mir den Ring hinüber. Ich tat es ihm nach und bekam seinen Speichel zu schmekken.

Er setzte das knöcherne Mundstück am Ende des Blasrohrs an und schob es mit dem Daumen hinein. Es saß fest und paßte genau.

»*Se acabó*«, sagte Chuhi und stand auf.

Ich wollte mich auch erheben, doch meine Muskeln waren verspannt und mein rechtes Fußgelenk völlig taub. Es war schon kurz vor Sonnenuntergang, und ich hatte nicht bemerkt, wie die Stunden verstrichen waren: Manchmal wünschte ich mir, daß die Batterie in meiner billigen Seiko ihren Geist aufgeben würde und ich die Stunden zählen müßte wie die Bewohner der Lichtung. Sie haben einen Stock mit Löchern, in die sie kleine Häkchen aus Fischzähnen stecken. Jeden Tag ziehen sie einen heraus, bis alle Löcher leer sind, dann werden die Löcher neu gefüllt, und es geht von vorne los. Ich könnte auf ähnliche Weise zwei Wochen im Überblick behalten. Was darüber hinausgeht, interessiert mich nicht mehr.

Chuhi ging in sein Langhaus. Ich wollte gerade in meine Hütte zurück, als er wiederkam, einen Pfeil in der einen Hand, das neue Blasrohr in der anderen. Er schob den Pfeil ein, legte die Lippen ans Mundstück und blies nur schwach hinein, als würde er spucken. Der Pfeil flog so schnell, daß ich ihn nicht sehen konnte.

»*Donde está?*« fragte ich und zeigte in die ungefähre Richtung seines Ziels.

Chuhi wies auf meine Hütte, nahm mich bei der Hand, als wäre ich ein Kind, und führte mich über die Lichtung, auf die Veranda und durch die Tür. Der Pfeil steckte fest im Rücken von ›Gray's Anatomy‹ auf meinem Wandbrett. Er zog den Pfeil heraus, und wir trennten uns. Als er ging, wurde mir erneut klar, daß er mich ohne jede Mühe töten konnte. Doch die Vorstellung machte mir keine Angst. Bei diesen einfachen Menschen zu leben und ihr Vertrauen zu genießen, verpflichtet mich dazu, ihre Sitten und Gesetze zu achten. Ich ziehe das dem Leben an der Seite der Menschen vor, die vor der Ankunft auf der Lichtung mein Leben bestimmten.

An einem Freitagmorgen fuhr ich zum Harmon-Institut. Es war nicht so, wie ich es erwartet hatte. Da es mitten in der Berkshire-Landschaft südöstlich von Oxford gelegen war, hatte ich an ein stattliches Landhaus gedacht, das in ein Laboratorium umgewandelt worden war, oder an einen dieser modernen Kästen aus Glas und Aluminium inmitten einer sterilen Rasenfläche.

Statt dessen lag das Institut in einem alten Armeegelände, das nach dem Kriegsende offenbar überflüssig geworden war. Das einzige moderne Bauwerk, das ich von der Straße aus sehen konnte, war der Elektrozaun mit neuen Betonpfosten und glitzerndem Stacheldraht, der in 25-Meter-Abständen mit höflichen Warnschildern auf den Starkstrom und die Schärfe der rasierklingenartigen Stacheln hinwies. Alle fünfzig Meter erhob sich ein Mast mit Scheinwerfern und einer ferngesteuerten Überwachungskamera.

Am Torhaus, seiner Bauart nach eine bescheidene Wache, aber nun mit neuen Fenstern und Sicherheitseinrichtungen aufgemöbelt, stoppte ich den Porsche vor einer Schranke und sprach meinen Namen in eine Sprechsäule aus Stahl. Ein uniformierter Wachmann erschien und umrundete mein Auto mit einem Spiegel, der an einem Stab befestigt war und mit dem er die Unterseite des Autos kontrollierte. Dann forderte er mich auf, die Gepäckklappe zu öffnen und wühlte im Kofferraum, öffnete die Fahrertür und schaute sich im Inneren um, sagte etwas in ein Sprechgerät und überreichte mir den Plastikanstecker für Besucher. Nachdem er mir den Weg zum Parkplatz beschrieben hatte, drückte er auf einen Knopf, hob die Schranke und winkte mich durch. Ich bemerkte eine Videokamera auf dem Dach der Wache, die dem Auto folgte. Darauf bedacht, das vorgeschriebene Tempo von dreißig Stundenkilometern nicht zu überschreiten, fuhr ich an langen, flachen und altmodischen Kasernen vorbei und über einen ehemaligen Exerzierplatz hinweg. Hätten die Gebäude nicht ihren frischen weißen Anstrich und neue

Fenster und Türen gehabt, wäre ich mir wie in der Kulisse eines Kriegsfilms vorgekommen.

Als ich mein Auto in der Besucherecke des Parkplatzes abgestellt hatte, nahm mich Ruth Schroeder in Empfang und führte mich durch ein angenehmes, aber spartanisch eingerichtetes Foyer in ein Labyrinth von Korridoren, von denen manche neu waren und die sich von Gebäude zu Gebäude fortsetzten. Die Luft roch nach Sauberkeit und Desinfektion, die Böden waren glatt und geräuschdämpfend gekachelt.

»Das hier erinnert mich an ein Provinzkrankenhaus kurz vor der Modernisierung«, sagte ich.

»Es war ein psychiatrisches Krankenhaus, bevor wir es gekauft haben. Sie haben in der Nähe ein neues gebaut, eins, das sicherer ist. Davor war es eine Kaserne und noch früher ein Lager für italienische Kriegsgefangene.«

»Es kommt mir auch jetzt ziemlich gut gesichert vor«, bemerkte ich. »Braucht man wirklich Elektrozäune und Videotechnik, um archäologische Funde zu bewachen?«

»Industriespionage«, erwiderte sie. »Unsere Schätze sind die Akten und die Datenbanken. Und unsere Köpfe natürlich.«

Wir erreichten eine Tür mit dem Schild: »Dr. R. Schroeder, Paläobiologie, Abteilung 4«. Sie öffnete die Tür mit einem Plastikstreifen, der aussah wie eine Kreditkarte.

Mochten die Gebäude auch altmodisch sein, auf das Labor traf das Gegenteil zu. Wir gingen an Reihen von Labortischen vorbei, an Stereomikroskopen, Seziertischen, Autoklaven und komplizierten Geräten, die ich nicht kannte. Überall standen angeschaltete PCs, die mit ihren Oszillogrammen und Digitalanzeigen um Beachtung wetteiferten. Wir betraten das Büro hinter der Glaswand am Ende des Laborraums.

»Ich fürchte, er ist nicht gerade der modernste«, sagte sie und zeigte auf einen Bürostuhl vor einem Computer.

Ich setzte mich, und der Sitz gab ein wenig nach, eine Spirale im Federbein knirschte. Der Cursor auf dem Bildschirm blinkte mir vom Ende einer Buchstabenkolonne her zu.

TAACTAGCC
TAACATGCC
TAAACTGGC
TAATCAGGG

Ich erkannte, daß es sich um DNA-Teilsequenzen handelte. Ein Zähler am Bildschirmrand zeigte an, daß der Computer die Sequenz 1008 erreicht hatte. Neben dem Spülbecken in der Ecke des Raumes brodelte eine Kaffeemaschine.

Ruth hatte sich auf die Schreibtischkante gesetzt. Ihr weißer Laborkittel war geöffnet und gab den Blick auf wohlgeformte Schenkel unter dem kurzen und engen Rock frei. »Ich nehme an, Sie sind immer noch an meinem Bronzezeit-Jäger interessiert«, sagte sie.

»Warum wäre ich wohl sonst in die tiefste Provinz gefahren? Und hätte mich in ein Sicherheitssystem begeben, das einen verrückten Despoten zufriedenstellen würde?«

Sie lachte, aber ich spürte, daß sie nicht zu Späßen aufgelegt war. »Manche hier nennen das Institut ein Konzentrationslager.« Sie wandte sich der Kaffeemaschine zu. »Wir werden hier eingeschlossen, damit wir uns konzentrieren. Möchten Sie Kaffee?«

Ich nickte, und sie goß zwei Kaffeetassen voll und stellte eine Milchflasche und einen 100-ml-Meßbecher mit Zucker auf den Schreibtisch. Der Kaffee hatte den penetranten Geschmack, der sich einstellt, wenn er zu lange warmgehalten wird. Da im Becherglas kein Löffel steckte, schüttete ich mir Zucker ein, bis ich glaubte, zwei Löffelvoll in der Tasse zu haben.

»Ich möchte Ihnen etwas zeigen«, fuhr sie fort. Sie trat

hinter den Schreibtisch, zog eine Schublade heraus und stellte einen Kasten aus Plexiglas neben das Telefon. Darin lag ein Paar verbogener und geschwärzter Sandalen mit gekreuzten Riemen. »Das war seine Fußbekleidung. Und hier« – sie schob mir etwas über den Schreibtisch zu – »ist seine Axt.«

Ich nahm sie in die Hand. Sie war überraschend schwer, die Klinge etwa fünfzehn Zentimeter lang und sechs Zentimeter breit. Sie war zweischneidig und hatte in der Mitte eine Öse, die den Schaft umschloß.

»Genaugenommen ist es keine Axt, sondern ein Lappenkelt – nach Art der Befestigung am Heft. Natürlich ist er aus Bronze. Die Schuhe stecken in einem Vakuumbehälter wie auch seine anderen Kleider. Er trug einen mit Schaffell gefütterten Umhang, eine Kappe aus Leder, eine Art Kutte und eine Kreuzung aus Lendenschurz und Wickeltuch. Außerdem hatte er Wollsocken an. Die Sachen sind gerade zur Konservierung im anthropologischen Museum. Wir haben keine Verwendung mehr für sie.«

»Und warum behalten Sie die Schuhe?« fragte ich.

»Sie sind aus Leder«, erklärte sie, »und wir untersuchen sie noch auf Pollen, Samen oder Bodenspuren.«

»Hat er keine richtigen Waffen getragen?« fragte ich weiter, weil ich wußte, daß ein Kelt eher zeremonielle als praktische Bedeutung hatte.

»Er hatte einen Eibenholzbogen und einen Lederköcher mit Pfeilen, außerdem ein kurzes Bronzemesser. Er trug auch eine Schultertasche mit kleinen Beuteln, die Kräuter, Rinden, getrocknete Pilze und Blüten enthielten. Ich weiß nicht, was noch. Es ist alles hier in einer anderen Abteilung.«

»Wo wurde er gefunden?«

»In Norditalien, an der Schweizer Grenze, irgendwo in den Alpen. Den genauen Fundort darf ich leider nicht nennen. Aber die Gegend unterhalb der Fundstelle war in prähistorischer Zeit ziemlich dicht besiedelt und ist berühmt für andere Funde. Absurderweise wurde er von einer Rettungsmannschaft entdeckt, die nach einem verschollenen Skitouristen fahndete. Sie kamen ein paar tausend Jahre zu spät.«

Ich drehte den Kelt in der Hand. Das Metall war mit der tiefgrünen Patina überzogen, die man auf alter Bronze findet.

»Ich verstehe noch immer nicht, inwiefern ich Ihnen von Nutzen sein kann«, sagte ich und schob ihr die Axt zu. »Meine Kenntnisse der Archäologie beschränken sich auf Fernsehberichte und Museumsbesuche in der Kindheit. Auch bin ich kein Genetiker«, fügte ich mit Blick auf die PCs im Labor hinzu.

Sie setzte sich auf ihren Schreibtischstuhl und beugte sich nach vorn. »Sie können beobachten«, sagte sie. »Sie wären ein guter Archäologe.« Sie nahm den Behälter mit den Sandalen und schob ihn zurück in den Schreibtisch, dann betätigte sie einen Schalter am Telefon. »Jetzt werden wir nicht mehr gestört.« Sie nippte an ihrem Kaffee.

Ich wußte, daß sie drauf und dran war, mir ihr Anliegen mitzuteilen, und nur versuchte, mich abzuschätzen, um in letzter Sekunde zu entscheiden, ob sie sich mir anvertrauen konnte, ob ich der richtige Mann für ihre Zwecke war. Vielleicht überlegte sie auch, wieviel ich ihr für meinen Einsatz berechnen würde.

»Machen wir also reinen Tisch«, sagte sie schließlich und stellte die Kaffeetasse ab, genau auf einen ringförmigen Fleck, den eine frühere Kaffeetasse hinterlassen hatte. »Ich habe Ihnen nicht alles erzählt, und ich war nicht ganz ehrlich.«

»Das konnte ich mir schon denken«, erwiderte ich. »Aber ich zweifle nicht an Ihrer Ehrlichkeit. Andererseits, Ihre Motive ...« Ich ließ den angefangenen Satz im Raum stehen, und sie reagierte mit einem halbherzigen Lächeln.

»Wir forschen hier nicht nur nach Heilmitteln und ähnlichem«, fuhr sie fort. »Wir bewegen uns an der vordersten Front der Wissenschaft ... Aber ich beginne lieber mit dem Anfang. Bitte verzeihen Sie, wenn es manchmal ein bißchen belehrend klingt. Ich habe diese Rede geübt, seit wir uns das erste Mal gesehen haben.« Wieder das halbherzige Lächeln.

Ich machte es mir im Bürostuhl so gemütlich, wie es nur ging, und lehnte mich zurück. Eine andere Feder knackte bedrohlich.

»Wie Sie sicher wissen, haben alle Lebewesen denselben Genpool. Alles Leben stammt aus einer Quelle, der Desoxyribonucleinsäure, aus der die Gene bestehen. Diese DNA ist eine hochkomplexe Doppelhelix aus Molekülen. Man kann sich eine Leiter vorstellen, die sich spiralförmig um eine lange Achse windet. Die Seitenstränge bestehen abwechselnd aus Phosphor- und Zuckermolekülen – der Zucker ist die Desoxyribose –, und die Sprossen bestehen aus paarig miteinander verbundenen Stickstoffbasen. Es gibt vier Typen von ihnen, die mit Buchstaben bezeichnet werden: G für Guanin, T für Thymin, C für Cytosin und A für Adenin.

Dank ihrer Struktur kann sich die DNA selbst reproduzieren. Ich werde Sie mit den Mechanismen nicht langweilen. Aber sie hat drei unglaubliche Fähigkeiten: Sie kann Informationen speichern und exakt übertragen, sie kann sich selbst genau kopieren, und sie kann mutieren.

In den DNA-Basen sind die Pläne für den Bau und die Funktion aller Zellen verankert, die je existiert haben. In unserer DNA, in jeder Zelle unseres Körpers, steckt der Bauplan nicht nur für uns selbst, sondern für alle Lebewesen von der Ameise bis zum Elefanten. Jedesmal, wenn sich eine Zelle teilt, reproduziert sich die DNA.« Sie machte eine Pause wie eine Lehrerin, die den Lernstoff einwirken lassen will. Ich trank meinen Kaffee aus, und auf dem Boden der Kaffeetasse blieb eine schleimige Schicht aus Zucker und Kaffeesatz zurück.

»Gegenwärtig sequenzieren wir hier die DNS«, fuhr sie

fort. »Das heißt, wir versuchen die Baupläne zu lesen und die Codes zu entschlüsseln. Da die Codes in allen Lebewesen übereinstimmen, brauchen wir jeden nur einmal zu ermitteln. Mit anderen Worten, wenn wir den Code entziffern, der aus einer Zelle des Embryos eine spezialisierte Zelle macht – sagen wir eine Lymphzelle –, dann haben wir den Code für die Herstellung jeder Lymphzelle der Welt, ob es sich nun um ein Erdferkel oder um ein Zebra handelt.«

»Oder um einen Menschen«, ergänzte ich.

»Ja.« Ihre Stimme klang ein wenig abwesend, als würde sie träumen. »Oder um einen Menschen.« Sie nippte wieder am Kaffee und fand zu ihrem Thema zurück. »Im Moment arbeiten 9000 Wissenschaftler in 36 Ländern an der Sequenzierung menschlicher DNA. Unsere Gruppe ist am Human Genome Project beteiligt, dessen Ziel es ist, den gesamten DNA-Code des Menschen zu kartographieren. Wenn wir den geknackt haben, können wir herausbekommen, wie die Lebensvorgänge des Menschen – und damit aller Lebewesen – gesteuert werden.«

Begleitet vom Knacken der Federn beugte ich mich vor und stützte mich ebenfalls auf den Schreibtisch. »Soviel ich weiß«, sagte ich und setzte die Ellbogen auf einen Stapel Computerausdrucke, »ist das ein ansehnliches Unterfangen. Es gibt, glaube ich, 100 000 Gene. Und nur zwei Prozent von ihnen sind bekannt. Die Wirkungen und die Wechselwirkungen von 100 000 Einheiten zu erfassen, das ist einfach unmöglich.«

»Mit der entsprechenden Technologie und mit geeigneten Computern ist es möglich«, erwiderte Ruth. »Die DNA-Sequenzen werden von Sequenatoren gelesen, und die Computer werten die Daten aus. Aber es ist ein Mammutvorhaben. Allein für die menschliche Gehirntätigkeit sind zum Beispiel, wie wir glauben, etwa 30 000 Gene zuständig. Wir hier in Harmon sind nur ein Rädchen im Getriebe der Forschung. Dennoch gehen wir auch unsere eigenen Wege. Wer den Schlüssel zum Code besitzt, erlangt damit eine ungeheure Macht. Mit diesem Wissen könnten wir Leben erzeugen. Die genetisch manipulierten Tomaten oder Erbsen sind, daran gemessen, überhaupt nichts. Wir stehen am Beginn einer völlig neuen Wissenschaft, einer neuen Ära der Menschheitsentwicklung. Sehen Sie sich das an ...«

Sie kramte unter den Papieren einer Ablage und reichte mir einen Umschlag. Ich öffnete ihn und zog etwas heraus, das aussah wie ein Stapel Röntgennegative. Gegen das Licht gehalten, das durch die Trennwand kam – erst jetzt bemerkte ich, daß das Büro keine Fenster hatte –, zeigten sie unscharf abgebildete Strichcodes, die denen vom Supermarkt ähnelten, obwohl sie viel länger waren.

»Das sind Fotos«, sagte sie. »Jeder Strich ist ein Stückchen eines DNA-Strangs. Diese stammen von der Fruchtfliege *Drosophila*, die in der genetischen Forschung meist verwendet wird. Die Bilder könnten aber genausogut menschliche DNA zeigen.«

»Und wenn Sie einen kompletten Satz DNA eines Tieres hätten?« fragte ich. »Könnten Sie es dann reproduzieren?«

»Ja«, sagte sie, ohne zu zögern. »Geben Sie mir die komplette DNA eines Hundes, und ich könnte – im Prinzip – einen Hund daraus entstehen lassen. Geben Sie mir die komplette DNA eines ausgestorbenen Insekts, und ich werde es ins Leben zurückrufen. Ein Lieblingsthema der Science-fiction. Wohlgemerkt, wir sind noch weit davon entfernt, aber in der Theorie bereitet das gar keine Schwierigkeiten.«

»Und wie wollen Sie das anstellen?« fragte ich. »Sie brauchen eine lebende Zelle.«

»Das ist kein Problem. Wir haben bereits DNA aus einem gefrorenen Gewebe in Mikroben verpflanzt, und die Mikroben haben sie reproduziert. Besser gesagt, sie haben sich innerhalb der Mikroben selbst reproduziert. Das Ganze fand in einer Petrischale statt und war nicht komplizierter als die Anzucht einer Kultur von Cholerabazillen zur Herstellung eines Impfstoffes.«

Ihr Vortrag über die DNA hatte meine Neugier maßlos gesteigert. Warum erzählte sie mir das alles? Es hatte nichts mit meiner Fachrichtung zu tun, folglich war nicht zu erwarten, daß sie lediglich meinen Rat suchte. Außerdem schien ihr Wissen so aktuell, wie es nur sein konnte. Was immer sie von mir wollte: Es konnte nichts mit DNA-Strukturen oder irgendwelchen Science-fiction-Experimenten zu tun haben. Um das Gespräch weiterzutreiben, stellte ich ihr die Frage, an der mir am meisten lag: »Und was genau ist Ihre Aufgabe?«

Ich hätte nicht plumper fragen können, und ihre Antwort hätte nicht direkter ausfallen können: »Ich forsche nach dem Mechanismus, der die erste Zellteilung auslöst.«

Ich fuhr auf, und wieder knirschten die Federn meines Stuhls. Dieses hübsche Mädchen mit den festen Schenkeln war dabei, die Grundlagen meines Berufes ans Licht zu bringen. So oft hatte ich schon im Mikroskop zugeschaut, wie ein Spermium in eine Eizelle eindrang und wie sich die Zelle nach einer Weile teilte: der erste Schritt zur Entstehung eines Babys, zur Herstellung eines menschlichen Wesens. Es wäre untertrieben zu sagen, daß ich beeindruckt war. Ich war schlechthin fasziniert.

»Ich habe mir gedacht, daß Sie staunen würden«, sagte sie. »Manchmal finde ich es auch selbst unglaublich. Aber eine solche entscheidende Entdeckung zu machen, ist für mich in erreichbare Nähe gerückt. Nicht in diesem Jahr, wahrscheinlich auch im nächsten nicht, aber in absehbarer Zeit. Möglich auch, daß ich dann nicht die erste bin. Den Nobelpreis sehe ich nicht winken. Aber ...«

In meinem Kopf jagten sich die Gedanken: Mit der kompletten DNA einer Biene konnte man eine Biene erzeugen; mit dem Beherrschen der Zellteilung konnten viele Krankheiten bekämpft und besiegt werden. Ich dachte an das Sommerwochenende mit Brian und Larry zurück. Es ging nicht mehr darum, den genetischen Fehler, der die Fibrose verursachte, zu erkennen, es ging vielmehr darum, die Ursachen dieser und vieler anderer Krankheiten zu beheben. Ein Wort aber, das Ruth erwähnt hatte, hakte sich in mir fest: *gefroren.*

»Ich weiß, was in Ihnen vorgeht«, erklärte sie. »Was ich brauche, ist Ihre Hilfe bei der Gewinnung von gefrorenem Sperma aus dem Bronzemann. Ich könnte es auch selbst tun, aber ich bin nicht vertraut mit der inneren Beschaffenheit der Hoden. Da sie gefroren sind, gibt es Gewebsdeformationen, mit denen ich nicht umgehen kann, selbst wenn ich mich über die Anatomie der Hoden informiere.«

Unter normalen Umständen hätte mich so ein Satz aus dem Munde einer hübschen jungen Frau zum Lachen gebracht. Doch jetzt war mir nicht danach zumute. »Kurz gesagt, Sie wollen, daß ich möglichst frische, komplette, unversehrte DNA aus Ihrem toten Urmenschen heraushole.«

»Genau.«

»Damit Sie sie replizieren können?«

»Genau.«

»Und einen lebendigen Bronzezeitmenschen herstellen können?«

Sie blickte mich an, legte mir die Hand auf den Arm und lachte leise, mit einem spöttischen Unterton. »Nein. Dafür fehlen uns die technischen Voraussetzungen, glaube ich.«

»Warum also dann?« fuhr ich hoch, aber sie wurde wieder ernst.

»Weil es nie zuvor gemacht wurde. Eine komplette DNA von einem prähistorischen Menschen hat es noch nicht gegeben, soviel ich weiß. Auch nicht von einem aus historischer Zeit. Es ist eben einmalig, daß einer so gut erhalten ist. Gewebe als solches haben wir natürlich zur Verfügung – in den ägyptischen Mumien, in den Moorleichen und so weiter –, aber dessen Wert ist fragwürdig. Man kann nicht genau feststellen, von welchen Verfallserscheinungen sie betroffen worden sind. Der Mann mit der Axt erfüllt einen maximalen Reinheitsstandard. Er ist sehr schnell eingefroren.«

Ich dachte eine Weile nach, und ich gestehe, es waren nicht die ethischen und die moralischen Fragen, die mich bewegten, das Erlaubte oder Verwerfliche eines derartigen Unterfangens. Genauso wie sie war ich schon vom Gedanken an eine solche Möglichkeit elektrisiert. Wie so viele Forscher vor mir war ich geblendet von der wissenschaftlichen Herausforderung und nicht bereit, die möglichen Konsequenzen in Betracht zu ziehen. Die Curies und Rutherford hatten weder an Kernwaffen noch an Atommüll gedacht, weder an undichte Kraftwerke noch an eine solche Katastrophe wie in Tschernobyl, die sogar in Schottland ganze Landstriche kontaminiert hat. Sie sahen nur das Funkeln des Radiums, das magische Atom, das sich spalten ließ.

»Warum holen Sie sich nicht einen Ihrer Kollegen?« fragte ich. »Es gibt sicher jede Menge Mediziner in Ihrem Konzentrationslager.«

»Die gibt es, aber das ist mein Projekt.«

Da fiel mir die alte Redensart ein: Nichts ist so böse wie eine betrogene Frau. Oder ein Forscher, der seines Ruhms beraubt wird. Oder jeder andere, der sich mit irgend etwas einen Namen machen will. In ihrem Fall war dieses Etwas weit großartiger als ein Bahnhofsgebäude, eine Sammlung von Gedichten, ein Gemälde mit Sonnenblumen oder eine Maschine, die Weizen sät.

»Und wo ist er, der Mann aus der Bronzezeit?«

Sie deutete mit einer Kopfbewegung auf eine geschlossene Tür hinter ihrem Schreibtisch und sagte leise: »Nebenan. Werden Sie sich die Sache überlegen?«

Natürlich hätte ich ablehnen müssen. Das wäre die einzige ethisch und moralisch vertretbare Möglichkeit gewesen. Trotzdem tat ich es nicht.

Der Mann lag auf dem Rücken in einer großen Vakuumkammer, die an einen riesigen Brutkasten für Frühgeburten erinnerte. Aber im Unterschied dazu befand sich am Ende eine Luftschleuse. An beiden Seiten gab es mehrere Eingrifflöcher, in denen luftdichte Gummihandschuhe befestigt waren. Verschiedene Rohrleitungen, die mit einer Vakuumpumpe, ein paar Glasflaschen und einem Kontrollpanel verbunden waren, führten ins Innere. Über der Haube verliefen Drähte und Metallroste, wie man sie an Kühlaggregaten findet.

Der Mann war etwa einen Meter sechzig groß und von normalen Proportionen. Seine Beine lagen eng nebeneinander, und seine Arme waren an den Körper gepreßt, als sei er in Habtachtstellung gestorben. Sein Haaransatz war weit zurückgewichen, doch die Strähnen des verbliebenen Haarkranzes reichten ihm bis zu den Schultern. Er war nicht sehr muskulös, aber er besaß eine gewisse ätherische Kraft, die durch das dicke Plexiglas hindurch auf mich wirkte. Es ging ein schwer zu beschreibendes Charisma von ihm aus, als hätte seine Seele den Körper noch nicht verlassen, als wäre sie noch immer eingefroren und warte auf ihre Befreiung.

»Wie Sie an den Handschuhen sehen, herrscht im Inneren ein Teilvakuum. Die Restluft ist äußerst steril. Wir haben eine Weile erwogen, die Luft durch Stickstoff oder Kohlendioxid zu ersetzen, um die Gefahr der Verwesung zu mindern, doch dann haben wir uns anders entschieden. Es kann durchaus auch anaerobe Bakterien in seinem Körper geben. Er ist noch immer gefroren, aber wir halten ihn bei einer Temperatur von nur minus zwei Grad Celsius. Die Temperatur wird natürlich streng kontrolliert.«

»Ist sein Körper gereinigt worden?«

»Nein. Er ist in etwa so geblieben, wie wir ihn bekommen haben.«

Seine Haut war tief gebräunt, als hätte er sich ständig in der Sonne oder in den Schneefeldern der Alpen aufgehalten.

Wenn ich mein Gesicht an das Plexiglas preßte, konnte ich Schmutz unter seinen Fingernägeln erkennen, seine Augenwimpern, die steil nach oben standen, und die Stoppeln eines mehrere Tage alten Barts an seinem Kinn.

»Das Eis wurde sehr behutsam mit einem erwärmten Stab entfernt, der so aussieht wie ein Lötkolben«, sagte Ruth hinter mir. »Kann sein, daß die Epidermis dabei ein wenig angetaut wurde, mehr aber nicht.«

Ich stand da und starrte ihn an. Es fiel mir auf, daß auch seine Augen unversehrt waren.

»Ich möchte wissen, was diese Augen zuletzt gesehen haben«, sagte Ruth mit tonloser Stimme.

»Kaum zu glauben, daß sie so geblieben sind«, sagte ich.

»Das ist ein Zeichen, daß er schnell erfroren ist. Hätte es mehrere Stunden gedauert, wären seine Augen wahrscheinlich eingefallen.«

Ich ging um die Vakuumkammer herum und betrachtete den Körper von allen Seiten. Er war in einer erstaunlich guten Verfassung. Ich konnte die Härchen an seinem Unterarm erkennen, die Fältchen an den Fingern und an den Fußsohlen. Während die Minuten vergingen, erregte mich diese entrückte Leiche immer mehr, und zugleich wurde ich ruhig. Ich konnte es nicht fassen, wie gut sie erhalten war. In meinen Klinikjahren hatte ich Leichen gesehen, die nach drei Tagen Aufenthalt in einem Schubfach der Pathologie weit schlimmer aussahen als diese. Vor mir lag, wie ich nun erkannte, etwas ganz Einzigartiges. Die Chance, daß es irgendwo auf der Welt einen vergleichbaren Fund geben konnte und daß er vergleichbare Forschungsmöglichkeiten bieten würde, war gleich Null. Der Mann mit der Axt war eine absolute Ausnahme, ein unglaublicher Glücksfall, der jeder Wahrscheinlichkeitsberechnung spottete. Während ich das bedachte, stieg ein Zweifel in mir hoch: »Sind Sie wirklich sicher«, fragte ich sie schließlich, »daß das keine Fälschung ist? Der alpine Piltdown-Mensch?«

»Absolut sicher.«

»Man könnte ohne weiteres eine Leiche in den Alpen deponieren und mit ein paar Utensilien aus der Bronzezeit verzieren.«

»Das schon. Aber wenn es eine Fälschung wäre, müßte es einen Fälscher geben, der sich etwas davon verspricht. Geld, Reputation oder einen makabren Spaß ...«

»Warum soll das bei diesem hier nicht zutreffen?«

»Wie ich sagte, wurde er zufällig von einer Rettungsmannschaft gefunden, und zwar in einer sehr abgelegenen Gegend. Kein Schwindler hätte sich solch eine Mühe gemacht. Eine Fälschung hat nur Sinn, wenn sie tatsächlich aufgefunden wird. Außerdem haben wir ein Stück seiner Sandale mit der Radiokarbonmethode bestimmen lassen«, fügte sie hinzu, als wäre das eine nebensächliche Information. »Er ist echt.«

Mit gesteigerter Ehrfurcht wandte ich mich ihm wieder zu. Als der Zweifel noch an mir genagt hatte, war er zumindest ein erstaunliches Kuriosum gewesen. Jetzt, da alle Zweifel beseitigt waren, überstieg sein Anblick das Maß des Faßbaren.

»Ist das die Körperhaltung, in der er gefunden wurde?« fragte ich.

»Exakt. Der Körper wurde so, wie er war, in einem Eisblock aus den Bergen herausgeholt. Und erst hier wurde das Eis entfernt. Er wurde in einem LKW für Gefrierfleischtransporte hergebracht.«

Mit diesem Wissen schaute ich dem Mann ins Gesicht. Er hatte die Augen eines Toten, und doch fühlte ich in diesem Moment, daß er kein Jäger war, der sich in den Bergen verirrt hatte, und auch kein waghalsiger Wanderer, der von einem Schneesturm überrascht worden war. Das war der Körper eines Mannes, der in die Berge gegangen war, um zu sterben, der sich aus irgendeinem Grund geopfert hatte, aus einem Grund, den ich nie erfahren würde.

Seine Genitalien schienen ebenso gut erhalten zu sein wie alles andere an ihm. Sein Penis lag weich, ein wenig nach links geneigt, zwischen den Schenkeln. Die Hoden waren nicht zu sehen; ich nahm aber an, daß sie unversehrt waren. Mit Interesse bemerkte ich, daß er beschnitten war. Die Vorhaut fehlte, und die Eichel schaute hervor.

»Können Sie die Sache übernehmen?« Ruths Stimme war nur noch ein heiseres Flüstern.

»Ich glaube schon. Die naheliegendste Methode ist es, die Nebenhoden zu punktieren, die auf den Hoden sitzen. Die Spermatozoen werden im Hoden produziert und wandern in den Nebenhoden. Dort reifen sie zu aktiven Spermien und werden gespeichert bis zur Ejakulation. Sie können sich dort sehr lange halten. Wenn unser Patient vor seinem Tod eine Weile abstinent war, was zu vermuten ist, da er ja allein in die Berge ging, müßten wir eine ausreichende Spermakonzentration vorfinden. Sie erhalten dann also, wenn ich das so sagen darf, ein sehr DNA-reiches Material. Das geht allerdings nur unter einer Bedingung.« Ich schaute Ruth ins Gesicht. In ihren Augen spiegelte sich eine Abfolge von Emotionen. Mit ihrem flinken Verstand ging sie die Möglichkeiten durch: meine Bezahlung, mein Anteil bei der Publikation der Ergebnisse, mein Anteil an ihrem Ruhm.

»Und welche Bedingung ist das?«

»Er muß aufgetaut werden«, sagte ich. »Zumindest in der Genitalzone. Gefrorenes Gewebe kann ich nicht absaugen.«

Sie lächelte erleichtert und ging ins Büro zurück, wo sie den Telefonhörer abnahm. Ich folgte ihr und hörte, daß sie eine dreistellige Nummer eintippte und einem Mann namens Barry knappe Instruktionen gab. Eine Minute später klopfte es an die Tür. Ruth nahm ihre Plastikkarte heraus, die sie auch zum Verlassen der Räume benötigte, setzte die elektronische Türsicherung außer Kraft und ließ den Labortechniker eintreten.

»Das ist Barry«, stellte sie ihn vor. »Mein bester Mann.«

Mir fiel auf, daß sie es nicht für angebracht hielt, Barry meinen Namen zu nennen.

Er grüßte kurz und gab mir die Hand. Sie war weich und zart, fast weiblich, und doch umklammerte sie meine Finger mit einem harten Griff. Ich dachte an die Hände von Totengräbern oder Pathologie-Gehilfen, die mit Toten sehr sanft umgehen können, aber auch die Kraft haben, eine Leichenstarre zu brechen.

»Wir müssen unseren Mann ein bißchen auftauen, Barry«, sagte sie. »Nicht zu sehr. Nur eine Körperzone.« Sie blickte mich an. Ich nahm einen Schreibblock vom Tisch und zeichnete die Körperpartie, die aufgetaut werden sollte.

»Ganz durch?« fragte Barry.

»Nur die Geschlechtsorgane«, erwiderte ich.

»Sollen sie warm sein oder nur über dem Gefrierpunkt? Ich kann sie auf Körpertemperatur bringen, wenn Sie wollen.«

»Nein, nur so weit, daß das Gewebe entspannt ist. Körpertemperatur ist nicht nötig.«

»Kein Problem«, erklärte Barry und trat in den hinteren Raum ein. »Dauert nur ein paar Stunden. Körpertemperatur hätte viel länger gedauert.«

Ruth ging mit mir zum Mittagessen in den Social Club des Instituts. Das war ein unansehnliches Gebäude mit ein paar abgeschabten Billardtischen, einer annehmbar ausgestatteten Bar und einer kleinen Cafeteria, in der ein mäßiges Essen serviert wurde. Unsere Unterhaltung vermied peinlich den Gegenstand der bevorstehenden Arbeit. Ruth wollte auch an diesem abgeschirmten Ort ihr Projekt nicht ausplaudern, und ich fühlte mich nicht mehr als gastierender Spezialist, sondern als Konspirateur.

Um halb drei gingen wir ins Labor zurück. Der Techniker hatte den Leichnam wie befohlen aufgetaut, aber er lag noch immer in der Plexiglaskammer. Das Teilvakuum war jedoch durch ein Sauerstoff-Kohlendioxid-Gemisch und normalen Luftdruck ersetzt worden.

Ich brauchte keine komplizierte Ausrüstung: ein paar Katheter für die Punktierung, eine Spritze, einige Schläuche, eine Trägerflüssigkeit und Glasfläschchen. Alles wurde gründlich sterilisiert und in die Luftschleuse am Ende der Kammer gestellt, die dann luftleer gepumpt und mit dem Gasgemisch der Kammer gefüllt wurde. Ich wusch meine Hände im Waschbecken, trocknete sie sorgfältig ab und rieb sie mit Talkumpuder ein, damit die Gummihandschuhe nicht klebten. Während ich mich vorbereitete, beförderte der Techniker die Ausrüstung aus der Luftschleuse ins Innere der Kammer und legte sie neben dem Schenkel des Toten ab.

»Ich werde ein wenig Hilfe brauchen«, sagte ich zu Ruth. »Wollen Sie mir assistieren?«

Statt zu antworten, nickte sie nur. Sie setzte sich mir gegenüber auf die andere Seite und schob die Hände in ein Paar der dort angebrachten Gummihandschuhe. An ihrem Kopf befestigt war ein kleines Mikrofon von der Art, wie es Piloten benutzen; irgendwo im Raum stand ein geräuschaktivierter Kassettenrecorder. Nachdem der Techniker für meine Belange gesorgt hatte, machte er sich daran, eine Videokamera aufzustellen. Ich ließ mich auf meinem Hocker nieder und schob die Hände in die kühlen, engsitzenden Gummihandschuhe.

Dann hielt ich inne. Vor mir lag die Leiche eines Mannes, die über dreitausend Jahre alt war, rechts von mir der Kopf und links von mir die Füße.

Ich hatte bereits Menschen seziert. Häufiger jedoch waren es nur Körperteile gewesen. Beim Medizinstudium erhielt ich im Anatomiekurs einen Arm oder ein Bein, um die Speichenschlagader oder den Wadenmuskel zu isolieren, auch mal eine Lunge oder ein Kleinhirn zur Untersuchung. Häufig hatte ich Autopsien beigewohnt, bei denen einzelne Körperteile seziert wurden, und im dritten Studienjahr gehörte ich zu einer

Vierergruppe, die einen ganzen Leichnam zur Sektion erhalten hatte und ihn im Verlauf mehrerer Wochen vollständig zerlegte. Doch nie hatte ich eine Leiche ganz für mich allein gehabt. Dieser außergewöhnliche Mensch, der da vor mir lag, war die erste. Er hätte auch einen Namen haben sollen, dachte ich.

Bevor ich einen Katheter aussuchte, streckte ich vorsichtig die Hand aus. Er hätte auch lebendig sein können, ein atmender Patient, so sanft war meine Berührung. Ein Kribbeln der Erregung durchzuckte mich, als hätte er eine elektrische Ladung an mich abgegeben.

Wo der Körper aufgetaut war, war die Haut bemerkenswert elastisch, und obwohl sie nicht eigentlich lebendig wirkte, erschien sie heller als die gefrorene Haut. Behutsamer noch, als ich es bei einem lebenden Patienten getan hätte, ergriff ich seinen Penis und legte ihn hoch. Sein Schamhaar war struppig und kräftig wie Drahtwolle. Die Bewegung des Penis hatte die Hoden ein wenig angehoben. Ich tastete nach dem vorderen Hoden. Er fühlte sich fest und schmiegsam an, und ich konnte ihn zwischen Daumen und Zeigefinger drehen. Mit äußerster Vorsicht setzte ich den Katheter am oberen Teil des Hodensacks an und führte ihn nach Gefühl in den Nebenhoden ein. Die scharfe Spitze durchdrang die Haut ohne Mühe.

Während der Arbeit hörte ich Ruths Stimme, die vor sich hin murmelte wie eine Betschwester. Hinter meinem Rükken begleitete mich das Summen der Kamera.

Als der Katheter plaziert war, setzte ich eine 20-ml-Spritze an und drückte den Kolben. Die Flüssigkeit ließ den Nebenhoden ein wenig anschwellen. Behutsam massierte ich den Hodensack und zog dann den Kolben hoch. Einen Moment lang geschah gar nichts, doch dann schoß eine graue, fast milchige Flüssigkeit durch den Katheter und in die Kammer der Spritze. Sie sah fast wie richtige Samenflüssigkeit aus, obwohl es keine war.

Ich nahm die Spritze ab, schüttete ihren Inhalt in das erste Fläschchen und verschloß es mit einer Kunststoffkappe, wobei ich darauf achtete, daß die Flüssigkeit nicht mit dem Deckel in Berührung kam. Steriles Glas ist für Spermien nicht gefährlich, aber einige Kunststoffsorten können tödlich wirken. Als die Flasche verschlossen war, reichte ich sie Ruth hinüber, die sie in einem Plexiglasgestell deponierte.

Zwei weitere Male saugte ich den Nebenhoden ab, und jedesmal war die Flüssigkeit weniger milchig. Die ganze Prozedur wurde am anderen Hoden wiederholt, und nach einer halben Stunde war ich fertig. »Das wär's«, sagte ich, als ich den Katheter herauszog. »Was immer da drin war, wir haben es nun.«

Über das, was ich dann tat, kann ich mir keine Rechenschaft ablegen. Die linke Hand des Mannes lag an seiner Seite, die Handfläche zeigte mit leicht gekrümmten Fingern nach oben. Ich strich über seinen Schenkel und legte dann für einen Moment meine Hand in die seine. Durch den Gummi hindurch fühlte sie sich hart und kalt an, aber mich erfaßte ein seltsames Gefühl der Verbundenheit. Es war, als hätte ich ihn gekannt.

Meine einfache Ausrüstung wurde wieder in die Luftschleuse gelegt, zusammen mit den verschlossenen Fläschchen, die nebeneinander in ihrem Gestell standen. Die Luftschleuse wurde von innen verschlossen, und der Techniker legte mehrere Würfel Trockeneis neben dem Körper aus. Ruth ging mit mir ins Büro und schloß die Tür hinter sich.

Vorerst sprachen wir kein Wort. Sie beschriftete die Tonkassetten, auf denen ihr Kommentar festgehalten war. Ich saß da und starrte auf die Fläschchen. Schließlich brach sie das Schweigen. »Wir sollten einmal nachschauen«, sagte sie ruhig.

Zusammen gingen wir mit dem Gestell ins Labor. Meine Hände zitterten, aber nicht wegen der Kälte, die den Unterleib des Toten gegen Ende der Arbeit von neuem durchzogen hatte. Ich war erregt. Erregt und auf unerklärliche Weise von Angst gepackt.

Ruth entfernte die sterile Umhüllung einer Pipette, während ich eins der Fläschchen öffnete. Es zischte kurz: In der Kammer mußte ein leichter Unterdruck geherrscht haben. Ruth tauchte die Spitze der Pipette in die Flüssigkeit, setzte das Mundstück an die Lippen und saugte etwa einen halben Milliliter an. Dann tupfte sie je ein winziges Tröpfchen auf eine Reihe von Objektträgern und legte Deckgläser darüber. Die Flüssigkeit breitete sich aus und ließ die beiden dünnen Glasscheiben aneinander haften. Sie schaltete den Monitor neben dem Labortisch ein und machte ein starkes Mikroskop bereit. Dann sah sie mich an. Ihr Blick war ernst und intensiv, als wäre sie entschlossen, in einen Abgrund zu springen. Ich konnte ihre Angst spüren, aber auch ihr starkes Verlangen. So ähnlich müssen Fallschirmspringer vor ihrem ersten Sprung aussehen, dachte ich.

Sie griff eine Probe, schob das Glas unter die Halteklammern des Mikroskops und begann am Knopf der Feineinstellung zu drehen.

Ich starrte auf den Bildschirm.

Anfangs war da nur grauer Schnee, doch allmählich zeichneten sich Zellen ab. Und unter ihnen waren ohne Zweifel auch Spermatozoen.

Ich weiß nicht mehr, was ich oder was Ruth sagte. Dazu waren wir viel zu sehr gefesselt.

Als das Bild scharf wurde, versuchte ich zu begreifen, was für eine unglaubliche Sache ich da vor Augen hatte. Dann befiel mich eine Vorahnung. Es war nicht die Befürchtung, daß ich ein Gesetz übertreten, eine ethische Barriere durchbrochen hatte, sondern das dunkle Wissen, daß ich etwas in Bewegung gesetzt hatte, was nicht mehr aufzuhalten war und was mich mein Leben lang verfolgen würde. Doch dieser Moment der Nachdenklichkeit wurde gleich darauf von einem euphorischen Glücksgefühl verdrängt. Ich hatte das

Unmögliche erreicht, und mich erfüllte ein unbändiger Stolz.

Die Spermien waren tot. Das überraschte mich nicht, aber eine gelinde Enttäuschung mußte ich mir eingestehen. Es wäre absolut unwahrscheinlich gewesen, daß sich Spermien, die so lange eingefroren waren, wieder bewegten. Ruth jedoch ließ sich ihren Triumph kaum anmerken. Sie wandte sich vom Mikroskop ab und blickte auf den Bildschirm.

»Da ist unsere DNA«, sagte ich.

Sie erwiderte nichts, sondern küßte mich fest auf den Mund. Sie umfaßte meine Schultern und zog mich an sich.

Die Bewohner der Lichtung haben ein Fest gefeiert. Die Vorbereitungen begannen am späten Nachmittag, als Chuhi und sein Halbbruder Mayno mit zwei Brüllaffen erschienen, die sie mit Lianen gefesselt hatten. Die Affen waren mit dem Blasrohr erlegt worden, und ich glaubte, sie wären tot, doch als Chuhi sie zu Boden fallen ließ, quiekte der eine wie ein Ferkel und warf den Kopf hin und her. Eine der Frauen am Feuer, das in der Mitte der Lichtung kräftig entfacht war, nahm den Affen, ohne zu zögern, bei den Beinen, holte Schwung und schleuderte ihn mit dem Kopf auf einen flachen Stein neben dem Feuer. Ich hörte den Schädel zerkrachen wie eine Walnuß.

Als es dunkel wurde, prasselte das Feuer unter zwei noch leeren Bratspießen. Die Affen waren nicht gehäutet. Nur die Innereien waren entfernt und den Hunde vorgeworfen worden. Ihr Fell wurde von den Flammen abgesengt, und die Körperhöhlungen wurden mit Stöckchen offengehalten. In das rohe Fleisch waren Kräuter gerieben worden.

Die Männer der Lichtung richteten sich für den Anlaß her. Chuhi steckte sich ein Büschel Papageienfedern ins Haar und bemalte sein Gesicht mit Strichen. Die anderen Männer taten es ihm nach, entsprechend ihrem Rang. Keewei hängte sich ein mottenzerfressenes Jaguarfell um die Schultern, setzte seinen Fellhut auf, schlüpfte in die Reeboks und hängte sich eine Kette mit Affenzähnen um den Hals. Als Anhänger diente kein Edelstein, sondern der Kronenverschluß einer Coca-Cola-Flasche.

Ich verfolgte das Fest von meiner Veranda aus. Keewei hielt mit singender Stimme eine Ansprache und warf dabei etwas ins Feuer, was aussah wie kleine Knochen. Die Versammelten wiederholten Teile seiner Beschwörung. Dann folgte ein fünfzehnminütiger Tanz, bei dem die Erwachsenen der Reihe nach um das Feuer paradierten und Stöckchen in die Flammen warfen. Die Kinder standen gedrängt im Hintergrund, bewacht von einem Halbwüchsigen, der sie im Zaum hielt. Nach dem Reigen verschwanden die Männer in einem Langhaus, und die Frauen bereiteten große, dünne Fladen aus Maniokmehl, die sie auf einem Backblech wendeten und dann auf einer Holzplatte stapelten. Das Aufspießen der Brüllaffen schien ein Signal für die Kinder zu sein, die auf das Feuer zustürmten, Zweige hineinwarfen und mit ihrem Hopsen die Erwachsenen imitierten. Ich blieb distanziert auf meiner Veranda sitzen. Ab und zu schaute eine Frau zu mir herüber, doch abgesehen davon wurde ich ignoriert und als Zuschauer geduldet.

Es war jetzt Nacht, und das Feuer wurde weiter geschürt. Sein Widerschein flackerte in den Bäumen, und die Fledermäuse, die aus meiner Hütte kamen, suchten erschreckt das Weite. Ihre gewohnte Flugroute quer über die Lichtung war versperrt. Ein verlockender Duft nach Affenbraten wehte zu mir herüber. Plötzlich erschienen die Männer. In ihrer Mitte führten sie einen Halbwüchsigen, der völlig nackt war. Um seine Stirn war ein Blätterkranz gewunden. Er schien zu humpeln, und als er vor dem Feuer stand, sah ich, daß seine Schenkel blutbeschmiert waren. Sein Penis war mit einer groben Schnur umwickelt. Die Frauen unterbrachen ihre Arbeit, und die Kinder wurden still.

Keewei stellte sich hinter dem Halbwüchsigen auf, umklammerte seine Oberarme, stieß ihn mit einem schrillen Schrei in die Flammen und riß ihn wieder zurück. Der Kopf des Jungen hing leblos zur Seite. Ich glaubte schon, er wäre ohnmächtig geworden, doch als Keewei ihn ein paar Schritte vom Feuer weggezogen hatte und losließ, blieb er stehen. Zwei Frauen nahmen sich dann seiner an, setzten ihn auf eine Decke, und ein etwas kleinerer Junge nahm steif wie eine Wache Aufstellung neben ihm.

Chuhi löste sich aus der Menge und ging auf meine Hütte zu. Er hob den Arm, um mich zu begrüßen. »*Ven a comer, Do-mi-niek Lei-ell*«, sagte er mit einem breiten Grinsen, das die Rundung seiner Wangenknochen betonte.

»*Gracias!*« erwiderte ich auf seine Einladung und folgte ihm auf den Platz. Die Leute saßen jetzt im Kreis um das Feuer, dessen Flammen langsam erstarben, doch es war ein kräftiger Glutherd erhalten geblieben. Chuhi gab meine Anwesenheit auf Huambas bekannt, und die Leute murmelten eine Begrüßung, die ich mit *gracias* beantwortete.

Das Essen wurde mir von dem Halbwüchsigen überreicht. Die Umschnürung seines Penis war ein Verband; er war im Langhaus beschnitten worden. Die Frauen wurden von dem Jungen bedient, der neben ihm Wache gestanden hatte, und das Mahl begann mit den Fladen.

»*Pai-dju*«, sagte Chuhi und bestrich ein Stück Fladen mit einer dunklen Masse. »*Me llamo Chuhi. Se llama pai-dju.*« Er reichte mir den Bissen. Die Masse bestand aus geriebenen Dörrfischen, die mit Öl verrührt waren, und sie schmeckte nicht übel. Es folgten Kochbananen, die am Rande der Glut in Lehm gebacken waren. Sie waren bitter und sandig. Schließlich wurden die zwei Affen von den Spießen gezogen und von Keewei zerlegt. Jeder, ob Mann, Frau oder Kind, bekam von dem Jungen ein Stück gereicht. Ich erhielt einen Unterarm. Das Fleisch war knusprig, die Hand am Ende war verkohlt. In diesem Moment fiel mir das Kleinkind ein, das ich in meiner Klinikzeit behandelt hatte. Es hatte bei einem Wohnungsbrand schwere Verbrennungen erlitten und war dann gestorben. Ich führte den Arm an den Mund und biß hinein. Es war überraschend viel Fleisch an dem dünnen Glied, und trotz seiner trockenen Kruste war es innen saftig und zart. Es hatte die strähnige Struktur von Lammfleisch, war aber völlig ohne Fett.

»*Debes chupar la mano*«, befahl Chuhi. »*Te da habilidad en las manos.*«

Ich brauchte eine Weile, bis ich ihn verstand; dann wußte ich, daß ich gehorchen mußte. Ich schob einen verbrannten Affenfinger in den Mund und saugte. Er schmeckte wie Holzkohle. Die ganze Versammlung klatschte und lachte und wechselte beifällige Blicke. Chuhi schlug mir auf die Schulter. Auch er lachte, und ich glaubte schon, daß ich einem alten Dschungelstreich zum Opfer gefallen war. Doch er nahm mir den Affenarm ab, saugte selbst an den Fingern und reichte ihn weiter. Jeder durfte einmal saugen.

Nach dem Mahl wurden die Abfälle ins verlöschende Feuer geworfen, und die Frauen verzogen sich mit ihren Kindern. Ich wollte auch gehen, da ich annahm, daß die Männergesellschaft keinen Wert auf meine Anwesenheit legte. Chuhi aber machte ein Zeichen, daß ich bleiben sollte.

Zu diesem Anlaß, hatte ich geglaubt, würde das selbstgebraute Bier serviert werden. Schon viele Tage zuvor hatte ich die Frauen *yamanachi* bereiten sehen. Sie hatten Maniokwurzeln geschält und gekocht, dann Stücke davon in den Mund gesteckt, eine Weile lang intensiv gekaut und schließlich in einen großen Tontopf ausgespuckt. Immer wieder nahmen sie einen Schluck Wasser und durchmengten so das Gekaute mit ihrem Speichel. Die ausgespuckte Masse wurde von einer uralten Frau mit einem paddelartigen Löffel umgerührt. Sie summte in einer tiefen, kaum hörbaren Stimme und arbeitete wie ein Roboter. Ihre Hände zitterten so sehr, daß sie kaum mit dem Rühren vorankam.

Doch es gab keine Kürbisflaschen mit *yamanachi.* Statt dessen erhob sich Keewei von seinem Platz und ging um das Feuer, wobei er jedem der Männer, auch mir, ein wenig rote *urucú*-Farbe auf die Stirn tupfte. Dann zog Mayno, der in meiner Nähe saß, einen hohlen Stab hervor, der wie ein kleines Blasrohr aussah. Er steckte etwas hinein, was ich nicht sehen konnte, setzte das Rohr an das rechte Nasenloch seines Nachbarn Q'eke und blies kraftvoll hinein. Q'eke schniefte und schnaubte, nahm das Rohr in die Hand und tat seinem Nebenmann denselben Gefallen. Bald war das Rohr bei Chuhi angelangt, und er füllte es für mich.

Er tat eine Prise eines grauen Pulvers hinein, und einen Moment lang vermutete ich, es wäre Kokain. Doch das war auszuschließen, weil Kokain stark suchterzeugend ist, und von den Bewohnern der Lichtung war niemand süchtig. Nach all den Monaten seit meiner Ankunft war es das erste Mal, daß ich diese Zeremonie erlebte.

Chuhi blies heftig ins Rohr. Das Pulver stach mir in die Nase, und ich rang nach Luft, weil es bis in die Lunge vorgedrungen war. Nach mir waren alle versorgt. Ich saß da und wartete, was nun geschehen würde. In meiner Kehle war ein bitterer Geschmack, aber sonst spürte ich nichts.

Q'eke stand auf und stieß mit den Armen um sich. Er starrte in die Glut, trat zwei Schritte zurück und bellte wie ein Hund. Speichel rann ihm aus dem Mund. Er rollte mit den Augen und drehte sich im Kreis, bis er zu Boden ging und zusammengerollt wie ein Hund liegenblieb. Ein Hund aus den Langhäusern wurde von seinem Gebell angelockt, schnüffelte an ihm herum und legte sich neben ihn ans warme Feuer. Jetzt begann sein Nebenmann mit den Armen zu wedeln, und dazu krächzte er wie ein junger Papagei. Der nächste erhob sich unendlich langsam und entfernte sich vom Feuer, wobei er den Hals reckte und den Kopf im Zeitlupentempo verdrehte. Seine Finger hatte er zu zwei spitz zulaufenden Bündeln gruppiert. Wahrscheinlich stellte er ein Faultier dar.

Einer nach dem anderen verwandelten sich die Männer in Tiere, und ich war gespannt, was mit mir passieren würde, welches Tier ich in meiner Seele ausbrüten würde. Würde ich ein zierlicher Vogel werden oder eine Schlange wie Tian, der sich drei Plätze weiter am Boden wand und vor sich hin spuckte? Welches Tier lauerte in mir und drängte nach außen? Als die Droge auch auf Chuhi zu wirken begann, packte mich die Angst. Die Wirkung ging mit einer solchen Macht auf mich über, daß ich, bevor ich die Kontrolle über mich verlor, einen Moment lang staunte. Es war, als hätte etwas von meiner Seele Besitz ergriffen. Mein Gesicht wurde furchtbar heiß, und als ich es mit den Fingern berührte, fühlten sie sich wie Eiszapfen an. Ich glaubte, sie würden sich in mich hineinbohren, und riß sie mit einem zweiten Paar Hände weg, die mir inzwischen gewachsen waren. Vielleicht verwandelte ich mich in einen Tausendfüßler, dachte ich. Oder in einen orientalischen Gott mit vielen Armen.

Irgendwo in mir wuchs ein Baum. Ich konnte in mich hineinschauen wie in eine riesige rote Höhle und sah, wie er seine smaragdgrün leuchtenden Blätter ausbreitete, Blumen hingen an den Wänden meiner Körperhöhle, Orchideen mit komplizierten Blüten, wachsartig und an Fettgewebe erinnernd. Von ganz tief drinnen stieg ein seltsamer Vogelruf hoch.

Langsam änderte das Vogelzwitschern seine Tonlage und verwandelte sich in eine unverständliche Frauenstimme. Sie weinte und lachte, flüsterte und schrie. Ich fühlte Feuchtigkeit auf meinen Lippen, als wollte jemand mit der Zunge in mich eindringen. Gleichzeitig streichelte eine pelzige Hand meine Genitalien und ging noch tiefer, um meinen After zu liebkosen.

Aus der Frauenstimme wurde ein Glockenläuten, das von einem Vogel hoch oben in meinem inneren Baum zu stammen schien. Hinter dem Baum stand ein Mann. Mein inneres Auge konzentrierte sich auf ihn und bewegte sich auf ihn zu, als würde ich durch den Himmel in mir selbst schweben.

Der Mann war ich. Ich trug einen eleganten Anzug. Die goldene Vacheron Constantin glitzerte an meinem Handgelenk. In den Händen hielt ich eine kleine Glasflasche mit einer weißlichen Flüssigkeit.

Jemand klopfte mir auf die Schulter. Ich drehte mich langsam um. In meinem Gesicht war ein Lächeln. Ich fühlte, wie sich meine Muskeln anspannten, und ich sah, wie sie sich aneinander rieben: wie blutigrote Stahlplatten, übersät mit schwarzen Nieten.

Hinter mir stand der Mann aus der Bronzezeit.

Als ich erwachte, dämmerte der Morgen, und ich fand mich im Sessel der Veranda wieder. Meine Erinnerung war so lebendig, als hätte ich alles genauso erlebt, und mein Kopf war klar. Vom Feuer in der Mitte der Lichtung stieg noch eine dünne Rauchfahne hoch. Alle Männer bis auf einen waren verschwunden. Wie um zu beweisen, daß die vergangene Nacht kein Traum war, lag dort Q'eke mit dem Hund.

Ich stellte mich auf die Beine. Meine Knie waren schwach, ich fror, und ich hatte mir in die Hose gemacht.

Als wir nach der Punktierung des toten Mannes noch zusammensaßen, benommen vom Erfolg der Operation, kam Ruth auf meine Bezahlung zu sprechen und versicherte mir, daß sie meine Minimalforderung aus ihrem Etat begleichen könne. Ich verzichtete auf ein Honorar. Darauf schlug sie mir ein gemeinsames Abendessen in Oxford vor, bevor ich nach London zurückfahren würde. Eine solche Einladung, beharrte sie, sei das mindeste, was sie tun könne, um sich dankbar zu erweisen. Außerdem, erklärte sie listig, werde sie den Abend auf ihre Spesenrechnung setzen.

Wir verließen das Labor gegen sechs. Ich folgte in meinem Porsche ihrem bejahrten Volvo, der in einer gesichtslosen

Vorstadtstraße von Headington hielt. Sie hatte eine Mietwohnung im Obergeschoß eines Reihenhauses aus den frühen fünfziger Jahren. Die enge Wohnung bestand aus einem farblosen Wohn- und Eßzimmer, einem halbwegs geräumigen Schlafzimmer, einer kleinen Küche und einem winzigen Badezimmer, das mich an meine Studentenbude im zweiten Studienjahr erinnerte. Sie hatte ihr möglichstes getan, um die Wohnung ihrem Geschmack anzupassen, hatte die Tapeten überstrichen, ihre eigenen Möbel hineingestellt und Bilder aufgehängt, doch das blieb ein Notbehelf. Der hintere Garten war voller Unkraut, der Rasen struppig, die Bäume unbeschnitten. Der Gartenzaun, beleuchtet von einer Deckenlampe der Parterrewohnung, stand schräg und war voller Lücken. Die Straßenlaternen warfen ihr trübes Licht auf rissige Gehsteigplatten und schiefe Randsteine.

Wir wuschen uns nacheinander im engen Badezimmer. Ein Slip hing an der Schiene des Duschvorhangs, die Wand brauchte dringend einen Anstrich, und das Toilettenbecken hatte eine andere Farbe als das Waschbecken. Ich hörte Ruth im Schlafzimmer trällern, während durch den Fußboden die Erkennungsmelodie einer Vorabendserie drang, vermischt mit dem Gestank von heißem Fett. Die ganze Wohnung wirkte tief bedrückend. Um halb acht fuhr ich mit ihr ins Zentrum von Oxford und parkte in der einsamen, kopfsteingepflasterten Merton Street.

Das Restaurant lag versteckt am Ende einer Gasse, ein bescheidenes Lokal mit Deckenbalken, gedämpfter Beleuchtung und dunklen Wänden, an denen Ansichten der Stadt und der Universität aus dem 18. Jahrhundert hingen. Wir hatten seit dem Verlassen des Instituts kaum ein Wort gewechselt, und erst, als der Kellner die Bestellung aufgenommen und uns einen Martini serviert hatte, brach sie das Schweigen. Sie hob das Glas und fragte: »Auf ihn?«

Ich stieß mit ihr an und bekräftigte: »Auf ihn!«

»Es ist nicht zu glauben«, sagte sie mit gesenkter Stimme

und ließ den Blick durch das Lokal schweifen. Es waren an diesem Wochentag im Spätherbst nur zwei weitere Tische besetzt.

»Es ist wirklich bemerkenswert«, erwiderte ich. »Ehrlich gesagt, hatte ich ein so ... perfektes Resultat nicht erwartet. Ich war darauf eingestellt, den Hoden aufzuschneiden und Keimgewebe zu entnehmen. Die Spermatozyten teilen sich dort und bilden Spermatide, die sich dann in Samenzellen verwandeln. Wenn wir keinen Erfolg gehabt hätten ...«

»Aber wir haben es geschafft!« unterbrach sie mich. »Oder besser, du hast es geschafft.«

Ich nippte an meinem Martini. Das Bild auf dem Monitor stand mir noch immer vor Augen. »Wirst du die Ergebnisse unseres kleinen Experiments veröffentlichen?« fragte ich.

»Nein«, erwiderte sie ohne Zögen. »Noch nicht. Ich habe noch einiges mit dem Material vor, bevor ich an die Fachpresse denke.«

»Was wird das nächste sein?«

»Zuerst werde ich die DNA isolieren. Dann will ich ihre Struktur mit der eines jetzt lebenden Mannes vergleichen. Wenn sich in den dreitausend Jahren signifikante Unterschiede eingestellt haben ...« Sie brach ab und starrte auf einen alten Stich an der Wand, aber es war zu sehen, daß sie ihn nicht wahrnahm. »Nun, dann wäre mir das schon einen Aufsatz in ›Nature‹ oder im ›Scientific American‹ wert.«

»Ich wäre froh, wenn du mich aus der Sache heraushalten würdest«, sagte ich.

»Aber warum in aller Welt? Du bist doch ganz wesentlich an der Sache beteiligt, und du hast es verdient, auch am Erfolg beteiligt zu sein. Außerdem schulde ich dir etwas.«

»Das hast du mit diesem Abendessen und deiner Gesellschaft beglichen«, entgegnete ich. »Und was den Ruhm betrifft, so habe ich bereits eine Reputation, die ich allerdings gefährden kann, wenn meine Patientinnen wissen, daß diese Hand, die in ihre intimsten Bereiche vordringt, sich auch nur ein einziges Mal in ähnlicher Weise an einem prähistorischen Kadaver betätigt hat. Ich weiß dein Angebot zu schätzen, aber ich möchte lieber darauf verzichten.«

»Wenn du meinst. Aber ich denke, du solltest nehmen, was dir zusteht.«

»Mir ist meine Praxis und mein Porsche lieber als der Beifall der Fachwelt«, erklärte ich. »Vom wissenschaftlichen Ruhm kann man nicht leben.«

»Willst du denn nicht mehr als nur deinen persönlichen Erfolg?« fragte sie nach einer Pause. »Brauchst du nicht mehr zum Leben als nur deinen Arztberuf? Eine größere Befriedigung?«

»Meine Arbeit ist sehr befriedigend«, antwortete ich. »Und nicht nur in finanzieller Hinsicht. Ich verhelfe Menschen zum Leben und mache Ehepaare glücklich, die wegen einer physischen Störung sehr unter ihrer Kinderlosigkeit zu leiden haben. Es gibt Ärzte, die es schaffen, daß Gelähmte wieder laufen, daß Blinde wieder sehen, daß Taube wieder hören. Und ich bin einer von diesen Ärzten.« Nach einem Schluck Martini ergänzte ich: »Ich staune oft, wie viele Ehen ich mit meinem Können gerettet habe.«

Sie erwiderte nichts. Der Kellner brachte unsere Vorspeise und eine Flasche Muscadet in einem Eiskübel.

»Damit will ich deine Arbeit nicht schmälern«, sagte ich, weil ich befürchtete, sie könnte meine Ausführungen als Kritik auffassen. »Ich weiß wie jeder andere Arzt den Wert der Grundlagenforschung zu schätzen. Schließlich war es ein Institutswissenschaftler, dem als erstem die Reagenzglasbefruchtung einer menschlichen Eizelle gelungen ist. Ohne solche Forschung gäbe es auch mein Handwerk nicht. Natürlich versuche ich mich fachlich auf dem laufenden zu halten, und hin und wieder fülle ich Fragebögen für Forscher aus, die auf dem Gebiet der künstlichen Befruchtung und so weiter arbeiten. Trotzdem habe ich es lieber, wenn sich nach all den Mühen auch schnelle Erfolge einstellen.«

»Ist das nicht ein wenig kindisch, wenn man sofort seine Belohnung will?« entgegnete sie.

»So schnell geht es auch nicht«, sagte ich lächelnd. »Meine Erfolge zeigen sich erst nach neun Monaten. Aber ich weiß, was du meinst, Erfolge in der Forschung beruhen oft auf jahrelangen Untersuchungen mit eintönigen Testreihen – und vielen Fehlschlägen.«

»Gibt es bei dir keine Fehlschläge? Ist es das, was dich an der Forschung stört?«

»Ganz und gar nicht«, sagte ich ziemlich schroff. »Ich habe keine Angst vor Fehlschlägen, und sie kommen auch bei mir oft vor. Manchmal aus eigener Schuld, manchmal, weil ich die Natur mißdeute oder weil sie sich gegen mich wendet. Neulich habe ich einen ganzen Nachmittag damit verbracht, einen durchtrennten Samenleiter wieder zusammenzufügen. Der Patient hatte eine Vasektomie machen lassen, weil seine Frau nicht schwanger werden durfte. Die Arme kam dann bei einem Reitunfall ums Leben, und der Mann hat wieder geheiratet und wollte Kinder. Teils aus Gründen, die mit mir zu tun haben, teils, weil der Patient den implantierten Gefäßersatz abgestoßen hat, war ich unfähig, die Operation erfolgreich durchzuführen. Ich habe versagt.«

Mein Tonfall mußte schärfer gewesen sein, als ich es beabsichtigt hatte, denn sie verstummte für eine Weile und plauderte dann über ihre Kollegen, über ihre Studentenzeit, als sie an einer großen Ausgrabung auf den Hebriden teilgenommen hatte, und machte einige kritische Andeutungen über die staatliche Finanzierung der freien Forschung: Sie könne nicht verstehen, daß der Premierminister so blind sei und die Wissenschaftsförderung vernachlässige. Ich parierte ihre Bemerkungen, vor allem, weil es mir Spaß machte, ihr zu widersprechen, und spielte den Advocatus diaboli. Hin und wieder wurde sie recht erbost. Erst als wir fast mit dem Essen fertig waren, bemerkte sie, daß ich mit ihr spielte, und ließ das Thema fallen.

»Du willst mich nur auf den Arm nehmen!« rief sie mit leuchtenden Augen.

»Und du läßt es dir gefallen«, erwiderte ich.

»Beim Essen vielleicht, aber nicht im Labor.«

»Einverstanden«, lenkte ich ein, und obwohl sie protestierte, zahlte ich die Rechnung.

Als wir an der Tür in die Mäntel geschlüpft waren, hängte sie sich bei mir ein und sagte mit verhaltener Stimme: »Mußt du heute nacht noch zurück nach London? Es könnte Glatteis geben.«

Über uns war ein schmaler Streifen des Himmels zu sehen, der mit Sternen übersät war. Ihr Atem stand als Wolke in der Luft. Solche indirekten Vorschläge waren für mich nichts Neues. In meinen Klinikjahren waren flüchtige Beziehungen zwischen Kollegen, zwischen Schwestern und Ärzten, an der Tagesordnung gewesen. Alle steckten tief in ihrer Arbeit und ergriffen jede Gelegenheit, sich von der Öde der langen Nachtwachen, dem Leid sterbender Kinder und weinender Männer zu befreien. Man hatte so viel Gemeinsames, daß es fast natürlich schien, auch miteinander zu schlafen und seine Ängste in den Umarmungen des anderen zu vergessen. In vielerlei Hinsicht gehörte das zu der Kameradschaft, an der wir teilhatten. Und Kameraden waren wir auch, die schlanke amerikanische Paläobiologin und ich; Konspirateure, die sich ein Geheimnis teilten. Vielleicht wollte sie die Geheimhaltung auf diese Weise besiegeln.

»Nein, heute nacht nicht mehr«, erwiderte ich. Im selben Moment wußte ich, daß ich nicht in ihre triste Behausung zurückgehen konnte, wo der Fernseher und das Bratfett der Nachbarn regierten. »Aber ich glaube, in deine Wohnung sollte ich auch nicht mitkommen.« Enttäuscht ließ sie meinen Arm los. Ich nahm ihre Hand und schob sie wieder unter meinen Ellbogen. »Ich habe viel zu viel getrunken«, sprach ich weiter und ging mit ihr im Schein der alten Straßenlaternen durch die Bear Lane zum Oriel Square. »Ich habe keine Lust und fühle mich auch nicht in der Lage, mit meinem Auto durch die Straßen zu fahren.«

»Dann kannst du auch nicht nach London fahren«, sagte sie. »Wir könnten doch ein Taxi nehmen.«

»Oder wir nehmen uns ein Zimmer im Eastgate Hotel am Ende der Merton Street.«

Ich fühlte an meinem Arm, daß ihr Griff wieder fester wurde, und verstand es als Zustimmung. Im November war das Hotel nicht ausgebucht, ich nahm ein Doppelzimmer im hinteren Flügel. Dort ließ ich Ruth allein zurück, ging zum Auto und fuhr es der Sicherheit halber ein paar hundert Meter weiter zum Hotelparkplatz.

Bevor ich das Auto abschloß, schaute ich ins Handschuhfach: Hinter dem Benutzerhandbuch und einem kleinen Diktiergerät lag, in ein Scheibenputztuch gewickelt, ein kleines Fläschchen. Ich holte es heraus und hielt es in die Höhe. Die wolkig trübe Flüssigkeit sah unverändert aus. Ohne Zweifel war die keimfreie Atmosphäre in der Unterdruckkammer günstig für die Haltbarkeit der Probe. Um völlig sicherzugehen, drückte ich das Putztuch fest gegen die Windschutzscheibe, die allmählich vom Frost überzogen wurde.

Ruth hatte inzwischen ein Bad einlaufen lassen, und wir stiegen zusammen in die Wanne. Sie war eine hungrige Liebhaberin, mit einer Gier, die etwas Verzweifeltes an sich hatte. Sie wirkte nicht so, als wollte sie Versäumtes nachholen; mir war eher, als wollte sie den Augenblick möglichst intensiv auskosten, als wäre die Zukunft in Frage gestellt. Sie tat mir in jener Nacht leid, und nachdem wir uns im Bad und im Doppelbett geliebt hatten, schlief sie in meinen Armen ein.

Ich jedoch schlief in dieser Nacht nicht. Statt dessen lag ich neben diesem hübschen Mädchen, durchlebte noch einmal den Nachmittag und dachte an das Fläschchen im Porsche. Und immer wieder sah ich das Gesicht vor mir, das gefrorene Gesicht des Mannes aus der Bronzezeit, und ich spürte seine Hand in der meinen.

Ich weiß nicht, warum ich es getan habe. In meinem ganzen Leben habe ich nicht gestohlen, nicht einmal als Kind, wenn meine Spielgefährten sich im Eckladen Schokoriegel und Lutscher beschafften, indem sie den alten Mr. Hawkhurst nach Dingen suchen ließen, von denen sie wußten, daß er sie nicht hatte. Meine Bücher führte ich immer peinlich genau. Bekam ich zuviel Wechselgeld heraus, gab ich es zurück, und als ich einmal im Hyde Park eine Brieftasche fand, brachte ich sie zur Polizei.

Und trotz alledem hatte ich das Fläschchen mit abgesaugter Flüssigkeit gestohlen. Es war so leicht. Als Ruth verzückt auf den Bildschirm mit den toten Spermatozoen blickte, ließ ich eine der Flaschen in meine Tasche gleiten. Sie waren noch nicht fertig beschriftet, noch nicht von der Chronik der Wissenschaft erfaßt. Ein Instinkt hatte mir gesagt, daß niemand etwas merken würde.

Noch heute beschäftigt mich der Beweggrund meines Tuns.

Ohne einen beglaubigten Herkunftsnachweis war der Inhalt der Flasche für die Wissenschaft wertlos. Auch ein Geldwert war nicht anzusetzen, da es schwerlich einen Markt für prähistorisches Sperma gab. Und ich konnte mich mit dem Besitz nicht brüsten, solange ich meinen Namen heraushalten wollte. In vieler Hinsicht war ich in derselben Lage wie der Besitzer eines gestohlenen Kunstwerks. Ich konnte mich heimlich an meiner Beute freuen, durfte aber die Freude aus Angst vor Entdeckung mit niemandem teilen. Vielleicht war das der Grund, weshalb ich die Flasche genommen hatte: als Beleg meiner Kunst. So wie ein Maler sich weigert, sein Lieblingsbild auszustellen, oder ein Bildhauer den ersten Abguß einer begehrten Bronzeskulptur behält, so wollte ich diese einmalige Substanz für mich besitzen.

Am nächsten Morgen fuhr ich nach London zurück und setzte Ruth vorher vor ihrem Haus ab. Es war ein Samstag, und sie bat mich, über das Wochenende zu bleiben, doch ich lehnte höflich ab. Teils, weil ich mich nicht in eine Affäre verwickeln wollte, aber vor allem, weil es mich in meine Praxis zog, so wie es sie drängte, ins Labor zu fahren und die DNA des Bronzemenschen zu bearbeiten.

Ich stellte das Auto auf dem reservierten Parkplatz vor meinem Haus ab und betrat die Praxis durch den Privateingang. Es war niemand da. Ich stieg hinauf in meine Wohnung, ging in die Küche und stellte die Flasche in den Kühlschrank. Dann duschte ich, zog frische Sachen an, ging ins Büro und sah die Post durch. Molly hatte alles Wichtige herausgelegt, aber es war nichts dabei, was sofort erledigt werden mußte. Ich holte die Flasche aus dem Kühlschrank und ging durch die Behandlungsräume ins Labor. Phillips hatte aus Sicherheitsgründen das Neonlicht brennen lassen und die Jalousien geschlossen. Hinten in der Ecke summten die Gefrierschränke.

Ich ließ die Jalousien unten und richtete einen Arbeitsplatz ein, indem ich die notwendigen Hilfsmittel ausbreitete: Pipetten, sterile Röhrchen, eine Flasche Kälteschutzmittel und einen Embryonenbehälter.

Ein Zentrifugieren der Probe kam nicht in Frage, da ich nicht sicher sein konnte, ob die Spermien der Fliehkraft gewachsen waren. Auch das Filtergerät war nutzlos, weil es nur für die Absonderung von beweglichen Spermien taugte.

Sehr langsam entfernte ich die Kappe des Fläschchens. Es zischte wie bei der ersten Flasche. Mit der Mikropipette nahm ich eine winzige Probe, tupfte sie auf den Objektträger und schob ihn unter das Mikroskop. Es war eine relativ große Zahl von Spermien vorhanden, da die Probe noch nicht durch Samenflüssigkeit verdünnt war, doch gab es auch einen großen Anteil von Zelltrümmern. Eine Trennung der Bestandteile hielt ich trotzdem nicht für nötig, denn es war klar zu sehen, welcher Art sie waren. Da es mir unmöglich gewesen war, die Flasche immer senkrecht zu halten, mußte ich das Risiko einkalkulieren, daß die Probe durch den Kunststoffverschluß kontaminiert war. Mit Erleichterung stellte ich fest, daß es hierfür keine sichtbaren Hinweise gab.

In den folgenden vier Stunden teilte ich die Hälfte der Gesamtprobe in winzige Portionen auf, die in einer Reihe von gelben und grünen Plastikröhrchen aufbewahrt wurden. Die andere Hälfte vermischte ich mit dem Kälteschutzmittel und schüttete sie in den Embryonenbehälter. Als nächstes mußten die Spuren verwischt werden.

Im Büro nahm ich mir ein Telefonbuch vor und suchte nach einem seltenen, möglichst einmaligen Familiennamen, der andererseits nicht zu bizarr sein durfte. Zuncheddu oder Przalskiya wären zu auffällig gewesen. Schon bald blieb ich an dem Namen Mouette hängen. Ich schaltete den Computer ein und prüfte die Adressendatei, ob es gegen alle Wahrscheinlichkeit einen solchen Namen in meinen Unterlagen gab, dann erfand ich ein kinderloses Ehepaar. Das Resultat war eine Karteikarte mit den persönlichen Daten:

Mouette, Jonathan und Sylvia
Adresse: 41, Havingdene Rd, London SE28.
Tel.: 081 444 3452 (alt)
verheiratet, 31 J. (m.), 29 J. (f.)

Ich vergewisserte mich im Straßenverzeichnis, daß es in London keine Havingdene Road gab. Zusätzlich zur Karteikarte legte ich eine Patientenakte an, kopierte die Daten eines anderen Paars, druckte ein paar Protokolle aus und hängte die Akte ins Register. Darauf fälschte ich die Identifikationsnummern für Eizellen, Spermien und Embryonen und versah die Begleitformulare mit dem Vermerk, daß eine Verwendung durch Dritte untersagt sei. Auch diese Papiere gingen in die Akte. Im Labor markierte ich die Röhrchen und die Flasche mit den gefälschten Identifikationsnummern, fror die Proben ein, wie ich es immer tat, und stellte sie in den Kälteschrank.

Es war geschafft. Der Mann mit der Bronzeaxt war nun ein Mr. Mouette aus dem Londoner Vorort Thamesmead. Wer auch immer meine Akten durchsah, würde nichts Auffälliges entdecken. Wenn Phillips auf die Proben im Kälteschrank stieß, würde er sie für altes Material halten und nicht weiter beachten. Wenn er oder Molly unsicher waren, ob das Material für andere Patienten zur Verfügung stand, konnten sie aus der Akte ersehen, daß dies nicht der Fall war. Das Sperma des Bronzemanns war nach allen Seiten abgesichert.

Ich räumte das Labor auf, stellte die Transportflasche ins Ausgußbecken, umwickelte sie mit einem Handtuch und zerschlug sie mit dem Dreifuß eines Bunsenbrenners. Die Scherben warf ich in den Abfalleimer.

Vielleicht war es Eitelkeit, vielleicht ein innerer Widerspruch: Konnte es sein, daß ich mir dennoch einen Platz in der Medizingeschichte erobern wollte? Wie auch immer: Ich setzte mich ins Büro und tippte einen lückenlosen Bericht über das Geschehen seit meinem Zusammentreffen mit Ruth Schroeder in den Computer. Damit weder Molly noch sonst jemand zufällig auf den Bericht stoßen konnte, speicherte ich ihn als verborgene Datei. Er war zwar auf der Festplatte, tauchte aber nicht auf, wenn das Verzeichnis aufgerufen wurde. Um ihn zu finden, mußte man die Festplatte nach verborgenen Dateien durchsuchen und sie ihrer elektronischen Tarnung berauben.

Die Französin war wieder da. Ihrer eigenen Diagnose zufolge waren ihre Eierstöcke erkrankt. Ich vermutete, daß ihre Menopause eingesetzt hatte und sie nicht bereit war, sich ihr Altern einzugestehen. Ein flüchtiger Blick bestätigte, daß dies die Angst war, die sie umtrieb. Ihr Make-up war ein wenig zu dick aufgetragen, ihr Rock war eine Spur zu kurz für ihre dünn werdenden Beine, ihr Ausschnitt ein bißchen zu tief und ihr Parfum ein Quentchen zu aufdringlich. Sie rannte ihrer entschwundenen Jugend nach. Würde sie in Hollywood leben, dachte ich, als ich ihre Unterarmvene suchte, um eine Blutprobe zu nehmen, würde sie zum Schönheitschirurgen gehen und nicht zum Gynäkologen. Was sie wirklich gebraucht hätte, war eine Fettbehandlung und ein Facelifting.

Gerade, als ich die Vene gefunden hatte, klopfte es diskret, aber hartnäckig an die Tür. Es mußte etwas Ernstes sein. Molly wußte, daß sie nicht stören durfte, wenn es keinen zwingenden Grund gab. Ich saugte zehn Milliliter französisches Blut ab, zog die Kanüle heraus und rief Molly herein.

»Entschuldigen Sie bitte die Störung, Herr Doktor«, sagte sie. »Ein dringender Anruf für Sie.«

»Können Sie ihn nicht durchstellen?«

»Die Durchstelltaste funktioniert wieder nicht.«

Das klang ernst. Es war unser verabredetes Stichwort, wenn der Anruf nicht für die Ohren der Patienten bestimmt war. Ich rief Angela herein, gab ihr Anweisung, was mit der Französin zu geschehen habe, und ging in mein Büro. Molly hatte mir schon den Hörer bereitgelegt.

»Es ist Mr. Cordiner«, sagte sie zu mir.

Ich nahm den Hörer auf.

»Hallo, Dom?« hörte ich Brian schon sagen, bevor ich ihn begrüßen konnte. »Tut mir leid, daß ich dich in der Sprechstunde störe. Ich rufe an, weil ...« Er sprach nicht weiter, und ich wußte, was er mir sagen wollte. Larry hatte eine Fehlgeburt. Die Schwangerschaft war schon weit fortgeschritten, und mir kroch die Angst den Rücken hinauf.

»Wann ist es passiert?« fragte ich.

»Vor drei Stunden. Wir wollten an die Küste fahren, ein bißchen Seeluft schnappen, die Lungen auslüften. Hier ist es kalt, aber der Himmel ist blau. Wir ... Ein Lastwagen hat uns angefahren. Das Auto ist Totalschaden, aber uns war nichts passiert. Das Chassis ist verbogen, kaum ein Fenster zerbrochen. Wir sind schräg von vorn gerammt worden. Nicht direkt frontal. Hat ganz schön geknallt.« Er redete weiter und versuchte, sich vor der Wahrheit zu drücken.

»Laß gut sein«, sagte ich. »Wo seid ihr?«

»Im Krankenhaus, in Dorchester. Ein Rettungswagen hat uns hergebracht. Der Lastwagenfahrer ist durch die Windschutzscheibe geflogen. Jede Menge Blut. Ein bißchen wie früher, Dom. Na, wir waren jedenfalls in der normalen Unfallabteilung. Nur eine Routineuntersuchung. Auf Schock und all das Zeug. Du weißt ja, wie sie einen da immer unter Beobachtung halten. Jedenfalls, Larry hat plötzlich Schmerzen gekriegt. Das Baby ...« Er brach wieder ab, und ich hörte, daß er weinte. Ich fühlte mich etwas erleichtert, weil es ein Autounfall war. Die Ursache lag nicht in ihr selbst, sie kam von außen.

»Es tut mir leid, Dom. Es ist ...« redete Brian mit gepreßter Stimme weiter.

»Hör mir zu, Brian«, sagte ich im besten Onkel-Doktor-Tonfall, »und beruhige dich. Die Fehlgeburt verschlechtert nicht die Chancen bei einem nächsten Versuch. Nun, welche Komplikationen gab es dabei?«

»Keine. Es ... Er ist einfach rausgekommen.«

»Bin schon unterwegs«, sagte ich. »Bleibt, wo ihr seid. Ich hole Molly ans Telefon – meine Empfangshilfe, erinnerst du dich? –, und ihr erklärst du alle Details. Bleib dran!« Ich drehte mich zu Molly um und fragte: »Wer ist heute nachmittag dran?«

Sie schaute im Computer auf meinem Schreibtisch nach und erwiderte: »Mr. Stapleton kommt wegen einer Spermaprobe.«

»Das soll Angela übernehmen. Sagen Sie Stapleton, daß ich einen Notfall habe. Lassen Sie sich jetzt die Einzelheiten von Mr. Cordiner geben und füllen Sie den Abortusbericht aus.« Sie wedelte schon mit dem Vordruck. »Gutes Mädchen«, sagte ich und nahm die Hand wieder vom Hörer. »Hallo, Brian? Ich lasse meinen Patienten sausen und habe schon eine Vertretung für den Nachmittag. Ich mache hier nur noch Ordnung, und dann fahre ich los.«

»Danke, Dom.« Seine Stimme war fast tonlos vor Kummer.

»Bleib dran, alter Junge«, sagte ich so aufmunternd, wie ich konnte, »jetzt kommt Molly.«

Gegen halb fünf war ich dort. Es war schon dunkel, und der blaue Himmel des Tages war einem widerwärtigen Schneeregen gewichen. Ich meldete mich am Empfang der Unfallstation und fragte nach dem Arzt, der die Cordiners behandelt hatte, bevor ich zu ihnen hineinging.

Der Arzt war in den Mittzwanzigern und wirkte genauso gehetzt, wie ich es aus meiner Zeit als Assistenzarzt kannte. Er hing auf einem Plastikstuhl im Dienstzimmer, und seine Füße lagerten auf der herausgezogenen Schublade eines Aktenschranks, in dem ich ein Sortiment von Kaffeegläsern, Ovomaltine und Zuckerschachteln erblickte. Als ich eintrat, stand er auf und zog das Stethoskop nach unten, das er über die Schulter gelegt hatte. Wir schüttelten uns die Hand, und ich fragte ihn nach der Fehlgeburt.

»Es gab keine Probleme, keine Komplikationen. Nur das Übliche, ausgelöst durch ein Trauma.«

»Kann ich den Fötus sehen?«

Er nickte, und ich folgte ihm durch die Korridore mit ihren Rollbahren und Invalidenstühlen bis zu einer Tür mit dem Schild: »Pathologie. Zutritt verboten«. Wir gingen hinein und sprachen mit einem Helfer. Der Fötus lag in einer Emailleschüssel.

»Wir warten auf den Kaplan«, erklärte der Helfer. »Die Eltern haben ihn freigegeben, aber sie möchten erst noch eine Fürbitte.«

»Und was wird dann?« fragte ich. Es war nicht unüblich, daß Föten für Studienzwecke versandt wurden.

»Dann kommt er in den Verbrennungsofen.«

»Keine Einwände vom Amtsarzt?« fragte ich.

»Keine. Und wir haben einen Bericht geschrieben für den Fall, daß aus dem Unfall Versicherungsansprüche entstehen.«

Zu jener Zeit wurde ein Fötus bis zur 28. Schwangerschaftswoche von den Medizinern und Juristen nicht als Lebewesen betrachtet, sondern als ein Körperorgan wie jedes andere. Daher hatte niemand Einwände dagegen, daß ich ihn untersuchte. Ich zog mir Gummihandschuhe an und borgte mir eine Schürze.

Der Fötus war etwa zwanzig Wochen alt und, wie Brian am Telefon gesagt hatte, männlichen Geschlechts. In diesem Stadium war er ein fertig ausgebildeter, wenn auch unproportionierter Mensch von etwa fünfzehn Zentimetern Länge. Die Haut war rosa, Hände und Füße waren vollständig mit allen Gliedern vorhanden und zeigten keine Mißbildungen. Ich nahm ein Skalpell und machte einen Längsschnitt über die Brust, zertrennte mit einer Knochenschere das Brustbein und eröffnete die Körperhöhle. Auf den ersten Blick schienen alle wichtigen Organe – Herz, Leber, Lunge – vorhanden und normal ausgebildet zu sein. Ich gewann die Überzeugung, daß der Fötus, hätte er reifen können, ein normales, glückliches Baby geworden wäre. Als ich jedoch tiefer ging und die kleinen Eingeweide beiseite schob, bemerkte ich, daß eine Niere gut gewachsen, die andere aber praktisch gar nicht vorhanden war. Stutzig geworden, schaute ich mir den Fötus noch einmal näher an. Erst da bemerkte ich, daß er keine Augen hatte.

Es war ein Schock. Ich trat vom Tisch zurück und setzte mich auf einen Stuhl. Wäre ich fromm gewesen, hätte ich ein Stoßgebet zum Himmel geschickt, aber nicht an den Gott der totgeborenen Kinder, sondern an den Gott der Unfälle und der außer Kontrolle geratenen Lastwagen, und hätte ihm für sein rechtzeitiges Einschreiten gedankt. Anstandshalber nähte ich den Schnitt wieder zu, dann legte ich Schürze und Handschuhe ab.

»Hast du ihn gesehen?« fragte Brian sofort, als wir uns begrüßt hatten. Der Unfall hatte ihn nicht sonderlich zugerichtet: eine Platzwunde über dem linken Auge und ein bandagierter Arm. Doch seine Hände waren unruhig und sein Gesicht aschfarben.

»Ja. Und er hatte keine Abnormitäten«, log ich. »Dich wird es nicht trösten, aber mir sagt es, daß ihr ohne diesen tragischen Unfall ein gesundes Kind bekommen hättet. Und das spricht für einen neuen Versuch.«

»Werden die Chancen nicht verschlechtert?« fragte er und suchte meinen Blick.

»Nicht im geringsten. Eine Fehlgeburt aus heiterem Himmel wäre sehr bedenklich gewesen. Aber sie hatte ja äußere Ursachen. Ich bin sicher, daß Larry noch einmal mit der gleichen Leichtigkeit schwanger wird.« Ich legte ihm die Hand auf die Schulter. »Das ist wirklich ein Riesenpech, Brian, aber es ist nicht das Ende der Welt. Wir werden drüber wegkommen.«

Wir gingen zur Allgemeinen Station. Larry lag in einem Raum mit vier Betten, von denen nur ein weiteres von einer jungen Frau belegt war, die nach einer Blinddarmoperation noch in Narkose lag, wie uns die Stationsschwester erklärte.

»Und Mrs. Cordiner?« fragte ich die Schwester, während Brian schon voraus ins Zimmer ging.

»Sie ist wohlauf. Wir behalten sie ein paar Tage hier, nur für alle Fälle. Der Psychiater wird noch mit ihr reden. Der Kaplan war gerade drinnen.«

»Hat sie Verletzungen?«

»Keine ernsthaften. Keine Gehirnerschütterung, aber sie steht unter Schock. Die Fehlgeburt wurde durch den unteren Sicherheitsgurt ausgelöst, der ihr beim Aufprall den Bauch einschnürte. Anscheinend ist sie dann unter dem Gurt hindurch nach vorn gerutscht, wodurch der Bauch nach oben gepreßt und der Fötus wahrscheinlich abgelöst wurde.«

»Innere Blutungen?«

»Keine außergewöhnlichen. Und jetzt ist alles stabilisiert.«

Ich ging ins Zimmer, beugte mich über Larrys Bett, küßte sie auf die Wange und hielt ihre Hand, während ich mich auf die Bettkante setzte. Ich sagte ihr, was ich auch Brian schon erzählt hatte. Sie war in Tränen aufgelöst, aber ich sah sofort, daß sie entschlossen war, sich nicht entmutigen zu lassen.

»Ich habe nichts Schweres getragen. Das nächste Mal werde ich auch nicht Auto fahren«, erklärte sie und brachte ein schwaches Lächeln zustande.

Als ich das Krankenhaus verließ, war ich sehr optimistisch, was eine zweite Schwangerschaft betraf, aber die Mißbildung des Fötus machte mir Sorgen. Es konnte ein Zufall sein, doch es war auch denkbar, daß mit Brians Sperma etwas nicht in Ordnung war. Auf der Fahrt zurück nach London überlegte ich, was es sein konnte. Vielleicht war er beim Röntgen in seiner Zahnarztpraxis nachlässig gewesen und hatte zu oft die Bleischürze vergessen oder beim Aufnehmen der Unterkiefer und verkeilten Backenzähne den Raum nicht verlassen. Oder er hatte zu viel Quecksilber aus dem Amalgam für die Füllungen in sich aufgenommen. Beides konnte derartige Probleme verursachen. Nach längerem Grübeln kam ich zu dem Schluß, daß ich ihm nicht helfen konnte. Ihm zu sagen, daß er möglicherweise einen Genschaden hatte, wies ich von mir. Schließlich gab es dafür keinen sicheren Beweis. Manchmal haben Babys eben Mißbildungen, und er hatte einfach nur Pech gehabt.

Meine Voraussage, daß ein zweiter Versuch genauso leicht vonstatten gehen würde, erwies sich als richtig. Sieben Wochen später war Larry wieder da und lieferte fünf reife Eier. Um die Verluste beim Einfrieren von Brians Sperma zu vermeiden, hatte ich mich gegen das Einfrieren entschieden und seinen Beitrag für den Tag der Eientnahme eingeplant. Der frische Samen sollte nur gereinigt und dann sofort zur Befruchtung eingesetzt werden.

Alles schien gut zu laufen, doch dann gab es Schwierigkeiten. Die Zählung der aktiven Samenzellen erbrachte einen bedeutend schlechteren Wert als beim ersten Mal. Waren es damals noch 28 gewesen, so wurden jetzt nur noch 16 gezählt, und obwohl die Probe diesmal größer war als 2,8 ml, ging die Zahl der progressiven Spermien auf 11 herunter, und auch die normal gebildeten Spermien waren drastisch reduziert. Was er da geliefert hatte, reichte nach meiner Erfahrung für eine sichere Befruchtung nicht aus, doch ich hütete mich, ihm das zu sagen.

Während Larry im Ruheraum lag, lud ich Brian auf einen Drink ein. Das neue Jahr hatte gerade begonnen, mein Vorschlag klang also nicht abwegig. Wir gingen durch ein paar belebte Einkaufsstraßen zu einer ruhig gelegenen Weinbar. Es war früh am Abend; der Feierabendbetrieb war schon vorüber, und der Strom der Theaterbesucher, die vorher einen Schluck nehmen wollten, hatte noch nicht eingesetzt. Wir fanden einen Tisch für uns allein in der Ecke.

Ein paar Minuten sprachen wir über den Unfall. Inzwischen hatten sich die Abläufe in seinem Kopf geordnet: Der Lastwagen war aus unerklärlichen Gründen ausgeschert und auf sie zugekommen. Nach einer Schrecksekunde hatte er noch das Steuer herumgerissen, dann waren die beiden Fahrzeuge kollidiert. Das Lenkrad schlug ihm gegen den Arm, und Larry war nach vorn gerutscht, beinahe unter dem Gurt hindurch. Er sei froh, sagte er, daß sie sich nicht die Beine gebrochen habe, glücklicherweise hätten sie schon abgebremst, weil sie gerade zum Strand abbiegen wollten. Die Fehlgeburt erwähnte er nicht, sondern widmete sich seinem Weinglas, als er beim Eintreffen des Rettungswagens angelangt war. »Jedenfalls«, sagte er, nun schon etwas heiterer, »sind wir wieder auf Kurs. Es war nur ein vorübergehender Rückschlag, oder?«

Ich nickte, dann log ich erneut. »Nur vorübergehend. Die Eier sind jetzt in ihren Gefäßen, und deine kleinen Kaulquappen sind voll bei der Sache.«

Er grinste, und dann wurde sein Gesicht traurig. »Wir wollten ihn Richard Dominic nennen«, sagte er mit gesenkter Stimme. »Der Krankenhauskaplan hat die Namen in seiner Fürbitte verwendet. Richard, mußt du wissen, war mein Vater, und ...«

Ich legte ihm die Hand auf den Arm und sagte: »Du mußt dem nächsten einen anderen Namen geben. Du kannst nicht denselben zweimal benutzen.«

Er nickte einsichtig.

Ein halbes Dutzend junger Geschäftsleute kam herein. Sie trugen modische Designeranzüge und Aktenmappen von Gucci und Pierre Cardin und benahmen sich laut und anmaßend. Einer sprach in ein Mobiltelefon.

»Yappies«, sagte Brian. »So nennt sie Larry. Nicht Yuppies, sondern Yappies. Junge, arrogante Pinkel.«

Ich grinste, allerdings nicht über diese Bezeichnung, vielmehr aus Erleichterung, daß Brian sich von den traurigen Ereignissen losriß und zu seinem alten Selbst zurückfand.

»Ich vermute mal«, sagte ich mit Blick auf die Gruppe, die gerade eine Flasche Moët et Chandon bestellte, »daß die in meinem Lustkabinett ganz schöne Schwierigkeiten haben würden.«

»Im Gegenteil, Dom«, erwiderte Brian und machte eine Handbewegung in die Richtung des Telefonierenden. »Ich möchte wetten, daß die Spitzenleistungen hinlegen. Das sind nämlich ausgemachte Wichser.«

Wir lachten. Das war ein Ausdruck aus unserer Schulzeit, absolut vulgär und trotzdem passend.

»Wenn du es nicht schaffen würdest«, sagte ich, »was würdest du dann machen? Es gibt manchmal Männer, die kriegen es nicht mal mit den steuerbefreiten Pornos hin.«

»Keine Ahnung. Das Problem stellt sich für mich nicht.«

Mir kribbelte das Haar im Nacken.

»Würdest du dich an AID wenden?«

»Was ist das?«

»›Artificial Insemination Donation‹. Eine Art Samenbank.«

»Du meinst, fremdes Sperma benutzen?«

»Mehr oder weniger. Wir können uns an eine zentrale Institution wenden oder auf überschüssigen Samen aus meiner Praxis zurückgreifen, von Patienten, die in eine anderweitige Verwendung eingewilligt haben.«

Brian nahm einen tiefen Schluck und rümpfte die Nase. »Das würde ich niemals zulassen. Das Sperma eines anderen Mannes in meiner Frau. Nun gut, es kommt durch einen Katheter, aber was soll's? Das Kind wäre nicht unseres. Ihres, aber nicht unseres.«

»Aber du hast in eine anderweitige Verwendung deines Spermas eingewilligt«, wandte ich ein, »und Larry hat ihre Eizellen für andere Frauen freigegeben, die nicht ovulieren.«

»Das ist was anderes«, sagte Brian scharf. »Ich habe nichts dagegen, einem Mitmenschen zu helfen, ob Mann oder Frau, aber für mich will ich so eine Hilfe nicht. Das wäre nicht besser als eine Adoption. Das Kind wäre nicht meins, und irgendwo gäbe es einen leiblichen Vater, der lebt und eine ständige Bedrohung ...«

»Eine Bedrohung?« unterbrach ich ihn.

»Eine Bedrohung. Ein Gespenst, dem das Kind vielleicht eines Tages auf die Spur kommen will. Ein Usurpator, der hinter den Kulissen lauert.« Er leerte sein Glas und füllte es aus der Karaffe nach, die zwischen uns auf dem Tisch stand.

Ich ließ das Thema sein und grübelte über die männliche Eitelkeit nach. Natürlich konnte ich ihm nicht sagen, was die Zählung an jenem Tag erbracht hatte. Er war nicht in der

Stimmung, um mit sich über sein Versagen reden zu lassen, über seine Unfähigkeit, das zu produzieren, was er für das Kernstück männlicher Identität hielt. Ich hob mein Glas und überlegte, was ich wohl in achtzehn Stunden tun würde, wenn der Fall eintreten würde, daß die Eizellen nicht befruchtet waren.

Chuhi und die anderen Männer sind zusammen jagen gegangen und haben den beschnittenen Jungen mitgenommen: Für ihn ist es ein Feiertag, die erste Jagd, an der er teilnehmen darf. Die Gruppe machte sich kurz nach Anbruch der Morgendämmerung auf den Weg, bewaffnet mit Blasrohren, Bogen und besonders langen Pfeilen, und lief an mir vorbei, als ich am Flußufer stand.

»*Qué estás cazando?*« fragte ich.

»*Tucuxi*«, lautete Chuhis rätselhafte Antwort, die er mir zuwarf, ohne stehenzubleiben.

Ich verstand das Wort nicht und fragte, um meine Unwissenheit zu überspielen, wie sie das Tier fangen wollten. Vielleicht würde ich so das Wort erraten können: »*Como atraparlo?*«

»*Nosotros se lo cantaremos a su muerte*«, sagte er schroff und drehte mir demonstrativ den Rücken zu.

»*Buena suerte!*« rief ich ihm nach, ohne klüger geworden zu sein: Ich konnte mir nicht vorstellen, welches Tier sie mit ihrem Gesang töten wollten.

Chuhi wandte sich nicht mehr zu mir um und gab auch keine Antwort. Erst jetzt erinnerte ich mich an Dr. Suárez: Sie sprechen nicht, wenn sie auf Jagd gehen, aus Angst, daß ihre Worte die Tiere vorwarnen könnten.

Die Frauen und die Kinder sind auch fast alle verschwunden. Nur die Alte, die den *yamanachi* umgerührt hat, ist noch da. Sie sitzt im schattigen Eingang eines Langhauses und webt.

Seit einer halben Stunde schon werde ich gequält von einem *seringuero.* Das ist ein unscheinbarer Vogel, der einer Amsel ähnelt, aber einen längeren Schwanz hat. Er sitzt irgendwo im Wildbananenbaum und pfeift ständig zu mir herüber. Ich habe schon versucht, ihn mit Kies zu bewerfen, aber er weicht nicht von der Stelle. Wenn er mich kommen sieht, fliegt er außer Reichweite auf einen höheren Baum, und kaum drehe ich mich um, kehrt er wieder auf den Bananenbaum zurück. Der Schrei dieses Vogels ist weder melodiös noch so eintönig, daß man ihn ignorieren kann. Es ist ein schriller, langgezogener Lockruf, der schnell lästig wird. Sollte ich hier meinen Verstand verlieren, dann hat der Vogel bedeutend dazu beigetragen. Ein weiterer Grund wäre mein Herumstochern in der Vergangenheit, das ich einfach nicht lassen kann. Ich hatte gehofft, mit der Zeit würde das nachlassen, und alles würde verblassen wie eine verflossene Liebesaffäre, aber das ist nicht der Fall. Wenn mich die Leute auf der Lichtung nicht ablenken oder der Fluß oder dieser verdammte Vogel, schweifen meine Gedanken in die Vergangenheit zurück, als hätten sie einen eigenen Willen, als müßten sie alles neu durchleben und nach einer Möglichkeit suchen, manche Dinge ungeschehen zu machen. Sie klammern sich an diese Momente, als die Würfel auf der Kippe standen und zur falschen Seite fielen.

Mein Kummer ist, daß ich nie ein Feigling war.

Ich bin der falschen Maxime gefolgt.

Ich ging in dieselbe Falle wie Dorian Gray. Er sah die Chance der Unsterblichkeit und griff danach, ohne einen Gedanken an die Folgen zu verschwenden, ohne Rücksicht darauf, daß jeder Vertrag seine versteckten Klauseln hat, daß jede Aktion eine Reaktion nach sich zieht – ein Gesetz, das in der Physik, aber auch im Leben gilt. Oder, so könnte ich hinzufügen, daß eine unrechte Tat wie das Naschen vom Baum der Erkenntnis den Gang der Schöpfung beeinflussen kann.

Und das habe ich getan. Ich habe in den Apfel gebissen. Ich habe den Gang der Schöpfung geändert.

Es war so leicht. Und leicht ist es immer. Das erinnert mich an einen Satz meines Klassenlehrers: Gut zu sein ist schwer, doch zu sündigen ist die Leichtigkeit selbst. Ich stand vor seinem Schreibtisch, hatte mich einer kindlichen Missetat schuldig gemacht, die ich längst vergessen habe, und mußte mir seinen Vortrag über Gut und Böse anhören. Doch alles, was mir davon blieb, ist dieser eine Satz, der sich mir einbrannte, der mir mit einem Lineal dreimal in die ausgestreckte linke Hand gepeitscht wurde. Ich hätte auf diesen alten Pedanten hören sollen, doch das tat ich nicht. Mir stand seine Lektion klar vor Augen, aber ich war zu hochfahrend, zu schlau, um sie zu beherzigen.

Wie dumm ich doch war, wie arrogant. Mein Leben brachte mir mehr Erfüllung, als die meisten für sich erhoffen konnten. Ich lebte in einem Luxus, der mir nicht, wie einem Tycoon, zur Last wurde. Meine Arbeit befriedigte mich in finanzieller und auch in geistiger Hinsicht, und doch setzte ich alles aufs Spiel. Schon als ich einwilligte, mir den Bronzemann anzusehen, wußte ich, daß ich ein Risiko einging. Dann ein zweites Mal, als ich die Arme in die Gummihandschuhe schob und nur für einen Moment, für eine winzige Sekunde, die Hand des Toten hielt.

Nicht, daß ich das ethische Problem übersehen hätte. Als ich die Saugkanüle in den Katheter schob, wußte ich, daß ich einen Verstoß beging, daß ich etwas tat, was jede Ethikkommission verwerfen und verbieten würde. Wenn meine Tat bekannt geworden wäre, dessen bin ich mir sicher, hätte ich mir im günstigsten Falle eine Rüge eingehandelt, aber wahrscheinlich hätte man mir die Approbation entzogen. Ich hatte sogar das Gefühl, daß ich die Intimsphäre des Toten verletzte, und mein schlechtes Gewissen trieb mich dazu, einen kurzen Blick auf Barrys Videokamera zu werfen, um sicherzugehen, daß ich nicht im Bild war. Und ich empfand eine vage Erleichterung, als ich sah, daß das Objektiv auf die aufgetaute Genitalzone des Toten gerichtet war.

Die Überlegung, weshalb ich es tat, quält mich besonders. Vielleicht war es nur intellektuelle Neugier, der Drang herauszubekommen, was machbar ist und was nicht. Jeder will seine Möglichkeiten ausschöpfen, will sehen, wie weit er gehen kann, will sein Können vergrößern und neue Tricks erkunden. Vielleicht war es aber auch das unbewußte Streben danach, mir einen Platz in der Geschichte der Wissenschaft zu erobern, so daß ich und Ruth nach hundert Jahren in einem Atemzug mit Faraday oder Edison, Fleming oder Pasteur genannt werden würden, und alle, die in ihren Geschichtsbüchern lasen oder in ihren Vorlesungen saßen, feststellen müßten: Das waren diejenigen, die es zum ersten Mal getan haben.

Wo immer die Wahrheit liegen mag: Es war der Forscher in mir, der sich durchsetzte. Heute weiß ich das. Dank der Systematik und der Kenntnisse, die ich besaß, gewann ich eine Macht, die mir nicht zukam und über die ich doch verfügte; nahm ich eine Verantwortung auf mich, die ich nicht tragen konnte, denn sie war Gott entliehen.

Immer, wenn ich von Phillips ins Labor gerufen wurde, um eine Probe zu begutachten oder eine Entscheidung zu bestätigen, mußte ich, ob ich wollte oder nicht, einen Blick auf den Gefrierschrank werfen und an das Geheimnis denken, das er in sich barg. Es war fast so, als würde der Bronzemann in seiner unbekannten Sprache nach mir rufen und mich auffordern, ihn aus dem Eis zu befreien und ihn noch einmal ins Leben zurückzuholen.

Jeden Tag denke ich mindestens einmal über meine Beweggründe nach.

Ich handelte nicht aus einem Gefühl der Selbstüberschätzung, und ich hatte nicht die Absicht, Gott herauszufordern. Ich war auch nicht auf Ruhm aus. Wenn es das gewesen wäre, hätte ich Ruth die Erlaubnis gegeben – und hätte sie dazu gedrängt –, meinen Namen in ihrem Aufsatz zu nennen, auf daß die Welt erfuhr, wer mit ihr zusammen eine weitere wissenschaftliche Barriere durchbrochen hatte.

Die Forschung selbst war auch nicht das Motiv, jedenfalls nicht direkt. Und doch nehme ich an, daß ich mit den Naturgesetzen gespielt habe, um zu sehen, ob ich eine neue Strategie im Schachspiel des Lebens eröffnen konnte.

Im nachhinein muß ich mich zur Neugier bekennen, die eine egoistische Regung ist. Ich schritt zur Tat, um herauszufinden, ob es mir möglich war, das Unmögliche zu tun.

Manchmal sage ich mir, es geschah aus Mitgefühl, und zum Teil ist das auch die reine Wahrheit. Ich hatte Mitleid mit Brian und Larry und erlebte ihren Kummer mit einer Anteilnahme, die den Menschen vom Tier unterscheidet. Nichts wünschte ich mir mehr, als daß sie das Glück, das sie so dringlich suchten, am Ende finden würden. Ich wußte, daß sie keine Kinder bekommen konnten, die ausschließlich von ihnen selbst stammten.

Dennoch habe ich es auch um meinetwillen getan, und dieser Einsicht kann ich mich nicht entziehen. Ich raffte mein Wissen und meine Werkzeuge zusammen und machte mich wie ein Künstler daran, das Einzigartige zu schaffen.

Mark Twain hat den Satz geschrieben: Der beste Schutz gegen die Versuchung ist die Feigheit. Und darin liegt mein Vergehen begründet – in einem Mangel an Feigheit, in einer Verpflichtung zum Wagemut.

Ein Gott hat niemals Angst. Ich aber war für eine Weile, auch wenn ich es nicht bemerkte oder abstritt, von Angst gepackt. Und doch war ich ein Gott.

Ich höre Stimmen vom Fluß herüberschallen, die mich ablenken. Mit aufgeregtem Geschrei kommen die Jäger zurück. Die Alte läßt ihre Webarbeit liegen und watschelt auf sie zu, auch sie schreit etwas mit krächzender Stimme. Plötzlich fällt mir auf, daß der verfluchte *seringuero*-Vogel verstummt ist. Vielleicht hat er sich überlegt, daß die Lichtung bald voller Steinewerfer sein wird.

Jetzt, da die schnatternde Männerschar näherkommt, sehe ich, daß sie ein großes Tier, an einer Stange festgebunden, mit sich schleppen. Und nun erkenne ich auch, was sie gefangen haben. Zu meiner Überraschung handelt es sich um einen Süßwasserdelphin. Die Flanken und die hochaufragende Rückenflosse sind von leuchtendrotem Blut verschmiert. Chuhi winkt mir zu. Ich verlasse meine Hütte und gehe zu den jubelnden Jägern. Die Alte ist außer sich vor Freude. Sie tätschelt das feste Fleisch des toten Tiers und stößt dabei kurze, juchzende Schreie aus. Der Frischbeschnittene trägt ein breites, selbstgefälliges Grinsen zur Schau. Ein solcher Fang auf seiner ersten Jagd wird, so darf man vermuten, lange im Gedächtnis bleiben und seine Chancen bei den Frauen entscheidend verbessern.

Der Delphin ist zwar tot, aber wahrscheinlich noch nicht lange. Ich bücke mich und schaue ihm ins Gesicht, in die fast menschlichen Augen. In seinen Augenrändern entdecke ich Tränen, als hätte er im Sterben geweint, weil er sich der Magie des Jagdgesangs ergeben und sich, der Musik entgegen, in die tödlichen Pfeile gestürzt hatte. Wie auch ich war er den Verlockungen des Unbekannten gefolgt, den Verheißungen des Glücks, und wie ich mußte er für seine Arglosigkeit büßen, für den Glauben an die eigene Vollkommenheit.

Ich beschloß, die achtzehn Stunden nicht abzuwarten, und machte mich noch in derselben Nacht an die Arbeit – nicht nur wegen der Heimlichkeit, sondern auch aus praktischen Gründen. Ich wollte nicht gestört werden und brauchte meine ganze Konzentration für die Aufgabe, die ich mir gestellt hatte.

Phillips hatte Larrys fünf reife Eizellen mit Brians kümmerlichem Spermabeitrag zusammengetan, aber sobald die Praxis geschlossen und alles nach Hause gegangen war, nahm ich das Glas aus dem Brutkasten und isolierte die Eizellen. Noch keine war befruchtet worden, und das erfüllte mich mit Befriedigung: Der Anblick des blinden Fötus wollte mir nicht aus dem Kopf gehen. Außerdem schien das Sperma noch träger geworden zu sein, obwohl es sich in der angereicherten Atmosphäre von HAMS F10 und der garantierten Idealtemperatur befunden hatte. Ganz offensichtlich, so sagte ich mir, ist Brians Sperma nicht verwendbar, und er ist kurz davor, völlig unfruchtbar zu werden.

Die Prozedur, die ich nun vornehmen wollte, war nicht eigentlich schwierig, aber äußerst zeitaufwendig, und sie erforderte ein hohes Maß an Konzentration. Da ein Spermatozoon im Grunde nur ein DNA-Träger ist, muß es nicht unbedingt selbst die Zellwand des Eis durchstoßen. Mit einer Kanüle, die dünner ist als ein menschliches Haar, kann man der Natur auf die Sprünge helfen, indem man eine Samenzelle unter dem Mikroskop künstlich in die Eizelle einpflanzt. Das war es, was ich mir vorgenommen hatte, aber ich wollte nicht Brians Sperma dafür verwenden.

Als alles vorbereitet war, verließ ich das Labor, schloß den Aktenschrank auf und zog eine Akte heraus. Auf dem Katalogstreifen stand: *Mouette – Jonathan und Sylvia.*

Meine Hände zitterten. Daran erinnere ich mich sehr deutlich. Und ich brach in Schweiß aus, nicht vor Angst oder Schuld, sondern vor Erregung.

Ich entfernte den Papierstreifen aus der Akte, der die Kennzahlen für die Proben enthielt, nahm dann zwei von ihnen aus dem Gefrierschrank und taute sie auf die übliche Weise auf. Als ihr Inhalt in einer Petrischale vor mir stand und die Eizellen in einer anderen, machte ich mich an die heikle Arbeit, in jede von Larry Eizellen eins der Spermatozoen einzupflanzen, die dem Mann aus der Bronzezeit entstammten.

Jetzt waren meine Hände ruhig. Ich arbeitete im Gleichmaß, mit Sorgfalt und Methode. Im Blickfeld des Mikroskops erschien die erste Eizelle. Sie sah aus wie eine flach dargestellte Kugel mit undurchsichtigen Zellbestandteilen und einer Zellmembran, die nur am Außenrand des Bildes als zarte Linie sichtbar war. Alles war genauso wie die Illustrationen im Lehrbuch. Langsam bewegte ich die Kanüle, die ein einzelnes Spermium enthielt, ins Blickfeld. Es hat mich immer wieder erstaunt, daß Menschen dazu fähig sind, eine Hohlnadel von so winzigem Durchmesser zu erzeugen. Als die Nadel vor der Zellwand stand, hielt ich den Atem an wie ein Schütze, der sein Ziel anvisiert. Ich setzte die Nadel an und stieß zu. Es war nur eine winzige Handbewegung, die niemand bemerkt hätte. Die Nadel drückte die Zellmembran ein, durchstieß sie aber nicht. Es war, als würde man den Finger in einen Luftballon bohren. Vielleicht war ich zu zaghaft vorgegangen. Mein zweiter Versuch fiel etwas kräftiger aus. Die Zellmembran öffnete sich und ließ die Nadelspitze eindringen, die das Zellmaterial verschob, aber nicht verletzte. Dann war es ein leichtes, die Samenzelle abzuladen. Sie bewegte sich aus der Kanüle in die Zellflüssigkeit, ein winziges, durchscheinendes Pünktchen. Langsam zog ich den schwarzen Balken zurück, und die Zellmembran schloß sich wieder. Ich beobachtete sie noch eine Weile, ohne zu erwarten, daß sich etwas tun würde. Selbst wenn eine Befruchtung stattfand, würde die Zellteilung nicht so schnell vonstatten gehen.

Ich wiederholte das Ganze mit einer weiteren Eizelle und hatte den gleichen Erfolg. Das Spermium war ohne große Mühe zu plazieren. Die dritte Eizelle versagte sich mir. Vielleicht war ich nach zwei erfolgreichen Versuchen ein wenig übermütig geworden, oder die Zellmembran war zu schwach. Wie auch immer: Die Membran zerriß, und ein Teil des Zellinhalts floß aus. Ich verwarf diese Zelle.

Gegen zwei Uhr nachts hatte ich vier Eizellen mit dem

Sperma des fiktiven Mr. Mouette ausgestattet – mit dem Sperma eines Mannes aus der Bronzezeit.

Da Phillips am Morgen nachsehen würde, ob die Befruchtung erfolgt war, mußte ich meine Spuren gründlich beseitigen, um ihn nicht stutzig zu machen. Also beförderte ich die befruchteten Eizellen in ihre Brutgefäße zurück und fügte die notwendige Menge von Brians Spermaflüssigkeit wieder hinzu. Daß sie nun noch eine Eizelle befruchten konnten, war fast völlig ausgeschlossen, um aber sicherzugehen, hatte ich sie zuvor auf eine Temperatur erhitzt, die sie nicht überleben konnten. Da ich eine Eizelle verworfen hatte, änderte ich das Verzeichnis entsprechend.

Als alle Behälter wieder im Brutkasten standen, stellte ich die Mouette-Akte in den Schrank zurück und schloß ihn ab. Dann zog ich einen Notizblock aus dem Schreibtischfach und schrieb detailliert auf, was ich getan hatte. Ich korrigierte das Geschriebene gründlich und vergewisserte mich, daß ich nicht einen einzigen Handgriff und eine einzige Zahlenangabe vergessen hatte. Als ich mit meiner Arbeit zufrieden war, tippte ich alles in den Computer, wo es in der verborgenen Datei gespeichert wurde. Die Notizblätter wanderten in den Shredder neben Mollys Schreibtisch und landeten in der Mülltüte, die darunter aufgespannt war. Bald würden sie als Streu für die Kaninchen von Angelas Tochter dienen.

Schließlich war alles geschafft, und ich ging ins Bett, aber ich schlief nicht ein.

Der Gedanke an das, was ich getan hatte, hielt mich wach. Was ich empfand, war keine Schuld, sondern eine Mischung aus köstlicher Erregung und intensiver Freude darüber, daß ich den Cordiners bei der Erfüllung ihres Kinderwunsches geholfen hatte. Daß ich strikt gegen alle Gesetze und ethischen Grundlagen meines Berufsstandes verstoßen und insbesondere Brians Wünsche ignoriert hatte, störte mich wenig. Tiefinnerlich war ich überzeugt, daß ich es allen recht gemacht hatte: Brian und Larry würden ein Kind bekommen, ohne befürchten zu müssen, daß ein lebender Vater darauf lauerte, aus seinem Versteck herauszuspringen und seine Ansprüche geltend zu machen.

Gleichzeitig wußte ich, daß ich wissenschaftliches Neuland betreten hatte und dem letzten Geheimnis ein Stück näher gekommen war – und daß dieser persönliche Ehrgeiz mich vorangetrieben hatte. Wieder hatte ich im Poker mit der Natur eine gezinkte Karte ausgespielt und Gott übers Ohr gehauen.

Am Vormittag überprüfte ich mit Phillips die Behälter im Brutschrank.

»Ich könnte schwören, daß wir fünf im Rennen hatten«, sagte Phillips, als er das Gestell mit den vier Plastikfläschchen herausnahm.

Mein Herz schlug bis zum Hals. Er schaute ins Verzeichnis und zuckte die Schultern.

Zwei der vier Eizellen waren befruchtet worden.

»Diesmal haben wir weniger Glück«, sagte Phillips, ohne den Blick vom Mikroskop-Screen abzuwenden, »aber diese Spermien waren sowieso seltsam. Jetzt sind sie schon alle abgestorben.«

Am frühen Nachmittag kam Larry in die Praxis. Mit fester und ruhiger Hand schob ich den Katheter durch den Muttermund und führte die zwei befruchteten Eizellen ein. »Das hätten wir«, sagte ich lächelnd. »Für den zweiten Versuch wünsche ich dir mehr Glück!«

Larry lächelte zurück und nahm wie beim ersten Mal meine Hand. »Diesmal werden wir es schaffen, Dom«, sagte sie mit sanfter Stimme.

Ich schaute nieder auf meine Hand und dachte daran, was diese Finger im Schutz der Nacht verübt hatten.

Chuhis jüngerer Bruder Tieco leidet an *pian*, einer Spielart der Syphilis. Er hat offene Wunden und Geschwüre von bis zu drei Zentimetern Größe am Hals, am rechten Arm und an den Schenkeln. Die Stellen nässen auf ekelerregende Weise und bilden einen eitrigen Schorf auf seiner dunklen Haut, der aussieht wie verschmiertes Kerzenwachs. Die dünnen schwarzen Linien, die er sich auf die Haut gemalt hat, entweder als Schmuck oder als Zauber gegen die Krankheit, scheinen unter dem Schorf durch wie Zeichnungen hinter billigem Preßglas.

Er ist schon bei Keewei gewesen, der die Krankheit richtig erkannt und mit seiner Dschungelmedizin behandelt hat, indem er ein brennend scharfes Gebräu aus gekochten Blättern, Flußschlamm und zerstoßenen Ameisen auf die Wunden schmierte. Damit hat er eine sofortige Besserung erzielt. Die Blätter, so vermute ich, enthalten Substanzen, die auf irgendeine Weise die Heilung fördern, die Säure der zerstoßenen Ameisen brennt die Entzündung aus, und der Schlamm dient als eine Art Pflasterpackung, die Sekundärinfektionen unterdrückt. Der Volksglaube verlangt es, daß Tieco, solange er die Wunden hat, sexuell abstinent bleibt, weil, wie Chuhi mir erklärte, *al alma puede salir por los poros de su piel y fuede entrar en un otro hombre – la locura sigue:* Die Seele kann durch diese Löcher in der Haut entschlüpfen und in einen anderen Menschen fahren, der davon verrückt wird. Das ist natürlich ein primitives Gebot zur Vermeidung von Ansteckung. Solange die Wunden offen sind, ist die Krankheit hochinfektiös. Doch Keeweis Medizin beseitigt nicht die bakteriellen Ursachen der Erkrankung. Sobald ein Geschwür geheilt ist, bricht ein anderes auf, und Tieco bleibt nichts übrig, als immer wieder zum Schamanen zu gehen und für jeden Besuch mit einem Huhn oder einem Korb frisch gefangener Fische zu bezahlen.

Gestern abend, kurz vor Dunkelheit, erschien Chuhi plötzlich neben meiner Hütte. Wie es meine Gewohnheit ist, saß ich in der Dämmerung auf der Veranda und genoß die Abendluft. Ich hatte ›David Copperfield‹ gelesen, einen Band der Dickens-Ausgabe, die zu meiner bescheidenen Bibliothek gehört, und das Buch in den Schoß sinken lassen, da das Tageslicht verblaßte. Die Schrift war zu klein, als daß ich sie im Zwielicht noch hätte entziffern können. Die Sonne war hinter die Bäume jenseits des Flusses gesunken, und die letzten Vögel bereiteten sich mit Geschnatter auf die Nachtruhe vor. Unter dem Dachvorsprung kamen die Fledermäuse hervor und bildeten huschende Schatten am Abendhimmel.

Ich bemerkte ihn nicht sofort. Erst als er sanft an die Wellblechwand pochte, wußte ich, daß er da war.

»*Buenas noches,* Chuhi«, sagte ich.

»*Scht, scht!*« machte er und legte drei Finger über die Lippen, was ich als Aufforderung zum Leisesprechen deutete. Er warf einen Blick über die Lichtung, bevor er flüsterte: »*Buenas noches, señor. Me gusta hablar contigo.*«

Normalerweise machten die Bewohner der Lichtung kein Geheimnis daraus, wenn sie zu mir kamen, und während ich mich fragte, was ihm wohl fehlte, griff ich zur Öllampe. Doch Chuhi zischte erneut, und ich legte die Streichhölzer wieder hin. Als er sich vergewissert hatte, daß ich kein Licht machen würde, kam er auf die Veranda geschlichen und hockte sich neben der Tür an die Wand. Kaum hatte er sich dort niedergelassen, als er auf den Fußboden klopfte und eine weitere Gestalt sichtbar wurde, die sich mit der Geschmeidigkeit einer Katze bewegte. »*Es mi hermano,* Tieco«, erklärte Chuhi flüsternd. »*Está malo.*«

»*Pués, debo examinarlo*«, sagte ich und griff nach den Streichhölzern.

»*No, señor.*« Er nickte seinem Bruder zu, und beide schlichen in die Hütte. Ich folgte ihnen, schloß die Tür und klappte die hölzernen Fensterläden herunter. Erst dann durfte ich eine Lampe anzünden.

Tiecos Zustand war nicht zu verkennen, und ich brauchte nirgends nachzulesen, um eine Diagnose zu stellen. Ich hatte dasselbe schon in Santo Antonio do Içá gesehen, wo Dr. Suárez mir ganz gegen seine Art die Kranken auf der Straße gezeigt hatte, um mich darüber aufzuklären, wie es um die Gesundheit der Dschungelbewohner bestellt war.

»*Mi hermano ...*« begann Chuhi von vorn, und erstmals wirkte er ein wenig unsicher. »*Hace falta de pian si ling.*«

Mein Spanisch war nicht besonders gut, aber ich hatte geglaubt, daß es für die alltägliche Verständigung ausreichen würde.

»*Que falta?*« fragte ich zurück.

»*Pian si ling*«, wiederholte Chuhi und versuchte es dann mit einer anderen Variante: »*Pian-isilina.*«

Ich brauchte mindestens eine Minute, bis ich ihn begriff. Chuhi wollte Penizillin, weil er annahm, daß es *pian* heilte. Ich lächelte verstehend und bereitete eine Spritze vor. Ein paar von ihnen hatte ich noch in Reserve.

Tieco zeigte Angst, als ich die Kanüle und die Spritze aus der sterilen Umhüllung löste. Tonlos flüsterte er seinem Bruder etwas zu, der nur ermutigend nickte und die Unterlippe weit vorschob, während ich ein wenig Kochsalzlösung aus einer Flasche nahm und das Penizillinpulver heftig schüttelte, damit es sich auflöste, und dann die Spritze aufzog.

»*Qué dice?*« fragte ich, um zu erfahren, was Tieco sagte.

Chuhi zog die Schultern hoch, als wollte er sagen: Nichts. Verpaß ihm einfach die Spritze und laß es gut sein.

Ich verrieb ein wenig Methylalkohol auf seinem Oberarm und stieß die Kanüle hinein. Seine Haut war fest, aber die Nadel war ihr gewachsen. Er jaulte auf und warf den Kopf zur Seite. Ich wischte noch einmal über die Stelle, als ich die Spritze herausgezogen hatte. »*Se acabó*«, sagte ich zu ihm.

Chuhi sagte etwas in Huambas und fügte für mich hinzu: »*Mi hermano no habla español.*«

Ich wollte keine Bezahlung, bekam aber trotzdem und unausweichlich etwas überreicht. Tieco holte drei Delphinzähne hervor, und jeder war zu einer kunstvollen Vogelminiatur geschliffen. Ich freute mich darüber und dankte ihm. Er machte einen Knicks, wie er von einer viktorianischen Dienstmagd zu erwarten gewesen wäre, dann blies Chuhi, ohne mich zu fragen, die Lampe aus, und die beiden verschwanden in den düsteren Schatten des letzten Abendlichts.

Als sie fort waren, setzte ich mich wieder auf die Veranda. Die Nacht war mondlos. Aus den Langhäusern kam entferntes Stimmengewirr und das Schreien eines Babys. Der Widerschein des Feuers flackerte an den Balken und Laubdächern der Häuser. Ich hätte genausogut zehntausend Jahre in die Vergangenheit zurückversetzt leben können. In meinem Gesichtsfeld fand sich keine Spur menschlicher Erfindungen oder Kunstfertigkeiten – abgesehen vom Feuer.

Eine Weile lang dachte ich darüber nach, warum sie sich auf eine so seltsame Weise der Hütte genähert hatten, dann ging ich zum Schlafen hinein. Erst heute morgen am Fluß verstand ich, warum sie so geheimnisvoll getan hatten.

Am Ufer stand Keewei. Er spülte einen Aluminiumtopf aus und scheuerte ihn mit Sand, den er mit Asche vom Feuer vermischt hatte.

»*Buenos días*«, grüßte ich ihn, doch statt seiner gewohnten Erwiderung funkelte er mich böse an. Selbst im Dschungel gibt es Ärger, dachte ich, wenn ein Arzt dem anderen die Patienten wegnimmt.

Während ihrer Schwangerschaft kam Larry oft und regelmäßig zu mir in die Praxis, und ich überwachte den Verlauf, indem ich ihren Blutstatus, ihren Allgemeinzustand und ihre emotionale Verfassung im Auge behielt, kurz, alles tat, was mir angemessen erschien.

In den ersten zwölf Wochen lebte ich in ständiger Angst

vor einer erneuten Fehlgeburt, und als die drei Monate zu Ende gingen, erschreckte mich bereits das Klingeln des Telefons, besonders wenn es Nacht war und es sich um meinen Privatanschluß handelte. Wenn ich Brians Stimme am anderen Ende hörte, fing mein Herz an zu hämmern, doch es geschah nichts. Das eine oder andere Mal hatte Larry eine Erkältung, die sie ohne Medikamente, nur mit der Hilfe von Tigersalbe, mühelos überstand. Sie war entschlossen, ihr Baby nicht dem geringsten Risiko auszusetzen, mochte es sich auch nur um Aspirin oder eine Verdauungstablette handeln. Ihre Diät hielt sich strikt an die allerneuesten Maßregeln im Ratgeber ›Essen für zwei‹ und war auch von mir befürwortet worden. Zudem trug sie nichts, was schwerer war als ein Teekessel, enthielt sich völlig des Alkohols und ging geflissentlich dem Zigarettenrauch aus dem Weg, so daß es mir und Brian schon peinlich war, wenn wir zusammen essen gingen. Natürlich achtete sie auch auf regelmäßige Ruhe und ausreichenden Schlaf.

Der Fötus wuchs, und ich nahm in jeder Hinsicht an seiner Entwicklung teil. Meine gewaltige Spannung mußte ich sehr unter Kontrolle halten, um mich so zu verhalten, wie es einem Freund und Berater zukam: Ich war voll freudiger Erwartung, als wäre es mein eigenes Kind, das da heranwuchs, und in gewisser Weise stimmte das ja auch. Ich hatte es geplant, entstehen lassen, auf die Reise geschickt, und obwohl es nicht mein Same war, hätte ich ebensogut der Vater sein können. Ich hatte alles eingefädelt. Ich war sein Erzeuger.

Als der siebte Monat gekommen war, machte ich eine Ultraschalluntersuchung, um zu überprüfen, ob alles in Ordnung war. Larry kam an einem Dienstag in die Praxis. Ich erinnere mich genau daran, auch an die Vorzeichen, die ich vielleicht früher erkannt hätte, wäre ich nicht von der Erwartung, das Kind zum ersten Mal zu sehen, geblendet gewesen.

Es regnete heftig. Molly sah das Taxi zur angekündigten Zeit kommen und eilte mit dem großen Regenschirm die Treppe hinab, aber Larry war schon ausgestiegen, der Regen prasselte auf ihren Kopf, und ihr Haar wurde strähnig.

»Du solltest wirklich besser auf dich aufpassen«, schimpfte ich, als sie ins Sprechzimmer eintrat. Molly hatte ihr den Mantel abgenommen und schüttelte ihn draußen im Korridor aus. »Du holst dir noch eine Lungenentzündung.«

»Die hat bei mir keine Chance«, erwiderte Larry.

Wir tauschten einen Begrüßungskuß, und Molly brachte mir meinen Kaffee und für Larry eine Tasse dünnen chinesischen Tee, denn für die Dauer der Schwangerschaft hatte sie auch dem Kaffee abgeschworen.

»Du kannst dir gar nicht vorstellen, Dom, wie sehr ich mich schon auf die Geburt freue.« Sie schnupperte dem Kaffeeduft nach. »Sobald die Milch fließt und ich weiß, daß alles in Ordnung ist, trinke ich einen riesigen Espresso und einen doppelten Gin-Tonic.«

Ich stellte meine Fragen, und alles schien gut zu sein. Als Angela Bescheid gesagt hatte, gingen wir ins Behandlungszimmer, wo Larry sich auszog, in einen Kittel schlüpfte und sich behutsam niederlegte. Sie hatte ein großes Kissen unter dem Kopf, und über die kühle, schwarze Behandlungsliege war eine weiche Decke gebreitet. Ich öffnete den Kittel und strich Kontaktgel auf ihren gewölbten Bauch.

»Du mußt zugeben, ich sehe ein bißchen wie ein Walfisch aus«, sagte sie, während meine Hände sanft über ihre Haut strichen.

Angela drehte den Monitor in unsere Richtung, so daß wir ihn beide sehen konnten. Der Schallkopf wurde eingeschaltet, und ich hielt ihn an Larrys Bauch. Auf dem Bildschirm huschten weiße Linien und Punkte vorbei. Sie ähnelten eher einem verwackelten Himmelsfoto, auf dem die Sterne als Striche abgebildet waren.

»Ich kann nichts erkennen«, sagte Larry.

Ich schob den Schallkopf an den unteren Bauchansatz, und sofort erschienen auf dem Bildschirm die Umrisse eines menschlichen Schädels.

»Oh«, sagte Larry nur.

Angela verfolgte die Linien auf dem Bildschirm mit dem Finger: »Hier ist das Köpfchen und dort ist das Gesicht. Das ist ein Arm, und wenn Sie genau hinsehen, können Sie zwei Fingerchen erkennen.«

Ich zeigte keinerlei Emotionen. Es hätte eines von vielen Babys sein können, die ich aus dem Plastikröhrchen in den Uterus eingepflanzt hatte, auf dem Bildschirm hatte wachsen sehen und dessen Polaroid-Foto ich später an meine Pinnwand heftete, bis es verblaßt und von frischen Fotos überdeckt war. In mir jedoch war alles in Aufruhr. Ich ließ den Schallkopf über Larrys Bauchdecke wandern und starrte wie gebannt auf den Bildschirm, identifizierte jeden Umriß, jeden Schatten und hielt Ausschau nach Erscheinungen, die auf Abnormitäten hätten schließen lassen. Doch es war nichts zu finden. Als ich allerdings zum Schluß noch einmal zum Kopf zurückkehrte – werdende Mütter wollen immer vor allem das Köpfchen sehen – erschauderte ich bei dem Gedanken, daß ihm auch diesmal die Augen fehlen könnten.

Als Larry wieder angezogen war, befragte ich sie nach ihren Eindrücken.

»Ich kann gar nichts sagen«, begann sie, und ihr Gesicht glühte vor Stolz. »Es ist so unglaublich. Einfach in den eigenen Körper hineinzusehen und ...« Sie sah mir ins Gesicht. Sie weinte nicht, aber in ihren Augen glitzerte es. »Du hattest recht. Beim zweiten Mal schaffen wir es.«

»Noch ist es nicht soweit. Das Rennen ist erst gelaufen, wenn das Pferd im Stall ist. Beziehungsweise das Baby in der Wiege.«

»Du siehst doch keine Probleme, oder?«

»Nicht die geringsten«, versicherte ich. »Das Baby liegt

genau richtig. Kopf nach unten und fertig zum Start. Aber wir sollten uns nicht vor der Zeit freuen.«

Sie lächelte und sagte: »Nein. Aber jetzt fahre ich nicht mehr weg, bis mich das Auto ins Krankenhaus bringt.«

Es war so abgesprochen, daß Larry im örtlichen Krankenhaus, acht Kilometer von Harbury gelegen, entbinden würde. Ich wollte nach Möglichkeit dabeisein, konnte mich allerdings auch damit abfinden, wenn es nicht klappte. Eine Hebamme war regelmäßig bei Larry zu Hause gewesen; der Gynäkologe des Krankenhauses hatte sich mit mir in Verbindung gesetzt und eine vollständige Kopie des Behandlungsprotokolls erhalten.

Das Kind wurde kurz nach Mitternacht an einem Sonntagmorgen geboren. Ich war essen gewesen und kam gegen ein Uhr nach Hause, als ich meinen privaten Anrufbeantworter blinken sah. Ich drückte auf die Wiedergabe und hörte Brians Stimme. »Dom, hier ist Brian. Das Baby ist um null Uhr fünfundzwanzig geboren. Sechs Pfund und hundert Gramm. Alles ist, wie es sein muß. Die Hebamme sagt, es war eine leichte Geburt. Ich war dabei, und es sah tatsächlich so aus. Larry geht es gut.« Die Ansage war zu Ende, doch es folgte ein Summen, das eine weitere ankündigte. »Dom, tut mir leid, ich hab's vergessen. Es ist ein Junge.«

Ich atmete tief durch und setzte mich. Meine Hände fühlten sich kraftlos an, und mich befiel eine tiefe Erschöpfung. Ich machte mir einen großen Drink und ging ins Bett.

Die zwei Tage danach waren so geschäftig, daß ich nicht mehr schaffte, als das übliche Glückwunschtelegramm und einen großen Blumenstrauß ins Krankenhaus zu schicken. Erst am Mittwochnachmittag konnte ich nach Harbury fahren. Larry war schon am Tag zuvor nach Hause entlassen worden. Als mein Porsche hielt, öffnete sich die geteilte Küchentür, und Brian kam heraus, vor ihm eine Katze, die munter über den Hof galoppierte, als wäre sie zu lange eingesperrt gewesen.

»Was soll ich sagen, Dom?« rief Brian, schüttelte mir kräftig die Hand und umarmte mich nach einem kurzen Zögern.

»Ich würde sagen, du hast's geschafft«, antwortete ich.

»Wir, Dom! Wir alle haben es geschafft! Ein richtiger kleiner Prachtkerl.«

Ich langte ins Auto und holte eine Magnum-Flasche Bollinger heraus. »Damit könnt ihr ihn taufen«, sagte ich.

Er warf einen bewundernden Blick auf die Flasche. »Du meinst wohl ertränken?« Dann faßte er mich beim Arm. »Danke Dom, die wird bei uns nicht alt.«

Wir gingen hinein, und er schob die Flasche ins Eisfach des Kühlschranks.

»Du wirst ihn sicher sehen wollen. Er befaßt sich gerade mit Larrys Oberbau, aber das ist wohl kein Problem. Gehen wir hinauf.«

Ich folgte ihm durch die Küche und die Wohnzimmer und dann die Treppe hinauf, vorbei an dem Foto der stämmigen Frau mit Sohn: Mir fiel ein, wie Larry mir das Bild beschrieben hatte, und es ging mir durch den Kopf, daß jetzt kein Arztsohn, sondern ein Zahnarztsohn hier wohnte.

Mit jeder Stufe nahm die fast unerträgliche Spannung zu. Als ich oben war, bekam ich einen Schweißausbruch.

Das Schlafzimmer war geräumig, und an den weißgestrichenen Wänden hingen viktorianische Landschaftsaquarelle. Die Fenster waren von geblümten Vorhängen eingerahmt, die farblich auf die Kissen im Alkoven und auf das Polster des Frisierstuhls abgestimmt waren. Neben dem Doppelbett stand ein Kinderbettchen, dessen Überdecke ebenfalls zur Einrichtung paßte.

Larry saß aufrecht im Bett und stillte das Baby, das sie in ein Tuch gewickelt hatte. »Hallo Dom«, sagte sie sanft, »jetzt ist er da.«

Ich küßte sie auf die Stirn. Brian stand daneben und setzte das typische Grinsen eines frischgebackenen Vaters auf. Das Baby trank selbstvergessen an ihrer linken Brust und hatte die Augen geschlossen, als müßte es sich sehr auf seine Ernährung konzentrieren. Das linke Ärmchen war erhoben, und die leicht geöffnete Faust drückte ab und zu gegen die Brust.

Mir blieb nichts übrig, als auf das Kind zu starren und zu staunen, daß es tatsächlich da war, lebte und atmete. Bisher war mir das Ganze ein wenig unwirklich und unwahrscheinlich vorgekommen. Selbst bei den vielen Untersuchungen hatte ich, bedingt durch meine Unfähigkeit, die Tragweite meines Tuns voll zu erfassen, die Wirklichkeit nicht ganz an mich herankommen lassen. Neun Monate lang war es für mich vor allem eine medizinische Möglichkeit, aber kaum eine Tatsache gewesen. Nun war das Kind da. Es war kein verschwommener Umriß auf dem Bildschirm mehr, kein gleichmäßiges Pochen im Stethoskop, sondern ein Wesen aus Fleisch und Blut, das für sich selbst zu leben begonnen hatte. Die entzückten Eltern betrachteten ihr Kind als ein Wunder, das ihnen ein gnädiges Geschick in die Wiege gelegt hatte, aber sie hatten nicht die geringste Ahnung, worin das Wunder tatsächlich bestand. Denn was Larry da in den Armen hielt, war nicht einfach ein Säugling, sondern ein Meilenstein der Evolution, der Sohn eines prähistorischen Menschen, der vor dreitausend Jahren gelebt hatte. Und genauso, wie Brian und Larry ihren Erfolg bei der Familiengründung durch Zeitungsanzeigen verkünden wollten, verspürte ich den fast übermächtigen Drang, die Wahrheit über ihren Sohn in alle Welt zu verbreiten. Eine unbändige Begeisterung stieg in mir hoch, wenn ich daran dachte, was die Existenz dieses Kindes bedeutete, welche Möglichkeiten in ihm steckten und was sie der Menschheit bringen würden. Es gab so vieles, was wir, so dachte ich, von diesem kleinen Wesen lernen konnten. Natürlich ließ ich mir nichts anmerken. Ich sah keine denkbare Möglichkeit, mein unglaubliches Geheimnis irgend jemandem mitzuteilen.

»Nun, wie ist dein Eindruck?«

Brians Worte unterbrachen mich in meinen Gedanken, und ich brauchte ein paar Sekunden, bis ich eine Antwort parat hatte. In meinem Kopf rasten die Gedanken durcheinander, doch was mich umtrieb, war nicht das Schuldgefühl, das ich hätte empfinden müssen, weil ich ihm einen Sohn untergeschoben hatte, der nicht der seine war.

»Einfach wundervoll!« erklärte ich und dachte bei mir, daß ich nie ein wahreres Wort gesprochen hatte.

»Er macht uns gar keine Mühe«, sagte Larry. »Bis jetzt ist er nachts nur zweimal aufgewacht, und er schläft wie ein Baby.«

Wir schauten uns an und lachten alle drei. Larrys Redensart brachte meinen Gedankenstrudel zur Ruhe, und das Gelächter führte dazu, daß das Kind zu nuckeln aufhörte und den Kopf drehte. Die Augen öffneten sich und starrten mir auf die kurzsichtige Art der Neugeborenen direkt ins Gesicht. Ein Strom unbeschreiblicher Erregung ergriff Besitz von mir. Mir war, als könnte ich durch die kleinen schwarzen Punkte seiner Pupillen in die Vergangenheit zurückblicken.

»Ich glaube, er ist satt«, sagte Larry, rieb ihm zärtlich den Rücken und reichte ihn mir entgegen.

Ich nahm der Mutter den Säugling ab, wickelte ihn aus und legte ihn auf die Tagesdecke des Doppelbetts, um ihn zu untersuchen wie jedes andere Neugeborene. Die Berührung elektrisierte mich. So ähnlich, dachte ich, mußte Howard Carter empfunden haben, als er erstmals die Hand auf den goldenen Sarkophag von Tutenchamun legte.

Ich legte ihn auf den Bauch, und er drehte den Kopf zur Seite. Als ich sanft mit dem Finger über den Spann fuhr, spreizte er die Zehen, und nach einem leichten Druck auf die Ferse krümmte er den Fuß. Dann legte ich ihn auf den Rükken, wobei er erneut den Kopf zur Seite drehte und Arme und Beine hob. Ich betete im stillen, daß seine Augen in Ordnung waren, und leuchtete mit meiner kleinen Stablampe in die Pupillen: sie verengten sich. Wenn ich in die Hände klatschte, wedelte er lebhaft mit den Armen. Als nächstes miaute ich sanft wie eine Katze, worauf er stillhielt und lauschte. Schließlich legte ich den Zeigefinger in seine offene Hand. Anfangs zeigte er keine Reaktion, doch dann griff er mit einer Kraft zu, die mir bei einem Neugeborenen noch nicht oft begegnet war. Er hielt mich fest, wandte mir den Kopf zu und blickte mich so intensiv an, daß mir für einen Moment die Nerven versagten. Ich bin sicher, daß ich es mir nur einbildete. Aber ein paar Sekunden lang schien es, als suchte seine winzige Seele den Kontakt zu mir.

Ich befreite meinen Finger aus dem Klammergriff und begann mit einer gründlichen Untersuchung. Obwohl ich wußte, daß dies im Krankenhaus schon geschehen war, wollte ich mir selbst auch die Genugtuung verschaffen. Ich begann mit dem Schädel, indem ich die Fontanellen ertastete, und ging langsam tiefer. Seine Herztöne und der Puls der Oberschenkelarterie waren kräftig, die Lungen ebenfalls, er hatte keinen Leistenbruch oder genitale Mißbildungen. Ich untersuchte seinen Rücken auf angeborene Wirbelschäden und seine Hüftgelenke auf ererbte Luxationen. Es war alles in bester Ordnung. Während der Untersuchung beklagte er sich nicht, sondern blieb ruhig auf der Decke liegen und gluckste zufrieden, wenn ich ihn kitzelte.

»Nun?« fragte Larry, als ich ihr das Baby zurückreichte.

»Es gibt nicht das geringste auszusetzen«, sagte ich lächelnd.

Ich nahm die Einladung an, über Nacht zu bleiben, und nachdem wir ein üppiges chinesisches Imbißmenü verzehrt hatten, räumten wir die Plastikbestecke und Pappteller in den Müll und gingen ins Wohnzimmer. Es war Brians Idee, sich auf diese Weise den Abwasch zu ersparen. Larry erklärte es damit, daß Brian für eine Woche alle Haushaltspflichten übernommen hatte. Danach, so versicherte sie, würden sie wieder zum Porzellangeschirr zurückkehren. Ihre Hauptangst sei es, daß er als nächstes Papierkleider einführen würde, die man nicht waschen müsse, sondern einfach fortwerfen könne. Er beschuldigte sie dagegen, daß sie Stoffwindeln statt der Wegwerfwindeln benutzen wolle, nur damit er gezwungen wäre, sie einzuweichen und auszukochen. Ihr Streit aber blieb heiter und unbeschwert – das verliebte Geplänkel eines Paars, das soeben einen Sohn und Erben zur Welt gebracht hatte.

Brian zündete das Kaminfeuer an und ging dann in die Küche, um den Champagner zu entkorken. Die Flammen erzeugten einen flackernden Widerschein an den lackierten Deckenbalken und an der Kamineinfassung. Larry ließ sich in einen schwarzen Sessel sinken, legte das Babyphon neben sich auf den Fußboden und stieß einen tiefen Seufzer aus. Ich setzte mich in die Ecke des üppigen Ledersofas.

»Ich habe gar nicht gewußt, daß Stillen eine so schmerzhafte Angelegenheit ist«, stellte Larry fest und schob behutsam ihre linke Brust unter dem Still-BH zurecht. »Obwohl er keinen einzigen Zahn hat. Aber er nuckelt wie ein Weltmeister.«

Als Erwiderung schenkte ich ihr ein Lächeln, und sie schloß für eine Weile die Augen. Ich kehrte zu meinen Gedanken zurück.

Seit Brian und Larry meine Patienten waren, hatte ich sie nur zweimal zu Hause besucht. Gewöhnlich waren sie es, die mich bei ihren häufigen London-Ausflügen besuchten, und so hatte sich unsere Beziehung entwickelt, ohne daß ich oft bei ihnen gewesen war. Und jetzt, wo das Baby da war, würden sie mich kaum vermissen.

Ganz sicher würden wir unseren Kontakt aufrechterhalten, uns aber nicht mehr so oft sehen wie zuvor. Daß ich das Kind mit einer gewissen Regelmäßigkeit in Augenschein nehmen konnte, war also nicht zu erwarten. Aus irgendwelchen Gründen hatte ich das nicht vorbedacht. Die künstliche Befruchtung zu bewerkstelligen und das Wachstum des Fötus bis zur Geburt zu verfolgen, war mehr als genug gewesen. Jetzt wurde mir jedoch klar, daß ich ein Teil seines Lebens war, daß ich seine Entwicklung begleiten und beobachten mußte. Es reichte nicht mehr aus, daß ich das Unvorstellbare vollbracht hatte, ich mußte auch das Ergebnis weiter verfolgen.

Brian kam mit der Magnumflasche, die er in einem Eiskübel aus Aluminium balancierte. »Ich hab nichts Anständiges gefunden, das groß genug wäre. Unser silberner Sektkühler ist zu klein.«

Er schenkte ein und reichte uns die Gläser.

»Auf das Baby!« sagte ich und hob mein Glas.

Larry richtete sich auf und entgegnete: »Nein, auf dich, Dom. Du hast uns einen Wunsch erfüllt, von dem wir nicht mehr geglaubt hatten, daß er jemals in Erfüllung gehen würde.«

Eine Welle intensiven Schuldbewußtseins durchströmte mich. Mir wurde klar, daß ich ihnen eigentlich alles sagen mußte, und zugleich, daß ich es nicht wagen konnte. Nicht nur für mich, auch für sie und das Kind stand zuviel auf dem Spiel. Zum ersten Mal wurde mir die Ungeheuerlichkeit meines Tuns wirklich bewußt. Mit aller Beherrschtheit, derer ich fähig war, nahm ich ihren Dank entgegen und nippte am Champagner.

Larry trank nur ein Glas und zog sich dann zurück. Die Strapazen der Geburt und der ersten Tage der Mutterschaft waren ihr deutlich anzumerken. Als sie gegangen war, blieb ich mit Brian vorm Kamin sitzen. Während wir Erinnerungen an die Studentenjahre austauschten, leerte sich langsam die Flasche, und gegen zehn Uhr sprachen wir nur noch gelegentlich zwischen langen Schweigepausen, in denen wir versonnen in die Flammen starrten, das Aufsteigen der Bläschen im Sektglas verfolgten oder auf die Stille des alten Hauses lauschten.

»Weißt du«, sagte Brian in das Schweigen, nachdem er ein

Scheit nachgelegt hatte, daß die Funken in den Schornstein stoben, »wir haben über dich geredet, Larry und ich. Wir glauben, daß du dort in London lebst wie ein Mönch im Kloster. Du kannst doch nicht dein ganzes Leben in der Praxis zubringen. Das ist nicht gesund.«

»Ich fühle mich aber ganz wohl in meiner Existenz«, erwiderte ich.

»Das kann nicht sein. In London – mit all dem Gestank, den Abgasen und dem Müll.«

»›Wer London satt hat, ist seines Lebens überdrüssig. Denn London hat alles, was das Leben bieten kann‹«, zitierte ich. »Samuel Johnson.«

Brian räusperte sich theatralisch und hob an: »›London, dieser große Sündenpfuhl, der alle Bummler des Empires unwiderstehlich in den Bann zieht.‹ – Conan Doyle. Johnson war ein Spinner. Conan Doyle war ein ... Nichtspinner.« Er trank sein Glas leer, füllte es nach und fuhr fort: »Ein guter Fingerbreit ist noch drin. Jedenfalls solltest du dir was auf dem Lande suchen.« Er sagte das in einem Atemzug, und die Worte begannen sich zu verschleifen.

Obwohl auch ich dem Champagner zugesprochen hatte, erkannte ich sofort, daß er mir eine Lösung für mein Problem angeboten hatte. Ich wollte in der Nähe des Kindes sein, konnte mich aber nicht ständig in ihr Leben einmischen. Jetzt hatte mich Brian allen Ernstes dazu aufgefordert. Plötzlich war mein Kopf wieder klar. »Da könntest du recht haben«, stimmte ich zu. »Eine Hütte im Wald würde mir schon reichen.«

»Hier im Dorf gibt's was ganz Hübsches«, sprach er nach kurzem Nachdenken weiter. »Genau das Richtige für einen eingefleischten Junggesellen. Wir können es uns morgen früh ansehen.«

Als Brian schließlich schlafen gegangen war, saß ich noch lange vor dem verlöschenden Feuer und dachte über meine Zukunft nach. Ich würde ein Landhaus in Harbury kaufen und möglichst jedes Wochenende dort verbringen, um das Wachstum des Kindes zu verfolgen. Auf diese Weise konnte ich weit mehr tun, als gelegentliche Beobachtungen festzuhalten. Ich würde einen guten Einblick in seinen Charakter und seine Entwicklung bekommen.

Am nächsten Morgen begleiteten mich Brian und ein bläßlicher junger Assistent des örtlichen Grundstücksmaklers nach Cobb End, einem versteckt gelegenen, aber nur etwa hundert Meter entfernten Anwesen. Das drei Zimmer umfassende Landhaus wurde von einer älteren Frau bewohnt, der die Erhaltung des Hauses zuviel geworden war. Die Wände bedurften dringend der Renovierung, die Fensterrahmen faulten vor sich hin, und die elektrischen Leitungen waren in einem furchterregenden Zustand. Der Garten war verwildert, und das Tor hing schief in den Angeln. Als Preis nannte sie die Summe von 88 750 Pfund. Ich tat so, als würde ich die Sache überlegen, und wälzte die Entscheidung hin und her, wie es sich für einen guten Käufer gehörte; fragte nach dem Zustand der Feuchtigkeitsisolierung, der Abflußrohre und des Daches. Ich zwängte mich sogar durch die Bodenluke und warf einen Blick auf den Speicher, auf dem alte Überseekoffer herumstanden, die Überreste einer kolonialen Vergangenheit. Schließlich bot ich ihr mit dem Hinweis auf die vielen Mängel die Summe von 84 000 Pfund. Zu meiner großen Erleichterung stimmte sie sofort zu.

Larry war begeistert. Sie umarmte und küßte mich, machte drei Espresso und stellte sie auf den Küchentisch. »Das wird wunderschön, wenn wir dich hierhaben!« sagte sie überschäumend vor Freude.

»Nur am Wochenende«, erinnerte ich sie. »Ich habe schließlich eine Praxis in London.«

»Trotzdem wird es wunderschön«, beharrte sie. »Hier, mein erster Espresso nach neun Monaten und einer Woche.«

»Dom, wir beide möchten, daß du der Taufpate wirst«, sagte Brian. »Jedenfalls einer von zweien. Mein Partner in der Zahnarztpraxis, Roger Bates, wird der andere. Kannst du dich für den nächsten Samstag einrichten? In St. Anne's. Das ist die Dorfkirche. Du kommst an ihr vorbei, wenn du über die Hauptstraße fährst.«

»Ich bin sehr geschmeichelt«, antwortete ich wahrheitsgemäß. »Und natürlich nehme ich die Patenschaft an. Ihr müßt mir allerdings noch sagen, wie ihr ihn nennen wollt.«

»Wir haben uns erst letzte Nacht entschieden«, gestand Larry. »Er soll Adam Dominic heißen.«

Erst auf der Rückfahrt nach London wurde mir die doppelte Ironie des Namens deutlich, so daß ich laut lachen mußte. Ich war tatsächlich sein Schöpfer und Namensgeber, und er war tatsächlich so etwas wie mein Adam.

Gelegentlich stelle ich zwei von Q'ekes Kindern in meinen Dienst, ein Mädchen von zehn Jahren und einen Jungen von etwa sechs. Sie heißt Urú und er Yammi. Beide sind unzertrennlich, das Mädchen behält den Bruder stets im Auge und achtet darauf, daß er beim Baden nicht in die Strömung gerät, daß er nicht in eine der Vogelfallen ihres Vaters tritt oder zu nahe an den Felsrand unterhalb des Wasserfalls geht. Doch sie verweichlicht ihn nicht. Häufig sehe ich ihn in Raufereien mit anderen Kindern verwickelt, und auch, wenn er meistens den kürzeren zieht, kommt sie ihm nicht zu Hilfe. Auf dem Weg durch den Wald aber hält sie nach Schlangen Ausschau, nach den Netzen der giftigen Spinnen und nach den Schwärmen der Mörderbienen. Auf diese Weise bringt sie ihrem kleinen Bruder nicht bei, wie man sich unter den Bewohnern der Lichtung behauptet, wohl aber, wie man sich in der Wildnis bewegt. Wovon ich Gebrauch mache, ist diese besondere Wachsamkeit des Mädchens, aber da sich Urú nie von Yammi trennt, nehme ich auch ihn in Kauf. Was sie für mich tut, ist das Gegenteil dessen, was sie für ihren Bruder tut. Mir dient sie als Schutz vor der Welt der Menschen.

Wenn Fremde sich der Lichtung nähern, ist Urú die erste, die es weiß. Sie muß sie nicht kommen sehen oder hören. Auf eine Weise, die ich nie begreifen werde, ist sie fähig, eine bevorstehende Störung vorherzusehen. Sie kann mit ziemlicher Genauigkeit voraussagen, wer sich aus welcher Richtung auf die Lichtung zubewegt und wann mit der Ankunft zu rechnen ist. Anders als die Hollywood-Indianer muß sie nicht das Ohr an den Boden legen oder die Nase in den Wind halten oder auf einen Felsen klettern. Sie sitzt nur eine oder zwei Minuten still, konzentriert sich und trifft dann ihre Voraussage nach der bewährten Art der Hellseherinnen. Woher sie weiß, wann sie ihre Kräfte anstrengen muß, bleibt natürlich ebenfalls ihr Geheimnis. Es muß irgendeine Vorwarnung für sie geben, aber ich kann nicht sagen, worin sie besteht. Sie spürt auch die Annäherung von Fremden im Kanu, ist also nicht auf Geräusche wie das Knacken von Ästen angewiesen.

Urú läßt ihre Fähigkeiten nicht nur mir zugute kommen. Sie warnt auch Chuhi oder Q'eke vor Fremden oder kündigt die Rückkehr eines Jägers an. Unerklärlicherweise kann sie sogar bestimmen, ob der Ankömmling zu den Lichtungsbewohnern gehört, von einem anderen Stamm kommt oder ein Weißer ist.

Am frühen Nachmittag, als ich gerade meine Veranda ausfegte, sah ich sie und Yammi mit anderen Kindern bei einer ihrer Lieblingsbeschäftigungen. Neben dem Eingang eines Langhauses war ein Kübel mit *yamanachi* zur Gärung in die pralle Sonne gestellt worden. Er war mit einer Bastmatte überdeckt, aber der Geruch hatte einen Schwarm großer, schwarzer Fliegen angelockt. Entweder hatte sie der betäubende Duft oder übergelaufener Sud trunken gemacht, und ihre Bewegungen waren träge geworden. Ohne viel Mühe fingen die Kinder die Fliegen und banden ihnen lange, dünne Fäden an die Beine. Die an die Leine gelegten Insekten wurden gesammelt, und die Fäden wurden mit einem Stein beschwert, bis der Rausch verflogen war. Als die Fliegen wieder lebhaft wurden, ließen die Kinder sie wie kleine Drachen am Band vor sich her fliegen. Die Kinder hielten Rennen und Ausdauertests ab, und sie schrien vor Vergnügen.

Ich hatte mich auf den Besen gestützt und bei dieser unschuldigen Grausamkeit zugeschaut, als ich sah, daß Urú mitten im Spiel innehielt und still stehenblieb. Ihre Fliege flog noch ein Stück weiter, dann verlor sie den Schwung und fiel zu Boden. Etwa eine Minute stand das Mädchen stockstill. Darauf, wie aus einer Trance erwachend, drehte sie mir den Kopf zu und ließ ihre Fliege mitsamt dem Faden in die Bäume davonschwirren.

»*Señor!*« rief sie im Laufen, »*Señor! Llega un gringo.*«

Ich hatte sie ausdrücklich gebeten, auf die Annäherung von Weißen zu achten, und dieser Alarm, der erste, der der Ankunft von Fremden galt, erschreckte mich tief. »*Cuántos son?*« fragte ich.

»*Uno*«, antwortete sie selbstsicher und hob den Zeigefinger.

»*Cuántos horas?*«

Sie zeigte zur Sonne, senkte die Hand und drückte den Daumen auf das letzte Glied ihres kleinen Fingers.

Ich hatte keine Zeit zu verlieren. Diese Zeitanzeige war die kürzeste Spanne, die man auf der Lichtung kannte. Sie konnte eine Minute bedeuten oder fünf, aber ganz gewiß nicht mehr als eine Viertelstunde.

Hastig ging ich in die Hütte, warf den Besen beiseite, griff ein Messer, eine Flasche abgekochtes Wasser, einen Hut und mein kleines Fernglas, klappte die Fensterläden zu und verriegelte sie, brachte ein Vorhängeschloß an und verschwand im Wald. Die Nähe des Flusses mied ich, weil der Besucher wahrscheinlich von dort kommen würde. Statt dessen lief ich in die Pflanzung und stellte mich hinter einen riesigen Baumstamm, der vor Monaten umgestürzt war. Er war mit Moos und Flechten bedeckt, von kleinen, hellgelben Pilzen überzogen und von verschiedenen Eidechsen bewohnt. Ich sah ein Nest mit Blattschneiderameisen und mehr Käfer, als ich zählen konnte.

Ich mußte nicht lange warten. Bald ließen die Kinder ihr Fliegenspiel fahren und rannten schreiend ans Flußufer. Jetzt hörte ich das Tuckern eines Außenbordmotors, und mir fiel auf, daß es seit Monaten das erste Geräusch aus der industrialisierten Welt war. Ich duckte mich und beobachtete die Lichtung durch eine Wölbung unter dem Stamm. Dort war ich im Schatten und würde unsichtbar bleiben, und die Gläser meines Feldstechers würden nicht in der Sonne glitzern.

Ein flaches Kanu kam in Sicht. Es fuhr stromauf, machte dann einen Bogen und hielt auf die Lichtung zu. In ihm saßen zwei Leute. Der eine war ein Eingeborener, er war bis zur Hüfte nackt und trug ein Federbüschel im topfartig abgeschnittenen Haar. Der andere war ein Weißer in einer khakifarbenen Tropenjacke und einem breitkrempigen Hut, der sein Gesicht überschattete. Der Motor erstarb, und der Eingeborene stellte sich an den Bug. Als das Kanu ans Ufer stieß, sprang er hinüber und zog ein hellgelbes Nylonseil mit einem Ankerstab hinter sich her. Der Weiße stieg ans Ufer und nahm den Hut ab, um sich die Stirn mit einem Halstuch abzuwischen. Er war untersetzt, kräftig gebaut mit breiten Schultern, vollbärtig, und sein Haar, das bis auf die Schultern reichte, war strähnig vor Schweiß. Aus einer Ledertasche zog er Zuckerwürfel und verteilte sie an die Kinder, die ihn umschwärmten wie die Fliegen den *yamanachi* und ihm die offenen Hände entgegenreckten.

Chuhi und Mayno traten aus ihrem Langhaus und nach ihnen eine Frau mit einem Korb. Alle anderen Erwachsenen hielten sich zurück. Als der Mann sich auf Chuhi zubewegte, sah ich, daß er eine automatische Pistole in einem Halfter an der Hüfte trug.

Chuhi und der Mann begrüßten sich, indem sie, statt die

Hände zu schütteln, nur die Fäuste aneinanderhielten: Mit dieser Geste werden geschäftliche, aber keine freundschaftlichen Beziehungen eingeleitet. Die Frau stellte den Korb ab, und nachdem sie die zudringlichsten Kinder verjagt hatten, setzten sich die Männer mit gekreuzten Beinen auf die Erde.

Durch das Fernglas sah ich, daß sie um Bernsteinbrocken feilschten, die Chuhi aus dem Korb nahm und nacheinander in die Höhe hielt. Obwohl ich nicht genau hören konnte, was gesagt wurde, war es offensichtlich, daß Chuhi hart verhandelte. Es wurde mit den Händen gewedelt, mit den Fingern gezeigt, gestikuliert und grimassiert. Das Gesicht des Weißen verzog sich in gekünsteltem Schmerz, oder es lächelte und triumphierte, wenn eine Einigung erzielt war. Immer wieder hielt er Bernsteinbrocken in die Sonne und studierte die Einschlüsse im versteinerten Harz, auf die Chuhi ihn hingewiesen hatte.

Nach etwa einer halben Stunde, die ich zu einem guten Teil damit verbrachte, mich von verschiedenen sechsbeinigen Kreaturen und einer Reihe von Blutegeln zu befreien, schien der Handel abgeschlossen. Die Männer standen auf und stießen wieder die Fäuste aneinander. Der Weiße ging zum Kanu und holte aus einem Verschlag im Heck eine kurze Axt, drei Aluminiumkochtöpfe, ein eisernes Backblech, ein paar Rollen Tuch, eine Handvoll Klappmesser und einen Stoffbeutel, in dem etwas klapperte. Das Geschäft war gelaufen, und der Bernstein wurde im Kanu verstaut.

Ich hatte gehofft, daß damit der Besuch beendet war, denn soeben wurde ich von einer Schar kleiner, aber besonders bösartiger Ameisen überfallen, doch vergebens. Der Weiße sagte etwas zu Chuhi und ging dann an den Rand der Lichtung, wo er vor aller Augen ins Unterholz pißte. Er machte keine Anstalten, sich bedeckt zu halten, und schien stolz auf seinen Exhibitionismus zu sein. Als er fertig war, sah ich, daß sein Penis erigiert war. Ohne Zweifel glaubte er damit eine der jüngeren Frauen zu beeindrucken und sie von Chuhi für eine Stunde der Lust angeboten zu bekommen, aber er blieb ohne Erfolg. Die Leute von der Lichtung starrten ihn wie versteinert an. Er knöpfte seine Hose zu und rief: »*Señor! Quién vive en esta cabaña ruinosa? Un ermitaño?*«

Zu meinem Ärger ging er auf die Hütte zu, die er als ›Bruchbude‹ bezeichnet hatte. Seine schweren Dschungelstiefel wirbelten mit jedem Schritt Staub auf. Er stellte sich an die Veranda und scharrte mit den Stiefeln an den Brettern. »*Hay aqui un sacerdote?*«

Er war also nicht hinter mir her, sondern nur neugierig. Hätte er nach einem Doktor gefragt oder nach einem Ethnologen, wäre Grund zur Sorge gewesen. Aber ein Pater! Der Gedanke belustigte mich.

»*No, señor Rodriguez, no hay ningún sacerdote*«, rief Chuhi zurück.

Der Weiße scharrte weiter mit den Stiefeln auf dem Verandafußboden herum und fragte: »*Quién estaba limpiando el suelo? Iguanchi?*«

Iguanchi war eins der ersten Eingeborenenwörter, die ich gelernt hatte, und es bedeutete Gespenster oder Geister. Der Sarkasmus verfehlte seine Wirkung nicht, und ich sah, daß Chuhi ungehalten wurde. Er trat von einem Fuß auf den anderen, ein sicheres Zeichen dafür, daß er die Geduld verlor. »*Las almas no limpian las casas*«, erwiderte er.

Im selben Moment rannte Urú, gefolgt von Yammi, zur Veranda und begann, mit einem Zweig den Fußboden zu fegen. Der Weiße schaute ihnen grinsend zu, und ich fragte mich, ob er nicht nur ein Exhibitionist, sondern auch ein Päderast war. So, wie sein Bart aussah, kam er mir entschieden bösartig vor. Er rüttelte an der Tür und an den Fensterläden und versuchte, durch eine Ritze ins Innere zu schauen. Ich wußte, daß es vergeblich war. Drinnen war alles dunkel.

»*De quién es esa casa?*«

»*Del médico Suárez. De Santo Antonio do Içá*«, antwortete Chuhi. Er war ebenfalls hinüber zur Hütte gegangen. »*Es donde él reside cuando vene.*«

Diese Erklärung stellte den Weißen zufrieden. Wenn die Hütte Dr. Suárez gehörte, diente sie einem Zweck, der ihm glaubwürdig erschien. Er ging zu seinem Kanu und setzte nach mehreren Startversuchen den Motor in Gang. Sein eingeborener Begleiter, der bei dem ganzen Handel keine Rolle gespielt, unbeteiligt neben dem Kanu gehockt und die Lichtungsbewohner mißtrauisch beobachtet hatte, zog die Ankerstange aus dem Boden und sprang in den Bug.

Ich wartete eine weitere Viertelstunde in meinem Versteck, bis Urú mich herauswinkte. Dann sprang ich eiligst ins Freie und verbrachte einige Minuten damit, mir die Ameisen aus den Hosen und den Haaren zu schütteln, größere Exemplare von mir abzustreifen und einen unentdeckten Blutegel von meiner Wade zu entfernen. Als ich mich glücklich von den meisten Bewohnern des Baumstammes befreit hatte, ging ich zur Hütte zurück.

»*Gracias,* Urú«, sagte ich, während ich das Vorhängeschloß öffnete, »*gracias,* Yammi.«

Die Hände des kleinen Jungen waren verklebt von dem Klumpen Kandiszucker, an dessen Kanten er herumlutschte.

»*Ahora, es momento para examinarlo*«, erklärte Urú.

»*Sí*«, stimmte ich zu und bestätigte auf Englisch: «Jetzt wollen wir wieder nachschauen.«

Die zwei Kinder traten in die Hütte ein. Ich nahm ›Gray's Anatomy‹ herunter, schlug Seite 299 auf, die eine große Farbabbildung der Muskeln des Kopfes zeigte, von vorn und hinten gesehen, jeder Muskel in einem anderen Farbton. Urú betrachtete das Bild sehr lange und kommentierte es leise in ihrer Muttersprache. Immer wieder fuhr sie mit dem Finger über die Zeichnung und dann über die entsprechende Partie ihres Kopfes. Ihr Bruder schenkte dem nicht die geringste Beachtung, sondern saß auf dem Fußboden und lutschte laut schmatzend an seinem Zuckerstück. Als sich Urú schließlich sattgesehen hatte, drehte sie sich um und sagte: »*Bastante gringos para hoy.*«

Diese Auskunft erleichterte mich. Ein Besucher war genug, mochte er ein Weißer oder sonstwer sein. Und noch immer wurde ich von dieser oder jener Ameise belästigt, die sich in den Falten meiner Kleidung verirrt hatte. Seit ich zum ersten Mal Zeuge der prophetischen Gaben dieses außergewöhnlichen kleinen Mädchens wurde, brannte ich darauf zu erfahren, wie sie zu ihrem Wissen gelangte. Als ich das Buch zuklappte, fragte ich sie: »*Urú, comó sabes cuando vendran los gringos?*«

Sie dachte eine Weile nach und erwiderte: »*Los Díoses con alas me hablan.*«

Geflügelte Götter: Sie mußte Visionen haben und Engel sehen, dachte ich. Oder vielleicht waren es auch Vögel. Vielleicht erkannte sie die bevorstehende Bedrohung am Geschrei von Vögeln oder daran, wie ein Storch oder Raubvogel den Fluß entlang flog. Doch das erklärte kaum ihre Fähigkeit, zwischen Weißen und Eingeborenen zu unterscheiden, und das schon eine halbe Stunde vor deren Ankunft.

»*Son los díoses con alas los pájaros?*« fragte ich und ließ meine Hände wie Flügel vor ihrem Gesicht flattern. Zur Verdeutlichung lieferte ich die schlechte Imitation eines krächzenden Papageis.

»*No son pájaros*«, antwortete sie und lachte über mein Gekrächze. »*Son díoses con alas.*«

Sie verließ die Hütte und ging zum Fluß hinab, wo sie sich die Hände wusch, danach schlug sie mit Yammi den Pfad zum Wasserfall ein.

Ich weiß, daß es geschehen wird. Eines Tages wird sich der Besucher nicht mehr mit ein paar Klumpen Bernstein und mit einem Rütteln am Schloß zufriedengeben. Er wird danach fragen, wo ich mich verstecke. Die Leute von der Lichtung werden mich natürlich nicht verraten, aber er wird von seiner Pistole Gebrauch machen. Und wenn das passiert, ist das Ende nah.

Es dauerte noch ein paar Monate, bis ich in Cobb End Einzug halten konnte. Eine ansässige Bau- und Malerfirma hatte Großartiges geleistet, eine Zentralheizung eingebaut, alle Leitungen und Rohre neu verlegt, die Wände gestrichen und eine kleine Garage am Rand des Grundstücks gebaut, zu der ein neu angelegter Kiesweg führte. Ich kaufte ein paar passende Stilmöbel auf einer Auktion in Crewkerne, stattete aber den Wohnraum mit bequemeren Möbeln aus massiver Eiche aus. Vor dem Einzug suchte ich mir per Aushang im Postamt eine Haushälterin und einen Gärtner. Bereits eine Stunde später stand Mr. Stoke in der Tür und bewarb sich um den zweiten Posten. Ich ließ ihn die Büsche beschneiden und zwei verkümmerte Kiefern fällen, den Rasen mähen, Sträucher pflanzen, Blumenbeete anlegen und überhaupt das ganze Anwesen in Ordnung bringen. Mrs. Maggs, eine Frau mittleren Alters, die ebenfalls im Ort wohnte, war bereit, als Haushälterin zu arbeiten und sich während meiner Abwesenheit um das Haus zu kümmern.

Ab Mitte März besuchte ich das Haus fast alle zwei Wochen. Ich war am frühen Abend dort, nachdem ich meine Termine so gelegt hatte, daß ich noch vor Einsetzen der Rush-hour aus London herauskam. Die Fahrt war zu meiner Überraschung sehr erholsam, wenn ich eine Woche Praxisarbeit hinter mir hatte, und ich konnte innerhalb von drei Stunden im Landhaus sein.

Brian und Larry waren sehr darauf bedacht, mich in ihr Leben einzubeziehen. Ihren Freunden und Bekannten stellten sie mich als den Arzt vor, der ihnen Adam geschenkt hatte. Jedesmal, wenn das Gespräch darauf kam, erfüllte mich ihr Lob mit Verlegenheit und Schuldgefühlen. Es wurde zum Ritual, daß ich sie am Samstagnachmittag zum Tee besuchte und entweder zum Abendessen blieb, wenn sie Freunde erwarteten, oder ein paar Drinks mit ihnen nahm, wenn nichts Besonderes geplant war. Dieses Arrangement kam mir sehr entgegen, weil es mir drei Stunden Zeit gab, meine Beobachtungen an Adam anzustellen. Es war schließlich ganz natürlich, daß ich ihm viel Zeit widmete. Ich war sein Pate und zeigte, daß ich meine Rolle genauso wichtig nahm wie die Eltern die ihre. Ich brachte jedesmal ein Geschenk mit, um zu studieren, wie sich das Kind verhielt.

Anfangs waren es einfache Babyspielsachen, bunte Würfel und Klappern, die das Licht einfingen oder sich auf interessante Weise bewegten. Ich kaufte Gummibälle mit eingebauten Glöckchen, Rasseln und Plastikringe in allen Grundfarben. Adam spielte mit ihnen, warf sie durch die Gitterstäbe seines Ställchens, besabberte sie, rollte sie auf dem Boden umher und versuchte sie in den Mund zu stecken. Erst als ich ihm ein besonderes Spielzeug kaufte, konnte ich feststellen, daß sich sein Verhalten merklich änderte.

Es war eine durchsichtige Plastikkugel von der Größe einer Pampelmuse, die aus zwei miteinander verschweißten Halbschalen bestand. Sie enthielt einen grellgrünen Plastikfisch, der in einer mit bunten Perlen durchsetzten Flüssigkeit schwamm. Wenn die Kugel gerollt wurde, schwappte das Innere hin und her, und der Fisch, der ein idiotisches menschliches Grinsen zeigte, hüpfte wild umher, während er von den bunten Perlen umströmt wurde. Als ich Adam die Kugel hinlegte, zeigte er sich höchst verwirrt. Er berührte sie nicht, sondern starrte sie nur an und legte den Kopf erst auf die eine, dann auf die andere Seite, als wollte er ihr lauschen.

»Da kannst du nichts hören, Dummerchen« neckte ihn Larry, »diesmal ist kein Glöckchen drin.« Sie rollte die Kugel in seine Richtung. Adam wich nicht aus, hatte also keine Angst vor ihr, aber er versuchte auch nicht, sie anzufassen. Er schaute sie einfach an.

»Er wird einmal ein schlechter Fischer«, prophezeite

Brian. »Er sitzt lieber da und wartet, daß die Fische zu ihm kommen, statt die Angel auszuwerfen und welche zu fangen.«

Eine halbe Stunde lang starrte Adam auf die Fischkugel. Immer wieder wurde sein Blick von anderen Spielsachen abgelenkt, doch sofort wanderten seine Augen zurück zu dem Fisch, der langsam in seiner Flüssigkeit schaukelte. Schließlich, während ich mir noch über seine Reaktion Gedanken machte, griff er lebhaft nach der Kugel und versuchte mit seinen kleinen Fingerchen, sie an der Schweißnaht zwischen den beiden Hälften auseinanderzubrechen. Er machte sich mit einer solchen Konzentration an die Arbeit, daß er nicht einmal aufschaute, als Larry auf dem Hof eine Teetasse fallenließ, die mit lautem Klirren zersprang. Ich war überzeugt, daß er den Fisch haben wollte und daß sein langes Betrachten nicht einfach von der Faszination herrührte, sondern von der Überlegung, wie er an ihn herankommen konnte.

In der Nacht saß ich in meinem Studierzimmer in Cobb End und schrieb jede Einzelheit nieder, die mir am Tag aufgefallen war. Ich machte eine Aufstellung von Adams Reaktionen auf gewöhnliches Spielzeug und kontrastierte sie mit seinem Verhalten gegenüber der Fischkugel. Als ich meine Notizen fertig hatte, tippte ich sie in den billigen Computer, den ich für das Landhaus gekauft hatte, und lud den Text auf eine Diskette. Zu Hause in London würde ich alles auf die Datei übertragen, die in meinem Bürocomputer versteckt war.

Nach ein paar Wochen ließ ich die Fischkugel unauffällig verschwinden und brachte Adam andere Spielsachen mit beweglichen Teilen, unter ihnen ein Hohlkörper, in dem sich eine Pyramide am Gummiband auf und ab bewegte, eine Reihe von Kugeln, in denen Sterne oder Früchte aufgehängt waren, und ein ziemlich teures Exemplar von Hamley's in der Regent Street – einen Kasten mit raffiniert angebrachten

Spiegeln und Hologrammen, die ein Auto, ein Schiff, ein Flugzeug und ein Fahrrad zeigten. Mit allem spielte Adam zufrieden, ohne ins Innere gelangen zu wollen. Doch sobald die Fischkugel wieder da war, versuchte er erneut, sie zu öffnen.

Während ich seinen Umgang mit Gegenständen studierte, achtete ich darauf, welche Laute er von sich gab.

Genauso wie andere stolze Eltern hatte Brian eine Videokamera gekauft, um das Wachstum seines Sohnes festzuhalten, und etliche Wochen lang machte er fast täglich eine Aufnahme von ein paar Minuten Länge. Auf meine Bitte lieh er mir die Videokassetten für eine Weile, nachdem ich ihm erklärt hatte, ich wolle die schönsten Sequenzen für einen einstündigen Film heraussuchen.

Beim Betrachten der Videos bemerkte ich zu meinem Erstaunen, daß Adam ein besonderes Vokabular besaß, das mit dem üblichen Gelall von Kleinkindern nicht viel gemein hatte. Er gurrte, stammelte und krähte wie jedes andere Kind, aber er reagierte auch mit speziellen Äußerungen auf wiederkehrende Situationen. Immer, wenn die Katze auftauchte, sagte er mit klarer Stimme *Muck*. Das Wort fiel mir auf, weil es weder an das Wort *Katze* noch an deren Namen *Napoleon* anklang und weil es in derselben Form wiederholt wurde. Nicht nur die Katze rief exakte Benennungen hervor, auch der Nachbarhund, der den Namen *Bing* erhielt, die Trauerweide am Teich (*Poot*), die Kühe auf der Weide hinter dem Garten (*Kin*) und das Pferd, auf dem jeden Nachmittag ein kleines Mädchen vorbeiritt (*Naga*).

In meinen Aufzeichnungen legte ich ein Verzeichnis von Adams Benennungen und Ausdrücken an, datierte jedes Wort und beschrieb die näheren Umstände und die Verfassung von Adam, als er das betreffende Wort gebrauchte. Bald hatte ich ein ansehnliches Wörterbuch zusammengestellt und konnte manches Mal, wenn ich ihn beobachtete, verstehen, was er sagen wollte, und auch in seiner eigenen

Kindersprache darauf reagieren. Wenn ich recht hatte mit meiner Annahme und das Kind schon richtige Wörter bildete, statt nur vor sich hin zu lallen, war das, wie ich glaubte, eine einmalige Entdeckung. Ich konnte mich an keinen Fall in der einschlägigen Literatur erinnern, daß Kinder in diesem frühen Alter bereits festumrissene Ausdrücke und Wörter gebrauchten.

Adam lernte ebenso schnell krabbeln, bewegte sich flink über den Fußboden und war eifrig darauf bedacht, auf den Füßen zu stehen, wenn man ihn festhielt und er an Stühlen und Tischen, an Brians Hosenbein oder Larrys Kleid Halt fand. Wenn er dann schließlich die Balance verlor, landete er prompt auf dem Po. Ich war erstaunt über diese schnelle Entwicklung. Als halbjähriges Kind war er seinen Altersgenossen, was die Beweglichkeit betraf, mindestens ein Vierteljahr voraus.

Während er sich im Stehen übte, begann er auch, Werkzeuge zu gebrauchen. Innerhalb weniger Wochen hatte er gelernt, wie man heruntergefallene Sachen unter dem Boden des Ställchens mit dem Lineal hervorangelte, und er benutzte Stöcke, um Steine im Garten auszuhebeln oder in den Ritzen der Hofpflasterung nach Kellerasseln zu stochern. Kurioserweise aber verschmähte er nach wie vor den Löffel und zog es vor, mit den Fingern zu essen.

Alle diese Beobachtungen stellte ich gewissermaßen heimlich an. Ich konnte meine Studien nicht in aller Offenheit betreiben, bis sich am Ende des Juni, als er neun Monate alt wurde, die Gelegenheit ergab, daß ich ihn vier volle Stunden für mich allein haben konnte.

Wenn Larry während der Woche Besorgungen machte, stand Marie, ihre Putzfrau, als Babysitter zur Verfügung. Dieses Arrangement galt auch für die Wochenenden, versagte aber an einem Samstag, als Maries Schwester Harriet heiratete. Harriet bediente im Crown Inn, und so war es kein Wunder, daß praktisch das ganze Dorf eingeladen war.

Es war Larry, die als erste das Thema der Hochzeit anschnitt. Sie steuerte sehr behutsam darauf zu, indem sie eine Woche vorher beim Tee betonte, wie sehr sie es hasse, wenn Babys in der Öffentlichkeit weinten. »Wir sind einmal nach Teneriffa geflogen«, erzählte sie und schaute dabei nicht zu mir, sondern hinaus in den Garten. Und als das Flugzeug zur Landung ansetzte, schrie ein Kind wie am Spieß und war nicht zu beruhigen. Sicher hatte das arme Ding Angst wegen des Drucks in den Ohren, aber ich verkroch mich in meinen Sitz und dankte dem Himmel, daß es nicht mein eigener Sprößling war.«

»Ich habe schon Ähnliches erlebt«, sagte ich, »aber einer der Vorzüge des Junggesellendaseins und des Geldverdienens ist es, daß ich grundsätzlich in der Business-class fliege, wo Kinder zum Glück dünn gesät sind.«

»Wer sät denn auch Kinder in einem Flugzeug?« scherzte Brian.

»Und in der Kirche«, fuhr Larry fort. »Als wir geheiratet haben, brachte Brians Cousine ihre Zweijährige mit. Zugegeben, sie hat nicht geweint, aber sie war außerordentlich ...« Sie suchte nach einem höflichen Ausdruck. »... gesprächig.«

Inzwischen hatte ich begriffen, worauf die Unterhaltung abzielte, und der Gedanke an die Möglichkeiten, die sich mir boten, erregte mich. Ich tat mein Bestes, um meine Unruhe nicht spüren zu lassen. »Wenn ihr darauf hofft, daß ich den Babysitter spiele, während das Barmädchen dem Ackersmann das Jawort gibt, oder wer immer der Glückliche ist, der nächsten Samstag an ihren üppigen Busen sinken darf, so habt ihr euch nicht getäuscht. Es ist mir ein Vergnügen, die Festung zu hüten und den Prinzen zu bewachen.«

Und so kam es auch. Ich fand mich kurz nach dem Mittagessen in Dell Cottage ein – die Trauung war auf halb drei angesetzt –, wo Larry und Brian schon in voller Montur auf mich warteten, während Adam gefüttert und frisch gewindelt in seinem Bettchen schlief.

»Bist du sicher, daß du zurechtkommst?« fragte Larry.

Ich hob die Schultern und erwiderte: »Das bezweifle ich sehr. Ich bin nur ein Arzt und kenne mich kaum mit Kindern aus.«

»Wenn du uns brauchst, weißt du ja, wo du uns findest«, sagte Brian.

»Allerdings«, bestätigte ich. »Von halb drei bis drei in der Kirche und von drei bis halb sechs am oder unterm Tisch in der Dorfkneipe.«

Um zwei gingen sie los, und ich schaute ihnen mit der gleichen angespannten Erwartung nach, mit der Kinder ihre Eltern zwei Tage vor Weihnachten aus dem Haus gehen sehen, um im Kleiderschrank unter den versteckten Geschenken herumzustöbern, oder wie ein Teenager, der sich über die Zigaretten im Wohnzimmer oder die Kondome in Vaters Nachttischlade hermacht.

Als sie außer Sicht waren, ging ich sofort hinauf ins Kinderzimmer. Er schlief noch immer in seinem Bettchen, und über seinem Kopf bewegte sich ein Mobile aus bunten Schäfchen im Luftzug, der vom offenen Fenster herüberwehte. Aus meiner Jackentasche zog ich eine 2-ml-Spritze und eine Kanüle. Ich betupfte seine Ellenbeuge mit einem Wattebausch und entnahm eine Blutprobe. Er zuckte zusammen, als die Kanüle einstach, aber er wachte nicht auf. Sie war so dünn, daß sie nur ein winziges Pünktchen hinterließ, und ich war sicher, daß Larry nichts bemerken würde, oder, wenn doch, glauben würde, es wäre nichts als ein Kratzer. Ich injizierte die Blutprobe in ein Fläschchen mit Anti-Gerinnungsmittel und verstaute alles in der Jackentasche.

Dreißig Minuten später wachte Adam auf. Ich hob ihn aus dem Bettchen und trug ihn hinunter auf den Hof, wo ich ihn in sein Ställchen setzte. Dann zog ich die Jacke aus, hängte sie über einen Gartenstuhl und prüfte, ob mein Diktiergerät und meine Stoppuhr richtig funktionierten.

Währenddessen saß Adam an die Gitterstäbe gelehnt. Er

ignorierte alle seine Spielsachen und schaute mir zu. Es war, als wüßte er, daß ich mit ihm etwas vorhatte.

Als Diktiergerät und Stoppuhr bereit waren, begann ich mit einfachen Versuchen. Zuerst gab ich ihm ein neues Spielzeug. Ich nahm es nicht aus der Schachtel, sondern reichte es ihm in der Verpackung. Er drehte die Schachtel etwa eine Minute in den Händen, ohne den bunten Bildern Beachtung zu schenken. Dann öffnete er plötzlich den Deckel und holte den Inhalt heraus. Das Spielzeug war ein Tintenfisch mit einem strahlenden Gesicht. Der Körper war aus einem Stoffknäuel geformt, doch jeder der Fangarme bestand aus einem anderen Material von unterschiedlicher Beschaffenheit. Es gab einen aus feingeripptem Gummi, einen aus glattem Kunststoff, einen dritten aus festgewirkter Wolle und so weiter. Adam griff nach dem Spielzeug und untersuchte es systematisch, indem er einen Fangarm nach dem anderen betastete, betrachtete und in die Länge zog. Er versuchte nicht, einen Fangarm in den Mund zu stecken, was mich verwunderte. Gewöhnlich wollen Kleinkinder neue Gegenstände nicht nur anfassen, sondern auch schmecken.

Ich tat nichts, um sein Spiel zu stören, weil ich seine Aufmerksamkeitsspanne messen wollte. Mit dem Tintenfisch spielte er elf Minuten ohne Unterbrechung. Seit ich ihn ins Ställchen gesetzt hatte, saß er dort gegen die Stäbe gelehnt und war nicht ein einziges Mal umgefallen. Nach meiner Rechnung hatte er etwa fünfzehn Minuten aufrecht gesessen, obwohl er sich dabei nach vorn gebeugt und die Schachtel befingert und schließlich geöffnet hatte. Bis dahin hatte ich kein Wort zu ihm gesprochen und nur ins Diktaphon geflüstert. Auch er hatte nichts geäußert bis auf das sanfte Gurren, das ich als Zeichen der Freude über das Geschenk deutete. Ich wartete ein paar Minuten und fragte dann plötzlich: »Adam, magst du deinen Tintenfisch?«

Er blickte sofort auf, als er seinen Namen hörte und starrte mich an.

»Naga«, sagte ich deutlich. »Der Naga kommt.«

Auf der Stelle war er still und saß reglos da, nur daß er ein wenig den Kopf neigte. Offensichtlich lauschte er angespannt. Zwei Minuten und zehn Sekunden, eine sehr lange Aufmerksamkeitsspanne für ein nicht einmal neun Monate altes Kind, blieb er so, dann legte er die rechte Hand auf den Kopf und sagte: »Naga.«

Ich antwortete mit »Bing«.

Wieder strengte er sich an, diesmal, um den Hund zu hören, und er blickte sogar über die Schulter für den Fall, daß ich ihn sah und er nicht. Es kam kein Gebell aus dem Nachbargarten. Damit zufrieden, daß der Hund nicht in der Nähe war, schaute Adam wieder zu mir, legte erneut die rechte Hand auf den Kopf und sagte »Bing«.

Daß er beide Male die Hand auf den Kopf gelegt hatte, konnte Zufall sein, und mir fiel ein Spruch ein, den mein Pathologie-Lehrer vor vielen Jahren zum besten gegeben hatte: Beim ersten Mal ist es Zufall, beim zweiten Mal ist es eben nochmal passiert, aber beim dritten Mal ist alles klar.

»Kin«, sagte ich. »Die Kin sind auf der Weide.«

Er machte es wieder.

Nachdem er in den Sommernachmittag hineingelauscht und das Läuten der Hochzeitsglocken, von dem ich dachte, es würde ihn beeindrucken, völlig ignoriert hatte, legte er die Hand auf den Kopf.

»Kin«, wiederholte er. »Kin.«

Die Handbewegung in Verbindung mit dem Wort bedeutete eine Verneinung.

Ich lehnte mich auf meinem Gartenstuhl zurück und drückte auf den Pausenknopf des Diktaphons. Es war unglaublich: Dieses kleine Kind besaß die Fähigkeit des begrifflichen Denkens. Nachdem ich alles auf Band gesprochen und die Kassette umgedreht hatte, nahm ich mir vor, eine bejahende Antwort von ihm zu bekommen.

Der Kater Napoleon zeigte sich in der Hofecke. Er war unterwegs vom Haus zum hinteren Teil des Gartens, wo eine Schar kleiner Vögel Raupen vom Apfelbaum sammelte. Ich war sicher, daß Adam den Kater nicht gesehen hatte. Er saß mindestens fünf Meter hinter Adams Rücken und fixierte angespannt seine Beute.

»Muck ist gekommen«, erklärte ich. »Muck.«

Ohne zu zögern, legte Adam die rechte Hand an die Wange und sagte: »Muck, Muck.«

Eine ganze Weile zerbrach ich mir den Kopf, wie das Kind von der Anwesenheit Napoleons wissen konnte. Er hatte sich mit katzenhafter Lautlosigkeit bewegt, um die Vögel nicht aufzuschrecken. Vielleicht war da ein Fenster, in dem er sich gespiegelt hatte. Ich kam zu dem Schluß, daß Adam den Kater gehört haben mußte.

Napoleon erhob sich und schlich sich in die Richtung der Vögel davon.

»Muck«, sagte Adam und legte jetzt die Hand auf den Kopf.

Als Larry, leicht beschwipst vom Champagner, zurückkam, waren ihre ersten Worte: »Nun, Dom, man sieht gleich, daß du nicht für Kinder geeicht bist. Du wirkst ja richtig erschöpft!«

»Na, hat er dich fertiggemacht?« fragte Brian mit alkoholisierter Leutseligkeit.

»Nicht im geringsten«, erwiderte ich und erhob mich von meinem Gartenstuhl. »Er war ganz brav.«

»Du bist also mit ihm zurechtgekommen?« fragte Brian weiter.

»Keine Probleme?« beharrte Larry.

»Absolut keine«, versicherte ich ihr. »Er hat die ganze Zeit friedlich gespielt.«

Larry beugte sich über das Gitter des Ställchens, und ich zuckte beim Gedanken zusammen, daß sie den Nadelstich entdecken konnte, aber sie bemerkte nichts.

»Hallo, mein Süßer«, sagte sie zu Adam, und er lächelte sie an. »War es schön mit Onkel Dom?«
Adam legte die rechte Hand auf die Wange.

Ich öffnete die Tür selbst, weil Molly zum Mittagessen gegangen war. Der Expreßbote war in schwarzes Leder gekleidet und trug einen metallicblauen Sturzhelm sowie Handschuhe, die einem mittelalterlichen König alle Ehre gemacht hätten, nur daß sie nicht mit Edelsteinen besetzt waren. Sein schweres Motorrad war ein Stück vom Haus entfernt aufgebockt, und der Motor grummelte wie ein fernes Gewitter. Unter dem Arm trug der Bote einen Polsterumschlag von der Größe eines Taschenbuchs.

»Ist das die Praxis von Dr. Lyall?«

»Ja, ich bin es selbst.«

Er nahm den Umschlag, prüfte die Adresse und reichte ihn mir. »Hier bitte unterschreiben!« Er wühlte in seiner Lederrüstung und bot mir einen billigen Kugelschreiber an. Ich kritzelte meine Initialen auf den Rechnungsbogen, er riß einen Durchschlag ab und verschwand, worauf kurze Zeit später sein Motorrad die Umgebung erzittern ließ.

In meinem Büro, hinter verschlossener Tür, öffnete ich den Umschlag. In ihm steckten einige zusammengefaltete Papiere und ein Glasfläschchen mit dem, was von Adams Blutprobe übriggeblieben war. Ich entfaltete den Brief und legte ihn auf meine Schreibunterlage. Er trug den kursiven Aufdruck *Dr. Stephen Collard* und begann folgendermaßen:

Lieber Dom,
vielen Dank für diese Probe. Wie gewünscht, schicke ich Dir den Rest hiermit zurück.
Mein vollständiger Bericht direkt aus dem Computer liegt bei; als Zusammenfassung für Dich – ich weiß ja, daß Ihr Geldscheffler niemals Zeit habt – folgendes Re-

sultat: Blutgruppe 0 positiv und anscheinend alles in Ordnung. Ich habe o. B. auf alle häufigeren Defekte untersucht. Es ist ganz normales menschliches Blut. Jedoch haben wir auf Deinen Wunsch auch die ELISA-Tests gemacht.

Ich unterbrach die Lektüre. Meine Hand, die das Papier hielt, krampfte sich zusammen, und die Muskeln im Handgelenk schmerzten vor Anspannung. Dann las ich weiter.

Diese haben einige ziemlich ungewöhnliche Daten erbracht, die Du noch einmal überdenken solltest... Möglicherweise ist Dein Muster mit anderen Proben vermengt worden, und vielleicht solltest Du Deine Unterlagen zusammen mit Deinen Laboranten noch einmal überprüfen.
Deinem Begleitschreiben habe ich entnommen, daß die Probe von einem etwa neun Monate alten Kleinkind stammt. Es fällt mir schwer, das zu glauben, da wir Antikörper vorgefunden haben, die Deinen Patienten gegen Beulenpest, Tollwut, Gelbfieber und Milzbrand immunisieren. Wie Du Dir denken kannst, kommen die bei Kleinkindern nicht vor, und das führt mich zu der Vermutung, daß die Probe von einem Erwachsenen stammt, der irgendwann gegen diese Krankheiten geimpft wurde.
Es ist natürlich denkbar, daß sich die Immunität der Mutter gegen manche Krankheiten auf ihr Kind überträgt, aber die schwächt sich schnell ab, denn sie ist ja nur dazu da, das Neugeborene bei seiner Ankunft vor der schmutzigen Welt zu schützen.
Noch erstaunlicher finde ich – wenn es sich tatsächlich um Kinderblut handelt –, daß es Antikörper gegen Pocken enthält. Ich muß Dich nicht darüber aufklären, daß das Pockenvirus von der Erde verschwunden ist

und daß seit Jahrzehnten keine Impfungen mehr vorgenommen werden. Dieser Umstand bestärkt mich in der Überzeugung, daß – verzeih mir! – Deine Proben verwechselt wurden und daß Du die Arbeit Deiner Laboranten einmal überprüfen solltest.
Trotzdem war es mir eine Freude, Dir geholfen zu haben. Die Rechnung kommt mit der Post (das war nur ein Scherz!). Ich hoffe, wir sehen uns einmal in nicht allzu ferner Zukunft.

Unterschrieben hatte er mit seinem Vornamen Steve, der über seinem amtlichen Titel stand: Facharzt für Hämatologie.

Ich nahm das Fläschchen und schüttelte es. Der Inhalt färbte die Innenwände rot und sammelte sich dann wieder am Boden. Ich stellte die Flasche ab und blickte sie an.

Ich habe herausgefunden, daß Keewei mir nicht deshalb böse ist, weil ich ihm einen Patienten weggenommen habe. Was ihn ärgert, ist der Umstand, daß ich hier auf die Lichtung gekommen bin und den Leuten medizinische Hilfe gewährt habe, aber nicht daran dachte, ihm etwas von meinem Wissen und Können abzugeben.

Meine Vermutung, daß Chuhi heimlich vorging, als er Tieco zu mir brachte, war nur zur Hälfte richtig. Seine Geheimnistuerei hatte nicht den Zweck, Keewei zu täuschen, sondern die bösen Geister, die nachts den Kranken auflauern, um Besitz von ihnen zu ergreifen oder sie zu töten.

Es scheint, hat mir Chuhi erklärt, daß Keewei mich ebenfalls als einen Schamanen betrachtet, der allerdings andere Tricks kennt, andere Götter anruft und sehr unterschiedliche Methoden anwendet. Daher sieht er in mir auch keinen Konkurrenten und keine Bedrohung seines Lebensunterhalts.

Am frühen Abend lud Chuhi mich zum Lagerfeuer vor seinem Langhaus ein, wo er mit den anderen Männern saß. Sie nahmen weder Drogen, noch tranken sie *yamanachi*.

Statt dessen reichten sie, nachdem sie gegessen hatten, eine gemeinsame Kürbisflasche herum, die einen Saft aus vermutlich verschiedenen Früchten und Beeren enthielt. Man konnte nicht in die Flasche hineinsehen, und die einzigen Hinweise auf ihren Inhalt waren kleine Körnchen und Stückchen, die ich als Teile von Früchten deutete. Es wurde wenig gesprochen, und nach einer Weile zog einer der Männer ein kleines Instrument hervor, das wie eine Panflöte aussah, und begann ziemlich monoton auf ihr zu spielen.

Chuhi saß mir gegenüber auf der anderen Seite des Feuers. Seine Aufmerksamkeit galt etwas, das in seinem Schoß lag. Immer wieder schaute er in die Runde, um zu sehen, ob er beobachtet wurde, doch die meisten starrten nur ins Feuer oder hatten die Augen geschlossen und lauschten dem Flötenspiel. Die Kürbisflasche machte weiter die Runde – auf bizarre Weise ähnelte das Ritual dem Herumreichen einer Flasche Port auf einem Herrenabend. Sogar die Richtung entgegen dem Uhrzeigersinn stimmte. Nach längerer Zeit schaute Chuhi entschlossen auf, gab sich einen Ruck und sagte laut: »My name is Chu-hi.«

Der Musikant unterbrach sein Flötenspiel, und alle, einschließlich mir, blickten Chuhi erwartungsvoll an.

»My name is Chu-hi«, wiederholte er und betonte dabei das letzte Wort. »I am an« – er schaute in seinem Schoß nach – »Amar-zonian.«

»Amazonian«, korrigierte ich ihn und fügte hinzu: »*En Inglés, el río se llama el Amazon.*«

»Amar-zonn. It is good.«

Die anderen begriffen, daß er sich in meiner Sprache versuchte, und applaudierten ihm, wobei sie das Ereignis untereinander kommentierten. Chuhi gewann Selbstvertrauen und wurde, da ich ihn verstanden hatte, mutig. »The tree is tall. The man is tall.« Jetzt nahm er das Buch zu Hilfe: »The mung-tayne is tall.« Er schaute fragend durch den Rauch zu mir herüber. »*Qué es un ›mung-tayne‹?*«

Ich stand auf, setzte mich neben ihn und schaute ihm über die Schulter. Er hatte ein sehr zerfleddertes Schulbuch für den Englischunterricht in der Hand.

»Mountain«, half ich ihm aus. »*Montaña.*«

»*Ah, si!*« rief er. »*Montana!*«

Er neigte das offene Buch dem Feuer zu, das gerade niedergebrannt war und nicht mehr genügend Licht spendete. Q'eke warf neues Holz in die Glut.

»*Keewei es su amigo.* Keewei you friend is«, verkündete Chuhi und korrigierte sich gleich: »Keewei is your friend.«

Der alte Schamane, der jetzt in meiner Nähe saß, grinste breit und beugte sich herüber, um mir den Arm zu tätscheln. Die Federn und Tierzähne, die er an einem Band um den Oberarm trug, hüpften und klapperten dabei. Ich lächelte zurück und erwiderte seine freundschaftliche Geste, indem ich meine Hand auf die seine legte. Die Hand war trocken und fühlte sich wie Hornhaut an. Er winkte mich näher, so daß Mayno, der zwischen uns saß, aufstand und meinen vorigen Platz einnahm, damit ich direkt neben Keewei sitzen konnte. Ich rutschte zu ihm hinüber. Der alte Mann strömte einen seltsamen Duft aus, der nicht unangenehm, aber sehr schwer war und mich an nichts erinnerte, was ich schon kannte. Seine Augen glitzerten im Feuerschein, und aus der Nähe erkannte ich, daß zwei seiner Schneidezähne spitz zugefeilt waren. Wir sagten nichts, weil wir keine gemeinsame Sprache hatten.

Hinter seinem Rücken zog Keewei einen geflochtenen Beutel hervor, zog ein Stöckchen aus der Verschlußlasche und öffnete ihn. Er holte Wurzeln, getrocknete Blätter, Zweige und Pilze hervor, verschiedene ausgedörrte Frösche, Eidechsen, Schlangen, Fledermäuse und kleine Nager, alle säuberlich ausgenommen und an Stöckchen aufgespannt. Nachdem er alles vor mir ausgebreitet hatte, begann er sie mir zu erklären, indem er immer eins aufnahm, dabei einen Teil meines Körpers berührte und mir das entsprechende

Heilmittel entgegenhielt. So brachte er mir in seiner eigenen Sprache, durchmischt mit Zeichen, Gesten und Knurrlauten, sehr schnell bei, daß eine kleine grüne Eidechse zur Heilung von Knochenbrüchen diente, ein paar faserige Blätter gut gegen Kopfschmerzen waren, ein Stück glatter Rinde, in Wasser eingeweicht, Zahnschmerzen linderte und ein besonders stechend riechender Pilz das beste gegen Warzen und andere Hautprobleme war. Immer wieder sagte ich *muy bien*, um ihn zu weiteren Auskünften zu ermuntern: Sein Unterricht begeisterte mich, denn ich war mir sicher, daß einige schamanistische Behandlungsmethoden durchaus eine reale Grundlage hatten. Die faserigen Blätter ähnelten dem Laub der Weiden, von dem ich wußte, daß sie eine Art natürlichen Aspirins enthalten.

Ich deutete auf den getrockneten Frosch und hob fragend die Augenbrauen. Keewei zeigte in die Bäume, machte das Schießen mit Pfeil und Bogen nach und tat, als hätte er sich in den Finger gestochen. Obwohl der Frosch seine Farbe verloren hatte, war mir nun klar, daß es sich um einen Giftfrosch handelte. Als ich dann nach der Schlange fragte, drehte sich Keewei um und rief etwas ins Langhaus hinein. Gleich darauf raschelte es drinnen, und ein halbwüchsiges Mädchen kam, so schnell es konnte, ans Feuer gerannt und stellte sich gehorsam neben den Schamanen. Er hob den kurzen Rock und zeigte auf ihre Scham. Ich nickte. Dann spreizte er ihre Beine, schob den Mittelfinger in ihre Scheide, zog ihn wieder heraus, wedelte mit den Fingern an ihren Schenkeln auf und ab und hielt ihr schließlich die Schlange an den Bauch. Ich vermutete, daß sie gegen Menstruationsschmerzen helfen sollte oder auch Kräfte besaß, die eine Geburt oder Abtreibung förderten. Genaueres war nicht zu erfahren.

Als Keewei mir alle seine Heilmittel erläutert hatte, räumte er sie in seinen Beutel zurück, zog an meiner Hand und wies mit der anderen zu meiner Hütte hinüber. Er wollte, daß ich ihm nun meine Tricks, Methoden und Patentmittel verriet. Ich nickte zustimmend und stand auf. Er folgte mir zur Hütte und blieb höflich in der Tür stehen, bis ich die Petroleumlampe angezündet und ihm einen Stuhl angeboten hatte. Er setzte sich schüchtern auf die vorderste Kante, wie es vielleicht ein Kind tun würde.

Ich zog meinen weißen Kittel an, hängte mir das Stethoskop um, heftete mir meinen uralten Röntgen-Dosimeter an die Brust und reichte ihm ›Gray's Anatomy‹ und die ›Angewandte Physiologie‹ von Wright. Er hielt die Bücher weit von sich weg und bestaunte die Abbildungen, wie andere einen Kunstband bewundern würden, wobei er fortwährend vor sich hin gluckste und murmelte. Als er sich sattgesehen hatte, zeigte ich ihm einen Spatel und eine Nierenschale und demonstrierte deren Zweck, indem ich ihm damit in den Hals schaute. Das fand er spannend, doch auch belustigend. Als ich die Nierenschale abstellen wollte, nahm er sie mir aus der Hand und studierte sie sorgfältig. Dann befingerte er das Stethoskop, das um meinen Hals hing. Ich nahm es ab und gab es ihm. Das Instrument verwirrte ihn, bis ich ihm die Stöpsel ins Ohr steckte und die Schallkapsel auf meine Brust drückte. Ich hustete. Er fuhr erschreckt zurück, doch ich legte ihm die Hand auf die Schulter und beruhigte ihn. Dann hörte er meinen Herzschlag. Vor Staunen fiel ihm das Kinn herunter, und er starrte mich voller Ehrfucht an. Ich lächelte und sagte: »Wenn du erst einmal ein Ultraschallgerät sehen würdest, mein Freund!«

In der Annahme, daß ich nun eine ausreichende Gegenleistung erbracht hatte, begann ich die Bücher und Geräte wegzuräumen, aber Keewei war noch nicht zufrieden. Nicht völlig jedenfalls. Einen weiteren Trick wollte er noch kennenlernen. Er streckte den Arm aus und tat so, als würde er sich eine Spritze verabreichen. Obwohl mein Vorrat schon sehr geschrumpft war, fühlte ich mich verpflichtet, seine Neugier zu befriedigen, und holte eine aus ihrer sterilen Verpackung. Dann entfernte ich die Plastikversiegelung einer Kanüle und setzte beides zusammen. Er verfolgte jede Handbewegung mit der Aufmerksamkeit eines hungrigen Hundes, der zusieht, wie sein Herrchen eine Fleischbüchse öffnet. Ich reichte ihm die Spritze, und er nahm sie mit zwei aufgehaltenen Händen entgegen. Wahrscheinlich glaubte er, sie habe ein großes Gewicht, obwohl es sich nur um eine gewöhnliche 5-ml-Wegwerfspritze handelte.

Mehrere Minuten lang drehte er sie in den Fingern hin und her und untersuchte sie aus allen Blickwinkeln. Er wagte es nicht, den Kolben zu betätigen, den ich absichtlich zur Hälfte herausgezogen hatte. Schließlich gab er mir die Spritze zurück und bedeutete mir, daß er eine Injektion wollte. Mir blieb keine Wahl. Eine Weigerung hätte er als Knauserei aufgefaßt. In seinen Augen war er mir mindestens genauso weit entgegengekommen. Die Verabreichung einer Spritze schien ihm gleichbedeutend mit der Verschreibung einer Eidechse oder einer Prise zerstoßener Pilze. Ich stöberte in meinem Arzneimittelvorrat, um etwas Unschädliches zu suchen, und fand eine Schachtel mit zwanzig Ampullen Vitamin-B-Komplex.

Als würde ich einem Patienten den Hemdärmel aufkrempeln, schob ich sein mit Federn und Zähnen besetztes Armband auf den Bizeps und machte aus der Verabreichung der Spritze eine theatralische Vorstellung. Zunächst betupfte ich die Stelle am Arm mit Methylalkohol, dann feilte ich am Hals der Ampulle, brach die Spitze ab und zog den Inhalt auf die Spritze. Mit derselben Bravour, die einem Zauberkünstler alle Ehre gemacht hätte, hielt ich die Spritze in die Höhe und drückte die Luftblase hinaus, bis ein Spritzer aus der Kanüle schoß, und stieß ihm die Nadel in den Arm. Wie schon bei Tieco war auch seine Haut fester, als ich erwartet hatte. Er aber jaulte nicht auf, sondern schaute genau hin, wie die Nadel sich in den Arm bohrte und ich den Kolben hineindrückte. Nachdem er seine Vitamine erhalten hatte, zog ich die Nadel heraus und wischte noch einmal über die

Stelle. Keewei studierte die winzige Injektionsspur und schüttelte erstaunt den Kopf. Jetzt war er völlig zufriedengestellt. Er erhob sich von der Stuhlkante und sagte in einem ähnlich steifen Akzent wie dem meinen: »*Gracias, señor.*« Dann schob er sein Armband wieder nach unten und ging. Auf der Lichtung rief er den anderen etwas zu und begann mit seinen Errungenschaften zu prahlen.

Ich setzte mich auf die Bettkante und blickte in meiner spartanischen Hütte umher, auf die modernden Bücher und die Wände aus verzinktem Blech, auf die Stützpfeiler aus nacktem Holz und in das Dachgebälk. Ein Gefühl der Leere überschwemmte mich, für das ich keinen Grund angeben konnte. Vielleicht war die Isolation daran schuld. Doch ebensogut konnte die nostalgische Erinnerung an jene Tage dahinterstecken, als ich meine Injektionen noch in einer luxuriösen Praxis nahe der Wigmore Street austeilte.

Es war Spätherbst geworden. Ich erinnere mich gut an das Wochenende, denn ich war bei gräßlichem Wetter nach Harbury gefahren. Erst regnete es so heftig, daß die höchste Geschwindigkeit des Scheibenwischers kaum ausreichte, dann setzte der Hagel ein. Die Hagelkörner prasselten mit einem solchen Lärm auf die Fronthaube und das Dach, daß ich das Radio nicht mehr hörte. Das wäre alles noch erträglich gewesen, hätte ich nicht eine Reifenpanne bekommen, die mich zwang, hart am Rand der Autobahn zu halten und das Reserverad zu montieren, während mich die vorbeifahrenden Lastwagen von oben bis unten bespritzten. Ich brauchte zwei Stunden länger als sonst, bis ich in Cobb End war, durchnäßt bis auf die Haut und in übler Stimmung. Nachdem ich mir einen heißen Drink bereitet hatte, ging ich ins Bett und schlief bis in den Vormittag.

Das Wetter hatte sich gewandelt, und es war ein mildsonniger Herbsttag mit einem Luftzug, der zu sanft war, um als

Wind bezeichnet zu werden. Wie gewöhnlich ging ich am Nachmittag zum Haus der Cordiners hinüber. Brian war im Garten und harkte den Rasen. Die Bäume hatten in der vergangenen Nacht das letzte Laub abgeworfen, und der Boden war übersät mit Herbstblättern.

»Ich sollte einen Gärtner anstellen«, sagte Brian, als er mich kommen sah.

»Der alte Mr. Stoke wird sicher dazu bereit sein«, erwiderte ich. »Mein Garten ist in bester Ordnung. Man könnte meinen, es wären die Heinzelmännchen. Ich sehe ihn nie, und er wird von Mrs. Maggs bezahlt.«

Eine Stimme vom Haus her unterbrach uns, und als wir uns umdrehten, sahen wir Larry, die auf uns zukam und Adam im Buggy vor sich herschob. Die Räder hinterließen Rillen im durchnäßten Rasen. »Hallo Dom! Adam hier wollte euch beiden Gesellschaft leisten.«

Das Kind blickte mich an, und ein Lächeln breitete sich auf seinem Gesicht aus. Larry ließ den Buggy auf dem Rasen stehen und befestigte mit dem Fuß die Bremse. »Ihr werdet doch auf ihn aufpassen?« ermahnte sie Brian und mich überflüssigerweise. »Er will immer laufen, Dom. Vielleicht kannst du ihn nachher ein bißchen an der Hand führen? Ich mache jetzt den Tee.« Sie gab mir einen Begrüßungskuß und ging ins Haus zurück.

»Er ist ja wirklich ein braver Junge«, sagte ich zu Brian, denn Adam saß geduldig in seinem Wagen angeschnallt.

»Ja, er ist wirklich bemerkenswert«, stimmte Brian zu. »Es ist ganz selten, daß er auch nur das geringste Theater macht, und er sitzt eine halbe Stunde mäuschenstill und beobachtet, was um ihn vorgeht. Neuerdings hat er eine tiefe Zuneigung zu Napoleon entwickelt. Sie balgen sich vor dem Kamin wie junge Kätzchen. Wir hatten schon Angst, daß er eine Katzenallergie bekommt und daß wir uns von ihm trennen müßten – von Napoleon meine ich, nicht von Adam! –, aber es scheint alles gutzugehen.« Brian wandte sich einem feuchten Laubhaufen zu, den er in eine Schubkarre lud und zum Komposthaufen fuhr. Ich hockte mich neben Adam.

»Hallo, Adam«, sagte ich. »Wo ist Muck?«

Das Kind lauschte einen Moment, sah sich im Garten um, legte die rechte Hand auf den Kopf und sagte »Muck«.

»Bist ein braver Junge!« lobte ich ihn, und er lächelte wieder.

Brian kam mit der leeren Schubkarre zurück. »Und jetzt kommt die dreckigste Landarbeit des Jahres«, kündigte er an. »Man sollte dir raten, im Herbst in London zu bleiben.« Er zeigte auf den Teich, der von einer Schicht toter Blätter und Wasserpflanzen bedeckt war. Mit einem Rechen machte er sich daran, das Laub und die Pflanzen herauszufischen und in der Schubkarre abzuwerfen. Adam beobachtete gerade eine Kuh, die hinter dem Gartenzaun über die Weide lief, und bemerkte erst beim dritten Abstreifen des Rechens, was Brian tat. Als er es sah, wurde er sehr erregt und beugte sich mit ausgestreckten Armen nach vorn, kam aber nicht weit, weil der Gurt ihn zurückhielt.

»Er möchte laufen«, sagte Brian. »Du kannst ihn herausnehmen, Dom. Er läuft ganz wacker, wenn du ihn an den Händen hältst.«

Ich öffnete den Gurt, hob Adam aus dem Wagen, stellte ihn auf die Füße und nahm seine Händchen. Sofort marschierte er auf den Teich zu, der nur etwa fünf Meter entfernt war. Wie nicht anders zu erwarten, waren seine Schritte noch recht unsicher, aber er bewegte sich zielstrebig vorwärts. Am Rand des Teiches blieb er stehen. Das Ufer war auf dieser Seite mit flachen Trittsteinen ausgelegt, und er setzte sich auf einen der Steine. Ich hielt ihn am Kragen fest, damit er nicht ins Wasser fallen konnte.

»Er möchte die Fische sehen«, erklärte mir Brian vom anderen Ufer her. »Aber halte ihn gut fest. Er ist schon einmal beinahe hineingefallen. Wir haben vielleicht einen Schreck gekriegt!«

Obwohl das Wasser sehr kalt sein mußte, patschte Adam mit der Hand hinein. Dabei gab er ein seltsames Schnurren von sich. Ich dachte, daß ihm vielleicht etwas in der Kehle steckte oder daß er erbrechen mußte, weil er sich so weit vorbeugte, und hob ihn hoch. Er warf mir einen kurzen Blick zu, den man vorwurfsvoll hätte nennen können, und reckte sich dem Wasser entgegen. Ich ließ ihn noch näher heran, hielt ihn aber wachsam am Kragen fest. Wieder griff er mit der Hand ins Wasser und gab dasselbe Schnurren von sich. Es war so leise, daß Brian wahrscheinlich nichts mitbekam und nur ich es hörte, weil ich direkt neben ihm kniete.

Seine Finger waren nicht länger als zehn Sekunden im Wasser, und ich dachte schon daran, sie wegen der Kälte herauszuziehen, als sich Fische um seine Hand zu sammeln begannen. Es kamen nicht nur Goldfische, die sich gern füttern ließen, sondern auch ein halbes Dutzend brauner Fische, ein kleiner gestreifter Flußbarsch, zwei Schleien, die die anderen Fische an Größe bei weitem übertrafen, und ein ganzer Schwarm Elritzen. Es sah nicht so aus, als wollten sie dem Kind in die Hand beißen, sondern sie drängten sich nur so nahe heran, wie es ging.

Ich konnte es nicht fassen. Schleien sind sehr raubgierige Fische, und die Nähe so vieler Elritzen bot ihnen ein üppiges Mahl. Kaum hatten die Fische einen Halbkreis aus wedelnden Flossen und Leibern gebildet, als ich unter ihnen im Uferschlamm eine Anzahl von Fröschen entdeckte und neben ihnen einen orangefarbenen Fleck, den ich als Molch identifizierte. Da Adam nicht daran dachte, seine Hand zurückzuziehen, wollte ich es tun, weil das Wasser auf die Dauer einfach zu kalt war. Doch wenn ich seinen Arm berührte, stieß er einen winselnden Laut aus und blickte mich vorwurfsvoll an. Also gab ich nach und dachte mir, daß er am besten wissen mußte, was ihm Vergnügen bereitete. Die Fische drängten sich weiter um seine Finger. Auf der anderen Seite des Teiches, etwa acht Meter entfernt, fischte Brian die letzten Blätter heraus. Das Wasser auf seiner Seite war schwarz vom aufgewirbelten Schlamm.

»Alles vorbei, Adam«, rief er herüber. »Ich bin fertig.« Er schob die Schubkarre wieder davon. Adam ließ die Hand noch ein paar Sekunden im Wasser, dann hörte er mit dem Schnurren auf. Die Fische verschwanden auf der Stelle, die Frösche schwammen ins Tiefe. Adam zog die Hand heraus, und ich stellte ihn wieder auf die Beine.

»Naga«, sagte er.

Ich spitzte die Ohren, und tatsächlich: In weiter Entfernung hörte ich das Klappern von Hufen auf dem Asphalt.

Adam hielt sich an meinen Händen fest, als wir zum Buggy zurückgingen, und wollte wieder hineingesetzt werden. Ich hob ihn in seinen Sitz und zerbrach mir den Kopf über das, was ich beobachtet hatte. Irgendwie war er fähig, die Fische mit seiner Hand und diesem schnurrenden Laut anzulocken. Sie waren gekommen, ohne voreinander oder den menschlichen Gestalten über der Wasseroberfläche Angst zu haben. Es war wie bei einem Buschfeuer, dachte ich, wenn Löwe und Antilope einträchtig miteinander fliehen.

Das war es! Ich hatte es begriffen. Adam hatte Angst um die Fische gehabt, die ohne Zweifel in Panik geraten waren, als Brians Rechen in ihre Welt eindrang und alles durcheinanderbrachte. Also hatte er ihnen Schutz gewährt. Kaum hatte ich diese Erklärung gefunden, stellte ich sie wieder in Frage. Einen Menschen, der sich auf diese Weise mit den Tieren verständigte, konnte es nicht geben, dachte ich. Sie mit List überwältigen, das ja. Menschen können Lachse und Forellen aus dem Wasser holen, aber sie im Wasser um sich scharen, das kann keiner, und schon gar nicht ein einjähriges Kind. Und doch hatte ich genau das gesehen.

»Genug Sklavenarbeit für einen Nachmittag«, sagte Brian und trat auf uns zu. »Wie wär's mit einer Tasse Tee, Dom? Wie wär's mit einem Schluck Milch, Adam?«

Wir gingen zum Haus zurück. Ich schob den Buggy, und

ich mußte mich sehr wortkarg verhalten haben, denn als wir auf den Hof kamen, zog Brian seinen schmutzigen Gartenhandschuh aus und legte mir die Hand auf den Arm. »Geht's dir nicht gut, Dom?«

»Mir fehlt nichts«, erwiderte ich hastig.

»Bist du sicher? Ich meine, du könntest doch zum Arzt gehen oder so.« Er lachte verlegen.

»Ein Arzt kann sich selbst helfen«, sagte ich. »Zumindest seine eigene Diagnose stellen. Mach dir keine Sorgen, ich bin wahrscheinlich nur ein bißchen überarbeitet. Das war eine schwere Woche und eine verdammt anstrengende Fahrt gestern abend. Außerdem bin ich zu spät aufgestanden. Meine Verfassung ist ein wenig aus dem Lot geraten. Das ist alles.«

Brian ging in die Garage, zog die Stiefel aus und räumte die Gartengeräte weg, die dort an der Wand standen. Ich wollte Adam aus dem Wagen nehmen und unaufgefordert ins Haus bringen. Es war etwa fünf Uhr, und die Dunkelheit brach herein, als wäre es schon Winter. In der Hecke neben der Garage sang eine Amsel ihr Abendlied, während die Krähen in den Ulmen schrien. Auf der Straße ritt wieder das kleine Mädchen aus dem Pfarrhaus vorbei.

»Naga«, sagte Adam. Er zeigte Freude und wies mit dem Finger auf das Pferd.

»Naga«, bestätigte ich und bückte mich, um ihn aus dem Buggy zu heben.

Im selben Moment pfiff Adam. Das ist die beste Beschreibung für das Geräusch, das er von sich gab. Er spitzte nicht die Lippen und blies Luft hindurch, sondern produzierte eine Kombination aus Quietschen und Pfeifen in seiner Kehle. Die Amsel kam sofort aus der Hecke herbeigeflogen und setzte sich auf den Schirmgriff des Buggys. Sie war so nah, daß ich sehen konnte, wie sie mit ihren Krallen an dem glatten Plastikgriff nach Halt suchte. Meine Gegenwart übersah sie völlig, und sie legte einen geradezu meisterhaften Gesang hin. Aus solcher Nähe war er durchdringend laut, aber doch außerordentlich schön. Selbst als ich Adam losband und der Buggy dabei ins Wackeln geriet, flog die Amsel nicht davon, sondern suchte mit ihren Krallen nur besseren Halt auf dem Griff. Adam pfiff erneut, und die Amsel antwortete mit einen tiefen, kaum hörbaren Gurren.

Brian kam aus der Garage. Der Vogel flog ohne den üblichen Warnschrei in die Hecke zurück und setzte sein Abendlied fort.

»Die sind hier ganz zahm«, sagte Brian, als die Amsel an ihm vorbeigehuscht war. »Sie warten wahrscheinlich schon auf das Vogelfutter für den Winter. Wir legen immer Körner und Nüsse aus. Regelmäßig jeden Morgen, seit wir hier wohnen. Es ist so schön, wenn wir sie in den trüben Monaten zu sehen kriegen.«

Wir saßen bei Earl-Grey-Tee und Gebäck am Kamin und sprachen darüber, was die vergangene Woche an Arbeit gebracht hatte. Larry verkündete, sie habe mit dem Studium etruskischer Vasen begonnen. Ihr kunstgeschichtliches Wissen sei am Verkümmern, und daher habe sie beschlossen, einen Aufsatz über einige Aspekte der Vasenmalerei zu schreiben, die Brian und mir ein Rätsel blieben. Ich erzählte von einer Patientin der letzten Woche, deren Ehemann, um es mild auszudrücken, eigenwillige Vorstellungen von den sexuellen Wünschen seiner Frau entwickelt habe: Am Dienstag war ich gebeten worden, die Plastikkappe eines Deodorants aus ihrer Scheide zu entfernen, und am Donnerstag hatte ich eine entsprechende eidesstattliche Erklärung für den Scheidungsanwalt unterschreiben müssen.

Brians Geschichte handelte von der siebzigjährigen Mrs. Pargenter, die einen bejahrten Russell-Terrier namens Bodger besaß. Frauchen und Hund waren nicht nur unzertrennlich, vielmehr war nach dem Ableben von Mr. Pargenter der Hund als Bezugsperson und Lebensgefährte an dessen Stelle getreten. Wo immer Mrs. Pargenter auftauchte, durfte der Hund nicht fehlen. Das hatte eine Reihe von Auseinandersetzungen in der Kleinstadt hervorgerufen, in der Brian seine Praxis betrieb. Es hatte damit begonnen, daß sich Mrs. Pargenter weigerte, den Hund beim Einkaufen vor dem Geschäft anzubinden, und darauf bestand, es handele sich um einen Menschen in Hundegestalt, der das Recht habe, sie zu begleiten, wie es ihr Gatte getan hatte. Dann hatte der Hund einen Aufruhr im örtlichen Linienbus provoziert, weil Mrs. Pargenter für ihn einen Sitzplatz beanspruchte. Die Verkehrsgesellschaft hatte an dem Punkt kapituliert, als Mrs. Pargenter dem herbeigerufenen Polizisten einen gültigen Personenfahrschein für den Hund vorwies.

Wir lachten alle drei über diese Geschichte.

Dann sagte ich: »Ich möchte euch etwas über Adam fragen.«

Brian schürte das Kaminfeuer und legte ein paar Scheite nach.

»Worum geht es?« fragte Larry. Ihre Stimme klang ein wenig abweisend.

»Kein Grund zur Sorge«, beschwichtigte ich sie. »Ihr sollt mir nur erzählen, wie er mit Napoleon spielt.«

»Gibt es etwas dagegen einzuwenden?« fragte sie sofort zurück. »Ich weiß, daß man Katzen von Kinderbetten fernhalten soll, damit das Kind nicht verletzt wird, aber ich dachte, unter Aufsicht können sie miteinander spielen. Ich dachte, es könnte nicht schaden, wenn . . .«

»Das tut es auch nicht«, unterbrach ich sie. »Ich glaube sogar, daß es gut für Kinder ist, wenn sie mit Tieren aufwachsen. Er hat keine Katzenallergie, also gibt es aus meiner Sicht nichts dagegen einzuwenden. Ich wollte nur wissen, wie seine Beziehung zu der Katze aussieht.«

»Seine Beziehung?« fragte Brian. Er lehnte sich zurück und nahm sich seinen Teller vor.

»Was ich damit meine ist, ob er mit der Katze spricht, wenn er mit ihr spielt«, erklärte ich. »Wird er auch böse mit ihr? Manche Kinder, auch ganz kleine, haben Vergnügen daran, Hunde oder Katzen zu quälen. Das gibt ihnen ein Gefühl der Macht.«

»Sie sind ein Herz und eine Seele«, versicherte Larry. »Sie spielen miteinander...«

»... wie junge Kätzchen«, ergänzte ich. »Brian hat es mir erzählt.«

»Adam hat noch nie eine Abneigung gegen Napoleon gezeigt.«

»Hat er ihn nie am Schwanz gezogen?« fragte ich.

»Nie!«

»An den Ohren? Hat er nie versucht, der Katze den Finger ins Maul zu stecken oder ins – äh – andere Ende?«

»Nichts dergleichen. Sie spielen nur zusammen. Wenn sie müde werden, liegen sie einträchtig nebeneinander vor dem Kamin. Natürlich stelle ich das Kamingitter auf. Wenn sie sich aneinanderkuscheln, schnurrt die Katze wie besessen. Sie hat Adam eben gern. Ich achte darauf, daß Adam dabei immer sein Gesicht von Napoleon abwendet, nur für den Fall, daß...«

»Warum willst du das wissen?« fragte Brian.

»Nur aus Neugier«, log ich. »Ich habe neulich in einem Aufsatz gelesen, daß Kinder, die von klein auf mit Tieren aufwachsen, eher friedlich und ruhig sind, bedachtsam und ausgeglichen. Wahrscheinlich ist das Unsinn. Es stand in einer amerikanischen Zeitschrift...«

Larry und Brian wechselten Blicke, und ich schwieg, voller Erwartung, was jetzt kommen würde. Vielleicht waren auch ihnen Merkwürdigkeiten an Adams Verhalten aufgefallen. Einerseits drängte es mich, ihnen meine Eindrücke mitzuteilen, damit sie ihre Beobachtungen beisteuern und meine Notizen über Adam bereichern konnten. Andererseits hoffte ich inständig, daß sie nichts bemerkten, denn wenn sie erst stutzig wurden, konnten sie anfangen, einiges in Frage zu stellen, ihren Sohn näher zu betrachten und ebensolche Entdeckungen zu machen wie ich am Nachmittag.

»Willst du es ihm sagen?« wandte sich Larry an Brian.

Brian stellte den Teller ab und wischte sich die Krümel von der Hand. »Also«, begann er, »Stichwort Amerika. Ich habe einen sechsmonatigen Austausch angeboten bekommen. Er ist Teil eines internationalen Kooperationsprogramms für Zahnärzte. Ich gehe an eine amerikanische Universität, arbeite ein paar Stunden am Tag im Gesundheitsdienst für Studenten, und statt der Bezahlung nehme ich an Fortbildungskursen über die neuesten Techniken teil. Der arme Amerikaner, der mich hier vertreten muß, bekommt dann mein Gehalt anstelle seines gewaltig überzogenen Honorars.«

»Das heißt, wir gehen nach Lincoln, Nebraska«, ergänzte Larry.

»Meinen Glückwunsch!« rief ich so begeistert, wie ich konnte. »Aber vergeßt nicht, eure Pelzmäntel und Schneeschuhe einzupacken. Vier Monate im Jahr ist es dort so kalt wie am Nordpol.« Innerlich fluchte ich natürlich. Sie entzogen mir Adam in dem Moment, da ich herausgefunden hatte, daß er Gewalt über Fische besaß und Vögel aus den Büschen locken konnte.

Zwei Wochen vor Weihnachten klingelte in meiner Praxis das Telefon. Molly sagte, da sei eine junge Frau am Apparat, die ihren Namen nicht nennen wolle, aber darauf bestehe, mich persönlich zu sprechen. Das war nichts Ungewöhnliches, und ich vermutete, daß wieder jemand einen Abbruch von mir wollte oder sich seiner Unfruchtbarkeit schämte. Ich mußte immer wieder staunen, wie viele Frauen sich scheuten, über ihre Empfängnisschwierigkeiten zu sprechen. Sie kamen ihnen offenbar ebenso peinlich vor wie eine psychische Erkrankung, wie etwas, wofür sie sich selbst die Schuld gaben und was verheimlicht werden mußte wie eine Geisteskrankheit in der Familie. Ich drückte den Hörer ans

Ohr, setzte meinen professionellsten Tonfall auf und fragte: »Hallo?«

»Hallo, Dom?« fragte die Stimme zurück.

»Wer spricht bitte?«

»Ruth. Ruth Schroeder. Erinnerst du dich noch? Vor zwei Jahren ...«

»Natürlich erinnere ich mich«, sagte ich, ohne von meinem sachlichen Tonfall abzuweichen. Es konnte genausogut sein, daß sie nicht als alte Bekannte anrief, sondern meine Hilfe erbat oder mich als Patientin in Anpruch nehmen wollte.

»Können wir uns treffen?«

»Aber ja«, erwiderte ich. »Macht es dir etwas aus, in die Praxis zu kommen?« So würde sie meine Patientin werden, und ich war sicher, daß sie das vorhatte.

»Nein«, sagte sie nach einem Zögern. »Nicht in deiner Praxis. Ich rufe nicht deshalb an. Ich meine ... ich brauche keine Behandlung oder etwas in der Art. Ich muß mit dir reden. Ich brauche deine Unterstützung.«

»Noch einmal?«

»Noch einmal.«

Manchmal hatte ich an Ruth gedacht, an unsere gemeinsame Nacht im Eastgate Hotel und daran, was wohl aus ihrer Arbeit geworden war. Wenn ich im Stau festsaß oder im Bett lag, dachte ich oft an den Bronzemann in seinem Glassarg und an seine Hand, die ich berührt hatte. Dennoch hatte ich nie das Verlangen gespürt, Ruth anzurufen, unsere Beziehung fortzusetzen oder sie nach ihrem Projekt zu fragen. Ich wollte sie nicht mit einer Anhänglichkeit verfolgen, die ich selbst als lästig empfunden hätte, und auch nicht den Eindruck erwecken, daß ich mich in ihre Forschungsarbeit einmischen wollte. Da ich auch ihre triste Wohnung im ödesten Teil von Oxford nicht wiedersehen mochte, riskierte ich es, sie nach Cobb End einzuladen. Sie sagte auf der Stelle zu, und ich hatte den Eindruck, daß sie erleichtert war.

Wie gewöhnlich fuhr ich am Freitagnachmittag los und hielt unterwegs an einem Supermarkt, um ein paar Lebensmittel für das Wochenende einzukaufen, die diesmal auch gut genug für einen Gast sein mußten. Mrs. Maggs hatte ich instruiert, daß sie nur das Notwendigste bereithalten sollte; ich war also nicht auf Gäste eingestellt. Aus einer Laune heraus kaufte ich auch einen Weihnachtsbaum, eine Schachtel mit Christbaumschmuck und eine passende Beleuchtung. Den Abend verbrachte ich damit, daß ich den Baum dekorierte, und ich ging nach einem leichten Abendessen vor dem Fernseher gegen Mitternacht ins Bett.

Am nächsten Morgen ging ich noch einmal Champagner kaufen und brachte mich dann zum Schwitzen, indem ich einen von Mr. Stoke aufgestapelten Vorrat an Feuerholz in kleine Scheite zerhackte. Ich konnte mich nicht erinnern, wann ich das letzte Mal körperlich gearbeitet hatte. Gegen Mittag tat mir der Rücken weh, und meine Hände waren steif von der Wucht der Axthiebe.

Kurz nach zwei Uhr nachmittags erschien Ruth in ihrem gebrechlichen Volvo, sie trug Jeans und einen weiten Pullover. Ihr Haar war inzwischen länger geworden. Es hing ihr bis auf die Schultern und machte einen zerzausten Eindruck.

»Hallo, Dom«, sagte sie, als sie ihre Wagentür öffnete. »Wie ist es dir ergangen?«

Mein Blick fiel auf ihren Toilettenbeutel, der hinter dem Fahrersitz auf dem Boden lag, und ich fragte mich, ob ich sie tatsächlich für das ganze Wochenende eingeladen hatte. Das hatte ich nicht beabsichtigt, aber sie mußte es so verstanden haben. Einen Moment lang ärgerte ich mich über ihre Vermessenheit.

»Danke, gut«, sagte ich. »Und wie steht's mit dir?«

»Genauso. Immer nur Arbeit und kein Vergnügen, das stumpft mit der Zeit ab.« Ihre Stimme hatte den leichten Südstaatenakzent beibehalten, den ich zugleich erregend und ernüchternd fand: Sie klang wie die Heldin des drittklassigen Spätfilms von gestern abend.

»Das ist ja ein hübsches Haus«, sagte sie, als wir ins Wohnzimmer eintraten. »Schön gemütlich und altmodisch.« Sie berührte die Deckenbalken und die Säulen der Kamineinfassung. »Ist das dein Familiensitz?«

»Ich habe es vor etwa einem Jahr gekauft. Eigentlich nur aus einer Laune. Ich wollte mal aus der Stadt raus. Mal die Arbeit hinter mir lassen.«

»Ich weiß genau, was du meinst!« Sie schaute mir tief in die Augen. »Aber bei mir wärst du immer willkommen gewesen.«

»Ich bin am liebsten allein«, erwiderte ich. »Die ganze Woche sehe ich so viele Menschen, daß ...«

»Du meinst, du siehst zu viele Frauen.«

Ich lächelte und ließ es bei ihrer Behauptung, obwohl sie nicht stimmte. »Komm, ich zeige dir das Haus«, sagte ich.

Sie folgte mir von Zimmer zu Zimmer und entwickelte eine seltsam einfältige Begeisterung für Steintreppen, niedrige Decken, kleine Fenster mit Messingriegeln und, wie sie es nannte, die Putzigkeit des ganzen Landhauses.

»Ich hätte gar nicht gedacht, daß dir so ein altes Haus gefallen würde«, sagte sie auf dem Rückweg ins Wohnzimmer. »Du bist mir nicht wie ein Liebhaber von Antiquitäten vorgekommen. Eher modern, irgendwie.«

Ich überhörte ihre Bemerkung und geleitete sie in den Garten, wo ich sie allein zwischen den ordentlichen, aber winterkahlen Beeten umhergehen ließ und von weitem beobachtete. Mich beschäftigte die Frage, warum sie mich so dringend sprechen wollte. Nach meinem bisherigen Eindruck schien es nichts Erfreuliches zu sein. Ich wußte nicht, was mich zu diesem Schluß veranlaßt hatte, doch glaubte ich mich nicht zu irren: Sie wollte irgend etwas bei mir erreichen, und ich spürte einen deutlichen Widerwillen in mir aufsteigen.

Als sie alles besichtigt hatte, gingen wir in die Küche, und ich kochte Tee, machte Brote mit Räucherlachs, öffnete eine Schachtel mit teurem Kuchen und deckte den Küchentisch. Sie half mir nicht, sondern saß daneben und redete, was mich in meiner Abneigung bestärkte. Als sie ihr Institut zur Sprache brachte, die Anschaffung des modernsten Elektronenmikroskops, die Aufstockung der Forschungsgelder, die Abfolge unfähiger Laborassistenten nach Barrys Versetzung in eine andere Abteilung, wußte ich, worauf sie hinauswollte: auf ihren Schützling aus der Bronzezeit.

Jetzt war ich es, der dem Gespräch eine neue Wendung gab. Ich konnte es nicht länger erwarten, daß sie endlich zur Sache kam. »Wie geht es dem Mann mit der Axt?« fragte ich und war mir sicher, daß ich damit den Grund ihres Besuches beim Namen genannt hatte.

»Ich habe ihn wieder, es geht ihm super!« sagte sie, und ich zuckte innerlich vor diesem Ausdruck zurück. »Jetzt habe ich ihn schon einen Monat ganz für mich allein.«

»Ich nehme an, daß du schon eine Menge mit ihm angestellt hast.« Ich war versucht, die Frage noch anzüglicher zu formulieren, wollte aber nicht zu grausam sein.

»Ja, das waren ein paar arbeitsreiche Wochen«, erklärte sie und nippte dabei an ihrem Tee. Es war, als würde das Getränk ihre Kehle reinigen und ihren Verstand beleben. »Ich weiß gar nicht, wo ich anfangen soll.«

»Am Anfang«, schlug ich überflüssigerweise vor.

Sie nahm wieder einen Schluck. »Nach deinem Besuch habe ich die Proben zur DNA-Analyse geschickt und mich mit seinem Magen beschäftigt. Er ist jetzt übrigens ganz aufgetaut und wird kurz über dem Gefrierpunkt gelagert und nach Bedarf erwärmt. Gewebszerstörungen treten nicht auf, weil im Unterdruckbehälter nur Stickstoff ist. Anfangs standen noch anaerobe Bakterien zur Debatte, aber wir haben ein paar Kulturen von ihnen gezüchtet und dann dieses Problem lösen können.

Sein Magen war faszinierend. Er hatte kurz vor dem Tod gegessen, und ich konnte seine letzte Mahlzeit rekonstruieren: zerstoßene Gerste, Leinsamen, Knöterich, Dotterblumen. Und Weintrauben. Gegessen hat er sie wahrscheinlich als Rosinen. Der Knöterich und die Dotterblumen sind wohl eher zufällig mit in die Mahlzeit geraten. Es gab auch einige Fragmente von Bienen – ein Bein, ein Stück vom Flügel und vom Brustpanzer –, woraus ich geschlossen habe, daß er die Nahrung als Bündel oder mit Honig gesüßt zu sich genommen hat.«

»Kein Fleisch?«

»Nein, aber in seinem Beutel haben wir Fischschuppen gefunden. Er muß also entweder frischen Fisch oder Dörrfisch als eine Art bronzezeitliche Notration bei sich gehabt haben.«

»Weißt du, welche Fischsorte es war?«

Sie nahm ein Lachsbrot und lächelte. »Es war Lachs. Der Geschmack scheint sich nicht sehr gewandelt zu haben.«

Ich schenkte ihr Tee ein und nahm mir auch ein Lachsbrot.

»Die Pollenanalyse seiner Kleidung war ebenfalls interessant«, erzählte sie weiter. »Jedenfalls sehr ergiebig. Gerste, 23 verschiedene Grassorten, Walnuß, Kastanie, Knöterich, Dotterblume, Klee, Trauben. Wahrscheinlich ist er im April oder Mai umgekommen, weil das dort die Blütezeit dieser Pflanzen ist.«

»Und er starb in einem Schneesturm?«

»Ja, in einem verspäteten Schneesturm. Jahresringanalysen zeigen für diese Periode eine erhöhte Zahl von harten Wintern, also ist es sehr gut möglich.«

»Wie alt war er?«

»Mitte Dreißig, also ziemlich bejahrt für jene Zeit. Mit 45 war man schon ein weiser alter Mann. Seine Zähne sind etwas abgenutzt, weil seine Nahrung zum großen Teil aus zerstoßenen Körnern bestand. Es war der Sand von den

Mühlsteinen, der die Zähne vorzeitig abgeschliffen hat. Kurz nach deinem Besuch habe ich seinen ganzen Körper geröntgt, und das hat faszinierende Daten erbracht. Warte einen Moment, ich muß dir etwas zeigen.«

Sie ging hinaus, und ich hörte ihre Autotür klappen. Sie kam mit einer zerkratzten schwarzen Ledermappe zurück, machte eine Ecke des Tisches frei und ließ die beiden Messingschlösser aufschnappen.

»Als Teenager hat er sich den Arm gebrochen«, sagte sie, während sie die Papiere in der Tasche durchwühlte. »Es war ein komplizierter Bruch. Kein sauberer Abriß, sondern eine zerklüftete, schräge Fraktur des Oberarmknochens.«

»Die läßt sich leicht wieder einrichten«, unterbrach ich sie.

»Heute ja. Aber in der Bronzezeit wurden die Brüche oft nicht behandelt. Berichte über geheilte Brüche füllen ganze Bücher. Aber dieser...«

Sie zog ein Röntgenbild aus der Aktenmappe und reichte es mir. Da es schon dunkel wurde, knipste ich die Küchenlampe an und hielt das Negativ gegen das Licht. Der Knochen war sauber geheilt, aber durch ihn hindurch ging, auf beiden Seiten überstehend, ein weißer Strich mit einer Verdickung an jedem Ende.

»Der Knochen ist genagelt worden«, sagte Ruth. »Nicht so perfekt, wie es heute ein Chirurg könnte, trotzdem hat er sich den Arm von jemandem reparieren lassen, der unglaubliche Fähigkeiten besaß. Und das ist nicht alles.«

Sie holte etwas aus ihrer Tasche, was wie ein Nagel aussah. Ich nahm ihn in die Hand und drehte ihn hin und her. Er war aus Bronze, wog etwa zehn Gramm und hatte ein flaches und ein verdicktes Ende. Das Metall sah stumpf aus, war aber nicht korrodiert. Es war eher von einer Patina überzogen, die darauf schließen ließ, daß er nicht poliert wurde, aber durch viele Hände gegangen war.

»Er ist ja wunderbar erhalten«, stellte ich fest, »wenn ich

bedenke, daß er etwa fünfzehn Jahre in seinem Armknochen steckte.«

»Sein Nagel ist noch dort, wo er war. Diesen hier haben wir in seiner Schultertasche gefunden. Mein Bronzezeitmann war ein Knochenheiler. Ein Schamane. Ich hatte den Inhalt seiner Tasche nicht gründlich genug untersucht, als wir uns das erste Mal trafen. Ich war zu sehr mit seinem Körper befaßt. Danach habe ich schärfer hingesehen, einen Haufen Lektüre hinter mich gebracht, viele Museen besucht und eine Menge Leute damit genervt, daß sie mir ihre Vitrinen aufschließen sollten.«

»Und das Ergebnis?«

»Das hier hatte er in seiner Tasche.« Sie nahm ein Blatt Papier aus ihrer Mappe. »Du wirst dich erinnern, daß er kleine Beutel mit Kräutern, Rinden, getrockneten Pilzen und Blüten bei sich hatte. Es handelte sich um Weiden- und Birkenrinde, um Löwenzahn- und giftige Nachtschattenblüten, Lorbeer- und Weißdornblätter, Eschen- und Kirschzweige, Champignons und Boviste, Bucheckern und Haselnüsse und, seltsamerweise, gemahlene Fischgräten. Und was wir zuerst für ein Stück Dörrfleisch gehalten hatten, war in Wirklichkeit ein Klumpen Opium. Zusätzlich zu diesem Knochennagel haben wir noch einen gekerbten, mit Bändern umwickelten Stock und einen runden Stein. Er könnte als Gewicht gedient haben und sieht ein bißchen so aus wie die Gewichte, die traditionelle chinesische Ärzte noch heute verwenden. Kurz, ich bin überzeugt, er war ein Schamane der Bronzezeit.«

Ich erwiderte nichts. Die Funde konnten ihre Vermutung nur unterstreichen. Alle Pflanzen, die er bei sich trug, hatten medizinischen Nutzen. Löwenzahn ist harntreibend, der Nachtschatten enthält Belladonna, und das Opium war das wirksamste Schmerz- und Betäubungsmittel der vorchristlichen Zeit.

»Woher hatte er das Opium?«

»Mit Sicherheit aus dem Mittleren Osten. Das ist auch so eine verrückte Sache. Den Mittelmeerhandel hat es demnach schon lange vor dem Auftauchen der Phönizier gegeben, die mit Opium aus Ägypten, Persien und dem heutigen Syrien Geschäfte gemacht haben.«

Ich räumte das Teegeschirr beiseite, leerte den Teekessel aus, stellte Teller und Tassen in den Geschirrspüler, verstaute den übriggebliebenen Kuchen im Kühlschrank und aß das letzte Lachsbrot auf.

»Und seine DNA?«

»So aufregend wie das Opium. Bis zu einer vollständigen Analyse ist es natürlich noch ein weiter Weg, aber ich habe ein paar sehr seltsame Abweichungen gefunden. Du weißt ja, große Abschnitte der DNA sind bei allen Menschen identisch, ganz gleich, welcher ethnischen Herkunft sie sind. Zwar gibt es punktuelle Unterschiede, zum Beispiel Genschäden, die Krankheiten verursachen, oder die Merkmale eines anderen Biotyps. Doch man findet stets auch die DNA-Stränge, die bei allen Menschen gleich sind, bei dir, bei mir und beim Nachbarn, ob es sich nun um einen Nigerianer oder einen Japaner handelt. Oder um eine Frau. Sie sind auch identisch mit DNA-Proben, die mehr als dreihundert Jahre alt sind. Mit anderen Worten, diese Abschnitte, die man leicht erkennen kann, haben sich in der rezenten Evolution nicht verändert. Bei unserem Mann allerdings gibt es hier Abweichungen «

Wieder suchte sie in ihrer Mappe und zog schließlich ein Negativ mit zwei DNA-Abschnitten heraus. »Die linke Grafik basiert auf einer Gewebeprobe, die wir bei einer Autopsie im letzten Februar entnommen haben. Sie stammt von einem Mann, der bei einem Flugzeugabsturz ums Leben gekommen ist, zufällig ein Italiener. Und rechts, das ist unser Bronzemann.« Sie wies mit dem Kugelschreiber auf die Grafik und ließ die Spitze von einem Balken zum nächsten wandern. Die verschwommenen schwarzen Striche waren stellenweise dicker als in der linken Graphik. »Dieser DNA-Abschnitt des Absturzopfers liest sich so:

AACCTAGAC
TACACACCG
GCTTTTAAA
CCATATGAT

Doch bei unserem Bronzemann sieht er anders aus:

AACTTAGAT
TACTCACCA
GCTTTTAAG
CCATATGAC

Das ist eine Anomalie. Ich weiß nicht, wie sie sich in einer lebenden Person manifestieren würde. Das festzustellen liegt noch außerhalb unserer Möglichkeiten, aber für die Zukunft lassen sich da einige unglaubliche Entdeckungen erwarten.

Stell dir nur vor!« Sie legte das Negativ hin, breitete die Arme aus und schlug mit dem Kugelschreiber den Takt zu ihren Sätzen. »Wenn wir diese strukturellen Unterschiede erst einmal begriffen haben und vielleicht wissen, wie man sie herbeiführen kann, wo die Ursachen und wo die Wirkungen liegen, dann sind wir in der Lage, menschliche Gene zu manipulieren und genetische Schäden zu überwinden, statt sie nur zu erkennen. Wir könnten tatsächlich den Adenosindesaminase-Mangel heilen und damit auch den Schweren Kombinierten Immundefekt. Stell dir das vor! Keine Duchenne-Muskeldystrophie mehr, keine Ormond-Fibrose, keine Creutzfeldt-Jakob-Krankheit, keine Huntington-Chorea und kein Alzheimer. Mein Gott, Dom! Wenn wir erst mal die Gentherapie beherrschen, dann wird alles möglich. Es ist nur noch eine Frage der Zeit!«

Als hätte die Begeisterung sie erschöpft, ließ sie abrupt die

Arme sinken und legte die Papiere und die Negative in die Aktenmappe zurück. Sie klappte die Mappe zu und ließ die Verschlüsse einrasten. »Hast du was dagegen, wenn ich mich jetzt dusche?« fragte sie. »Nach der Fahrt hab ich's nötig. Ich mußte einen Reifen wechseln.«

Ich zeigte ihr das Badezimmer, legte frische Handtücher hin und schaltete den elektrischen Durchlauferhitzer ein. Ruth ging zum Auto hinaus und holte ihre Toilettentasche, was ich nun als Gipfel der Vermessenheit empfand, aber ich sagte nichts. Es war offensichtlich, daß sie weiterführen wollte, was wir im Eastgate Hotel angefangen hatten, doch obwohl ich einer vorübergehenden Auffrischung unserer Beziehung nicht abgeneigt war, mußte ich sie aus meinem Leben heraushalten.

Während sie duschte, überkam mich plötzlich ein intensives Gefühl der Fürsorglichkeit für Adam. Warum es gerade in jenem Moment geschah, kann ich nicht sagen, aber es war einfach da, und es mischte sich mit düsteren Vorahnungen.

Ich ging in die Küche hinunter und machte mich an die Zubereitung des Abendessens. Ich schnitt Fleisch, putzte Gemüse und würfelte Früchte für den Obstsalat. Bei der Arbeit ließ ich mir durch den Kopf gehen, was sie mir über Adams leiblichen Vater erzählt hatte, und bedachte die Konsequenzen.

Daß der Mann mit der Axt ein Schamane war, unterlag für mich keinem Zweifel, und es konnte auch als Erklärung für die seltsamen Begabungen Adams herhalten. Zuerst schloß ich aus, daß derartige Fähigkeiten vererbt werden konnten, doch je länger ich darüber nachdachte, um so mehr schwanden meine Vorbehalte. Eineiige Zwillinge können sich durch eine Art Telepathie miteinander verständigen – es gab eine Vielzahl von Untersuchungen über Zwillinge, die weit voneinander getrennt lebten und doch gemeinsame Empfindungen hatten. Mir fiel ein Beispiel aus meiner eigenen Praxis ein. Die Frau eines bekannten Pferdetrainers war schwanger, doch es waren Komplikationen zu erwarten, weil sie zwei Fehlgeburten hinter sich hatte. Ich kümmerte mich um sie, untersuchte sie wöchentlich, machte zahllose Tests und traf alle möglichen Vorkehrungen mit dem Ergebnis, daß sie die Schwangerschaft durchstand. Am Tag ihrer Einlieferung gebar sie eine gesunde, sieben Pfund schwere Tochter. Und exakt zur gleichen Zeit wurde ihre unverheiratete Zwillingsschwester, die gerade auf einer Exkursion in Tansania war, mit plötzlichen und unerklärlichen Kontraktionen des Unterleibs per Hubschrauber in das Hospital von Arusha gebracht. Es fehlte ihr nichts, und die Schmerzen hörten nach zehn Stunden auf – genauso lange hatten die Wehen ihrer Zwillingsschwester gedauert. Schließlich wurde sie von den ratlosen Ärzten entlassen.

Als Beweis ließen sich auch andere Fälle in Betracht ziehen, wo Eltern Talente an ihre Kinder weitergegeben hatten, die sich nicht auf die Erziehung oder die soziale Umgebung zurückführen ließen. Künstler, Musiker, Schachspieler, Mathematiker, Menschen mit außergewöhnlichen Gaben, die sie von ihren Eltern erworben hatten, auch wenn diese in ihrer frühesten Kindheit verstorben waren. Es war möglich, dessen war ich mir sicher. Als ich die Äpfel für den Schmorbraten entkernte und Zitronensaft auf die Ananas- und Guavenstücke träufelte, die in den Obstsalat kamen, war ich endgültig davon überzeugt, daß Adam seine Fähigkeit, über Fische und Vögel zu gebieten, ererbt hatte.

Ich unterbrach das Kochen und setzte mich hin. Als Arzt und Wissenschaftler wußte ich, daß ich zwingendere Beweise brauchte, um zu dieser unerschütterlichen Gewißheit zu gelangen. Ein einzelnes Ergebnis sagt genausowenig über die Gültigkeit eines Experiments aus wie der zufällige Heilerfolg durch Codein bei einer Migräne oder eine Insulinspritze bei Diabetes. Und doch wußte ich, daß ich recht hatte, so wie ein Kriminalist sich seiner Sache absolut sicher ist, wenn er den Schuldigen vor sich sitzen sieht, obwohl er nicht den

Schimmer eines Beweises hat. Wie oft im Laufe meiner Berufspraxis hatte ich erlebt, daß ich eine Patientin nur anschauen mußte, um eine exakte Diagnose zu stellen! Das war nicht so sehr eine Frage des medizinischen Wissens als vielmehr eine innere Gewißheit, die von den Kriminalisten als »Riecher« bezeichnet wird und die ich »irrationale Erfahrung« nennen würde. Diese jedenfalls sagte mir, daß ich im Falle Adams richtig lag.

Als ich das für mich geklärt hatte, grübelte ich über die Konsequenzen nach. Adam hatte Fähigkeiten gezeigt, die den Menschen, besonders denen der Ersten Welt, abhanden gekommen waren. Im Lauf der Evolution waren sie unterdrückt worden und irgendwann verschwunden. Schließlich hat der Mensch des industriellen Zeitalters keinen Grund, Vögel herbeizurufen, da er Gewehre besitzt, mit denen er sie von weitem erlegt, da er Gifte einsetzt und Netze auswirft und sogar Tonbandgeräte benutzt, um sie mit künstlichen Geräuschen zu verjagen. Und was die Fische betrifft, dachte ich, warum sollten sie angelockt werden, wenn man sie mit Gewässerverschmutzung und Dynamit erledigen kann – oder sie züchtet.

Meine Gedanken überschlugen sich jetzt, verloren den Zusammenhang und drehten sich aufgeregt im Kreis. Adam war ein einzigartiger Schlüssel zum Verständnis der Vergangenheit. Im Alter von vierzehn Monaten konnte er bereits Tiere bändigen. Wie viele welterschütternde Fähigkeiten würde er erst noch entwickeln! Er konnte Einblicke in das Wesen der Natur eröffnen, von denen der moderne Mensch nicht einmal zu träumen wagte, ganz zu schweigen vom praktischen Nutzen dieser neuen Erkenntnisse für die Erhaltung der Arten ...

»Kann ich helfen?« Ruth stand in der Küchentür und trug jetzt statt der Jeans einen engen Rock.

»Nein«, sagte ich und erhob mich, aus meinen Überlegungen aufgeschreckt, vom Stuhl. »Es gibt nicht mehr viel zu tun.« Ich zeigte auf den Kühlschrank. »Möchtest du einen Drink? Dort drinnen habe ich Wein.«

Sie öffnete die Tür und nahm eine Flasche Sauvignon heraus. Ich reichte ihr den Korkenzieher, sie schenkte zwei Gläser ein und stellte das eine vor mich auf die Anrichte.

»Glaubst du, daß Intelligenz vererbt wird?« fragte sie.

Ich zuckte zusammen. Hatte sie meine Gedanken gelesen?

»Keine Ahnung. Ich habe noch nicht darüber nachgedacht.«

»Das Thema ist schon über ein Jahrhundert alt«, sagte sie. »Francis Galton war der Vater der eugenischen Bewegung, die seit den sechziger Jahren des vorigen Jahrhunderts das Ziel verfolgte, die Geburtenrate der Lebensuntüchtigen zu senken und die Rasse durch frühe Heirat und vermehrte Fortpflanzung der Begabten zu verbessern. So wurde das damals formuliert.«

»Das riecht ja nach Bauernhof«, erwiderte ich. »Selektive Zucht. Suche die wolligsten Schafe und paare sie miteinander, damit die Lämmer noch wolliger werden. Hitler hat es mit arischen Jugendlichen und Ferienlagern versucht. Es zeugt nicht gerade von einer sauberen Ethik.«

»Sicher. Und die Amerikaner haben es dennoch bis in die sechziger Jahre in der Lynchburg-Kolonie durchgezogen. Ich rede nicht von der moralischen Seite, nur von der wissenschaftlichen Möglichkeit. Wenn du zwei muskulöse Eltern nimmst, wird die Mehrzahl der Kinder natürlich auch kräftig gebaut sein. Aber ich bin nicht auf blonde, blauäugige Superteutonen aus. Daß man physische Merkmale durch Selektion hervorheben kann, steht für mich außer Frage. Ich denke eher an geistige Fähigkeiten.«

Ich schob den Schmortopf in den Backofen und stellte die Temperatur auf 170 Grad. Der Entlüfter begann zu rauschen.

»In England beschäftigt man sich seit Jahrzehnten mit dieser Frage«, fuhr Ruth fort. »Und zwar, weil es hier eine

Klassengesellschaft gibt. Die Oberklasse hat Angst, sich mit den Unterklassen zu vermischen und ihr blaues Blut zu verwässern. Zur selben Zeit, als Hitler seine blonden Germanen gezüchtet hat, glaubte man in England, daß sich die Unterklassen zu schnell vermehrten und den durchschnittlichen Intelligenzquotienten der Nation nach unten drückten.«

»Wenn ich mir die verschnarchten und kinnlosen Wunderknaben angucke, die die Sitze im Oberhaus erben, erscheint mir das nicht sonderlich einleuchtend.«

Sie lachte auf, wurde aber gleich wieder ernst. »Noch 1958 hat Sir Peter Medawar – und er war kein Dummkopf – in seinen BBC-Vorlesungen die Theorie vertreten, daß die nationale Intelligenz absinken könnte, weil die arbeitenden Klassen dank der Krankenkassen nicht mehr so schnell starben und sich daher zu rasch vermehrten. Selbst heute noch streitet man sich darüber, ob IQs vererbt werden können. Und wie steht es mit der Homosexualität? Es gibt Leute, die behaupten, auch sie ist eine ererbte Eigenschaft.«

»Vielleicht ist es eine Methode der Natur, die Vermehrung zu bremsen«, erwiderte ich. »Schwule Pärchen kriegen schließlich keine Kinder. Wenn es ein schwules Gen geben sollte, das ererbt werden kann, funktioniert es möglicherweise wie eine natürliche Geburtenkontrolle.«

Sie blickte mich eine Weile an, und ich widmete mich eifrig dem Putzen der Mohrrüben.

»Du willst mich schon wieder aufziehen«, sagte sie schließlich, doch ich sah, daß sie sich dessen nicht ganz sicher war.

»Zugegeben«, erwiderte ich. »Ich glaube nicht, daß die Natur so idiotisch ist, ein erbliches Gen zu entwickeln, das die Fortpflanzung bremst, und es dann den Leuten verpaßt, die sich sowieso nicht fortpflanzen. Andererseits geht die Natur seltsame Wege. Man könnte argumentieren, daß Aids ein Mittel der Natur ist, das Bevölkerungswachstum zu hemmen und so dem Wohl des Planeten zu dienen. Es läßt sich ja nicht leugnen, daß die Weltbevölkerung in einem erschreckenden und nicht zu verantwortenden Maß zunimmt.«

»Manche sagen auch, daß Aids eine Laborerfindung ist.«

Ich blickte sie an, um zu sehen, ob sie Spaß machte, aber sie meinte es ernst. Vielleicht wußte sie mehr als andere und hatte Zugang zu geheimen Daten, die, abgeschirmt von unüberwindlichen Zugangscodes, auf irgendwelchen Festplatten verborgen waren.

»Ein typisches Junggesellenhaus«, wechselte sie plötzlich das Thema und warf einen Blick in die Runde. »Keine Frau von gesundem Verstand würde eine so aufgeräumte Küche haben.«

»Die Küche«, belehrte ich sie, »ist ein Abbild des Charakters. Ich bin Arzt, und ich mag die Dinge ordentlich und sauber. Diese Küche hier, nehme ich mal an, ist die unbewußte Verlängerung meines OP-Raums.« Ich streckte die Hand aus: »Sägemesser!«

Sie schaute an die Wand und entdeckte das Messer am Magnethalter. »Sägemesser«, wiederholte sie und drückte es mir in die Hand.

Beim Essen sprachen wir von anderen Dingen, vom Dorf, den Nachbarn, ihrem Sommerurlaub in Italien, von Politik und den miesen Affären der Politiker. Erst als wir beim Kaffee vor dem Kamin saßen, kamen wir auf unser ursprüngliches Thema zurück.

»Weißt du«, sagte sie, »es ist gut, daß die Menschen biologisch verschieden sind.«

»Wie meinst du das?«

»Nehmen wir die Hunde, zum Beispiel die Dackel. So etwas hat die Natur sich nicht ausgedacht. Sie sind aus gezielter Züchtung entstanden, einer Art Evolution von Menschenhand. Und nun schau sie dir an. Ihr Rückgrat ist kaputt, weil sie zu lang sind, sie haben Hüftleiden, und ihre kleinen Schwänze – wenn es Rüden sind – schleifen auf dem

Boden. Nicht die Natur ist schuld daran, sondern die Menschen. Bei Schafen gibt es wegen Inzucht eine hohe Rate von Mißbildungen. Doch bei uns regiert die Vielfalt, die Vermischung, die unkontrollierte Fortpflanzung. Und daher haben wir einen riesigen Genpool, aus dem wir schöpfen können. Die Lebenskraft kommt aus der Vermischung. Das ist das ganze Geheimnis. Wenn eine neue Krankheit auftaucht, können wir in unseren Genen nach Abwehrmechanismen suchen und eine Resistenz entwickeln.«

»Das wirft ja alle eugenischen Theorien über den Haufen«, sagte ich.

»Natürlich. Eugenik ist Unsinn. Und doch ...«

»Und doch?«

»Und doch sind wir nicht mehr weit davon entfernt, Menschen zu produzieren. Nicht im ganzen und auch nicht per Zufall, wie du es mit deinen Reagenzglasbefruchtungen machst, sondern Menschen mit bestimmten Eigenschaften. Die Eugenik war eine Wunschvorstellung, als es noch keine Gentechnik gab. Jetzt wird sie möglich. Wenn wir erst einmal die Gene kartographiert haben und wissen, welches wofür verantwortlich ist, können wir die Zukunft der Menschheit bestimmen.«

»Aber nicht nur zum Wohl des Menschen«, sagte ich. »Nicht nur, um Krankheiten auszulöschen.«

»Nein«, bestätigte sie mit ruhiger Stimme. »Es ist so wie mit jeder Erfindung. Die Kernkraft liefert billigen Strom, aber auch Atomwaffen und Atommüll. Doch das liegt nicht in meiner Verantwortung. Ich meine die moralische Seite. Darüber muß die Gesellschaft befinden. Wenn wir immer nur daran denken würden, welche Auswirkungen unsere Taten haben können, dann gäbe es keinen Fortschritt.«

Wir sagten nichts mehr. Sie rührte in ihrem Kaffee, stellte die Tasse auf den Tisch, nahm sich ein Pfefferminzplätzchen aus der Schale. Schließlich begann sie wieder: »Dom, wirst du mir einen weiteren Gefallen tun?«

»Wie beim letzten Mal hängt das davon ab, worum es sich handelt«, erwiderte ich.

Sie kam direkt zur Sache, ohne Umschweife. Wahrscheinlich dachte sie, daß ich ohnehin ihr Komplize war und daß lange Erklärungen und Anläufe überflüssig waren. »Ich möchte, daß du ein Spermium des Bronzemanns in ein lebendes menschliches Ei einpflanzt.«

»Wozu?« fragte ich.

»Wenn du es tust und wir die Sache über, sagen wir, 18 Teilungen mitverfolgen ...«

»Das würde mehr als eine viertel Million Zellen ergeben«, unterbrach ich sie.

»... und dann abbrechen, dann haben wir genug Material für die DNA-Studie eines ...«

»Eines was?« fragte ich dazwischen.

»Eines neuen Menschen. Eines modernen und zugleich primitiven Menschen.«

Ich lehnte höflich, aber entschlossen ab. Sie fragte nach meinen Gründen und versuchte mich umzustimmen: Sie würde keinerlei Notizen machen, mein Name brauchte auch diesmal nicht erwähnt zu werden, doch ich blieb fest. Sie argumentierte, daß ethische Fragen nicht berührt wären, da kein menschliches Wesen entstehen würde. Der Embryo – immerhin war ihr bewußt, daß es sich dann bereits um einen solchen handelte – würde nicht weiterleben und keine Gestalt annehmen. Er hätte keine Seele, wie sie mir versicherte.

Mein Bestehen auf der Ablehnung machte sie ärgerlich, und sie warf mir vor, ich hätte Angst vor der Zukunft, vor dem Fortschritt und vor wissenschaftlichen Entdeckungen, ich sei ein Maschinenstürmer und stecke den Kopf in den Sand. Als sie damit scheiterte, änderte sie die Taktik und versuchte es mit moralischen Argumenten: Ihre Arbeit würde zur Abschaffung der Krankheiten führen und damit das zentrale Anliegen meines Berufes unterstützen. Danach warf sie mir intellektuelle Verblendung vor sowie materialistische

Motive, weil ich einzig an den fetten Honoraren interessiert sei, die ich meinen Patienten abknöpfen könne.

Schließlich gab sie es auf und sagte: »Dann mache ich es eben allein.«

»Das kannst du natürlich tun«, sagte ich mit aller Freundlichkeit. »Du brauchst nichts weiter als eine ruhige Hand und die nötige Ausrüstung, und die ist minimal. Du mußt nur in die Eizelle eindringen und das Ganze in den Brutschrank stellen.«

»Es wäre mir aber lieber, wenn du es tun würdest.«

»Warum?« fragte ich. »Hast du Angst vor den Folgen?«

Sie schaute zur Seite. »Nein«, sagte sie.

Doch ich wußte, daß es so war.

Meine Weigerung, ihre Bitte zu erfüllen und das Spermium zu implantieren, hatte ihr eindeutig die Laune verdorben und alle romantischen Erwartungen, die sie gehegt haben mochte, zunichte gemacht. Um elf Uhr fuhr sie ab und nahm ihre Toilettentasche mit sich. Als sie weg war, blieb ich allein vor dem Kamin sitzen. Die Christbaumlichter funkelten in der Ecke, und das Flackern des Kaminfeuers erhellte die Deckenbalken.

In jener Nacht, so glaube ich, begriff ich das ganze Ausmaß dessen, was ich getan hatte – und die Gefahr, in der Adam schwebte.

Die Bewohner der Lichtung sind freundlich und großzügig. Sie haben mich ohne Wenn und Aber in ihre Gemeinschaft aufgenommen. Keiner hat nach den Gründen meines Hierseins gefragt oder versucht herauszubekommen, was den Engländer und seinen Begleiter zu ihnen verschlagen hat. Meine Vergangenheit ist hier kein Thema, und dafür bin ich ihnen dankbar.

Sie verhalten sich so, weil sie zurückhaltend und höflich sind. Neugieriges Fragen betrachten sie als ungezogen, und trotz ihrer Primitivität sind sie auf ihre Weise niemals grob oder rücksichtslos. Außerdem haben sie keinerlei entwickelte Zeitvorstellungen und betrachten alles, was länger als zwei Wochen zurückliegt, als bedeutungslos.

In einer Spanne von etwa vierzehn Tagen scheint sich ihr bewußtes Zeitgefühl zu bewegen. Danach versinkt alles im Dunst der Vorzeit oder im Reich der Mythen. Geburtstage und andere Jubiläen werden nicht gefeiert, und religiöse Feste richten sich nicht nach einem Kalender, sondern nach den Gegebenheiten der Natur. Wenn unweit der Lichtung ein Baum umstürzt, wenn sich ein Kaiman in den Fischernetzen verfängt, wenn sich zufällig eine bestimmte Vogelart in der Schlinge findet, kann das zum Anlaß einer Feier oder einer Geisterbeschwörung werden.

Da sie kein Zeitmaß kennen, leben sie im Glück. Darauf gründet sich – meiner Überzeugung nach – ihre schlichte Gemütsart. Der Tod ist kein Ereignis, das sie erwarten. Sie wissen nur, daß er kommen wird, so sicher wie der Sonnenuntergang oder das jährliche An- und Abschwellen des Flusses.

Für mich freilich liegen die Dinge anders. Ich würde die Zeit vergessen, wenn ich nur könnte, alles Vergangene, was in mir steckt, auslöschen, alle Verfehlungen und Versäumnisse, alle Launen des Schicksals. Die Pfarrer irren sich, wenn sie sagen, daß ein Sünder nach dem Tod ins Fegefeuer kommt. Er erlebt es bei lebendigem Leibe. Fegefeuer ist nur ein anderer Name für das Verstreichen der Stunden.

Ein kleines Ereignis allerdings, das sich inzwischen zugetragen hat, kann meinen Groll auf die Zeit ein wenig mindern. Die Vergangenheit werde ich nicht los, aber die Zukunft erscheint mir nun etwas erträglicher. Die Batterie meiner billigen Seiko ist endlich leer. Die Uhr hat zuverlässig ihren Dienst versehen, seit ich meine goldene Vacheron Constantin gegen sie sowie die Tickets für die Dampferfahrt nach Santo Antonio do Içá hinauf eintauschen mußte. Als der Ticketverkäufer meine Armbanduhr erblickte, spielte Geld keine Rolle mehr für ihn. Er machte das Geschäft seines Lebens, denn die Tickets waren kaum besser als die der Zwischendeckspassagiere, und die Seiko hat ein Edelstahlgehäuse mit einem zerkratzten Glas. Allmählich und unmerklich, im Verlauf einer Woche, verblaßten die Ziffern, bis sie schließlich ganz verschwanden und eine leere grüne Fläche hinterließen wie eine kleine Schultafel, die der Lehrer abgewischt hatte.

Da die Batterie keinen Nutzen mehr für mich hatte und ich sie auch dann nicht ersetzen wollte, wenn ich es gekonnt hätte, öffnete ich den Deckel der Uhr mit der Messerspitze und nahm sie heraus. Sie glänzte silbern und war nicht größer als eine Tablette. Im Wissen, daß sie Chemikalien enthielt, die dem Wald und seinen Bewohnern gefährlich werden konnten – Quecksilber vielleicht, ein heimtückisches Gift –, legte ich sie bis zum Abend aufs Regal und warf sie dann, als das Feuer auf der Lichtung brannte, in die Flammen.

Die Kinder starrten auf die Stelle in der Glut, wo die Batterie gelandet war. Da ich nie zuvor etwas mit Vorbedacht ins Feuer geworfen hatte, maßen sie dem Vorgang einige Bedeutung zu. Die Batterie ließ mich nicht im Stich. Nachdem sie eine Minute lang mit neonblauer Flamme gebrannt hatte, explodierte sie mit einem scharfen Knall. Die Kinder sprangen zurück und lachten nervös. Alle Erwachsenen erschraken, nur Chuhi nicht, der irgendwie geahnt hatte, was passieren würde, und Keewei, für den das Zaubern zu seinem – und wie er glaubte, auch zu meinem – Leben gehörte.

Nun hoffte ich, daß ich von der Zeit befreit war. Doch das war ein Irrtum. Ein paar Tage lang wollte ich mich ständig des Datums und der Uhrzeit vergewissern, denn obwohl ich den Air-Brazil-Kalender ein paar Monate nach meiner Ankunft verloren hatte, war mir die Uhr als Orientierung geblieben. Und nun hing ich in der Luft wie ein Süchtiger, dem die Droge fehlt. Immer wieder blickte ich unwillkürlich auf die Uhr und fand doch nur den blassen Streifen auf meinem Handgelenk, wo sie vorher gesessen hatte. Nach etwa einer Woche – oder besser gesagt sieben oder acht Sonnenaufgängen – bekam ich aus mir unerklärlichen Gründen Angst, weil ich nicht mehr wußte, wie spät und welcher Tag es war.

Gerade, als ich glaubte, die Entzugserscheinungen überwunden zu haben, warf Chuhi mich wieder zurück.

»*Señor*«, rief er mir eines Morgens zu, als ich meine Hütte aufräumte, »*vente conmigo hoy a la selva.*«

»*Por qué?*« fragte ich.

»*Porque hay una plaza*«, war seine vage Auskunft.

Meine Neugier war erwacht, und so ging ich mit ihm, um zu sehen, was für eine Stelle er meinte. Er führte mich einen Pfad entlang, den ich noch nie gegangen war. Nach einer Stunde wurde die Hitze sehr drückend, und mir wurde unbehaglich zumute, obwohl ich mir sicher war, daß Chuhi nichts gegen mich im Schilde führte. Hätte ich ihn aber aus den Augen verloren, wäre ich unweigerlich verloren gewesen. Der Pfad schlängelte sich durch den Dschungel und gabelte sich in verschiedene Wildwechsel und Nebenpfade, so daß ich jeden Richtungssinn verloren hatte.

Gegen Mittag erreichten wir eine Erhebung. Die Hänge stiegen steil vor uns auf und waren dicht mit Unterholz und Gummibäumen bewachsen, deren Luftwurzeln die Felsen überzogen und an manchen Stellen gesprengt hatten. Chuhi umkletterte einige gewaltige Felsblöcke und war verschwunden. Da ich gerade nicht hingesehen hatte, fand ich mich plötzlich allein und verlassen, und alle Ängste stiegen wieder in mir auf. Mein erster Gedanke war, daß ich die goldene Uhr, wäre sie noch in meinem Besitz gewesen, als Kompaß hätte gebrauchen können, doch ein Blick nach oben belehrte mich, daß das dichte Blätterdach die Sonne nahezu unsichtbar machte.

»*Señor!*« Chuhis Stimme klang hohl und weit entfernt. Ich folgte ihr und gelangte zum Eingang einer großen Höhle, die mindestens zehn Meter breit und fünf Meter hoch war.

»*Señor, entre!*«

Obwohl auch im Wald Halbdunkel geherrscht hatte, mußte ich eine Weile warten, bis sich meine Augen an die Finsternis gewöhnt hatten. Chuhi stand zehn Meter von mir entfernt in der Höhle, die schräg abwärts verlief und schnell enger wurde. Felsen ragten von oben in den Gang hinein, der unten glatt und geebnet war. Als ich Chuhi erreichte, schlug er Funken an einem Stein und enzündete einen Batzen getrocknetes Moos, das er aus einem Beutel genommen hatte. Mit dem Moos setzte er eine Holzfackel in Brand. Die Rückwand der Höhle wurde vom gespenstisch flackernden Licht erhellt. Als würde ich durch eine fleckige Sichtblende ins Feuerloch eines Hochofens blicken, dachte ich, oder als hätte ich den Eingang des Hades vor mir.

»*Ámbar*«, erklärte Chuhi.

Ich machte einen Schritt weiter und berührte die Wand. Sie war rauh und zerklüftet, an manchen Stellen aber glatt wie Glas. Chuhi hielt die Fackel näher und zeigte mir die Oberfläche des Bernsteins. Die zuckenden Flammen wurden von der Wand angezogen, als würde der Bernstein das Licht gierig aufsaugen.

Chuhi befestigte die Fackel in einem Spalt, holte eine kleine Handaxt hinter einem Felsblock hervor und schlug auf den Bernstein ein. Ich hatte erwartet, daß der Stahl der Axt hell erklingen würde, doch statt dessen hörte man nur ein dumpfes Krachen.

Vielleicht fünfzehn Minuten schwang Chuhi die Axt, um einen Klumpen von der Größe zweier geballter Fäuste aus der Felswand zu lösen. Er arbeitete mit fieberhafter Hast, und es war nichts von ihm zu hören als sein angestrengtes Ächzen. Die Fackel brannte langsam nieder und drohte schon zu verlöschen. Über ihr stand eine schwarze Rauchwolke, die sich langsam zum Ausgang hinaufwälzte. Die Felsen an der Höhlenrückwand waren, wie ich jetzt bemerkte, von altem Ruß geschwärzt, während sie in Richtung zum Ausgang blasser wurden, als wären sie mit der Zeit verblichen. Aus dem Aussehen und dem Zustand der Höhle schloß ich, daß sie seit mindestens hundert Jahren ausgebeutet wurde.

Gerade als die Fackel erlosch, löste sich der Bernsteinbrocken aus der Wand und fiel zu Boden. Chuhi beförderte die Fackel mit einem Fußtritt aus ihrem Spalt und stieg mit dem Bernsteinklumpen zum Ausgang hinauf. Er legte ihn auf einen Felsblock, hob die Axt und schlug mit der flachen Seite darauf. Der Bernstein zerfiel in mehrere hühnereigroße Brocken. Chuhi nahm sie der Reihe nach in Augenschein und reichte mir einen, damit ich ihn in den dünnen Sonnenstrahl hielt, der sich einen Weg durch die Blätter gebahnt hatte.

Der Bernstein hatte die Goldfärbung von Sirup und war von Trübungen, Rissen und Bläschen durchsetzt. Ich konnte mich der Überlegung nicht entziehen, wie alt die Luft in den Bläschen war und daß sie nie durch menschliche Lungen geströmt war. Im Stein fanden sich auch dunkle Einschlüsse prähistorischer Verunreinigungen.

»*Qué hay?*« fragte Chuhi, ohne den Blick von einem Brocken zu wenden, den er in die Höhe hielt.

»*Ámbar*«, erwiderte ich.

»*Si, señor. Qué hay en el ámbar?*« Er winkte mich herbei, damit ich sein Stück anschauen konnte, und zeigte mit einem Stöckchen auf die Einschlüsse. »*Si, señor*«, erklärte er mir, »*una hormiga, un escarabajo pequeño, el ala de un insecto.*«

Erst konnte ich nichts erkennen, doch dann erfaßte mein Auge einen Umriß, und alles wurde deutlich. Ich untersuchte meinen Bernstein noch einmal: In seine Mitte war, mit einem umgebogenen Flügel, eine winzige Motte eingeschlossen.

»*Son niños del sol*«, sagte Chuhi und fügte mit leiser, beinahe geschäftsmäßiger Stimme hinzu: »*El gringo Rodriguez va dar mucho por ellos.*«

Er versteckte die Axt wieder hinter dem Felsen und wedelte überflüssigerweise mit den Armen, um den Rauch zu vertreiben. Dann sammelte er die Bernsteinbrocken in seinen Beutel. Ich trat näher, um meinen mit hineinzutun, doch er schüttelte den Kopf und wies mit dem Finger auf mich.

»*Gracias*«, dankte ich.

Er schwieg und lächelte. Seine schwarzen Augen funkelten im Sonnenlicht.

Auf dem Rückweg zur Lichtung ging es mir durch den Kopf, daß die Zeit die ganze Schöpfung zu ihrem Gefangenen macht, daß sie alle Sünden und Eitelkeiten aufeinander häuft, all ihre Fehler und all ihre Wunder, bis sie befindet, daß deren Ende gekommen ist.

Es war sechzehn Uhr und fünfzehn Minuten. Exakt. Die Uhr auf dem Regal neben dem Aktenschrank hatte gerade ihr silberhelles Läuten beendet und klang mir noch in den Ohren, als es an die Tür klopfte. Ich war gerade dabei, meinen Bericht über eine Patientin zu schreiben, die mir von einer Universitätsklinik überwiesen worden war.

»Ja, bitte!« rief ich.

Die Tür öffnete sich, und Molly führte zwei amtlich wirkende Männer herein.

»Diese Herren möchten Sie sprechen, Dr. Lyall«, sagte sie, »sie kommen von der HFEA.«

Ich erhob mich, ging um den Schreibtisch herum und gab ihnen die Hand. Der eine stellte sich als Thomas Hodson vor, sein Begleiter als Andrew Scammel. Sie waren Inspektoren der Behörde für Humanfertilisation und Embryologie.

»Bitte nehmen Sie Platz.«

Sie setzten sich.

»Womit kann ich Ihnen behilflich sein?«

»Wir wären Ihnen sehr verbunden, wenn Sie uns eine Überprüfung Ihrer Praxis gestatten würden«, sagte Hodson.

»Das kommt ein wenig überraschend«, erwiderte ich. »Normalerweise darf man doch eine Ankündigung erwarten.«

»Gewiß, Sir«, pflichtete mir Scammel bei. »Aber gelegentlich entscheiden wir uns auch für eine Sofortinspektion. Wir versichern Ihnen, daß mit der Auswahl Ihrer Praxis keine gezielte Absicht von unserer Seite verbunden ist. Es liegen gegen Sie keine Klagen oder Beschwerden vor – nichts dergleichen. Es sind auch keine Unregelmäßigkeiten bekannt geworden. Wir folgen lediglich der Verfahrensweise unserer Behörde. Ihr Name wurde nach dem Zufallsprinzip aus einer Liste von Einrichtungen ausgewählt, die sich in unserem Zuständigkeitsgebiet Südostengland befinden.«

Er mühte sich sichtlich, mir klarzumachen, daß sie nicht darauf aus waren, Unregelmäßigkeiten aufzudecken, doch ich bemerkte, daß mein Herz zu flattern begann.

»Was darf ich Ihnen zeigen?« fragte ich.

»Nichts im besonderen, Sir«, erwiderte Hodson. »Wenn wir uns einfach nur umschauen dürfen. Sie können uns begleiten, können aber auch eine Angestellte damit beauftragen oder uns einfach alleinlassen. Hauptsächlich interessieren wir uns für Nachlässigkeiten in der Praxisverwaltung, für Verstöße gegen die gültigen Verordnungen. Wir suchen aber weder gezielt nach Mängeln, noch streben wir eine Strafverfolgung an. Dies ist eher eine Beratung als eine Überprüfung. Und eigentlich sind wir zu dritt gekommen. Ein Kollege wartet draußen, ein Leitungsmitglied der HFEA. Er wird uns begleiten, wenn Sie dem zustimmen wollen.«

»Aber natürlich«, versicherte ich mit geheuchelter Jovialität. »Meine Sprechstundenhilfe wird Sie herumführen. Ich nehme an, daß Sie nichts dagegen haben, wenn ich jetzt weiterarbeite.«

Zu meiner Erleichterung willigten sie ein, und so rief ich Angela, während sie ihren Kollegen hereinholten, stellte sie den dreien vor und schaute ihnen nach, als sie mein Büro verließen.

Kaum hatte sich die Tür hinter ihnen geschlossen, entfernte ich die fiktive Mouette-Patientenakte aus dem Schrank und steckte sie zur Sicherheit in meine Aktentasche zu den Fallstudien, die ich für den morgigen Besuch im St.-Thomas-Krankenhaus vorbereitet hatte. Natürlich glaubte ich keinen Moment lang, daß sie meine Patientenakten durchsehen würden, aber ich wollte nichts dem Zufall überlassen. Was wäre, dachte ich, wenn ihre geäußerte Absicht nur ein höflicher Vorwand war und sie in Wirklichkeit einen Hinweis erhalten hatten? Ich mußte mit allem rechnen.

Ich holte eine Diskette aus der Schachtel im Schreibtischfach, kopierte die verborgene Datei und löschte sie, um ganz sicherzugehen, auf der Festplatte. Die Diskette legte ich zur Mouette-Akte in die Aktentasche.

Die Inspektoren und ihr Kollege, der wahrscheinlich auf die korrekte Abwicklung der Inspektion zu achten hatte, waren jetzt im Operationszimmer und prüften, was immer sie dort zu prüfen hatten, indem sie einzelne Punkte auf einer Liste abhakten. Ich drückte mich höflich lächelnd an ihnen vorbei und ging an den Kälteschrank, wo ich unter dem Vorwand, etwas nachsehen zu wollen, die Proben des Bronzemanns in der Jackentasche verschwinden ließ.

Meine Hand berührte noch die Röhrchen, als mich eine strenge Stimme fragte: »Was tun Sie da, Dr. Lyall?«

Es war Hodson. Er fixierte mich mit seinem Blick und hielt die Liste vor die Brust, die rechte Hand mit dem Stift verharrte in der Luft.

»Ich habe nur eine Kennzahl auf einer Probe nachgesehen«, erwiderte ich nach einem Zögern, von dem ich hoffte, daß es nicht zu lange gedauert hatte.

»Haben Sie keine Kontrollkarte dafür bei sich?«

»Ich kenne die Nummer auswendig«, sagte ich. »Drei-vier-eins-zwei.«

Ich zog die Hand aus der Tasche. Mein Nacken kribbelte, und ein Schweißtropfen lief mir den Rücken hinunter.

»Ich verstehe«, antwortete Hodson. »Besten Dank.« Er machte ein paar Notizen auf seiner Liste und wandte sich anderen Dingen zu.

Auf dem Rückweg ging ich durch das Büro direkt in meine Wohnung und versteckte die Röhrchen hastig im Gefrierfach meines Kühlschranks hinter einer Packung Eiscreme und einigen Schachteln mit Gemüse und Fertiggerichten. Meine Hände zitterten, und ich fühlte mich benommen. Ich nahm die Flasche mit kaltem Mineralwasser aus dem Türfach, schüttete mir etwas in die Hände und rieb mir das Gesicht ab. Ein wenig gefaßter ging ich ins Badezimmer, betupfte mich mit Dunhill-Aftershave und fuhr mit dem Waschlappen unter dem Kragen entlang. Als ich etwas ruhiger geworden war, setzte ich mich eine Weile auf die Bettkante, bis ich mich vergewissert hatte, daß für den Moment alles gesichert war und ich an den Schreibtisch zurückkehren konnte, um mich mit irgendwelchen Patientenakten zu befassen.

Eigentlich war ich überzeugt, daß es einer solchen Vorsicht nicht bedurfte. Die Inspektoren interessierten sich nicht für die kleinen Details meiner Praxis. Wie es schien, kümmerten sie sich vor allem um die Einrichtung der Räume und sprachen mit Angela, Phillips und Molly im Empfangsraum. Ich hörte ihre Stimmen, konnte sie aber nicht verstehen.

Nach etwa einer Stunde kamen die Inspektoren in mein Büro. Besonders Hodson machte ein verkniffenes Gesicht, und er hielt die Liste fest umklammert in der rechten Hand. »Dr. Lyall!« begann er, und er legte dabei eine Reihe von Papieren auf meinen Schreibtisch. »Wir werden Ihnen in einer Woche einen vollständigen Bericht zusenden. Doch wir denken, daß es wichtig ist, Sie bereits jetzt mit den Ergebnissen unserer Untersuchung bekanntzumachen.«

In mir zog sich alles zusammen. Den Computer hatten sie nicht überprüft und schon gar nicht das Gefrierfach meines Kühlschranks, aber ich wußte, daß man die Amtsgewalt nie unterschätzen durfte. Diese Männer waren wie Polizeibeamte oder Steuerprüfer darauf trainiert, Dinge zu entdecken, die andere übersahen, auch wenn es sich um raffiniert eingefädelte Verbrechen oder sorgfältig kaschierte Unterschlagungen handelte.

Hodson blickte Scammel an, der fortfuhr: »Unsere Feststellungen haben in diesem Stadium lediglich Empfehlungscharakter. Es werden vorerst keine Maßnahmen ergriffen. Wir glauben jedoch, daß die Mängel, die wir registrieren mußten, als Verstoß gegen die gesetzliche Regelung der Fertilisationsmedizin interpretiert werden können.«

Ich konnte mir nicht vorstellen, daß sie gesehen hatten, wie ich die Röhrchen aus dem Kälteschrank holte. Wäre das der Fall gewesen, dachte ich, hätten sie mich bereits zur Rechenschaft gezogen.

»Wir empfehlen Ihnen mit sofortiger Wirkung, Ihre Praxisverwaltung zu reorganisieren«, sprach Scammel weiter. »Die Türen müssen mit den Bezeichnungen der jeweiligen Funktionsbereiche versehen werden. In Ihrem Laborbereich müssen Schilder angebracht werden, auf denen Angestellte und Besucher darauf hingewiesen werden, daß das Betreten ausschließlich den mit der Fertilisation und den diesbezüglichen Tätigkeiten befaßten Personen gestattet ist. Die Rechtsvorschrift, daß keine anderen Angestellten den Laborbereich betreten dürfen, müßte Ihnen bekannt sein. Wir haben festgestellt, daß Ihre Empfangskraft diesen Bereich betreten hat. Das kann nicht gestattet werden.«

»Darüber hinaus«, unterbrach ihn Hodson und nahm den Faden der Kritik auf, »sollten die Funktionsbereiche durch Begrenzungslinien auf dem Fußboden kenntlich gemacht werden. Das ist nicht zwingend vorgeschrieben, aber wir haben uns bereits mehrfach von der Zweckmäßigkeit solcher Bodenmarkierungen überzeugen können. Die Arbeitsweise Ihrer Angestellten ist nachlässig. Ihrem Laborleiter Mr. Phillips war nicht bekannt, daß die Temperaturwarnlampe des Kühlaggregats außer Betrieb ist. Es ist nicht zulässig, sich ausschließlich auf den Summer zu verlassen.«

»Auch Ihre eigene Arbeitsweise ist nachlässig«, fügte Scammel hinzu. »Sie haben einige Proben überprüft und sich betreffs der Kennzahl auf Ihr Gedächtnis verlassen. Das ist nicht korrekt. Sie müssen sich auf eine Kennkarte oder die Patientenakte stützen, um Verwechslungen von vornherein auszuschließen.«

Sie hatten noch eine Vielzahl von Kleinigkeiten zu bemängeln, doch das war die Hauptsache. Sie zweifelten nicht an meiner ärztlichen Kompetenz und Ethik, sondern interessierten sich eher für technische Vorschriften als für moralische Prinzipien.

Ich demonstrierte Einsicht und versprach, ihre Vorschläge exakt zu befolgen und ihre Kritik zu beherzigen. Jetzt, da ich mich sicher fühlte, hätte ich mir von ihnen einen Mord anhängen lassen, ohne auch nur mit der Wimper zu zucken.

Als ich am Abend allein in der Praxis war, stellte ich die Mouette-Akte in den Schrank zurück. Ich deponierte die Röhrchen wieder im Kälteschrank, legte eine neue verborgene Datei auf der Festplatte an und gab die Anfertigung diskreter Türschilder in Auftrag. Schließlich fertigte ich mir eine Backup-Diskette der verborgenen Datei an, um sie im Landhaus zu hinterlegen.

Die Inspektion war nicht das einzige denkwürdige Ereignis jener Woche. Drei Tage später rief mich Brian an.

Ich sah gerade ein Fernsehspiel, aß einen Salat mit Meeresfrüchten und trank eine halbe Flasche Champagner dazu, als das Telefon klingelte.

»Hallo, Dom, hier ist Brian.« Seine Satellitenstimme klang etwas entrückt und hohl.

»Hallo, Brian«, erwiderte ich. »Wie geht's? Klappt alles mit dem Austausch?«

»Danke, bestens. Besser als erwartet jedenfalls. Der Austausch hat sich verwandelt in ... aber das Wichtigste zuerst: Wir bleiben drei Jahre lang hier. Ich habe einen Lehrauftrag an der Universität ...«

Ich hörte ihm nicht mehr zu. Der verlängerte Aufenthalt bedeutete, daß ich Adam bis zu seinem fünften Lebensjahr nicht sehen würde. Diese aufregendsten Jahre seiner Entwicklung würden an mir vorübergehen. Ich spürte Enttäuschung und Ärger in mir hochsteigen.

»Dom! Dom, bist du noch dran?«

»Ich bin noch dran, Brian. Herzlichen Glückwunsch. Aber was wird aus deinem Tauschpartner?« Ich kramte in meinem Gedächtnis. »Hieß er nicht Roger Bates?«

»Ist ausgestiegen«, erwiderte Brian. »Er hat einen Australier gefunden, der nur ein paar Monate bleiben will. Einen von diesen australischen Weltenbummler-Typen. Du, Dom, darf ich dich um einen Gefallen bitten?«

»Aber sicher.«

»Könntest du ein Auge auf unser Haus werfen? Und Mrs. Maggs bitten, daß sie ab und zu saubermacht? Ich habe einen Grundstücksmakler beauftragt, es befristet zu vermieten. Nun, äh, ich wäre dir dankbar, wenn du dich bei nächster Gelegenheit mit ihm in Verbindung setzen würdest.«

»Kein Problem, Brian«, sagte ich, aber ich muß verärgert geklungen haben.

»Aber nur, wenn du das nicht als Zumutung empfindest«, sprach er weiter. »Wir wissen ja, daß du viel um die Ohren hast.«

»Mach dir keine Sorgen«, beruhigte ich ihn. »Es wird mir schon nicht zuviel. Der Makler nimmt die Sache in die Hand, und ich sehe nur zu, daß nichts schiefläuft.«

»Danke, Dom, daß du uns so unter die Arme greifst. Du mußt uns unbedingt hier besuchen.«

»Wie geht's Larry«, fragte ich. »Und Adam?«

»Wunderbar. Larry kriegt eine Anstellung in der Universität. Irgendwas mit Kunstgeschichte. Sie soll ein bißchen unterrichten, und sie schreibt ein Buch über die Töpferkunst der Navajo. Adam kommt gut zurecht. Er kann jetzt laufen und fängt an zu sprechen.«

»Und was sagt er so?«

»Na, das übliche. Mama, Papa und so weiter. Er plappert so vor sich hin. Sein erstes richtiges Wort hört sich an wie Nagasaki. Wer weiß, wo er das aufgeschnappt hat!«

Ich erwiderte nichts, aber ich hätte wetten können, daß er das Wort immer dann sagte, wenn ein Cowboy vorbeiritt.

Chuhi stand auf einem Felsblock unterhalb des Wasserfalls. Ich sah ihn vom Pfad aus, und seine hellbraune Hautfarbe zeichnete sich deutlich gegen das sonnenüberglänzte Laubwerk des anderen Ufers ab. Er hielt den Arm mit dem zwei Meter langen Fischspeer in die Höhe, und die dünne Fangleine hing ihm über die Schulter.

Ich respektierte die weltweite Etikette der Fischer und behelligte ihn nicht, sondern blieb im Schatten des Waldes stehen und beobachtete ihn. Einige Minuten lang stand er völlig reglos, doch dann, schneller, als ich mit den Augen folgen konnte, stieß er den Speer in den Fluß. Das Ende des Speers stand still im Wasser, bis es langsam nach oben stieg. Chuhi zog behutsam an der Leine, und gleich darauf hievte er einen großen, nicht gerade stromlinienförmigen Fisch auf die Felsen.

»*Ay, señor Do-mi-nik!*« rief er, als er mich entdeckt hatte, und hielt den am Speer zuckenden Fisch in die Höhe. Die schwarze Speerspitze hatte sich glatt durch den Fischleib gebohrt.

»*Buenos dias!*« rief ich zurück.

Er winkte mich heran, und so verließ ich den Pfad und kletterte über die Felsen. Als ich ihn erreichte, hatte er den Speer schon herausgezogen und einen Schnitt hinter dem Kopf des Fisches angebracht, der seinen Wirbel durchtrennte.

»*It is a good fish*«, sagte Chuhi strahlend vor Stolz auf seine Beute und auf seine Fortschritte in Englisch.

»*It is a good fish*«, bestätigte ich und strich mit dem Finger über die Flanke. Wie fast alle Süßwasserfische fühlte er sich glitschig an.

Chuhi warf den Fisch in einen Korb und reichte mir den Speer. »*You, fish!*«

Ich schüttelte den Kopf und sagte: »Damit kann ich nicht fischen.«

Da er ein wenig enttäuscht aussah, nahm ich den Speer in die Hand und bewunderte ihn. Er war überraschend leicht, möglicherweise aus einer besonders kräftigen Sorte Balsaholz hergestellt, und zugleich sehr kopflastig; die Spitze hatte keine Widerhaken. Ich fragte mich, wie er es schaffte, die Fische am Speer aus dem Wasser zu ziehen. Chuhi packte meinen Bizeps und hob mir den Arm in die Höhe, dann schnitt er eine Grimasse und schüttelte den Kopf. »*Si, no puedes lanzar*«, stimmte er mir zu. Er nahm mir den Speer ab, legte ihn neben den Korb und forderte mich mit einer Handbewegung auf, ihm zu folgen.

Wir kletterten über die Felsblöcke ans Wasser hinab und gingen zur Badestelle der Kinder. Sie waren nicht da, doch von Zeit zu Zeit hörte ich Kindergeschrei aus der Richtung des Wasserfalls. Chuhi hockte sich ans Ufer und winkte mich neben sich. Seine nackten Zehen wurden vom braunen Wasser umspült. Ich hockte mich an seine Seite.

»*Puedes pescar*«, erklärte er.

Vorsichtig, als wollte er die Wassertemperatur fühlen, schob er den Zeige- und den Mittelfinger seiner linken Hand ins Wasser und spreizte sie wie ein umgedrehtes V. Die anderen Finger blieben, vom Daumen gehalten, über dem Wasser. Als ich ihm nicht gleich folgte, ließ er ein sanftes Knurren hören und wies mit dem Kopf auf meine rechte Hand. Ich machte ihn nach.

Er griff nach meiner freien Hand und verknotete meine Finger mit den seinen, als wären wir ein Liebespärchen, dann begann er zu pfeifen. Ich versuchte, auch das Geräusch zu imitieren, doch er hörte auf und schüttelte den Kopf.

»*Toco la música de los peces*«, flüsterte er neben mir.

Das Pfeifen produzierte er nicht mit den Lippen oder den Zähnen, es schien vielmehr aus seinen Nasenlöchern zu kommen. Es klang sehr hoch, fast wie aus einer Hundepfeife, hart am Rand des menschlichen Hörbereichs.

Irgend etwas berührte meine Finger und rieb sich an ihnen. Ich blickte ins Wasser, aber es war zu trüb, als daß ich etwas hätte erkennen können. Wieder stieß etwas gegen meine Finger. Chuhis Hand packte mich fester. Jetzt wurde eine Flosse neben meiner Hand im Wasser sichtbar. Sie sah groß aus, und ich schätzte den dazugehörigen Fisch auf mindestens ein Kilo.

Chuhi schob seine Hand tiefer ins Wasser und zog sie dann, noch immer pfeifend, langsam zurück. In seiner geöffneten Handfläche lag ein großer, schwarzer Fisch mit einem Buckel wie ein Karpfen. Das Maul stand offen und entblößte eine Reihe von dreieckigen, haifischartigen Zähnen.

»*Piraña*«, sagte Chuhi sanft und unterbrach kurz sein Pfeifen. Dann wies er mit dem Kopf auf meine Hand und pfiff weiter. Ich öffnete die Hand unter Wasser, wie er es getan hatte, und spürte sofort, daß sich ein Fisch in ihr niederließ. Ich hob ein wenig den Arm und erblickte einen braunen Wels von etwa sechzig Zentimetern Länge mit einem braunen Leib und roten Flossenspitzen. Ich konnte ihn nur knapp über die Wasseroberfläche heben.

Chuhi schüttelte den Kopf und hörte auf zu pfeifen. »*Pi-*

rarara!« rief er, wies auf meinen Fisch und schleuderte dann seinen *Piraña* mit einem heftigen Ruck in die Büsche, wo er munter wurde und sich im Geäst hin und her warf. Als ich dasselbe mit meinem Wels tun wollte, glitt er mir aus der Hand und war verschwunden.

Wir standen auf. Chuhi nahm sein Messer und tötete den Piranha mit einem Schnitt ins Rückgrat. Dann reichte er mir den toten Fisch. Er war ganz und gar nicht schlüpfrig, seine Schuppen waren nicht glatt, sondern irgendwie aufgerichtet, und wenn man mit dem Finger darüberfuhr, fühlte es sich an wie ein volles Nadelkissen. Die Augen hatten eine orangefarbene Iris und lackschwarze Pupillen.

Ich ließ Chuhi mit seinem Fang allein und ging hinüber zu den Wasserfällen, wo ich mich auf einen Stein setzte und mich von den Gischtfahnen umwehen ließ. Sie fühlten sich kühl und sanft auf der Haut an wie die Berührung einer erfahrenen Masseuse. Unter der ersten Kaskade tummelten sich die Kinder, sie sprangen durch die Wasserschleier, schrien und lachten und bewarfen sich mit Moosbrocken. Während ich ihnen zusah, stand mir die Gestalt des einjährigen Adam vor Augen, der die Hand in den Gartenteich tauchte und die Fische gegen seine Finger stupsen ließ.

Es dauerte fast drei Jahre, bis ich die Cordiners wiedersah, obwohl wir uns monatlich schrieben oder anriefen. Ich hatte bei der Vermietung des Hauses ein paar Schwierigkeiten bewältigen müssen, ansonsten war unsere Verbindung rein geselliger Natur gewesen.

Zu Weihnachten und zu Adams Geburtstag schickte ich Geschenke, von denen ich annahm, daß sie ihm gefielen, aber auch Anregung bringen würden. Was seine Eltern über die große Lupe, über die Tierbücher für achtjährige Kinder, über das Fernrohr, den Holzbaukasten zum Basteln von Insektenmodellen, die Fossiliensammlung und die Blechbüchse mit Glasboden zum Ins-Wasser-Schauen gedacht haben mögen, entzieht sich meiner Vorstellungskraft. Immerhin gaben sie die Geschenke pflichtgemäß an Adam weiter und schrieben mir dann, wie sie ihm gefallen hatten und was er damit anstellte. Diese Berichte enthielten meines Wissens keine höflichen Beschönigungen, denn ich war sicher, daß dem Jungen die Sachen gefielen und daß er sie benutzte, nachdem sie ihm erklärt worden waren.

Von Zeit zu Zeit schickten sie ein Familienfoto. Er wuchs stetig und war, wie mir auf Anfrage jedesmal versichert wurde, kerngesund. Larry hatte ihn in einem Kindergarten untergebracht, sobald es ging, damit sie arbeiten und studieren konnte. Er nahm schnell Kontakt zu den anderen Kindern auf, war sehr verträglich und, wie ihr gesagt wurde, das Kind mit dem besten Benehmen.

Daß ich meine Fragen nicht so gezielt und detailliert stellen konnte, wie ich wollte, um entsprechende Antworten zu bekommen, war lästig und ärgerlich. Bei verschiedenen Gelegenheiten nahm ich Anläufe, sie in ihrer Prärielandschaft zu besuchen, aber der Vorsatz scheiterte entweder daran, daß sie verhindert waren oder daß ich mir selbst Ausreden zurechtlegte. Ein Besuch von einer Woche Dauer wäre wenig sinnvoll gewesen, weil das Ausbleiben weiterführender Beobachtungen alle Erkenntnisse entwertet hätte. Und das hätte mich nur noch mehr geärgert. Ich beschloß, daß es am besten wäre, Adam erst dann wiederzusehen, wenn ich in die Lage versetzt wurde, meine Beobachtungen in aller Gründlichkeit anzustellen.

Als Brians Vertrag mit der Universität abgelaufen war, unternahm die Familie eine achtwöchige Weltreise, über deren Fortgang mich die Ansichtskarten aus Tahiti, Osaka, Hongkong, New Delhi, Athen und Rom ins Bild setzten. Jede Karte steigerte meine Erwartung und zeigte mir an, daß die Rückkehr nach England immer näher bevorstand.

In der Nacht vor der Ankunft fand ich vor Aufregung

keinen Schlaf. Ich nahm mir die Fotos von Adam vor und sortierte sie in chronologischer Reihenfolge, um mir einen Begriff von seiner körperlichen Entwicklung zu machen. Auf jedem Bild lächelte er voller Glück und Vorfreude darauf, was das Leben ihm bringen würde. Auf einer der Aufnahmen umarmte er den Hund des Nachbarn, und jedesmal, wenn ich es ansah, fragte ich mich, ob er nur spielte oder mit ihm auf dieselbe Weise kommunizierte wie damals mit der Amsel.

Die Fotos hatten mich bis zu einem gewissen Grade auch auf seinen Anblick vorbereitet. Doch als die drei in Heathrow auf mich zukamen, war ich trotzdem überrascht von der außergewöhnlichen Schönheit des Kindes. Adam war normal und wohlproportioniert gewachsen, sein dunkles Haar war lockig und weich. Ein Blick auf seine Hände zeigte mir, daß seine Finger lang und von fast affenähnlicher Schlankheit waren. Sein hübsches Gesicht hatte die Glätte, die hohen Wangenknochen und die kleine Nase von der Mutter, nur seine Lippen wirkten voller als die ihren, und seine Augenbrauen standen enger zusammen. Er war braungebrannt von der Reise, doch was mich am meisten in den Bann zog, waren seine Augen. Sie waren dunkelbraun und hatten einen tiefen, seltsam wissenden Blick: die Augen eines Erwachsenen in einem Kindergesicht.

Brian hielt in der Menge der wartenden Familien, Chauffeure mit Namensschildern, Geliebten und Geschäftsleute Ausschau, entdeckte mich und rief nach mir. Ich schob mich durch das Gedränge, küßte Larry, schüttelte kräftig Brians Hand und ging dann in die Knie, um auf einer Höhe mit Adam zu sein. Ich streckte die Hand aus.

»Hallo, Adam«, sagte ich.

Er ergriff meine Hand. »Hallo, Onkel Dom.« Er sprach mit verhaltener Stimme und ohne den Akzent amerikanischer Kinder. »Wir haben das Tadsch Mahal und die Akropolis besucht.«

Ich lächelte und erwiderte: »Tatsächlich? Wart ihr auch im Kolosseum?«

»Ja, da waren viele Katzen. Und die Führerin hat gesagt, das sind die Geister der Löwen und Leoparden, die all die Christen und Gladiatoren umgebracht haben.«

Larry nahm Adam bei der Hand, und ich schob ihren Gepäckkarren in Richtung des Parkplatzes.

»Das finde ich toll, daß du uns abholst«, sagte Brian. »Ich hatte schon einen Horror vor der Ankunft mit dem ganzen Gepäck. Du bist doch nicht etwa mit dem Porsche gekommen?«

»Keine Sorge, ich habe einen Kombi gemietet. Ich konnte mir schon denken, daß ihr schwer bepackt seid.«

»Das war ganz lieb von dir, daß du auf das Haus aufgepaßt hast«, sagte Larry, als ich in die Autobahnauffahrt einbog. »Ist in Harbury alles beim alten?«

»Ich glaube, du wirst keine Veränderungen feststellen«, erwiderte ich. »In Harbury hat sich seit Einführung der Elektrizität kaum etwas getan. Es gibt zwei neue Häuser am Ende der Straße, aber nicht diese geschmacklosen modernen Kästen, die man sonst sieht. Die Telefonzelle an der Kneipe ist erneuert worden, und in der Kirche sind Totenuhrkäfer – so eine Art Holzwürmer. Mrs. Maggs hat tatsächlich alles in Schwung gehalten und sich damit vermutlich eine goldene Nase verdient. Die Leute sagen, daß sie ihren Reinigungslohn am Bruttosozialprodukt des Landes ausgerichtet hat, aus dem die Mieter kamen. Die letzten waren Japaner, ein Geschäftsmann mit Familie, und die sollen sie buchstäblich rund um die Uhr in Anspruch genommen haben – sehr zu ihrem Vorteil. Ihr Mann hat den alten Mini abgeschafft und einen neuen Ford Fiesta gekauft, außerdem haben sie sich einen ziemlich teuren Wintergarten ans Haus anbauen lassen.«

Während wir so plauderten, beobachtete ich Adam im Rückspiegel. Er schaute angeregt in die vorbeiziehende

Landschaft hinaus, blickte den überholenden Autos hinterher und nach vorn durch die Windschutzscheibe. Als die Unterhaltung erlahmte, fragte er unvermittelt: »Onkel Dom, ist der Teich noch da?«

»Ja«, sagte ich. »Der Teich ist noch da. Er ist sogar ein bißchen größer geworden, weil der Bach umgeleitet wurde.«

»Und Napoleon?« fragte er weiter.

Nach der Abreise war der Kater zu Mrs. Maggs gegeben worden. Ich hatte ihn bei seinen Streifzügen durchs Dorf hin und wieder gesehen, bei der Jagd auf Spatzen in meinem Garten oder auf Feldmäuse in der Obstplantage. »Napoleon geht es gut«, erklärte ich.

»Er muß aber schon alt sein«, sagte Adam nachdenklich.

Ein Blick in den Spiegel zeigte mir, daß er sich freute, weil Napoleon nach am Leben war, und ich staunte darüber, daß er sich an den Kater erinnern konnte. Larry und Brian erging es offenbar genauso.

»Du kannst dich noch an Napoleon erinnern?« fragte Larry.

»Na klar!« sagte Adam lebhaft. »Er war doch mein Freund. Wir haben immer zusammen gespielt.«

Nachdem ich die drei in ihrem Haus abgesetzt hatte, blieb ich nicht in Harbury, sondern trank nur eine Tasse Kaffee in Cobb End und kehrte sofort nach London zurück. Erst am Wochenende fuhr ich wieder hin, und meine Spannung wuchs mit jedem Kilometer. Der Gedanke daran, daß Adam wieder da war, erfüllte mich mit freudiger Erwartung, und die Jahre seiner Abwesenheit kamen mir nun ganz unwesentlich vor. Wohl wahr, daß mir ein Teil seiner Entwicklung entgangen war, aber was hatte das schon zu bedeuten? Das Interessante lag erst noch vor mir, wenn ich nicht nur sein Wachstum verfolgen, sondern auch in seinen jungen Verstand hineinblicken konnte, wenn ich entdecken würde, was für Gedanken in ihm schlummerten, und sie mit ihm zusammen zum Leben erweckte.

Am Samstagnachmittag klopfte ich wie früher an die geteilte Hoftür zur Küche. Larry war beim Kuchenbacken und stand mit mehlbestäubten Händen am Küchentisch, eine gestreifte Schürze bedeckte ihre Bluse und ihre Jeans. »Hallo!« rief sie, als sie mich kommen sah. »Wie in den alten Zeiten.«

»So wie früher!« erwiderte ich, hakte die untere Türhälfte wieder fest, gab ihr einen Begrüßungskuß, setzte mich an den Tisch und schaute ihr bei der Arbeit zu.

»Das Haus hat sich kaum verändert«, stellte sie fest. »Jetzt, wo wir die guten Sachen wieder ausgepackt haben, sieht alles aus, als wären wir nie weggewesen. Es ist nichts Wichtiges zu Bruch gegangen. Nicht ein Fleck auf den Möbeln. Du hast das wunderbar arrangiert.«

»Mir mußt du nicht danken. Das war euer Makler, der die richtigen Mieter ausgesucht hat, und Mrs. Maggs, die sie gut erzogen hat. Wo ist Brian?«

»Er ist beim Autohändler«, erklärte Larry. »Wir müssen uns wieder an die kleineren Kaliber gewöhnen. In den Staaten hatten wir einen riesigen Chevrolet.« Sie machte sich eine Weile am Backofen zu schaffen, schob ein Blech hinein und zog ein anderes heraus. »Plätzchen«, sagte sie und legte die heißen Biscuits auf den Rost zum Abkühlen. »Wir sind keine Amerikaner geworden, das kann ich dir versichern. Aber es gibt da so Sachen ... Und Adam ist ganz versessen auf Kekse.«

»Wie hat es ihm dort gefallen?« fragte ich und war ihr dankbar, daß sie das Gespräch auf ihren Sohn gebracht hatte. »Ich nehme an, es hat ihm Spaß gemacht. Disneyland und all das.«

»Oh, er fand das alles super!« antwortete Larry. Sie schloß die Backofenklappe, stellte den Regler ein und schüttete frisches Mehl durchs Sieb. »Er ist so ein wunderbarer Junge. Nie wird er böse. Und ich meine tatsächlich: nie. Mit den Erwachsenen kommt er glänzend zurecht und auch mit den anderen Kindern. In seiner Gruppe hatte er viele Freunde.

Und doch, als er sich von ihnen trennen mußte, schien er gar nicht traurig darüber zu sein. Es war, als hätte er immer nur Harbury im Sinn gehabt und als könnte er es gar nicht abwarten, wieder nach Hause zu kommen. Seit wir hier sind, kramt er mit einem Bienenfleiß in seinem Zimmer, oder er läuft durch den Garten. Am liebsten ist er aber draußen. Ein richtiger kleiner Rumtreiber.«

Mit einem Plastikförmchen stach sie eine neue Serie Plätzchen aus. Von oben hörte man das Knacken der Dielenbretter. »Jetzt ist er gerade in seinem Zimmer. Ich glaube, er weiß nicht, daß du gekommen bist.«

Ich könnte wetten, daß er es weiß, dachte ich im stillen, sagte aber nichts.

»Du kannst ruhig zu ihm hochgehen. Im Flugzeug hat er die ganze Zeit von dir gesprochen.«

»Wirklich?«

»Aber ja. Er wollte unbedingt zurück, um seinen Onkel Dom wiederzusehen. Deine Geburtstagsgeschenke sind auf fruchtbaren Boden gefallen.«

»Und wie ging es ihm gesundheitlich?«

»Hervorragend. Er hatte die Windpocken, aber nur in ganz milder Form. Abgesehen davon war er immer gesund, nur manchmal eine kleine Erkältung. Als wir eine Woche in Mexiko waren, bekam er eine fürchterliche Magenverstimmung, aber das waren eher die scharfen Tacos als eine Lebensmittelvergiftung, vermute ich. Brian sagt, daß er bald Probleme mit den Zähnen kriegen wird. Sie sind zwar ganz in Ordnung, er putzt sie eifrig, aber Brian befürchtet, daß die Backenzähne zu früh kommen und vielleicht gezogen werden müssen.«

Ich wollte nach den Kindern fragen, mit denen Adam in Amerika gespielt hatte. Das war der einzige Aspekt seiner Entwicklung, von dem ich wirklich bedauerte, daß ich ihn nicht mitverfolgt hatte. Sein Umgang mit Gleichaltrigen hätte mich fasziniert. Ich stellte mir vor, daß er ihnen zeigte, wie man Fische anlockte, und daß Larry auf dem Umweg über den Elternklatsch von den Fähigkeiten ihres Sohnes erfuhr. Und zufällig kam Larry auf das Thema, als hätte ich meine Frage laut ausgesprochen.

»Aber eins ist merkwürdig, Dom«, fuhr sie fort. »Während die anderen Kinder alle möglichen Infektionen hatten, blieb Adam völlig frei davon. Im Kindergarten gab es eine Masernepidemie, und Adam war eins von drei Kindern, die verschont blieben. Drei Kinder von einundvierzig! Etwa die Hälfte der Kinder hatte Keuchhusten, nicht aber Adam. Auch die Windpocken haben ihm am wenigsten zu schaffen gemacht. Nur hier und da ein Pickelchen. Manche Kinder waren davon übersät.«

Die Erinnerung daran brachte sie zum Lachen. Sie stellte das Blech mit den ausgestochenen Plätzchen beiseite und bereitete Korinthenkekse vor. Ich lächelte höflich, aber meine Gedanken waren schon viel weiter. Wenn er so gut immunisiert ist, dachte ich, ist sein Blut eine Untersuchung wert, von seiner DNA ganz zu schweigen. Und wenn die Entwicklung erst einmal so weit wäre, würden fünf Milliliter von seinem Blut eine Wonnegabe für Ruth sein.

»Aber einmal haben wir uns wirklich Sorgen gemacht«, sagte Larry und riß mich aus meinen Gedanken.

Mich befiel ein Schrecken. »Und was war das?«

»Im letzten Winter gab es diese schreckliche Grippewelle. Hongkong A, Variante H oder so ähnlich. Du weißt ja, daß die jedes Jahr einen anderen Namen hat. Jedenfalls hat es Adam bös erwischt. Wir hatten schon Angst, er würde eine Lungenentzündung kriegen. Er kam ins Krankenhaus und mußte eine Woche dortbleiben. Aber er ist drüber hinweggekommen.«

»Welche Untersuchungen haben sie mit ihm gemacht?« Ich wollte wissen, ob andere etwas entdeckt hatten und ob etwas in seiner Krankenakte gelandet war.

»Keine besonderen. Blutsenkung und so weiter. Aber davon abgesehen war er immer munter wie ein Fisch im Wasser.«

»Und es gab nichts Auffälliges?«

»Überhaupt nichts.« Sie lachte. »Mach dir nicht so viel Sorgen, Dom. Man könnte fast meinen, du wärst der Vater.«

Ich lächelte über die Anspielung. »Es ist nur meine Anteilnahme ...« wollte ich erklären, aber sie unterbrach mich.

»Wenn du dich um all deine kleinen Kreationen so kümmern würdest, hättest du aber viel zu tun. Ich bin sicher nicht deine einzige Patientin mit einer Fehlgeburt nach einem Unfall.«

Das Knarren der Dielen über uns hatte aufgehört, und jetzt vernahmen wir Adams Schritte in dem alten Haus.

»Da kommt er schon«, sagte Larry. »Geh doch ein bißchen mit ihm hinaus. Er wird sich freuen.«

Adam kam in die Küche. Er trug kleine Jeans und ein rotes T-Shirt mit der weißen Aufschrift ›Boston Red Sox‹.

»Hallo, Onkel Dom«, sagte er. »Das T-Shirt habe ich aus Amerika.«

»Und was bedeutet ›Boston Red Sox‹?«

»Das ist eine Baseball-Mannschaft. In Amerika spielen sie Baseball.«

»Magst du Baseball?«

Bevor er antworten konnte, sagte Larry: »Willst du nicht mit Onkel Dom an den Teich gehen?«

»Ja«, antwortete Adam, nahm meine Hand und zog mich vom Stuhl zur Tür.

»Freust du dich, daß du wieder zu Hause bist?« fragte ich ihn auf dem Weg über den Rasen.

»Ja, ich wollte wieder zurück.«

»Hat es dir in Amerika nicht gefallen?«

»Doch, schon. Aber ich wollte wieder hierher zurück.«

»Weißt du noch, wie alles war?«

Er dachte eine Weile nach und sagte: »Ja, fast alles. Ich weiß, wie es mit dir war.«

Wir kamen an den Teich. Er war jetzt über einen kleinen Zweigkanal mit dem Bach verbunden und ein wenig größer geworden. Der Abfluß war durch eine Bretterkonstruktion aufgestaut, und das Wasser lief darüber wie über ein kleines Wehr.

»Die Fische sind noch da«, sagte Adam. »Ich habe sie gestern gesehen. Und Frösche und ...«

»Molche?« fragte ich.

»Sehen die aus wie Eidechsen?«

»Ja, die meine ich. Sie leben im Wasser, können aber auch an Land kommen. Man nennt sie Amphibien.«

»Ich habe in Arizona Eidechsen gesehen«, erklärte Adam. »In Amerika heißen die Eidechsen, die im Wasser leben, Salamander.« Mit unverkennbarem Stolz gab er sein Wissen von sich, und nach einer Pause fügte er hinzu: »Aber ›Molche‹ ist besser.«

Wir standen am Rand des Teiches, genau an der Stelle, wo er die Fische gerufen hatte.

»Kannst du noch zu den Fischen sprechen?« fragte ich.

Adam wandte mir das Gesicht zu und blickte mir direkt in die Augen. Sein Blick war beunruhigend, als wäre darin ein Vorwurf aus einem verborgenen Winkel seiner Seele enthalten. »Ich spreche nicht zu ihnen«, sagte er leise. »Ich ... ich kenne sie. Und« – er blickte zum Haus hinüber – »erzählst du auch nichts Mama oder Papa?«

Es war eine Bitte, aber sie klang wie ein Befehl.

»Nein«, sagte ich. »Ich werde Mama und Papa nichts erzählen. Das bleibt unser Geheimnis.«

»Ganz bestimmt?«

»Aber sicher!«

»Möchtest du, daß ich sie jetzt kenne?« fragte er.

»Nein«, sagte ich. »Ein andermal.«

»Ich habe sie gestern gekannt. Sie sind nicht sehr glücklich.«

Einen Moment lang war ich um eine Antwort verlegen. Für

eine derart aus der Luft gegriffene Behauptung hätte jedes andere Kind eine ausweichende Antwort bekommen, aber hier hatte ich es mit Adam zu tun. »Vielleicht«, schlug ich vor, »haben sie es nicht gern, daß das Wasser durchfließt.«

Er dachte kurz nach und sagte dann: »Ja, vielleicht. Es ist, weil das Wasser« – er suchte nach einem Wort – »komisch schmeckt.«

»Wie meinst du das?«

»Den Fröschen schmeckt es nicht«, erwiderte er. »Und den Fischen auch nicht.«

Er drehte sich um und blickte zum Kiesweg hinüber. »Napoleon ist wieder da.«

Kaum hatte Adam den Satz gesprochen, als der Kater auftauchte. Er blieb stehen, blickte sich um und lief direkt zu Adam, schmiegte sich an seine Beine und ließ sich von ihm streicheln.

»Er ist jetzt alt«, sagte Adam. »Seine Knochen tun weh.«

»Woher weißt du das?«

»Ich kenne ihn auch.«

Diese Unterhaltung erschütterte mich. Adam war ein Kind, aber er verhielt sich wie ein Erwachsener, und seine Wahrnehmung beruhte offenbar auf übernatürlichen Fähigkeiten. Trotzdem war er nicht altklug und besserwisserisch, wie es manche aufgeweckten Kinder sind.

Nach dem Tee saß ich mit Brian in der Küche bei Larry, die das Abendbrot vorbereitete. Wir sprachen gerade über Amerika, über ihre Zukunftspläne, über Brians Praxis und seine Einführung der absoluten Spitzentechnologie, wie er es ausdrückte, als Adam hereinkam und sich neben mich stellte. Er sprach nicht dazwischen oder zog mich am Ärmel, wie es Kinder normalerweise tun. Er wartete einfach, bis eine Pause eintrat und fragte mich dann: »Onkel Dom, kommst du mit in mein Zimmer?«

»Aber gern«, sagte ich, stand auf und folgte ihm die Treppe hinauf.

Als wir an dem alten Foto vorbeikamen, sagte Adam: »Das ist unser Haus, wie es früher war. Der Junge ist das, was ich jetzt bin.«

»Wie meinst du das?«

»Er hat früher hier gewohnt, und jetzt wohne ich hier.«

Sein Zimmer sah aus, wie man es erwarten konnte. Dic weiße Wand war behängt mit Bildern, wie kleine Jungen sie mögen: Flugzeuge, Autos, ein Space-Shuttle der NASA. Die offenstehende Kiefernkommode in der Ecke zeigte eine Vielzahl von Spielzeugen, und ins Regal neben dem Bett waren Bücher einsortiert – dicke Märchenbücher und dünne Bilderbücher über Dinosaurier, die alten Ägypter, Insekten und Baseball. Ich bemerkte, daß die Bücher, die ich ihm geschenkt hatte, separat standen und eine eigene kleine Abteilung bildeten, die von zwei steinernen, als Buchstützen dienenden grimmigen Bisons zusammengehalten wurde.

»Das ist aber ein schönes Zimmer«, sagte ich.

»Willst du meine Bilder sehen?«

Ich sagte ja, und er zog eine große Mappe unter dem Bett hervor und löste die Schleifen, mit denen sie verschlossen war.

»Hier drin sind meine besten«, erklärte er.

Er reichte mir ein Blatt nach dem anderen. Sie waren mit Bleistift oder Filzstift bemalt, ein halbes Dutzend etwa war ungelenk mit Wasserfarben koloriert. Ich hatte nicht gewußt, was mich erwartete, doch was ich dann sah, verblüffte mich in der Tat.

Normalerweise malen Kinder Strichmännchen und Häuser, Tiere und Bäume mit ähnlich einfachen Mitteln. Doch Adams Bilder waren anders. Es fehlte ihnen jeglicher Sinn für Perspektive, und die Figuren bestanden zwar auch aus Strichen, aber diese Striche waren viel dicker. Ich konnte erkennen, daß Adam zuerst eine Linie gezogen und diese dann durch Parallelstriche verstärkt hatte, so daß sie mehr Volumen bekam.

»Gefallen sie dir?« fragte er.

»Sie sind sehr schön!« lobte ich ihn.

»Möchtest du eins haben?«

»Ja, gern«, erwiderte ich.

»Du kannst sechs Bilder haben«, sagte er. »Du kannst sie selbst aussuchen.«

Ich blätterte die Mappe durch und betrachtete die Bilder noch einmal. Die meisten von ihnen zeigten Menschen mit Tieren und Bäumen. Auf einigen waren auch Häuser zu sehen, die ein Fachwerkmuster hatten wie die alten Bauernhäuser im Dorf. Die Zeichnungen waren mit kräftigen Strichen gemacht und wirkten primitiv, aber auf eine andere Art, als man es sonst bei den frühen Malversuchen von Kindern findet. Ich konnte nicht genau sagen, woran es lag, aber für mich hatten diese Gestalten Bewegung und Leben.

»Wo hast du das gemalt?« fragte ich und zeigte ihm die Zeichnung eines Fachwerkhauses.

»In Amerika. Ich habe sie alle in Amerika gemacht. Hier habe ich noch nicht angefangen.«

Ich suchte mir ein Haus mit Mann aus, eine einzelne Strichfigur und vier zusammengesetzte Zeichnungen. Adam bestätigte meine Wahl. »Du hast die besten genommen«, erklärte er.

»Ich werde sie rahmen lassen und drei im Landhaus und drei in meinem Büro in London aufhängen«, sagte ich.

Als ich am Sonntagabend in meine Praxis zurückkam, erfaßte ich die Zeichnungen mit dem Handscanner und speicherte sie in der verborgenen Mouette-Datei meines Computers. Am nächsten Morgen schickte Molly die Originale zum Glaser.

Meine Vorräte gehen langsam zu Ende.

Nach den Anweisungen von Dr. Suárez hatte ich, als ich das Vertrauen der Lichtungsbewohner gewonnen hatte, mit einer Impfungsaktion gegen Tuberkulose, Diphtherie und Masern begonnen. Doch dann kam es zu einer unvorhergesehenen Komplikation. Einer der Männer hatte bei einem Jagdausflug den Bewohnern der Siedlung oberhalb der Wasserfälle davon erzählt, und seitdem kamen sie ständig zu mir. Die Folge ist, daß mein Vorrat an TB-Impfstoff erschöpft und auch das Spritzenmaterial fast verbraucht ist. Andere Vorräte werden ebenfalls knapp: Einwegskalpelle und Skalpellklingen, Jod und antiseptische Salben, Verbandmaterial und Tupfer. Ich habe viele Hautabschürfungen verbunden, drei Knochenbrüche eingerenkt, mehr Beulen und Geschwüre geschnitten, als ich zählen kann, -zig Hautkrankheiten und sieben Fälle von *pian* behandelt, vier abscheuliche Piranha-Bisse verarztet, Hautparasiten mit einer glühenden Nadel ausgebrannt und subkutane Bremsenlarven herausgeschnitten.

Nur ein einziger Urwaldbewohner hat meine ärztlichen Künste überfordert. Ein kleines, bewußtloses Mädchen wurde eines Tages aus dem tiefsten Dschungel zu mir gebracht. Zwei Männer trugen es auf einer Bahre, und hinter ihnen ging die vor Kummer verstummte Mutter. Sein ganzer Körper war hart und violett angelaufen, als wäre er ein einziges, riesiges Geschwür, seine Lippen waren geschwollen, und auch die Augenlider waren so aufgequollen, daß man die Augen nicht mehr sah.

»Wie ist das gekommen?« fragte ich.

Der Mann am Kopfende der Bahre, der sich als der Vater herausstellte, gab mir Antwort: »*Abejas, señor.*«

Ich nickte. Dr. Suárez hatte mich vor den afrikanischen Mörderbienen gewarnt, die mit den Sklaven eingeschleppt worden waren und sich inzwischen über ganz Südamerika ausgebreitet hatten. Wenn ein Schwarm zum Angriff überging, war er durch nichts, auch nicht durch Rauch, von seinem Opfer abzuhalten.

Ich konnte nichts mehr tun. Ich gab dem Mädchen eine

Morphium-Injektion, um seine Schmerzen zu lindern, konnte aber keine Wirkung des Mittels feststellen. Es starb in der Nacht, von Krämpfen geschüttelt, und am Ende hob es noch einmal den Arm, wie um die Nachzügler des Bienenschwarms abzuwehren.

Als mir das verfrühte Schwinden der Vorräte deutlich wurde, sandte ich eine Nachricht nach Santo Antonio do Içá. Chuhi nahm den Brief zur Siedlung oberhalb der Wasserfälle mit, von wo er vermutlich durch eine Kette von Waldläufern, Jägern, Kanupaddlern und Händlern weiterbefördert wurde. Wie ich es mit Dr. Suárez besprochen hatte, trug der Brief keine Adresse. Er war auf Englisch geschrieben, und der Absender war eine Tarnung: Ich nannte mich Pater Dominic.

Dr. Suárez ist ein Wohltäter, einer jener frommen Männer, die an den Schmerzen ihrer Mitmenschen leiden, als wären es die eigenen, ohne danach zu fragen, ob sie das Resultat von Krankheit, Dummheit oder Schwäche sind. In seiner Klinik behandelt er Kranke, deren Leben die Gringos mit Whisky, mit Quecksilberoxid aus den Goldminen und mit Pocken zerstört haben. Was mich betrifft, hat er sich meiner erbarmt, weil nicht mein Körper, aber meine Seele krank ist. Er weiß, was ich getan habe, weil er mein Beichtvater ist, dem ich alles anvertraut habe, und sein Mitgefühl ist ohne Vorwurf und ohne Kritik. Für Dr. Suárez ist meine Sünde keine Verfehlung, sondern ein Hindernis, über das ich gestolpert bin.

Wie lange mein Brief brauchen würde, um in die Hände des Doktors zu gelangen, konnte niemand vorhersagen. Vielleicht vierzehn Tage, vielleicht auch drei Monate.

Der Mangel wurde so groß, daß ich versuchte, die Einwegskalpelle zu sterilisieren. Zwar konnte ich die Wegwerfklingen in einem Topf über dem Feuer auskochen, aber die Erwärmung machte sie stumpf. Die Einwegspritzen, die aus einem klinischen Plastikmaterial hergestellt waren, wurden vom Kochen nicht keimfrei, sondern einfach krumm, und die Kanülen verloren ihren Plastiksockel. Der Verzweiflung nahe, versuchte ich eines Morgens, eine Skalpellklinge mit einem glatten Stein zu schleifen, den ich am Fluß gefunden und ausgekocht hatte. Kaum hatte ich damit begonnen, kam Urú auf mich zugerannt.

»*Señor! Vienen dos hombres! Vienen para verte!*«

»*Gringos?*« fragte ich.

Sie dachte einen Moment nach. »*No, señor.*«

Zwanzig Minuten später hielt ein breites Kanu mit einem großen Außenbordmotor auf das Ufer zu und wurde von zwei Männern an Land gezogen. Der eine trug den Lendenschurz der Eingeborenen, der andere abgeschnittene Jeans und ein schmutziges T-Shirt. Beide waren barfuß, aber der Mann in Jeans hatte sich abgetragene Tennisschuhe um den Hals gehängt, die an den Schnürsenkeln miteinander verknotet waren. Als er an Land gestiegen war, zog er mit sichtlichem Stolz und mit würdevollen Bewegungen die Schuhe an.

»*Padre Domenico?*« fragte er, als ich auf ihn zuging, und richtete sich auf.

»Ja«, sagte ich auf Englisch. »Ich bin Pater Dominic.«

»Und ich bin Miguél, *señor.* Er da« – er zeigte auf seinen Begleiter – »ist Fernandez. Wir kommen von Dr. Suárez.« Er schüttelte mir die Hand. »Wir bringen die Kisten.«

»Sehr gut!« rief ich. »Vielen Dank, Miguél.«

Chuhi gesellte sich zu uns, Keewei und ein paar andere hielten sich im Hintergrund, und die Frauen schauten fast nervös aus dem Schatten der Langhäuser zu uns herüber. Ich gewann den Eindruck, daß die zwei Besucher vielleicht zu einem als feindlich betrachteten Stamm gehörten.

»Chuhi« sagte ich in einem Ton, als wäre ich ein Missionar und er ein Bekehrter, »*me gustaría que descargaras las cajas.*«

»*Sí, señor*«, erwiderte Chuhi.

Die Neuankömmlinge wechselten einen Blick.

»*Padre*«, verbesserte ich ihn.

Er stutzte, zwinkerte mir verschlagen zu und sagte: »*Sí, padre.*«

Die Kisten wurden von sechs oder sieben Männern zu meiner Hütte getragen und in der Veranda aufgestapelt. Einige von ihnen waren schwer und benötigten zwei Träger. Die Kisten waren vernagelt und von Nylonbändern mit Metallsiegeln umspannt.

Fernandez kramte in einem Leinwandsack im Kanu und holte einen Umschlag heraus, der in Folie eingewickelt war. »Hier, Pater, Dr. Suárez hat uns einen Brief für Sie mitgegeben.«

»Danke«, sagte ich und nahm den Brief entgegen. Ich war mir nicht sicher, ob ich »mein Sohn« hätte anschließen sollen, doch dann sagte ich mir, daß ich meine Tarnung und die damit verbundene Verstellung nicht überstrapazieren durfte.

Als das Boot entladen war, hockten sich die zwei Männer ans Flußufer. Sie holten eine Art Dörrfleisch aus dem Leinensack und kauten es, indem sie Stücke davon mit ihren Messern abschnitten, die herausfordernd in der Sonne glänzten, damit Chuhi und die anderen sehen konnten, daß sie bewaffnet waren.

Erst als die Mahlzeit vorüber war und sie sich eine Flasche Bier geteilt hatten, stiegen sie in ihr Kanu und stießen ab. In weniger als einer Minute waren sie außer Sicht.

»*Hombres malo*«, sagte Chuhi, als er an meiner Hütte vorbei zur Schneise ging, die als Latrine diente.

»*Porqué?*« fragte ich.

»*Javee*«, sagte er und furzte laut, um seiner Verachtung für die Javee Ausdruck zu geben.

Ich schleppte alle Kisten in die Hütte, stapelte sie ordentlich an der Wand auf und öffnete, auf die Veranda zurückgekehrt, die Folie und den Briefumschlag mit der Skalpellklinge, die ich versucht hatte zu schärfen. Dr. Suárez' Brief war kurz und bündig.

Lieber Doktor Pater Domenico!
Hier sind die Vorräte, um die Sie gebeten haben. Sie leisten in Ihrem Gebiet eine wertvolle Arbeit für unsere Klinik und unsere Gemeinde. Ich habe Ihnen mehr Impfstoff mitgegeben, als Sie bestellt haben. Die Nachfrage scheint unsere Schätzungen weit zu übersteigen. Sie werden auch ein wenig neue Ausrüstung und auch ein paar zahnärztliche Instrumente finden, für den Fall, daß sie benötigt werden.
Außerdem habe ich eine Polaroid-Kamera mit zwölf Filmen beigelegt. Falls Sie medizinisch interessante Beobachtungen machen, können Sie Fotos davon anfertigen und sie mit Ihren Kommentaren an mich weiterleiten. Das wäre sehr nützlich.
Ihr Wirken bleibt mir nicht verborgen. Vom Überbringer Ihrer Nachricht habe ich viel Lobendes über Sie gehört. Die Huambas schätzen oder verehren Sie sogar. So soll es sein.
Schließlich, mein Freund: Hier in Santo Antonio do Iça halten sich drei Männer auf, die nach Ihnen forschen. Natürlich erhalten sie keine Auskunft. Aber sie sind sehr hartnäckig und locken diejenigen mit Geschenken, die beim Whisky eine lose Zunge haben. Einer von ihnen ist ein brasilianischer Beamter, vielleicht von der Polizei, die anderen beiden sind Engländer wie Sie.
Ich denke, das sollten Sie wissen.
Wir beten für Ihr Wohlergehen und daß Gott Sie beschützen möge.

Ihr Freund und Gefährte
Dr. Felipe Suárez

Jetzt ist es nur noch eine Frage der Zeit. Sie werden kommen, und sie werden mich finden. Die Welt von heute bietet keine Schlupflöcher mehr, wenn die Gesellschaft entschlossen ist, die Guten oder die Bösen, die Schönen oder die Häßlichen, die Unschuldigen oder die Schuldigen zur Strekke zu bringen. Früher oder später muß jeder seine Rechnung begleichen, seine Strafe hinnehmen und zur Hölle fahren.

Zwei Monate lang ermunterte ich Adam, weitere Bilder für mich zu malen. Irgendwie, ohne es recht zu begreifen, spürte ich, daß sie etwas Besonderes an sich hatten. Eins von ihnen beschäftigte mich so sehr, daß ich es rahmen ließ und direkt gegenüber meinem Schreibtisch aufhängte. Es zeigte ein windschiefes Fachwerkhaus, verschiedene Strichmännchen und einen entsprechenden Hund. Nicht wenige Patienten bemerkten es und fragten mich, wer es gezeichnet hatte. Die Frager belog ich auf eine Weise, daß es ihrer nationalen oder sozialen Herkunft schmeichelte. Für eine portugiesische Patientin war es eine unsignierte Picasso-Skizze, eine Vorstudie zu einem späteren Gemälde. Sie gurrte anerkennend, und ich sah deutlich, daß sie mich beneidete. Einer amerikanischen Patientin erzählte ich, es handele sich um eine Kritzelei von Warhol, und ich zeigte ihr noch ein paar andere Blätter, um ihr weiszumachen, daß ich die ganze Serie besaß. Sie wollte mir die Bilder für eine lächerlich überhöhte Summe abkaufen, aber ich lehnte höflich ab. Und Signor Riccione, ein italienischer Bankier, wurde im Glauben gelassen, daß er eine Skizze zu Alberto Giacomettis ausgemergelten Skulpturen vor sich hatte.

Molly, die wußte, daß die Bilder von einem Kind stammten, nicht aber, von welchem, begann ein kleines Spiel mit mir, indem sie vorschlug, welchen Künstler ich welchem Patienten gegenüber als Schöpfer des Bildes ausgeben sollte. Wir gingen die ganze Galerie moderner Künstler durch –

Dufy, Braque, Metzinger, Kandinsky, Feininger, Bacon, Dali – und versuchten, jedem einen geeigneten Patienten zuzuweisen wie beim Hundespiel im Park, wo man zu jedem frei herumtollenden Hund den passenden Eigentümer errät.

Es ging überraschend gut und bereitete uns ein harmloses Vergnügen – bis zu dem Tag, als Colonel Pratt-Whittcombe mit seiner Gattin in die Praxis kam.

Während sie sich ihrer Hüllen entledigte, wollte ihr Gatte die Wartezeit mit Konversation überbrücken, und so erkundigte er sich nach den Bildern.

Draußen regnete es heftig. Ich hätte die Warnung beherzigen und das Spiel an diesem Tag ausfallen lassen sollen.

»Alle Achtung«, sagte er, riß den Kopf hoch und fixierte das Bild. »Wo haben Sie das her? Saubere Ausführung. Verdammt gute Kopie. Kann man nichts gegen sagen. War bestimmt nicht billig. Wenn Sie die Frage erlauben.«

Ich mußte mir das Lachen verkneifen. Dann erst kamen seine Worte bei mir an. »Wieso Kopie?« fragte ich zurück.

»Das ist doch nicht etwa echt, oder doch? In meine, echt auf Papier.« Er schnaufte belustigt über seinen eigenen Witz. »Oder auf Birkenrinde. Kann man nie wissen.«

Ich ließ das Künstlerspiel sausen und erklärte: »Es ist von einem meiner Kinder.«

»Nicht möglich! Sohn oder Tochter?«

Jetzt war ich derjenige, der lachte.

»Ich bin nicht verheiratet. Wenn ich von meinen Kindern spreche, dann meine ich ...«

»Ach ja, Sie sind der Mann mit den Retortenbabys, stimmt's? Und machen traurige Ehepaare froh. Was uns betrifft, Daphne und mich«, er lehnte sich steif herüber, als wollte er mir ein Geheimnis anvertrauen, »ist es ein bißchen spät dafür. Sie hat Ärger mit ihrem Unterbau, die Gute.«

»Ja, ich weiß«, sagte ich und blickte auf ihre Krankenakte, die vor mir auf dem Schreibtisch lag. Langsam gingen mir seine Redeweise und sein militärisches Gehabe auf die Nerven.

»Trotzdem, gelungene Kopie«, wiederholte er.

»Eine Kopie wovon?«

»Nehme nicht an, daß Sie Zeit fürs Museum und solchen Kram haben. Wir schon, müssen Sie wissen. Bin ja pensioniert. Also laufen wir durch die Galerien. Man muß schließlich was zu sehen kriegen. Und was Ihr Bild betrifft, dann gehen Sie doch mal ins Britische Museum. Da ist eine Ausstellung über ...«

In diesem Moment klopfte Angela und trat ein. Daphne Pratt-Whittcombe war endlich, wie es schien, aller Hüllen entledigt und erwartete mich in einem Patientenkittel.

Während der ganzen Untersuchung gingen mir die Worte ihres Gatten nicht aus dem Kopf. Selbst der Verdacht, daß die arme Frau eine bösartige Eierstockgeschwulst hatte, konnte seine Stimme in mir nicht zum Verstummen bringen.

Um halb vier, als Molly die letzte Patientin hinausgeleitet hatte und die Gewebeproben der Frau des Colonels nach Hendon ins Pathologische Labor abgeschickt waren, druckte ich eine Kopie des im Computer gespeicherten Bildes aus, zog den Mantel über und ging durch den Nieselregen ins Britische Museum.

Da der Colonel mir nicht mehr hatte erklären können, wo das Original des Bildes von Adam hing und ich vergessen hatte, ihn danach zu fragen, ging ich zum Informationsschalter. Die junge Frau in der Museumsuniform warf nur einen kurzen Blick auf meine zu hart geratene Kopie und zeigte auf einen Gang zu ihrer Linken. »Sie können es nicht verfehlen, Sir«, sagte sie. »Sie müssen nur den Wegweisern bis zur Camonier-Ausstellung folgen.«

Ich durchwanderte Säle mit römischen Säulen, griechischen Skulpturen, ägyptischen Gebrauchsgegenständen und Mumiensärgen, phönizischen Töpfen und Modellen antiker

Segelschiffe. Jeder Schritt führte mich tiefer in die Frühzeit der menschlichen Zivilisation. Am Ende der Hethitersammlung fand ich ein Schild an einer Seitentür: »Die Camonier – Kunst und Handwerk.«

Die Erregung packte mich, und in banger Erwartung zerknüllte ich die Kopie in meiner Jackentasche.

Der Raum lag im Halbdunkel, die Vitrinen an den Wänden waren von innen beleuchtet. An einem Gestell in der Mitte waren detaillierte Übersichtskarten von Oberitalien angebracht, und bunte Fähnchen markierten die Fundorte der gezeigten Gegenstände. Daneben hingen Schautafeln, auf denen Waffen, Werkzeuge und Gebrauchsgegenstände erklärt wurden. Die Ausstellung selbst bestand aus Nachbildungen bronzezeitlicher Gegenstände, wie man sie in Felszeichnungen dargestellt gefunden hatte.

Die erste Vitrine zeigte eine Reihe von nachgebildeten Messern, manche aus Feuerstein, andere aus Bronze. Hinter ihnen war ein Ausschnitt der Hauptkarte zu sehen, und neben den Umrißzeichnungen der Messer stand jeweils ein Erklärungstext.

Ich hielt mich nicht weiter mit den Vitrinen auf, sondern ging hastig an weiteren Dolchen, Speeren, Pfeilen, Lanzen, Hämmern, Äxten und Hellebarden vorbei. Schließlich stand ich vor der lebensgroßen Nachbildung eines bronzezeitlichen Anwesens. Hinter dem Absperrseil war eine häusliche Szene mit leder- und fellbekleideten Puppen nachgestellt. Eine Frau saß am Feuer und flickte ein Kleidungsstück; ein Mann, gerade von der Jagd heimgekommen, trug zwei ausgestopfte Kaninchen am Gürtel und einen Dolch in der Hand. Ein Kind mit zerzauster Mähne streichelte einen ausgestopften Hund, während eine ausgestopfte Ziege Heu aus einem Futternetz zupfte. Im Obergeschoß des Bauwerks dienten aufgehäufte Felle als Matratzen, hier und da standen

Tontöpfe herum, und am Feuer lag die Gußform einer Axtklinge.

Neben dem Diorama an der Wand hing ein weiterer Erläuterungstext. Und darüber war eine Zeichnung des Hauses abgebildet, auf der die Nachbildung basierte. Ich starrte auf die Zeichnung, zog fast wie im Reflex Adams Bild aus der Tasche und strich es glatt. Beide Bilder waren identisch.

Es gab keine Sitzgelegenheit im Raum. Ich lehnte mich an die Wand, und mein Herz hämmerte, als wäre ich im Dauerlauf von der Praxis ins Museum gerannt. Einen Moment lang glaubte ich an einen Herzanfall. Ein Aufseher, der seine Runde machte, trat an mich heran und fragte in seinem Cockney-Akzent: »Alles in Ordnung, Sir?«

»Mir geht's gut«, erwiderte ich und gewann die Fassung zurück. »Nur ein kleiner Anfall, ich habe meine Medikamente.«

»Soll ich einen Arzt holen, Sir?«

Ich lächelte und sagte: »Nicht nötig, ich bin selbst Arzt.«

Im Museums-Shop kaufte ich mir den Katalog zur Ausstellung, doch ich schlug ihn erst auf, als ich wieder zu Hause war und mir Whisky mit Soda auf den Couchtisch neben dem Sessel gestellt hatte.

An der wissenschaftlichen Einführung hatte ich kein großes Interesse. Der reich illustrierte Katalog enthielt jedoch Hunderte von Zeichnungen aus der Bronzezeit. Manche von ihnen zeigten vereinfachte menschliche Gestalten und Haustiere, die mit denen auf Adams Bildern starke Ähnlichkeit aufwiesen. Es folgten etwas komplexere Darstellungen von Menschen beim Weben, beim Hausbau, beim Karrenlenken und Schmieden. Andere stellten seltsame Männer mit zusätzlichen Armen und Beinen oder mit verzweigten Geweihen dar, oder sie hielten flache Gegenstände in den Händen, die im Katalog als Zauberpaddel bezeichnet wurden. Die eigentümlichsten Bilder aber waren die sogenannten anthropomorphen Labyrinthe. In ihrer Mitte stand immer ein

Mann, der von seinen endlos verlängerten Gliedmaßen umschlungen wurde, so daß sich ein wie von Kinderhand gezeichnetes Labyrinth ergab. Ich legte den Katalog hin und griff zum Telefon. Am anderen Ende meldete sich Larry.

»Hallo, Larry« rief ich. »Hier ist Dom. Ich muß dir ein paar Fragen über Adam stellen.«

Meine Ungeduld erschreckte sie. »Ist irgendwas passiert?« fragte sie.

»Nein, nein,« beschwichtigte ich hastig, »es ist nur eine Vorsichtsmaßnahme. Als ihr eure Reise gemacht habt, wart ihr da außer in Rom noch anderswo in Italien?«

»Wir waren auch in Florenz.«

»Seid ihr mit Adam in irgendwelchen Kunstgalerien gewesen?«

»Natürlich. In den Uffizien und ... Worauf willst du hinaus, Dom?«

Ich mußte mir schnell etwas einfallen lassen. In meinem Drang, herauszubekommen, ob Adam solchen Bildern irgendwo begegnet war, hatte ich nicht an eine passende Ausrede gedacht. Ich verfiel auf das Nächstliegende: »Es ist die Grippe. In Italien hat sich ein ziemlich ekelhaftes Virus ausgebreitet. Und da Adam in den Staaten diese Attacke hatte, dachte ich ...«

»Verstehe«, unterbrach mich Larry. »Du meinst, er braucht eine Impfung?«

»Nein, das nicht. Ihr seid wahrscheinlich weitergereist, bevor es losging. Es war nur so ein Gedanke. Ihr solltet in den nächsten Wochen ein Auge auf ihn haben.«

»Das werden wir«, sagte Larry.

»Und wie hat es ihm in den Museen gefallen?«

»Oh, sehr! Das Zeichnen begeistert ihn, wie du wohl weißt. Er und seine Stifte sind unzertrennlich.«

»Habt ihr auch Ausstellungen mit prähistorischer Kunst besucht?« fragte ich so beiläufig wie möglich.

»Nein, wir waren nur in den großen Museen. Römische

Kunst haben wir viel gesehen. Wozu fährt man sonst nach Rom?« Sie lachte. »Aber die Römer waren nicht prähistorisch.«

Wir sprachen noch ein paar Minuten weiter, dann schlug ich ihr vor, daß ich Adam an einem der nächsten Wochenenden für einen Nachmittag ausführen könnte.

»Zum Beispiel einen Zoo besuchen oder etwas in der Art.«

»Du bist ein Schatz, Dom!« rief Larry. »Adam wird begeistert sein.«

»Das sind doch die Pflichten eines Paten, denke ich. Museumsbesuche und so weiter. Mein Pate ist mit mir zum ersten Mal ins Wissenschaftsmuseum gegangen, und meine Patentante hat mich mit in den Londoner Zoo genommen.«

Wir verglichen unsere Terminkalender und verabredeten, daß ich in zwei Wochen etwas mit Adam unternehmen würde.

Am Marble Arch war der Verkehr zusammengebrochen, weil sich ein Bus, ein Sattelschlepper und ein Motorrad ineinander verkeilt hatten, folglich kam ich ein paar Minuten zu spät. Ruth, mit dem überfüllten Zug aus Oxford gekommen, stand vor der Buchhandlung W. H. Smith an der Paddington Station und hielt unter dem vorbeiströmenden Vormittagspublikum nach mir Ausschau. Ich entschuldigte mich für meine Unpünktlichkeit und geleitete sie zum Porsche, den ich bei den Taxis geparkt hatte.

»Ich war doch etwas überrascht, daß du dich gemeldet hast«, sagte sie, als ich aus dem Bahnhof fuhr und links in die Praed Street abbog. Die Sonne schien hell, und der Himmel war von einem lichten Blau, aber die Luft war kalt. »Wie ist es dir in den drei Jahren ergangen?«

»Gut«, erwiderte ich. »Und dir?«

»Das Leben geht weiter.« Sie blickte aus dem Fenster und fügte hinzu: »Ich hätte dich gern öfter gesehen.«

Ich konzentrierte mich auf das Verkehrsgewühl auf der Edgware und der St. John's Wood Road, was mir einen guten Vorwand zum Schweigen lieferte.

»Wo fahren wir hin?« fragte Ruth schließlich.

»In ein kleines Lokal, das ich kenne«, sagte ich ausweichend.

»Ich hoffe, es ist etwas Wichtiges. Ich müßte eigentlich auf einer Fachbereichskonferenz sein.«

»Ja, es ist wichtig.«

»Am Telefon klangst du sehr wortkarg.«

Nach fünfzehn Minuten stellte ich das Auto im Gewirr der engen Gassen beim Primrose Hill ab, schaltete die Alarmanlage ein und führte Ruth zu einem kleinen griechischen Restaurant am Chalcot Square. Erst als wir uns an einen Ecktisch gesetzt und die Getränke bestellt hatten, kam ich darauf zu sprechen, warum ich sie nach London gebeten hatte.

»Ich war tatsächlich kurz angebunden, und es tut mir leid«, begann ich. »Ich hatte in letzter Zeit ziemlich viel um die Ohren.«

»Und mich hast du, wie ihr Engländer sagt, ganz schön in die Bredouille gebracht. Ich mußte mir eine reichlich hergeholte Entschuldigung ausdenken, damit ich überhaupt fahren konnte.«

»Was hast du ihnen gesagt?«

»Ich habe dem Konferenzleiter erzählt, daß mein Halbbruder auf der Durchreise in Heathrow ist und mich treffen will. Wir hätten uns seit Jahren nicht gesehen, und es sei eine einmalige Chance, da er sich meist in Saigon aufhalte – etwas in der Art. Wenn sie meine Unterlagen prüfen, und du kannst darauf wetten, daß sie das tun, werden sie sehen, daß ich tatsächlich einen Halbbruder habe. Meine Mutter war zweimal verheiratet.«

Der Kellner brachte die Getränke und notierte die Bestellung.

»Was hast du also auf dem Herzen?«

»Ich muß dich etwas fragen und dich zugleich bitten, daß du mir keine Gegenfragen stellst.«

»Das ist ein bißchen viel verlangt«, sagte Ruth mit Schärfe. »Du lockst mich aus der tiefsten Provinz hierher in die Stadt, bugsierst mich ohne ein Wort der Erklärung durch den dicksten Verkehr, plazierst mich hier auf dem Stuhl und erwartest von mir, daß ich keine Fragen stelle. Den Teufel werde ich tun! Wenn du Informationen willst, will ich die Gründe wissen!«

»Zum gegenwärtigen Zeitpunkt ist mir das nicht möglich«, sagte ich in einer gewählt amerikanischen Ausdrucksweise. »In ein paar Wochen bin ich in der Lage, dir mehr zu erzählen. Nur eben jetzt nicht.«

»Du klingst ja geradeso wie unser Sicherheitsinspektor!« blaffte sie.

»Auch dafür muß ich dich um Entschuldigung bitten«, erwiderte ich und nippte an meinem Martini.

Sie griff nach ihrem Glas und hob es an die Lippen, trank aber nicht. »Worauf willst du hinaus, Dom?«

»Das kann ich erst sagen, wenn du meinen Bedingungen zustimmst.«

»So!« Sie knallte ihr Glas auf den Tisch. Das Pfefferminzblatt fiel vom Rand herunter, doch sie ließ es liegen. »Du stellst mich also vor vollendete Tatsachen. Entweder tue ich, was du verlangst, oder ich habe umsonst die Arbeit geschwänzt und bin völlig ohne Grund mit einer Horde einkaufswütiger Provinzler nach London gefahren.«

»Schließlich kriegst du hier was zu essen«, spottete ich und schob mein Glas galant neben das ihre.

»Was zu essen!« rief sie empört, doch dann bezwang sie ihre Wut. »Okay, du hast gewonnen, Dom. Du ziehst mich mal wieder auf. Ich stelle keine Fragen. Aber wehe, wenn deine Frage nicht verdammt gut ist!«

Ich zog einen Umschlag mit Kopien von Adams Zeichnungen aus der Tasche. Sie öffnete ihn mit ihrem Messer und blätterte die Bilder durch. »Wo hast du die her, Dom?«

»Das sind Kopien.«

»Das sehe ich selbst! Die Originale werden es ja wohl nicht sein!«

Für einen Moment tauchte Colonel Pratt-Whittcombe mit seiner fülligen Gattin vor mir auf.

»Was kannst du mir darüber sagen?«

»Das sind Kopien von Zeichnungen aus der Bronzezeit. Menschen, ein gehörntes Tier, ein Haus ...« sagte sie beim Blättern, dann hielt sie inne und blickte auf Adams Zeichnung des Hauses.

»Weißt du etwas über diese Bilder, Ruth?«

Sie erwiderte nichts. Statt dessen studierte sie die Zeichnungen und wendete sie mit nachdenklichem Gesicht hin und her.

»Wo wurde der Mann mit der Axt gefunden?« fragte ich.

Sie antwortete nicht, sondern blätterte die Bilder ein weiteres Mal durch. »Hast du die irgendwo ausgebuddelt, Dom?«

»Nein«, sagte ich. »Ich bin kein Archäologe. Das Buddeln ist dein Geschäft.«

»Du weißt genau, was ich meine«, fuhr sie mich an.

»Tut mir leid, ich wollte dir nicht dumm kommen.« Ich nahm mein Glas auf. »Also, was kannst du über die Bilder sagen?«

»Diese Bilder kommen aus dem Val Camonica, einem Tal, das für seine Funde aus der Bronzezeit bekannt ist. Es ist achtzig Kilometer lang und liegt nördlich von Brescia und nordöstlich von Bergamo. Das Tal wird von einem Fluß namens Oglio durchflossen. Die Römer haben es besiedelt und eine Straße gebaut, an der die heutigen Ortschaften gelegen sind. Vor den Römern waren dort Siedlungen der Eisenzeit und davor ...«

»... der Bronzezeit«, warf ich ein.

Sie nickte und sprach weiter. »... der Bronzezeit. Es sind nicht viele Siedlungen bekannt, aber man hat Tongefäße, Mühlsteine, Mörserstößel und Mauerreste gefunden. Etliche bronzezeitliche Werkzeuge, die dort entdeckt wurden, sind in einem Museum im Städtchen Breno ausgestellt. In den späten vierziger Jahren, glaube ich, wurde eine eisenzeitliche Nekropolis ausgegraben, und es gibt eine Reihe von *castellieri* im Tal. Das ist die dortige Bezeichnung für befestigte Siedlungen aus dem dritten Jahrhundert vor Christus. Außer diesen Funden ...«

Ich schaute sie an. Sie starrte wie elektrisiert auf die Bilder. »Hast du die aus einem Buch kopiert?«

»Nein«, sagte ich. »Und du hast versprochen, keine Fragen zu stellen.«

»Das Tal ist außerdem berühmt für seine bronzezeitlichen Felszeichnungen. Es gibt dort Tausende davon, und sie liefern uns das geschlossenste Bild vom Leben in der Bronzezeit, das wir kennen. Sie zeigen nicht nur Menschen und Tiere, sondern auch Bauwerke, Waffen und Werkzeuge, die für die Bronzezeit typischen Labyrinthzeichnungen, noch unentschlüsselte Symbole, sogar Darstellungen des Schmiedens, des Webens und perverser Sexualpraktiken. Ich erinnere mich an das Bild eines Mannes, der es mit einer Ziege treibt.«

»Und wo wurde dein Bronzemann gefunden?« wiederholte ich meine Frage.

Ruth überhörte sie.

»Bist du schon einmal in Breno gewesen?«

Ich schüttelte den Kopf und sagte: »Nein, ich war nur im Britischen Museum, um diese Sachen zu überprüfen. Aber du weichst mir aus. Wo wurde er gefunden?«

»In den Bergen bei Tirano. Ungefähr 35 Kilometer vom Val Camonica. Es ist anzunehmen, daß er aus dieser Gegend stammt.«

Jetzt war ich es, der nichts mehr sagte. Die logische Konsequenz dieser Feststellung raubte mir den Atem: Adam war nicht einfach begabt mit der Fähigkeit, Tiere zu »kennen«, wie er es nannte, sondern er trug Erinnerungen in sich, die Tausende von Jahren alt waren.

Wie das möglich sein konnte, überstieg meine Vorstellungskraft. Ich hatte zwar Untersuchungen über Leute gelesen, die behaupteten, sich an frühere Leben zu erinnern, die mit bestimmten Orten vertraut waren, ohne sie je besucht zu haben, und alles über Menschen wußten, denen sie nie begegnet waren. Doch solche Berichte hatte ich stets für Schwindel gehalten, für Erfindungen von Journalisten, Hochstaplern und überdrehten Forschern, und mein Unglaube verband sich mit dem Haß auf diese Betrüger, die leidgeprüfte, nach innerem Frieden suchende Menschen schamlos ausbeuteten. Jetzt aber hatte ich möglicherweise den Beweis vor mir, daß Erinnerungen von einer Generation an die nächste vererbt werden konnten. Es erschien mir zwar absolut unglaubwürdig, aber ich sah keine andere Erklärung.

»Wer hat diese Zeichnungen gemacht, Dom?«

»Niemand«, log ich. Dann dachte ich mir eine möglichst überzeugend klingende Geschichte aus. »Zumindest nicht diese. Das sind nur Kopien. Ich habe sie vom Mann einer Patientin, dessen Vater im Krieg von den Italienern gefangen genommen wurde. Er war in einem Lager bei Mailand interniert, konnte aber fliehen. Auf dem Weg in die neutrale Schweiz fand er eine Höhle voller Felszeichnungen, und da er sich wegen des schlechten Wetters und wegen der deutschen Patrouillen tagelang dort aufhalten mußte, vertrieb er sich die Zeit damit, einige Felsbilder abzuzeichnen. Ich habe erzählt, daß ich jemanden kenne, der sich mit Funden aus der Bronzezeit auskennt – nämlich dich – und er hat mir die Kopien gegeben, um sie dir zu zeigen.«

»Warum dann diese Geheimnistuerei, Dom? Warum mußt du mich dann mit aller Gewalt aus einer ziemlich wichtigen Konferenz herausreißen und nach London lokken? Du hättest mir auch schreiben können.«

»Du hast recht, und ich bitte dich um Entschuldigung«, sagte ich. »Als ich die Bilder im Museum sah, fiel mir ein, daß wir uns ewig lange nicht gesehen haben. Und ich dachte, das wäre eine gute Gelegenheit, unsere Beziehung aufzufrischen.«

Das war zwar Blödsinn, aber er erfüllte seinen Zweck.

»Ist das alles?«

»Und ich wollte nicht, daß du die Sache lange aufschiebst«, redete ich weiter. »Ich wollte wissen, wo der Bronzemann herkommt. Du hattest mir das nicht verraten und dich um eine Antwort gedrückt, als ich dich fragte. Daher ...«

Sie schaute mich an und nahm einen Schluck. »Du hast noch etwas anderes im Sinn«, sagte sie. »Ich weiß nur nicht, was.«

Ich reichte ihr einen zweiten Umschlag, der etwas kleiner war. »Die Royal Shakespeare Company.« Ich zeigte auf den Inhalt des Umschlags. »›König Lear‹, heute abend, es ist eine Loge.«

Sie lachte. »Und das alles nur, um mich ins Theater zu kriegen. Das ist unheimlich nett von dir, Dom.«

Sie lehnte sich über den Tisch und küßte mich.

Die alte Frau ist gestorben. Soweit ich feststellen konnte, litt sie an einer Gehirnstörung, vielleicht einem Tumor. Das Zittern ihrer Hände verstärkte sich auffällig innerhalb weniger Tage, und die anderen Frauen gingen ihr aus dem Weg, als wollten sie die Nähe des Todes meiden. Der ließ nicht auf sich warten. Diese Menschen scheinen, wie man es bei den Tieren kennt, lange bei Kräften zu bleiben, aber dann verfallen sie schnell und sterben bald darauf. Natürlich altern auch sie, aber das ist kein langer Prozeß des Abbaus und des

Siechtums. Für sie ist der Tod ein schnelles Hinüberwechseln.

Spätestens, als die alte Frau gemieden wurde, muß sie gewußt haben, daß ihr Ende nahe war. Vielleicht ist es durch die Verstoßung beschleunigt worden, vielleicht fiel es ihr so leichter, sich ins Unvermeidliche zu schicken. Ein paar Stunden vor ihrem Tod besuchte sie meine Hütte und setzte sich unbeholfen auf die Stufe der Veranda. Sie sagte nichts, auch als ich hinausging und sie fragte, was sie wolle.

»*Nada*« war das einzige Wort, das sie von sich gab.

»*Te duele?*« Wenn ich wußte, was ihr weh tat, konnte ich ihr vielleicht Linderung verschaffen.

Sie antwortete nicht.

»*Quieres beber algo?*« fragte ich weiter und hielt ihr einen Becher mit gesüßtem Wasser hin, das die Leute von der Lichtung so sehr mögen.

Wieder ignorierte sie mich, wandte mir aber den Kopf zu und schaute mich mit fragendem Blick an. Ihre linke Hand begann unkontrolliert zu zittern. Ich kniete mich neben sie und ergriff ihren Arm. Jeder Muskel zuckte und krampfte sich zusammen. Ich versuchte es mit einer behutsamen Massage, aber ohne Erfolg. Währenddessen sah sie mir mit fassungslosem Blick in die Augen, und ich fragte mich, ob das die Todesangst war.

»*Espera aquí*«, befahl ich ihr und ging in die Hütte.

Aus irgendwelchen Gründen hatte mir Dr. Suárez Valium mitgeschickt, obwohl es nicht auf der Liste gestanden hatte. Ich entnahm der Flasche zwei Tabletten und ging mit dem Becher auf die Veranda zurück. Die Alte war verschwunden. Da sie nicht über die Lichtung humpelte, nahm ich an, daß sie hinter die Hütte in den Wald gegangen war. Sie konnte nicht weit gekommen sein. Ich schaute ihr zwischen den Bäumen nach, aber sie war nicht mehr zu sehen.

Von ihrem Tod erfuhr ich, als ich Chuhi, Q'eke und eine Reihe anderer Männer wild auf einen Baumstamm einhacken sah, den sie mit Äxten und Hacken aushöhlten. Sie arbeiteten in fieberhafter Eile und ohne dabei zu sprechen, wie sie es sonst taten. Ihre Werkzeuge hoben und senkten sich in einem festen Rhythmus. Als Chuhi mich erblickte, legte er das Beil hin und kam auf mich zu. »*La abuela esta muerta*«, sagte er. Seine Stimme klang eher abwesend als trauernd.

»*Lo siento*«, sagte ich, um mein Mitgefühl zu bekunden.

»*Ahora, es una casa de diablos*«, erklärte er mit Gleichmut. »*Debemos actuar rápidemente.*«

Er ging zum Baumstamm zurück und arbeitete weiter, indem er sich in den Rhythmus der anderen einfügte. Plötzlich packte mich die Traurigkeit, weil die alte Frau, die so lange ein geachtetes Mitglied der Gemeinschaft gewesen war, allein gestorben war und nun als Haus voller Teufel bezeichnet wurde, das man so schnell wie möglich loswerden müsse.

Ich fragte mich, welchen Beitrag ich als Mitbewohner der Lichtung leisten konnte. Soviel ich wußte, war weit und breit kein Geistlicher zu finden, und ich erwog, dessen Rolle zu übernehmen. Doch das war eine überflüssige Sorge. Die alte Frau sollte nicht auf halbchristliche Weise in einem Bast- oder Baumwolltuch beerdigt werden und kein Grab mit einem Holzkreuz bekommen. Für sie war eine traditionelle Bestattung vorgesehen.

Als der grob behauene Sarg fertig war, gingen die Männer in den Wald und schlugen in etwa hundert Metern Entfernung eine kreisförmige Lichtung von zehn Metern Durchmesser frei. In die Mitte bauten sie eine Laubhütte, in der sie den Sarg aufbahrten. Am Nachmittag wurde die tote Frau zu ihrer einfachen Grabkammer getragen und in den Sarg gelegt. Schnüre mit Glasperlen schmückten ihren Hals und ihre verdorrten Brüste, ihr Haar war mit bunten Federn besteckt. Dann wurde unter dem Sarg ein Feuer entfacht, das sie jedoch nicht verbrennen sollte. Keewei schichtete eine bestimmte Sorte grüner Zweige und Blätter auf die Flammen, die dichte Wolken beißenden Rauchs erzeugten. Vielleicht sollte der Rauch die Fliegen fernhalten, doch ich war mir sicher, daß er dazu bestimmt war, die Teufel auszutreiben.

Das ganze Dorf nahm am Begräbnis teil. Niemand weinte oder stimmte Klagegesänge an. Alle standen stumm und feierlich da und wirkten fast benommen. Bei Einbruch der Dunkelheit wurde das Feuer geschürt und eine Schale mit *yamanachi* herumgereicht. Dazu wurden Flocken gegessen, die, wie ich vermutete, aus getrockneten Pilzen bestanden und andächtig gekaut wurden, bis sie eine gelinde Euphorie auslösten. Als dann schließlich der Mond aufging, ließ Keewei einen kurzen Gesang ertönen, worauf alle zu den Langhäusern zurückgingen und ihre gewohnten Beschäftigungen fortsetzten, als wäre nichts geschehen.

»*Cuánto tiempo la dejas en la selva?*« fragte ich Chuhi besorgt. Wenn die Leiche länger als ein paar Tage in der Nähe der Lichtung verblieb, wäre sie für die Bewohner der Lichtung und auch für mich selbst ein ernsthaftes Gesundheitsrisiko.

»*Hasta que no haya carne.*«

Es klang so bedrohlich: Bis das Fleisch nicht mehr ist. Diese Endgültigkeit bedrückte mich. Bei derartigen Anlässen wurde auf der Lichtung weder getrauert, noch blickte man in die Zukunft. Nur ich tat es. Eine meiner vielen Zivilisationskrankheiten ist die Angst vor dem, was kommen kann. Was kommen wird. Die Angst vor dem, was schon geschehen ist, hält mich von den Felsen fern und von der wackligen Brücke über den Bach.

»*Y pues?*«

Chuhi lächelte breit und erwiderte: »*She will go up the mountain.*«

»Wirst du sie dort besuchen?« fragte ich und zeigte in die Richtung des Berges.

Chuhi dachte einen Moment nach. »*Porqué, señor? She*

go«, erwiderte er grob und machte eine wegwerfende Geste mit der rechten Hand.

So war das mit diesen einfachen Menschen. Das Leben ist zum Leben da, und der Tod ist das Ende. Der Atem hört auf, die Tür geht zu, und das ist alles. An die Toten wird kein Gedanke mehr verschwendet. Auch das kleine Mädchen, das von den Bienen gestochen worden war, wird nicht mehr erwähnt. Sie war da, und jetzt ist sie weg. Sie ist ein Mythenwesen geworden, ein Ahne, ein Kolibri im Blütenmeer des Dschungels. Mit meiner Traurigkeit ist es ebenso. Ihnen ist sie völlig gleichgültig, und mich verfolgt sie Tag und Nacht.

Das ist mein Makel. Ich habe eine Vergangenheit, und meine ganze abendländische Bildung hilft mir nicht, mich von ihr zu befreien. Sie sitzt mir im Nacken wie ein Dämon, der mir die Krallen ins Fleisch geschlagen hat und mir die Seele aus dem Leib saugt. Manchmal versuche ich mir vorzustellen, wie er aussehen könnte, wenn er Gestalt annähme. Die abscheulichsten Wasserspeier der Kathedralen wären Schönheiten im Vergleich zu ihm.

An jenem Abend war mir kalt, als ich auf der Veranda saß und den Insekten zusah, die um die Petroleumlampe kreisten. Unter ihnen war ein riesiger Nachtfalter mit einer Flügelspannweite von mindestens fünfzehn Zentimetern. Sein Körper war pelzig wie mit einem Schimmelpilz überzogen, die Fühler sahen aus wie kleine zuckende Federn, und die behaarten Beine boten ein groteskes Bild. Seine Farbe war ein fleckiges Braun, doch auf den Hinterflügeln befand sich je ein Fleck von der Größe eines Daumenabdrucks, der durchsichtig war wie ein kleines Fenster.

Ich konnte den Gedanken nicht abwenden, daß der Geist der alten Frau vielleicht in diesen Nachtfalter geschlüpft war. Er hielt immer sicheren Abstand zur Lampe und entging so dem Schicksal der vielen kleinen Motten und Flugkäfer, die in der Hitze verschmorten. Und er schien sich auf einem der Dachbalken ganz wohl zu fühlen, wo er hin und wieder mit den Flügeln klappte, als wäre auch ihm kalt.

Nach einer oder zwei Stunden begann ich zu frösteln. Die Mondnacht war warm, aber es lag etwas in der Luft, was mich erschaudern ließ. Ich bekam eine Gänsehaut, und mein Nackenhaar begann zu kribbeln. Ich drehte mich sogar um und war schon fast darauf gefaßt, dem Geist der alten Frau gegenüberzustehen oder wenigstens den Nachtfalter ins Gesicht zu bekommen. Doch da war nichts, nur das Fenster der Hütte mit den offenen Läden.

Plötzlich schwieg das Orchester der Insekten, das jede Nacht mit seinem Lärm erfüllt. Volle neunzig Sekunden lang rührte sich nichts, kein Summen, Schwirren, Schnarren und Zirpen in meiner Umgebung.

Sicher gab es einen Grund für die plötzliche Stille: Vielleicht war es ein Jaguar auf der Pirsch oder ein nächtlicher Raubvogel, der sich in der Nähe aufhielt. Oder warum sollte nicht, wie es manchmal auf Cocktailpartys geschah, allen Insekten gleichzeitig der Gesprächsstoff ausgegangen sein? Ich konnte es nicht wissen, und da mir eine Erklärung fehlte, hatte ich Angst.

Ich nehme an, es war die Todesangst, die mich in jener Nacht überfiel, genährt vom Sterben der alten Frau und von der Erkenntnis, daß ich womöglich der nächste war.

Der Freiluftzoo befand sich auf dem 800 Hektar großen Areal eines ehemaligen Landguts. Sanfte Hügel, Waldstücke und liebliche Senken wurden von Fahr- und Fußwegen und den Schienen einer Miniatureisenbahn durchkreuzt, die die verschiedenen Schauplätze miteinander verband. Manche der Freiflächen waren in Gehege verwandelt, so daß man sich den Tieren nähern konnte. Die gefährlichen oder unberechenbaren Tiere hatte man in großen Käfigen untergebracht, die im weitläufigen, von Mauern umgebenen ehemaligen Garten des Gutshauses zusammengefaßt waren. Unter den Bäumen sah man kleine Rudel von Rotwild, am Rand eines großen Teiches stakte eine Gruppe Flamingos in der Gesellschaft von schwarzen und weißen Schwänen, Kronenkranichen, kanadischen Wildgänsen und einer Riesenschar kleinerer Wasservögel. Im nächsten Teich, dessen Ufer mit Steinen befestigt war, schwammen Seehunde wie Torpedos umher oder lagen faul auf einer kleinen Felseninsel.

Kaum hatte ich den Motor des Porsche abgeschaltet, war Adam wie verwandelt. Die meisten Kinder, dachte ich, würden beim ersten Besuch eines Zoos vor Ungeduld fast vergehen, doch er wirkte beherrscht und nachdenklich.

»Freust du dich schon?« fragte ich, als ich den Wagen abschloß und die Alarmanlage einschaltete.

»Ja, Onkel Dom«, sagte er ohne ein Zeichen der Erregung.

»Bist du ganz sicher? Wir können auch ans Meer fahren, wenn du das lieber willst. Es sind nur zwanzig Minuten Fahrt.«

»Nein«, sagte er mit Nachdruck. »Ich möchte hierher.«

Er nahm meine Hand, als wir die Straße am Parkplatz entlang gingen, und griff fester zu, als ein Auto an uns vorbeifuhr. Ein Ausflugsbus mit Senioren brachte ihn dazu, auf den angrenzenden Rasenstreifen auszuweichen, obwohl der Fußweg breit genug war. Mit schien, daß er nicht so sehr Angst als vielmehr Respekt vor den Fahrzeugen hatte, daß ihm deren Kraft und nicht die wirkliche Gefahr Ehrfurcht einflößte.

Wir gingen an den Eingangskiosk, wo ich den Eintritt bezahlte und für Adam ein Begleitbuch kaufte. Ihm wurde eine Baseballkappe aus Papier angeboten, aber er lehnte höflich ab.

»Sie kostet nichts«, sagte die Kassiererin.

»Nein, danke«, beharrte Adam. »Ich brauche keine Mütze.«

Die Frau schaute mich an, zuckte mit der Schulter und

legte die Kappe zurück in den Karton. Wir schoben uns durch das Drehkreuz und betraten das ummauerte Areal der ehemaligen Gärten.

»Ich brauche keine Mütze«, sagte Adam noch einmal, als wir außer Hörweite der Kassiererin waren, »ich habe doch Haare.«

»Welches Tier möchtest du zuerst sehen?« fragte ich ihn, weil mir zu seiner Bemerkung nichts einfiel. »Wir haben den ganzen Tag Zeit und müssen uns nicht beeilen.«

»Können wir einfach nur so herumgehen, Onkel Dom?«

Ich nickte, und wir machten uns in gemächlichem Tempo auf den Weg. Adam ging neben mir her und umklammerte das Begleitbuch.

Einige kleinere Tiere wurden nicht in Käfigen gehalten, sondern auf glatt betonierten Inseln, die von einem trockenen Graben umgeben waren. Adam warf einen flüchtigen Blick auf jedes Gehege und nahm die Illustrationen im Buch zu Hilfe, um zu sehen, ob die Bewohner sich in einer Höhle oder anderswo versteckten. Erst als wir zu den Waschbären kamen, blieb er stehen. Drei oder vier fraßen an einer Frucht, die jemand über die Mauer in den Graben geworfen hatte. Ein anderer saß aufrecht in einem toten Baum und hielt sich von den Betonflächen fern. Adam sagte nichts und schaute ihnen minutenlang zu, wobei er sich über die Mauer lehnte, um besser zu sehen. Schließlich stellte er sich wieder auf die Füße und studierte das Schild am toten Baum.

»Sie heißen Waschbären«, klärte er mich auf.

»Ja, und sie leben in Nordamerika. Hast du welche gesehen, als du dort warst?«

»Ein paarmal. Sie wurden von den Autos überfahren, und sie haben Abfälle gestohlen. Aber viele haben wir nicht gesehen. Nur als wir Onkel Bill und Tante Han in Brockport besucht haben. Das ist im Staat New York. Dort gab es eine Menge.«

Wir überließen die Waschbären ihrem Mahl und schlenderten weiter. Adam hatte es nicht eilig. Ganz anders verhielt sich eine Gruppe etwas größerer Kinder, die einen Schulausflug machten und wild durcheinander von Gehege zu Gehege rannten, sich gegenseitig überschrien und in ihre Notizbücher kritzelten. Die Lehrer machten keine Anstalten, den Haufen zu disziplinieren, und ich atmete auf, als sie weitergezogen waren.

»Weißt du, warum sie fressen?« fragte Adam unvermittelt.

»Die Waschbären? Ich nehme an, sie haben Hunger.«

»Aber sie dürfen jetzt nicht fressen. Es ist Vormittag, und sie sind Nachttiere. Sie fressen nur im Dunkeln.«

»Ich glaube, die Pfleger sind nachts nicht im Dienst.«

»Das ist nicht fair«, sagte Adam.

Wir gingen an todgeweihten Schildkröten, an einem schlafenden Nasenbären und an zappligen Känguruhs vorbei, passierten einige Käfige mit glotzäugigen Lemuren, die in einem Geflecht aus Seilen und Ästen schaukelten, und einen großen Käfig, in dem ein Wüstenluchs döste. Adam schenkte diesen Tieren kaum Beachtung und blieb erst wieder stehen, als wir zu den Volieren kamen. Auf einem mistbekleckerten Ast hockte eine gelehrt dreinschauende Eule. Ihr Federkleid war braunfleckig, ihre Augen bernsteinfarben, und ihr gekrümmter Schnabel leuchtete gelbbraun. Da es sich um einen großen Vogel handelte, hatte man weitmaschigen Draht verwendet, und Sperlinge, die in das Gehege eingedrungen waren, hüpften munter in den Zweigen unter der Eule umher.

Adam betrachtete den Vogel aufmerksam. Von Zeit zu Zeit schaute die Eule zurück, wenn sie nicht gerade ein Auge auf die Spatzen warf, und saß ansonsten reglos da.

»Paß auf!« flüsterte Adam.

Ich war nicht sicher, worauf ich achten sollte, auf ihn oder auf die grämliche Eule. Mindestens fünfzehn Sekunden lang starrte er sie bohrend an. Die Eule starrte auf ihre schläfrige Art zurück, dann breitete sie plötzlich die Flügel aus und stieß einen dumpfen Schrei aus. Die Spatzen stoben auseinander, quetschten sich hastig durch den Maschendraht und suchten das Weite. Adam lächelte zufrieden.

»Hast du sie dazu gebracht?« fragte ich.

»Ich kenne sie«, sagte er.

Der nächste Käfig, vor dem Adam stehenblieb, beherbergte einen ziemlich hübschen Affen. Kopf, Beine und Schwanz waren schwarz, der Körper dunkelgrau mit einem rötlichbraunen Unterleib, Brust und Nacken waren weiß. Quer über die Stirn verlief ein weißer Strich, unter dem die schwarzen Augen geringschätzig auf die Besucher niederblickten.

»Was ist das für ein Tier?« fragte Adam, weil ihm die Tafel zu hoch hing.

»*Diana-Affe*«, las ich vor, »*zählt zur Familie der Meerkatzen. Heimisch im Regenwald von Sierra Leone, Liberia und Elfenbeinküste.* Mit anderen Worten, Adam, er kommt aus dem Dschungel von Westafrika. *Baumbewohner, lebt in Rudeln von bis zu dreißig Exemplaren, von Natur aus neugierig und lebhaft. Der lange Schwanz dient als Greiforgan und zur Wahrung der Balance.*«

Adam besah sich den kleinen Primaten. Der Affe saß auf der Erde und drehte ein Stück Baumrinde in den Händen. »Er ist nicht gerade sehr neugierig und lebhaft, oder?«

»Nein«, bestätigte ich.

»Er langweilt sich«, erklärte Adam. »Er hat nichts zu tun. Und er ist traurig.«

»Woher weißt du das?«

»Ich bin auch manchmal so traurig. Und er ist traurig, weil er keine Bäume im Käfig hat.«

Ich hockte mich nieder und besah den Affen aus Adams Perspektive. Er schaute mich auf Affenart an, indem er den direkten Blick vermied, ließ die Baumrinde fallen und hob sie wieder auf.

»Es scheint ihm wirklich nicht gut zu gehen«, stimmte ich zu.

Adam ging einen Schritt näher an den Käfig heran. Eine Eisenstange sorgte für Abstand, aber Adam ließ sich nicht beeindrucken und kroch unter ihr durch.

»Bleib lieber auf dieser Seite«, sagte ich und griff nach ihm.

»Mach dir keine Sorgen, Onkel, er ist mein Freund«, erwiderte er, ohne sich auch nur umzudrehen.

Das Vertrauen des Kindes berührte mich seltsam. Daher ließ ich ihn die drei Schritte bis zum Drahtgitter gehen, schaute mich schnell um, ob ein Wärter in der Nähe war und stellte mich an die Seite, so daß ich im Falle einer Gefahr schnell eingreifen und außerdem sein Gesicht beobachten konnte. Ich war hochgespannt, wie diese Begegnung verlaufen würde.

Der Affe, nicht viel mehr als einen Meter entfernt, ließ die Rinde fallen, als Adam das Gitter berührte. Mit runden Augen starrte er das Kind an. Adam machte ein saugendes Geräusch, als würde er dem Affen einen Kuß zuwerfen. Der Affe hörte auf zu glotzen und klapperte mit den Zähnen wie im Schüttelfrost. Adam tat es ihm nach. Dann wandten beide den Blick voneinander ab.

Ich verfolgte wachsam, was dort geschah. Man konnte nicht wissen, wozu der Affe fähig war, und erst jetzt fiel mir die Warntafel ins Auge: »Bitte nicht füttern! Deine Gabe kann tödliche Folgen haben! Bitte nicht berühren! Affen sind bissig!«

»Adam«, flüsterte ich, um den Affen nicht zu erschrekken. »Wollen wir nicht weitergehen?«

»Keine Sorge, Onkel Dom«, erwiderte Adam.

Er wechselte wieder Blicke mit dem Affen, der sich jetzt dem Gitter näherte. Sein Maul war ein wenig geöffnet, und ich sah eine Reihe kleiner, nadelspitzer Zähne.

»Keine Sorge«, sagte Adam noch einmal, wie um meine wachsende Angst zu beschwichtigen.

Er schob die Hand durch das Drahtgitter, und der Affe, zur Seite gewandt, ließ sich von Adam mindestens eine Minute lang das Fell kraulen. Dann wandte er sich Adams Arm zu, den er streichelte und gründlich untersuchte.

Ich war so gefesselt von dem Geschehen, daß mich weder das Warnschild noch der Verstoß gegen die Ordnung störte. Adam und der Affe befanden sich offenbar in völligem Einklang miteinander, und mir blieb es ein Rätsel, wie er das machte, woher er die Fähigkeit nahm, sich mit einem Tier zu verständigen. Selbst wenn dieses Können ererbt war, mußte es doch auf Tiere begrenzt bleiben, mit denen seine Vorfahren zu tun hatten. Daß es in der Bronzezeit Affen in Südeuropa gegeben haben sollte, hatte ich allerdings noch nie gehört.

Mit einer gemessenen, harmonischen Bewegung streckte der Affe den Arm durchs Gitter und strich sanft über Adams Wange. Es war eher die Geste eines Liebhabers als die eines gefangenen Zootiers.

Adam gluckste kaum hörbar und zog seinen Arm zurück. Der Affe tat es ihm nach und ließ ein helles Zirpen hören, das Adam perfekt imitierte.

»Jetzt geht es ihm besser«, sagte Adam mit Bestimmtheit und wandte sich vom Käfig ab.

»Hast du früher schon einmal Affen gesehen, Adam?« fragte ich ihn, als wir weitergingen.

»Ja, im Fernsehen«, erwiderte er.

»Aber nie in Wirklichkeit? In einem Käfig oder bei jemandem zu Hause, zum Beispiel in Amerika?«

»Papas Freund hat eine Eidechse zu Hause.«

»Aber keine Affen?«

»Nein, keine Affen, Onkel Dom.«

Adam durchwanderte mit mir das Reptilienhaus, ohne stehenzubleiben, verweilte nur kurz vor dem riesigen Käfig mit einem Paar afrikanischer Leoparden und zeigte kein Interesse am Alligator im geheizten Tümpel. Er ignorierte die anderen Volieren und zwei auf dem Rasen einherstolzierende Pfauen, doch er verbrachte zehn Minuten bei den Fischottern an einem künstlichen Wasserfall, lachte laut über ihre Possen und versicherte mir, daß sie glücklicher seien als der Affe.

Schließlich gelangten wir zu einem großen Glashaus, das früher einmal die Orangerie des alten Landguts gewesen war, aber nach dessen Umwandlung als Tropenhaus diente. Wir traten ein und fanden uns in der feuchtwarmen Atmosphäre eines Miniaturdschungels wieder. Farbenprächtige Schmetterlinge flatterten träge zwischen Lianen, Bananenbäumen, Palmen und dichtem Blattwerk umher. Als ich eine Lantana-Staude streifte, scheuchte ich eine Wolke kleiner blauer Schmetterlinge auf und roch den Duft von Katzenurin, den die Blätter des Strauchs verströmen. Unter den Pflanzen hopsten und trippelten kleine Vögel umher, und in einem Tümpel fächelten große Goldfische gegen die schwache Strömung an.

Adam betrachtete die Schmetterlinge aus der Nähe. Auf Holzplatten unter den Bäumen hatte man faulendes Obst ausgelegt, das die Schmetterlinge anlockte.

»Essen sie die Früchte?« fragte er.

»Sie saugen nur den Saft« antwortete ich.

»Ich dachte, Schmetterlinge essen Blumen?«

»Nicht direkt. Sie essen den Nektar.«

»Was ist Neck-tar?«

»Eine Art Blütensirup«, erklärte ich. »In England lecken sie ihn mit ihren langen Zungen, aber in den Tropen – in den heißen Ländern – ernähren sie sich manchmal auch von faulem Obst. Das Gewächshaus hier soll ein heißes Land darstellen.«

»Ist das auch für die Schmetterlinge?« Adam zeigte auf eine Flasche, die mit der Öffnung nach unten an einem Stab befestigt war. Der Flaschenhals war voller Schaum.

Bevor ich antworten konnte, spürte ich einen leichten Luftzug an der Wange. Ein smaragdgrüner Kolibri zeigte sich plötzlich unter der Flasche und steckte den Schnabel in den Schaum. Die winzigen Flügel surrten kaum sichtbar, sein Körper war nicht größer war als mein Daumen.

»Sieh mal, Onkel Dom!« rief Adam entzückt. »Was ist das?«

»Das ist ein Kolibri. Sie trinken auch den Nektar aus den Blüten – wie die Schmetterlinge.«

Der Vogel verschwand, ohne daß ich ihn wegfliegen sah; er hatte sich einfach in Nichts aufgelöst.

»Er kommt doch wieder, oder?« fragte Adam beinahe bettelnd.

»Ja«, versprach ich, und ich hatte es kaum gesagt, als er schon wieder da war.

Wir blieben eine halbe Stunde im Tropenhaus. Adam entdeckte eine Bank in der Nähe einer anderen Vogeltränke und beobachtete von dort aus weitere Kolibris, von denen es, wie sich zeigte, mehrere Arten gab.

Während er die Vögel bestaunte, verfolgte ich sein Tun mit ähnlicher Faszination. Er besaß außergewöhnliche, fast wundersame Fähigkeiten, doch er ging ganz gelassen mit ihnen um. Sicher sah er sich selbst nicht als etwas Besonderes, und er war noch nicht alt genug, um zu wissen, daß nur er über derartige Kräfte verfügte. Daß er sie ererbt hatte, stand für mich außer Zweifel. Andere Einflüsse konnte ich mir nicht vorstellen. Auch seine Erziehung war kaum dafür verantwortlich zu machen. Wäre sein Vater ein Naturforscher, ein Wildhüter, ein Jäger oder Naturfotograf gewesen, hätte ich mir die Sache auf diese Weise erklären können. Aber dieser kleine Junge, der eine Zeitlang in einem amerikanischen Vorort gelebt hatte, war der Sohn eines englischen Zahnarztes und einer Kunsthistorikerin.

Wenn auch nicht der Nachkomme.

Schließlich verließen wir das Tropenhaus und gingen zum Café in der Mitte des Gartens. Ich bestellte eine Limonade, Adam eine Coca-Cola und ein Eis. Wir saßen auf der Terrasse. Die Sonne war warm, die Pfauen umkreisten uns und stießen ihre Schreie aus. Eine leichte Brise spielte im Laub der Buchen, die einen von Ringelblumen und Vergißmeinnicht eingefaßten Rasen überschatteten.

»Adam«, begann ich, »wo hast du gelernt, die Tiere zu ...« Mir fehlten die Worte, um seine Fähigkeiten zu benennen.

»Die Tiere zu kennen?«

»Ja, die Tiere zu kennen. Es sieht fast so aus, als könntest du mit ihnen sprechen. Mit dem Affen hast du dich wunderbar verstanden, dabei hast du nie zuvor einen gesehen. Wer hat dir das beigebracht?«

»Niemand, Onkel Dom«, sagte er mit einer Freimütigkeit, die keinen Zweifel zuließ. »Ich kenne sie einfach.« Er aß einen Löffelvoll von dem Eis. »Es ist wie mit den Bildern und mit den Wolken. Ich kenne sie eben.«

»Geht es mit allen Tieren?« fragte ich.

»Nein, nicht mit allen. Nur mit manchen.«

Ich erwiderte nichts und trank meine Limonade. Sie war sehr kalt, in ihr schwammen Eiswürfel, und mein Kopf schmerzte ein wenig nach der Bruthitze der Orangerie.

Am Rand der Terrasse zeigte sich ein Grauhörnchen, setzte sich auf die Hinterbeine, schaute flink in die Runde, und sein Schwanz zuckte vor Angst oder Wachsamkeit.

»Das ist ein Eichhörnchen«, erklärte Adam.

»Kannst du mit ihm reden?«

»Ich versuche es.«

Er legte den Eislöffel hin und drehte sich in die Richtung des Eichhörnchens. Es hatte ein paar Krümel unter einem der Nachbartische erspäht. Ich verfolgte jede Regung Adams, aber es war kaum etwas zu sehen. Soweit ich es hören konnte, machte er auch keine Geräusche, er öffnete nicht einmal den Mund. Seine Hände lagen entspannt im Schoß, und seine Füße ruhten auf der Querstrebe des Stuhls. Der Wind zauste Adams Haar. Er blickte unverwandt auf das Eichhörnchen, und alles, was ich bemerkte, war, daß sein Lidschlag schneller war als gewöhnlich.

Anfangs zeigte das Eichhörnchen keinerlei Reaktion, doch plötzlich lief es huschend und hakenschlagend auf Adams Stuhl zu. Ich blieb völlig reglos. Das Eichhörnchen putzte sich das Gesicht mit den Vorderpfoten und sprang dann auf den Tisch neben den Eisbecher. Ich traute meinen Augen nicht. Adam streckte ganz langsam die Hand aus und kraulte das Tier am Bauch. Es gab einen schnurrenden Laut von sich, blickte ihm direkt ins Gesicht, sprang dann quer über den Tisch auf meine Schulter, benutzte meine Stuhllehne als Absprung und rannte über die Terrasse davon.

»Ich kann mit Eichhörnchen sprechen«, sagte Adam mit einer gewissen Befriedigung und nahm den Eislöffel wieder auf.

In der Stunde danach durchwanderten wir die Wiesen des Landguts, trafen ein Paar indische Elefanten, Strauße, Zebras und Kamele. Auf einem Fußweg sahen wir uns vier Giraffen gegenüber, deren eine den Kopf senkte und sich von Adam über die Nase streichen ließ.

»Sie ist sehr zahm«, sagte er, als wir weitergingen.

Ich fragte mich, ob er vielleicht auch mit der Giraffe gesprochen hatte.

Kurz vor vier machten wir uns auf den Weg zurück zum Parkplatz. Ich hatte Larry versprochen, daß wir gegen sechs wieder zu Hause sein würden. Am Ende der Reihe, in der das Auto stand, hatte sich eine aufgeregte Menschenmenge gesammelt. Leute brüllten und fuchtelten mit den Armen. Eine ältere Frau schrie hysterisch. Zwei Männer, einer mit einem Schirm bewaffnet, der andere mit einem Knüppel, droschen auf etwas ein, was ich nicht sehen konnte.

»Schnell, Onkel Dom!« rief Adam plötzlich und rannte los. Er erreichte die Menge ein paar Meter vor mir und zwängte sich hindurch. Um zu sehen, was er nun vorhatte, blieb ich ihm dicht auf den Fersen.

In dem Ring, den die Zuschauer bildeten, kämpften zwei Hunde miteinander. Ein wütend knurrender Schäferhund mit gesträubtem Nackenfell hatte einen undefinierbaren Mischling, der viel kleiner war, bei der Kehle gepackt und zu Boden gedrückt. Als ich ankam, schüttelte er den Mischling heftig, der winselnd nach Luft schnappte. Der Mann mit dem Knüppel schlug auf den Schäferhund ein, aber der ließ sich davon nicht beeindrucken.

Adam zögerte einen Moment, wie um die Lage zu erfassen, dann ging er auf die Hunde zu.

»Holt das verdammte Kind hier weg!« schnauzte der Mann mit dem Regenschirm.

»Oh, mein Gott!« schrie eine Frau und wollte Adam festhalten, doch sie bekam ihn nicht zu fassen.

»Nehmt das Kind weg! Der Hund greift an!« brüllte ein anderer Mann.

Ich stellte mich hinter Adam, versuchte aber nicht einzugreifen, sondern verließ mich völlig darauf, daß er wußte, was er zu tun hatte.

»Schnapp den Jungen!« dröhnte eine Stimme in mein Ohr, doch ich hob nur die Hand, um anzuzeigen, daß ich verstanden hatte.

Adam stieß einen Pfiff aus. Es war ein dünner, scharfer, aber nicht sehr lauter Ton, derselbe, mit dem er als Kind die Amsel angelockt hatte. Einen Moment lang passierte nichts. Der Schäferhund hielt den röchelnden Mischling weiter gepackt. Die ältere Frau schluchzte laut, doch die Zuschauer waren still geworden. Allmählich glättete sich das Nackenfell des Schäferhunds, er lockerte langsam den Biß, ließ von seinem Opfer ab und nahm so brav Platz, als wäre er in der Hundeschule. Der Mischling lag auf der Seite und rang nach Luft. Sein Hals war naß vom Geifer des großen Hundes, und er blutete am Ohr.

In der Menschenmenge breitete sich Gemurmel aus. Ich hockte mich neben Adam und legte ihm die Hand auf die Schulter. Er machte ein anderes, kaum hörbares Geräusch. Der Schäferhund und der Mischling standen beide auf, kamen gelaufen und ließen beschämt die Köpfe hängen. Adam machte einen Schritt auf sie zu und legte ihnen die Hände auf den Kopf. Er sagte nichts, aber ich wußte, daß er ihnen in die Augen blickte.

»Ist ja nicht zu fassen!« hörte ich eine Stimme hinter mir sagen.

Adam ließ die Hunde laufen, drehte sich zu mir um, lächelte und verließ den Ring der Zuschauer. Die ältere Frau drückte ihren Mischling an sich und hielt ihm einen Packen Papiertaschentücher ans Ohr. Der Schäferhund legte sich vor dem Mann mit dem Schirm zu Boden.

»Wie zum Teufel hat Ihr Kleiner das hingekriegt?« fragte mich der Mann mit dem Knüppel und legte mir die Hand auf den Arm.

»Er kann eben mit Tieren umgehen«, erwiderte ich höflich lächelnd. »Wenn Sie mich jetzt entschuldigen wollen.« Beim Weggehen spürte ich die Blicke der Zuschauer im Rücken, und ich hörte, wie sie zu tuscheln begannen.

Adam stand schon neben dem Porsche. Ich nahm ein Taschentuch heraus und wischte ihm das Blut des kleinen Hundes von den Fingern. »Das war sehr mutig von dir, Adam«, lobte ich ihn. »Und es war eine gute Tat.«

»Tiere sollen sich nicht streiten, Onkel Dom. Nicht auf diese Art. Und mit Hunden kann ich reden.«

Ich sah den Mann kommen. Er kletterte den steilen Pfad neben dem Wasserfall herab. Ich versteckte mich im Schatten, aber als er näherkam, erkannte ich ihn. Es war ein Mann aus der Siedlung oberhalb des Wasserfalls, den ich vor einiger Zeit gegen TB geimpft hatte. Da ich mir sicher war, trat ich aus meinem Versteck.

»*Buenos días, señor*«, sagte er mit schwerem Akzent. Vermutlich sprach er fast nur Huambas.

Ich nickte und grüßte zurück. »*Buenos días!*«

Darauf nahm er mich zu meiner Verblüffung bei der Hand und zog mich wie ein Kind hinter sich her. In schnellem Tempo führte er mich den Flußpfad entlang. Ich protestierte nicht und sträubte mich auch nicht, doch ich bekam es mit der Angst zu tun. Die Bewohner der Lichtung ziehen niemanden an den Händen, und ich konnte davon ausgehen, daß auch andere Waldbewohner es nicht taten. Dieser Mann war entweder nicht normal, oder er hatte ernste Gründe für sein Verhalten. Während wir den Pfad entlang hasteten, steigerte er noch sein Tempo und blickte immer wieder zurück. Ich tat es ihm nach, konnte aber keinen Verfolger ausmachen. Dennoch war ich ziemlich verstört.

Als wir die Lichtung erreichten, ließ er meine Hand nicht los, sondern zog mich zielstrebig zu den Langhäusern. Keewei erschien in einem der Eingänge, erblickte uns und schrie etwas. Wie aus dem Nichts tauchten Chuhi und fünf oder sechs andere Männer auf. Alle waren sie auf die eine oder andere Art bewaffnet.

Ohne meine Hand freizugeben, redete der Ankömmling hastig auf sie ein und gestikulierte mit der anderen Hand. Ich fragte mich, welche Übertretung ich begangen haben mochte, und wurde zusehends nervöser. Trotzdem setzte ich eine rechtschaffene Miene auf und täuschte Anteilnahme vor, obwohl ich nicht eine Silbe verstand.

Endlich ließ er meine Hand los, und alle starrten mich für einen Moment an. Ich fühlte mich wie ein ungeladener Gast auf einer Party von Thomas Arkassian. In welche Ferne waren diese wilden Zeiten plötzlich gerückt! Ich mußte gelächelt haben, als die Erinnerung in mir aufstieg, denn Chuhi schüttelte den Kopf.

»*No!*« rief er und verzog das Gesicht. »*No ríe.*« Seine Stimme klang todernst und so streng, daß mir jeglicher Humor verging.

»Was ist denn los?« fragte ich unwillkürlich und wiederholte auf Spanisch: »*Qué pasa?*«

Bevor er antworten konnte, wußte ich schon Bescheid. Das Gesicht von Urú sagte mir alles. Chuhi zeigte auf meine Hütte und gab seinen Männern hastige Anweisungen. Sie rannten die Langhäuser entlang und riefen mit gedämpften Stimmen die Frauen und Kinder heraus. Innerhalb einer Minute waren alle im Wald verschwunden.

Ich lief schnell in meine Hütte und verriegelte erstmals, seit ich auf der Lichtung lebte, die Tür. Danach schloß ich die Fensterläden und ließ nur einen angelehnt. Ich hatte Angst, doch sie war aus Erregung und Furcht zusammengesetzt. Es war eine Angst, wie sie vielleicht auch Rennfahrer empfinden, wenn sie auf das Startsignal warten, und wie ich sie verspürte hatte, als ich das erste Mal ein Skalpell an einen lebenden Körper ansetzte und zusah, wie ein dünner Strich aus Blut hervortrat. Es war eine unvergleichliche, ja sogar köstliche Angst.

Lange rührte sich nichts auf der Lichtung. Nur ein Hund trottete auf der Suche nach einem schattigen Fleck umher. Als ich schon an blinden Alarm glaubte oder an eine Gefahr, die auf dem Fluß vorbeigezogen war, verließ ein Vogel seine Deckung und stieß einen krächzenden Warnschrei aus. Andere Vögel stimmten ein und flohen von der Lichtung in den Dschungel. Die Hunde schauten den Vögeln nach. Dann stand einer nach dem anderen auf und entblößte die Zähne. Sie bellten nicht, sondern starrten zum Flußpfad hinüber und knurrten unheilverkündend. Ich konnte nicht sehen, was sich dort ereignete, zog aber meine Schlüsse aus ihrem Verhalten.

Langsam, mit gesenkten Köpfen, gesträubten Nackenhaaren und angelegten Ohren, schlichen die Hunde davon.

Ein Mann trat in mein Blickfeld. Es war ein Eingeborener mit Lendenschurz, aber er hatte ein Gewehr. Bald kam ein zweiter und ein dritter, auch sie waren bewaffnet. Sie schwärmten über die Lichtung aus und bewegten sich mit der Behutsamkeit von Raubtieren, indem sie die Füße langsam hoben und dann präzise plazierten, als vollführten sie ein schleppendes Tanzritual.

Schließlich gelangte ein vierter Mann in meinen eingeengten Blickwinkel. Es war Rodriguez, der Bernsteinhändler. Er stellte sich in die Mitte der Lichtung und wog seine automatische Pistole in der Hand. Stück für Stück suchte er mit den Augen die Lichtung ab und registrierte jedes Detail. Als er sich einigermaßen sicher fühlte, wandte er sich der Hütte zu.

»*Señor? Doctor? Donde estás?*«

Seine Stimme klang einschmeichelnd wie die eines Gewalttäters, der sein Opfer verhöhnt.

»*Señor!*« rief er erneut, dann wechselte er ins Pidgin-English über. »*Where are you? You come. Come to see me, doctor.*«

Ich antwortete nicht und hoffte, daß er glaubte, ich sei mit den anderen in den Wald geflohen.

»*Doctor! We no you kill. We no wan' kill you. You OK with us.*«

Ich blickte in der Hütte umher und überlegte, was ich als Waffe zu meiner Verteidigung benutzen konnte. Außer für einen Kampf Mann gegen Mann war nichts Brauchbares zu sehen. Doch wer eine automatische Pistole hat, braucht sich seinem Feind nicht zu nähern.

»*Come, doctor*«, säuselte er erneut. »*You in the house. I know you in the house.*« Seine Stimme senkte sich und wurde drohend. »*You come out. I no kill you.*«

Der Schweiß lief mir den Rücken hinab, und ich fühlte ihn kribbeln. In mir wuchs die Panik. Ich wollte schreien oder einfach laut husten, nur um die Spannung loszuwerden. Doch ich wußte, daß mich schon das geringste Geräusch ausliefern würde. Gleichzeitig war mir klar, daß es nur eine Frage der Zeit war, bis er mich fand.

»*Doctor! You come!*«

Er hob die Pistole und schwenkte sie mit angewinkeltem

Arm in meine Richtung. Seine drei Begleiter standen hinter ihm. Zwei gaben ihm Rückendeckung, der dritte blickte zur Hütte.

»*Doctor! You come!*«

Ich konnte es nicht sehen, aber hören, daß er die Waffe entsicherte. Es war ein mehrfach wiederholtes metallisches Klicken, nicht unähnlich dem Klang der Baumfrösche, nur unheimlicher. Er schoß. Ich zuckte zusammen, rührte mich aber nicht von der Stelle. Der Knall war nicht so laut, wie ich erwartet hatte. Das Geschoß durchschlug einen halben Meter links von mir die Blechwand, als wäre sie aus Pappe. Sie krachte gegen die Rückwand und zerschmetterte einen Krug, der dort hing. Das Porzellan zersplitterte, nur der Henkel schaukelte grotesk am Haken.

Die Pistole klickte erneut.

»*You no can go a place, doctor*«, höhnte er.

Der nächste Schuß schlug in den Türrahmen ein und zersplitterte das Holz. Ein Span flog mir gegen den Schenkel. Der Schmerz stach wie eine Nadel. Ich biß die Zähne zusammen. Tränen stiegen mir in die Augen. Ich wischte sie mit dem Daumen weg und schaute durch den Spalt im Fensterladen.

Rodriguez schritt langsam auf die Hütte zu. Die Pistole schwenkte er hin und her, um Fenster und Tür unter Kontrolle zu halten. Zweifellos fürchtete er, ich könnte ein Gewehr haben.

»*I come to you, doctor. You no can go a place.*«

Fünf Schritt vor der Veranda blieb er stehen und musterte jeden Zentimeter der Hütte. Ich bewegte mich vorsichtig vom Spalt weg, aber er wußte, daß ich da war. Seine Augen forschten nach mir und entdeckten mich.

»*Come, doctor.*« Er sprach leise, weil er wußte, daß ich nur ein paar Meter von ihm entfernt war. »*I no kill you*«, fügte er unglaubwürdig hinzu. Er hob die Pistole in Augenhöhe. Sein Daumen bewegte sich, der Hahn klickte. Er schaute an dem kurzen Lauf entlang und zielte auf mich. Ich schloß die Augen und krümmte mich zusammen.

Es gab ein sanft zischendes Geräusch, dann folgte ein Poltern. Ich richtete mich auf und öffnete die Augen.

Rodriguez lehnte am Stützbalken der Veranda direkt neben der Tür. Seine Automatic lag auf der Verandastufe. Mit der linken Hand klammerte er sich an den Balken. Aus seiner Kehle, direkt über dem Kehlkopf, ragte die Spitze eines Pfeils. Ich schaute zu, wie er mit der rechten Hand den Schaft ergriff und versuchte, ihn herauszuziehen.

Dann hörte ich einen Gewehrschuß. Einer der eingeborenen Begleiter, die hinter Rodriguez standen, drehte sich um die eigene Achse und fiel in sich zusammen. Sein Gewehrlauf rauchte, und seine Beine zuckten unkontrolliert. Der andere lag völlig still. Der dritte war nicht mehr zu sehen.

Mit äußerster Vorsicht öffnete ich die Tür und blickte hinaus. Es kam kein Gewehrfeuer. Chuhi und die anderen Männer näherten sich in einer Linie über die Lichtung, die einen geduckt, um losrennen zu können, die anderen hochgereckt, um Ausschau zu halten. Alle hielten Pfeil und Bogen bereit.

Rodriguez war noch am Leben. Mit dem rechten Arm klammerte er sich an den Balken, der linke hing schlaff herab. Es war ihm gelungen, den Schaft des Pfeils abzuknicken, jedoch nicht, ihn abzubrechen. Nicht, daß ihm das geholfen hätte. Mindestens zehn Zentimeter des Schafts mitsamt den Federn ragten aus seinem Nacken hervor. Direkt hinter der blutigen Pfeilspitze sah man die schwarze Schmiere des Gifts.

Er atmete schwer in kurzen, gierigen Schüben; blutige Blasen quollen und zerplatzten an der Austrittsstelle des Pfeils. Ich hob seine Automatic auf und entlud sie, während er jede meiner Bewegungen verfolgte. Seine Lippen bewegten sich. Mir ging durch den Kopf, daß er vielleicht um Gnade bettelte, um medizinische Hilfe oder um Erlösung von seinem Leid.

Chuhi und Mayno traten heran.

»*Gracias*«, sagte ich kaum lauter als mit einem Flüstern.

Die beiden grinsten breit, dann kam Chuhi auf die Veranda und reichte mir, den Griff voran, ein großes Messer, wobei er mit dem Kopf auf Rodriguez wies. Irgendwo aus dem Dschungel kam ein markerschütternder Schrei. Der dritte Begleiter war gefunden. Chuhi wechselte einen Blick mit seinem Bruder, dann grinsten sie noch breiter als zuvor.

Ich blickte auf den Bernsteinhändler. Seine Augen wurden glasig vor Schmerz. Er glitt langsam hinüber in die Bewußtlosigkeit, in den süßen Abgrund des Vergessens.

»Nein«, sagte ich und gab Chuhi das Messer zurück. Zusammen mit Mayno griff er Rodriguez bei den Armen, dann schleppten ihn beide hinüber zum Holzhaufen der Feuerstelle. Im grellen Sonnenlicht lehnten sie ihn gegen einen Stamm und trennten ihm sehr langsam, sehr methodisch den Kopf ab.

Es klopfte an meine Landhaustür. Ich war noch nicht lange auf. Am Abend zuvor hatte mich ein Notfall in London festgehalten. Es war bereits Mitternacht, als ich mich entschloß, loszufahren, und drei Uhr morgens, als ich in Cobb End eintraf.

Ich legte meinen Buttertoast auf den Teller, schob den Riegel der Küchentür zurück und sah Adam vor mir, der einen braunen Umschlag hochhielt.

»Hallo, Onkel Dom«, begrüßte er mich. »Mummy hat gesagt, ich darf dich besuchen. Aber ich soll erst fragen, ob ich nicht störe.«

Ich zog meinen Bademantel fester. »Nein, Adam«, sagte ich lächelnd, »du störst nicht.«

Er trat ein und stellte sich an den Küchentisch. »Ißt du gerade Frühstück?«

»Ja. Ich bin spät ins Bett gekommen.«

»Warum?«

»Nun, ich konnte erst um Mitternacht von London losfahren, weil ich mich noch um eine kranke Dame kümmern mußte.«

»Geht es ihr jetzt gut?«

»Ich hoffe es«, antwortete ich. »Möchtest du ein bißchen Toast?«

»Nein danke, Onkel Dom. Ich soll mir nicht das Mittagessen verderben.«

»Stört es dich, wenn ich weiteresse?«

Er schüttelte den Kopf und hockte sich mir gegenüber auf den Stuhl.

»Möchtest du vielleicht etwas zu trinken?« fragte ich.

Wieder verneinte er.

»Läßt dein Papa dich allein über die Straße gehen?«

»Ja«, antwortete Adam mit Stolz. »Aber er kommt mit ans Tor und paßt auf. Und wenn du nicht da bist, soll ich sofort umkehren.«

»Nun gut. Aber achte immer auf die Autos«, riet ich ihm.

Er nickte und schob den Umschlag über den Tisch. »Ich habe wieder ein paar Bilder für dich gemacht.«

Ich wischte mir die Hände am Geschirrtuch ab, schob den Teller beiseite und stellte die Kaffeetasse ganz nach rechts. Der Umschlag war mit einer Lasche verschlossen, die man herausziehen konnte. Drinnen steckten fast drei Dutzend Bilder, alle mit Bleistift oder Wachsstiften auf Schreibmaschinenpapier gezeichnet. Ich breitete etwa ein Dutzend von ihnen auf dem Tisch aus. Sie zeigten keine einzelnen Figuren, sondern Kompositionen aus Menschen und Tieren, aus phantastischen und abstrakten Formen. Im Stil ähnelten sie alle den Bildern, die ich im Britischen Museum gesehen hatte.

»Erzählst du mir etwas über die Bilder?« fragte ich ihn. »Zum Beispiel über dieses?«

»Das ist ein Bild von ...« Er suchte nach einer Antwort.

Ich schaute es genauer an. Zwei Gestalten ritten auf Pferden; ihre Umrisse waren aus verdickten Strichen entstanden.

Die eine Gestalt hatte etwas Rundes, Schwarzes in der linken Hand, die zweite einen Speer in der einen und eine Sichel in der anderen Hand. Eine Gruppe von Tieren deutete ich als Hirsche, weil sie Geweihe trugen, und kleinere Tiere konnte man für Hunde oder Hasen halten. Sie hatten große Ohren und waren über das Blatt verstreut, das wie eine Fahne in wellige Vierecke unterteilt war.

»Eigentlich weiß ich nicht, was das Bild bedeutet«, gestand Adam.

»Nun, sind das keine Jäger?«

»Nein«, erwiderte er mit Nachdruck, machte aber keinen anderen Vorschlag.

Das nächste Bild bestand aus einzelnen Gegenständen und bildete keinen erkennbaren Zusammenhang. Eine Art runde Schüssel war das Mittelstück, und die anderen Darstellungen zeigten einen Mann, der offenbar auf einem Fachwerkhaus stand, einen weiteren Mann, der einen Hammer über einem Rad schwang, ein dritter Mann balancierte auf einem Pferd und hielt eine Stange. Das Pferd galoppierte und wirkte trotz der ungelenken Zeichnung belebt und munter. Andere Bildteile waren weniger gut zu erkennen: ein sechsbeiniges Kaninchen, eine flache Kiste mit Punkten am Boden und Stäben in der Mitte, eine Reihe von sichelförmigen Gegenständen, gerade Striche, die von Punkten umgeben waren und aussahen wie vereinfachte Vögel.

»Was bedeutet das?«

»Ich weiß nicht«, erwiderte er. »Es sind nur so Sachen.«

Ich bewunderte die Bilder, machte ein paar lobende Bemerkungen und trank meinen Kaffee.

»Es sind noch mehr«, erinnerte mich Adam.

Ich nahm die restlichen Blätter aus dem Umschlag und blätterte sie durch. Sie waren, wie die bereits auf dem Tisch ausgebreiteten, bevölkert von Strichmännchen und Tieren, von abstrakten und undefinierbaren Gegenständen. Erst ganz am Ende stieß ich auf das aufregendste Bild von allen.

Adam hatte einen Strichmann angefangen, aber statt damit zufrieden zu sein, hatte er die Arme verlängert, bis sie als Spirale die ganze Figur umkreisten, sich spalteten und in sich selbst zurückflossen. Es entsprach genau den Bildern, die im Museumskatalog als anthropomorphe Labyrinthe bezeichnet wurden.

»Wo hast du das ...« fing ich an, aber Adam hatte die Frage erwartet.

»Das sind ... das sind Traumbilder, Onkel Dom.«

»Traumbilder?«

»Ja. Ich weiß nicht warum. Nachts träume ich sie, und am Morgen male ich sie.«

»Ich verstehe.« Mehr brachte ich nicht heraus.

»Manchmal sehe ich auch andere Sachen, aber die sind nicht so leicht.«

»Sag mal«, fragte ich nach kurzem Nachdenken, »sind deine Träume auch bunt?«

»Nein«, erwiderte er, »ich träume sie, wie ich sie male. Manchmal träume ich aber auch ganz andere Sachen.«

»Erzähl mir davon«, sagte ich und goß mir Kaffee nach. »Möchtest du vielleicht ein Glas Milch?«

Er schüttelte den Kopf und blickte auf die Bilder.

»Ich träume alles mögliche. Einmal habe ich einen Mann gesehen, der mit dem Hammer auf einen Stein haut, ein andermal hat er etwas auf ein Tier geworfen. Manchmal laufen sie mit den Tieren, manchmal haben sie kleine Wagen. Und manchmal machen sie komische Sachen.«

»Was für komische Sachen?«

»Letzte Nacht hat ein Mann ein Tier mit seinem Männchen gehauen.«

»Mit seinem Männchen?«

»Ja.« Adam errötete ein wenig. »Mit seinem Pinkelmännchen.«

Während er das sagte, hörte ich deutlich Ruths Stimme in mir sprechen: *Ich erinnere mich an das Bild eines Mannes, der es mit einer Ziege treibt.* Mir kribbelte das Haar im Nacken. »Hat der Mann etwas gesagt?« fragte ich.

»Nein, sie machen keine Geräusche. Niemals.«

»Hast du noch mehr komische Sachen gesehen?«

»Einen tanzenden Mann. Er hatte ein komisches Kleid an.«

»Ein Kleid?«

»Ja, es war wie ein Kleid. Nicht eng wie bei Mama, eher locker und aus lauter kurzen Fäden. Und ein anderer Mann hatte einen Hirschkopf.« Seine Stimme wurde leiser. »Letzte Woche hat ein Mann einen anderen umgebracht. Das war nicht lustig.«

»Wie hat er das gemacht?«

»Ein Mann war hingefallen, und der andere, der nicht hingefallen war, hat ihm mit einem Stock auf den Kopf gehauen, und der Kopf ging ab.«

Adam hatte einen entrückten Blick in den Augen, als würde er den Mord noch einmal mitansehen.

»Und was ist mit diesem Mann?« Ich legte ihm das Bild mit den Spiralarmen hin.

»Das ist ein Zauberer«, sagte Adam überzeugt. »Er ist ...«

Plötzlich wirkte er verlegen und schuldbewußt wie ein Kind, das nicht weiß, ob es etwas falsch gemacht hat.

»Was ist er?« fragte ich nach.

»Der da ist mein Freund. Ich kenne ihn.«

»Wie heißt er denn?«

»Er hat keinen richtigen Namen. Ich nenne ihn Da.«

»Zeigst du deine Bilder auch Mama oder Papa?

»Nein«, sagte er abweisend.

»Fragen sie nicht danach? Schließlich malst du viele Bilder.«

»Manchmal. Mama sagt: ›Das ist aber ein schönes Bild‹, aber ...« Er schaute aus dem Fenster. »Sie versteht sie nicht. Sie kennt sie nicht.« Er stockte. »Das ist doch immer noch unser Geheimnis, oder?«

»Ja, Adam«, beruhigte ich ihn. »Das ist unser Geheimnis. Wie die Fische.«

Die Küchentür öffnete sich so überraschend, daß ich hochfuhr.

»Du bist ja immer noch hier!« rief Larry. »Das tut mir leid, Dom. Er wollte dir unbedingt seine Bilder zeigen, und ...« Sie blickte auf meinen Bademantel. »Also, Adam, das war aber böse von dir. Ich habe dir doch gesagt, du sollst Onkel Dom nicht stören, wenn er ...«

»Es ist alles in Ordnung, Larry«, sagte ich. »Ich war schon auf, außerdem muß ich in London anrufen und mich nach meiner Patientin erkundigen. Es war eine lange Nacht.«

»Sehen wir dich zum Tee?«

»Wir sehen uns zum Tee«, bestätigte ich und schob die Bilder zurück in den Umschlag.

»Du kannst sie behalten, Onkel Dom«, sagte Adam. »Sie sind für dich.«

»Danke, Adam, ich werde sie gut aufheben.«

»Jetzt aber los!« kommandierte Larry. »Steig ins Auto, wir müssen noch einkaufen.«

Adam schaute mich eindringlich an, als wollte er mich an unser Geheimnis erinnern, und rannte hinaus.

»Dom, du mußt dich nicht verpflichtet fühlen, all diese Kritzeleien aufzuheben«, sagte Larry. »Du mußt ja schon Hunderte davon haben. Tu sie weg, und er wird sie vergessen. Bald kriegst du mit Sicherheit eine neue Ladung.«

»Er ist nun mal ein kleiner Künstler«, sagte ich scherzhaft.

»Immer malt er«, fuhr Larry fort. »Manchmal vernachlässigt er total seine Spielsachen. Wenn ich ihm sage, er soll aufhören – nun, dann schmollt er nicht gerade, aber es ist nicht zu übersehen, daß er sich unglücklich fühlt. Er beklagt sich überhaupt nicht und ist ein lieber kleiner Junge, doch ...« Sie blickte auf die Uhr. »Ich muß los. Weißt du, Dom, mir kommt es oft so vor, als würde er in einer völligen Scheinwelt leben.«

»Das ist ganz normal«, sagte ich. »Er hat eben eine starke Einbildungskraft.«

»Ich muß mich beeilen!« rief sie, winkte mir noch einmal zu und war verschwunden.

An jenem Nachmittag erschien ich nicht zum Tee. Meine Patientin hatte Schwierigkeiten bekommen, und ich kehrte gegen Mittag nach London zurück.

Auf der Fahrt durch die südlichen Grafschaften dachte ich fortwährend an Adam und seine Träume. Daß er seine Bilder träumte, war eine Offenbarung für mich. Er hatte nicht nur bestimmte Fähigkeiten geerbt. Jetzt war ich überzeugt, daß er auch seine Erinnerungen ererbt hatte. Es stand völlig außer Zweifel, daß er von der Bronzezeit träumte.

Sobald ich konnte, ließ ich die Patientin allein, fuhr in meine Praxis und verbrachte den Rest den Wochenendes damit, meine Notizen niederzuschreiben und die Fallgeschichte in der verborgenen Mouette-Datei zu lesen. Ich verglich Adams Zeichnungen mit den Abbildungen im Katalog. Häufig waren sie so ähnlich, daß man sie für Kopien halten konnte.

Erst, als ich am Ende meines Berichts über das Frühstücksgespräch angelangt war, fiel es mir auf.

Er hatte den Mann Da genannt.

Wie oft hatte ich nicht die Kinder in meiner Praxis nach ihrem Vater rufen hören. Immer riefen sie Dad – oder Da.

Das Dinner verlief, wenn man die Maßstäbe von Thomas Arkassian zugrunde legte, in bescheidenem Rahmen. Außer Thomas und Marie waren nur zehn Gäste da. Wie man erwarten durfte, war das Essen exzellent, und die Weine, die zu jedem Gang gereicht wurden, stammten aus den besten Jahrgängen. Die Unterhaltung war lebhaft. Unter den Gästen befand sich ein berühmter Schauspieler mit seiner polynesischen Frau, ein Strafverteidiger, der sich, wie er es nannte, auf orientalische Fälle spezialisiert hatte, und eine bekannte Springreiterin, die Thomas neben mir plaziert hatte. Ihr Vorrat an Geschichten, die übrigens selten mit Pferden zu tun hatten, war unerschöpflich, und wir wurden bestens unterhalten, bis sich mein Piepser meldete.

»Aber Dominic!« rief Marie strafend. Meinen vollen Namen benutzte sie nur, wenn sie sich ärgerte oder mich nekken wollte. »Du hast doch nicht etwa deine Arbeit mitgebracht?«

»Das war leider nicht zu vermeiden«, erwiderte ich. »Darf ich mal telefonieren?«

»Wenigstens hast du keins von diesen verdammten Mobiltelefonen mitgebracht. Die zwitschern wie Vögel.«

Ich wählte die Nummer meiner Praxis, und nach zwei Rufzeichen wurde der Hörer abgenommen.

»Hallo!« rief ich und war gespannt, wer sich melden würde. Es war Molly.

»Was gibt's, Molly?«

»Ich glaube, es ist besser, wenn Sie sofort kommen, Dr. Lyall«, sagte sie. »Es ist ziemlich dringend.«

»Mrs. Quennell ...?« fragte ich.

»Nein, kein Patient«, unterbrach sie mich. »Die Polizei ist hier.«

Ich spürte, wie mir das Blut aus dem Gesicht wich, und der Hörer vibrierte an meinem Ohr. Hastig entschuldigte ich mich bei Tisch, verließ das Haus der Arkassians und raste durch London. Jede rote Ampel brachte mich schier zur Verzweiflung. Ich hämmerte mit der flachen Faust auf das Lenkrad und hupte ungeduldig, wenn jemand bei Grün zu langsam anfuhr. Einerseits wollte ich so schnell wie nur möglich in meiner Praxis sein, andererseits empfand ich eine vage Dankbarkeit für jede Stockung, die mein Schicksal noch ein wenig hinauszögerte.

Ich war mir sicher, daß niemand die Mouette-Datei im Computer entdeckt hatte und daß nichts in den Patientenakten zu finden war, was Verdacht erwecken konnte. Die Akte mit dem Namen Mouette existierte nur als Beleg für die Proben im Kälteschrank.

Von Molly wußte ich, daß sie nicht ausreichend auf dem Computer bewandert war, um in den Tiefen der Festplatte zu forschen. Sie brauchte ihn nur für die Patientendaten und zur Textverarbeitung. Auch die anderen Angestellten waren nicht so neugierig. Selbst wenn einer von ihnen die verborgene Datei entdeckt hätte, so war ich mir sicher, hätte er sie nicht gelesen, wenn sie keinen in Behandlung befindlichen Patienten betraf. Das war ein Gebot der Diskretion.

Was aber, wenn es wieder die Kontrollbehörde HFEA war und Hodson mit seinen Kumpanen einen Überraschungsbesuch bei mir machte? Ich fragte mich, ob ihnen das Reglement derartige Befugnisse einräumte. Doch selbst wenn, so überlegte ich, würden sie keinen abendlichen Überfall auf mich planen, nur weil es einige Nachlässigkeiten gegeben hatte und mein Fußboden nicht markiert war wie ein Bastketball-Spielfeld. Als ich aus der Oxford Street abbog, war ich völlig in Aufruhr.

Bei der Einfahrt in meine Privatstraße begegnete mir schon ein Pulk von Polizeiautos mit blinkenden Blaulichtern. Die Tür zu meiner Praxis war offen. Molly stand da und lächelte verschreckt. Sie sah aus, als hätte sie geweint.

»Was ist passiert?« fragte ich.

»Es ist eingebrochen worden.«

Ich ging schnell die Treppe hinauf. Ein Polizeibeamter in Zivil saß am Empfangstisch. Im Büro war das unterste zuoberst gekehrt. Zwei Polizisten bestäubten den Aktenschrank, das Fensterbrett und die Wand neben der Tür mit einem feinen Pulver.

»Dr. Lyall?« fragte der Beamte überflüssigerweise und erhob sich vom Bürostuhl. »Ich bin Kommissar Rhys. Ich fürchte, bei Ihnen ist eingebrochen worden.«

»Ja«, sagte ich, benommen vom Anblick der Verwüstungen. Die Schubladen waren herausgerissen, das Schloß des Aktenschranks mit der Brechstange geöffnet, die Scheiben des Fensters zum Hof zersplittert.

Ohne etwas zu sagen, ging ich ins Labor. Dort war alles unberührt. Ich lehnte mich an den Mikroskoptisch und fühlte mich plötzlich sehr schwach. Wenn es den Kälteschrank erwischt hätte, wären viele Paare kinderlos geblieben, und zahllose Tests und Untersuchungen hätten wiederholt werden müssen. Hunderte von Arbeitsstunden wären verloren gewesen.

»Ja, ja, es ist immer wieder ein Schock, Sir«, bemerkte der Kommissar.

Ich nickte, weil mir nichts dazu einfiel.

»Worum ich Sie bitten wollte, Sir«, fuhr er fort, »könnten Sie prüfen, ob ...«

Mehr mußte er nicht sagen. Ich öffnete den Kälteschrank und sah gleich, daß alles unberührt war. Ein paar Gewebeproben, die ich Mrs. Quennell am Vormittag entnommen hatte, lagen in ihren Petrischalen gleich vorn im obersten Fach, genau dort, wo ich sie für die pathologische Analyse am nächsten Tag bereitgestellt hatte.

»Ich bin sicher, daß der Kälteschrank nicht angetastet wurde«, sagte ich.

»Alle Retortenbabys vollzählig?« fragte der Kommissar und warf einen neugierigen Blick durch die Tür.

»Ja.«

»Da bin ich ja beruhigt. Obwohl ich fürchte, daß Ihnen eine ganze Reihe von Patientenakten fehlen werden. Die Bestandsaufnahme und das Neuanfertigen wird eine Menge Zeit kosten. Ich hoffe, Sie haben alles im Computer gespeichert.«

»Allerdings«, sagte ich düster.

Der Kommissar mußte meine Anspannung bemerkt haben, denn er setzte ein freundliches Gesicht auf und sagte:

»Wie wär's mit einer Tasse Tee? Zur Beruhigung der Nerven?«

»Nein, danke«, erwiderte ich zerstreut, als hätte er mir angeboten, ihn selbst zu kochen. »Wie lange werden Sie ...?«

»Wir sind etwa in einer halben Stunde fertig, Sir.«

»Was ist in meiner Wohnung passiert?« fragte ich und befürchtete das Schlimmste.

»Ihr Safe wurde aufgebrochen. Sonst sind nur ein paar Sachen umgeworfen, aber nicht annähernd so schlimm wie in Ihrem Büro. Das waren Profis, Dr. Lyall, nicht einfach zwei Ganoven mit der Brechstange. Sie haben die Alarmanlage lahmgelegt, indem sie Schaumstoff ins Gehäuse gespritzt haben.«

Ich war ein wenig verwirrt. »Sie meinen, ich habe noch einen Fernseher und eine Stereoanlage?«

»Die Einbrecher waren nicht auf Sachwerte aus, Dr. Lyall. Ihr Schlafzimmer ist noch genauso, wie Sie es verlassen haben, abgesehen von der Beschädigung der Wand und ein paar Putzbrocken auf dem Teppich und dem Bett. Die haben nicht mal Ihre Manschettenknöpfe angerührt. Was hier gelaufen ist, könnte man als Prominenteneinbruch bezeichnen.«

Ich lachte künstlich und erwiderte: »Ich bin Gynäkologe und kein Fußballer oder Filmstar.«

»Das ist mir klar«, sagte der Kommissar mit Ironie, »genauso wie den Dieben. Aber unter Ihren Patienten gibt es möglicherweise Prominente. Und darauf sind sie scharf. Diese Sorte Einbrecher steigt bei Ärzten, Anwälten und dergleichen ein. Was sie wollen, sind Informationen, keine Diamanten. Stellen Sie sich vor, die Gattin eines berühmten Industriellen ist bei Ihnen wegen einer Geschlechtskrankheit in Behandlung. Der Skandal kann seine Firma ruinieren. Oder Sie behandeln einen Macho-Schauspieler, so einen Schwarzenegger-Typ, wegen Impotenz. Wie wird sich das wohl auf seine Karriere auswirken, wenn in der Zeitung steht: *Muskelprotz und Cowboy-Star Soundso schießt mit Platzpatronen.* Mit solch einer Schlagzeile kann man seinen Ruf gründlich zerstören. Oder Abtreibungsgeschichten von berühmten Schauspielerinnen. Das Erpressungspotential, das in den Patientenakten eines Gynäkologen steckt, kann ganz erheblich sein.«

Wir gingen zum Empfangsraum zurück. Die Spurensicherung war beendet, und die Beamten packten ihre Ausrüstung ein.

»Was gefunden?« fragte der Kommissar.

»Eher nicht, Sir. Wir haben vier verschiedene Abdrücke aufgenommen.« Der Ermittler wandte sich an mich: »Wie viele Personen haben Zugang zu dem Aktenschrank?«

»Drei oder vier.«

»Wir nehmen Ihre Fingerabdrücke auf, wenn Sie gestatten, Sir. Zum Vergleich und zur Aussonderung. Auch die der jungen Frau und Ihrer anderen Angestellten, wenn sie morgen früh kommen. Aber ich glaube nicht, daß wir etwas finden. Das waren Profis, da gibt es keinen Zweifel.«

Der Kommissar nahm mich beiseite und sagte außerhalb von Mollys Hörweite: »Es kann sein, daß der Herr Einbrecher sich bei Ihnen meldet. In einer Woche etwa. Wenn er Kontakt aufnehmen will, läßt er Sie erst ein bißchen schmoren. Vielleicht bietet er Ihnen die Akten zum Kauf an, oder aber er hängt sich gleich an eine Ihrer Patientinnen. Wie auch immer. Sollte er sich melden, lassen Sie's mich wissen.«

Ich nickte.

»Was könnte ich außerdem unternehmen?« fragte ich.

»Nicht viel. Wir können nur warten, bis er den ersten Zug macht.«

Bevor der Kommissar ging, bat er mich noch, eine schnelle Inventur zu machen, um festzustellen, ob irgendwelche identifizierbaren Gegenstände fehlten. Ich schaute mich mit Molly um. Es war nichts gestohlen worden: Die Telefone, der Anrufbeantworter, die teuren Lampen, die Bilder an der Wand, die von Adam und von renommierten Künstlern stammten – alles war noch da. Der Operationsraum war unversehrt und das Sprechzimmer ebenso. Wie der Kommissar gesagt hatte, war nur mein Safe in der Wohnung aufgebrochen und durchwühlt worden. Ein wenig Geld aus dem Safe und aus Mollys Schreibtisch fehlte, doch die Traveller-Schecks von meiner letzten Auslandsreise, meinen Paß und die persönlichen Papiere hatte niemand angerührt. Nur die Fächer mit den Patientenakten im Empfangsraum waren halb geleert.

»Sie haben nicht mal den IBM mitgenommen«, stellte Molly fest.

Während sie das sagte, warf ich einen Blick auf den Computer. Neben ihm, auf Mollys Schreibtisch, lag eine leere Diskettenschachtel. Ich wußte augenblicklich, was das bedeutete. Die Diebe hatten eine Kopie von der Festplatte angefertigt.

»*He is go*«, stellte Chuhi gelassen fest.

Ich blickte auf den Fluß, dessen Oberfläche sich in der Morgensonne kräuselte. Der Mond stand tief über dem anderen Ufer, eine ausgeblichene Scheibe, auf der die Pockennarben der Krater gerade noch sichtbar waren. Unter den Bäumen tropfte das Wasser: In der Nacht hatte es einen heftigen Regenguß von einer Stunde Dauer gegeben, der die Luft gereinigt und die Blutflecken weggespült hatte. Etwa fünf Meter vom Ufer entfernt schaukelte die letzte der Leichen im Wasser und wurde gerade von der Strömung des anschwellenden Flusses erfaßt.

»*Mire, señor!*« forderte mich Q'eke auf.

Ich schaute hin.

Die Strömung erfaßte einen Arm und klappte ihn vom Körper weg. Plötzlich belebte sich das Wasser in der Umgebung der Leiche. Für einen kurzen Moment glättete sich der Wasserspiegel, doch dann verwandelte sich das tanzende Sonnenlicht in ein Gebrodel.

»*Piraña*«, sagte Chuhi stoisch und trottete hinüber zu den Langhäusern.

Ich schaute zu, wie der Körper unter dem Ansturm der Fische schlingerte und zuckte und dann vom Fluß erfaßt wurde, der ihn schnell davontrug.

Urú kam zu mir gerannt und legte ihre Hand in meine. Sie sagte nichts und blickte mit ihren dunklen, abgründigen Augen zu mir auf. Ich lächelte sie an, aber sie erwiderte das Lächeln nicht. Statt dessen preßte sie meine Hand, ließ sie los und ging davon.

Ausgerüstet mit einer Wasserflasche und einem Messer verließ ich die Lichtung und schlug den Pfad ein, der zum Berg führte. Ich beeilte mich nicht und erreichte gegen Mittag den Bestattungsfelsen. Das Gestein war von der Sonne erhitzt, und überall glitzerten die Einsprengsel von Katzengold. Als ich näherkam, suchte mehr als ein Dutzend grüner Leguane zwischen den Felsen das Weite. Ihre Schuppenkämme schwankten, während sie davoneilten. Ich war neugierig darauf zu erfahren, was sie dort oben taten, denn vorher hatte ich nie einen einzigen Leguan an dieser Stelle gefunden. Normalerweise konnte man sie in Flußnähe entdecken, wo sie auf Ästen oder Steinen herumlagen und ins Wasser flohen, wenn sie gestört wurden.

Meine Neugier war bald befriedigt. Am hinteren Ende der Felsplattform lagen die Überreste der alten Frau. Ich wußte, daß ihre Leiche ein paar Tage nach der Feier aus ihrem Sarg entfernt worden war. Der süße Verwesungsgestank, der aus dieser Richtung kam, war verschwunden. Ich hatte vermutet, daß sie beerdigt worden war. Das stellte sich nun als falsch heraus, doch ich hatte keine Vorstellung, wann und von wem sie hierher transportiert worden war. Eine Bestattungsprozession hatte ich nicht gesehen.

Als sich der letzte Leguan mit scharrenden Krallen und Schuppen davongemacht hatte, besah ich mir die Reste der alten Frau. Alles, was von ihr geblieben war, waren die Knochen und ein Büschel Haar, in dem noch eine rote, zerzauste Feder steckte. Ein paar Glasperlen glitzerten in der Sonne, doch die meisten waren verschwunden, von Klauen und Flügeln in alle Richtungen verstreut. Das Fleisch war von Vögeln und Insekten abgenagt worden, und diese hatten, wie ich vermutete, die Leguane angelockt. Als die Leiche noch unversehrt war, mußte der ganze Hügel von gefräßigen Eidechsen gewimmelt haben, die sich über die Verzehrer des menschlichen Fleisches hergemacht hatten.

Daß Vögel an dem Leichenschmaus teilgenommen hatten, war an der Lage der Knochen zu erkennen. Größere Aasfresser hätten die Knochen benagt oder einzelne Gliedmaßen verschleppt, aber das war nicht der Fall. Das ganze Skelett war noch vorhanden, doch die meisten der kleineren Knochen – die der Finger und Zehen sowie die kürzeren Rippen – lagen nicht mehr an ihrer Stelle, sondern waren im Umkreis des Beckens und der Wirbelsäule verstreut.

Ich beugte mich vor, um die Knochen genauer zu betrachten, und sah, daß sich im Inneren des sauber abgenagten Schädels noch ein wenig Hirnsubstanz befand. Als sich meine Augen an das Dunkel gewöhnt hatten, stellte ich fest, daß die Substanz sich bewegte – als wären ihre Träume noch einmal zum Leben erwacht. Doch es war nichts weiter als eine Kompanie großer Ameisen, die ein winziges Stück vertrockneten Gewebes abgelöst hatten und nun durch einen Riß ins Freie schleppten.

Soviel zum Thema Unsterblichkeit, dachte ich und richtete mich wieder auf. In diesem Moment kam ein zierlicher brauner Vogel über die Steine gehüpft, ergriff eine Haarsträhne und flog damit davon. Welch schöner Gedanke, dachte ich, daß das Haar der alten Frau nun das Nest eines Singvogels auspolstern würde.

Ich nahm meinen gewohnten Sitzplatz am Ende der Plattform ein und blickte über die brüchigen und gebleichten Knochen hinweg auf das Auf und Ab der Dschungellandschaft, die sich unter mir erstreckte wie ein bei sanftem Wellengang erstarrter Ozean. Dieser Anblick, dachte ich, hat sich seit dem Erscheinen des ersten Menschen kaum geändert, und nirgendwo sonst auf der Erde kann der Primärdschungel dieses Gefühl der zeitlosen Unendlichkeit vermitteln.

Während die Sonne auf mich und die Überreste der alten Frau niederbrannte, entleerte ich meinen Kopf von allen Gedanken. Nur so ist es mir möglich, Frieden zu finden.

»Hallo?« rief ich zum dritten Mal in den Hörer. »Ich kann Sie nicht hören!«

»Kein Grund zum Schreien, Dr. Lyall. Ich höre Sie sehr gut.«

Die Stimme hatte einen breiten Londoner Akzent, und sie kam so unerwartet, daß ich zusammenfuhr. Ich setzte mich auf und zog das Telefon auf die Bettdecke.

»Wer ist dort?« fragte ich schroff. Es war zwei Uhr nachts, und ich hatte schon drei Stunden geschlafen.

»Sie haben da eine kleine Schweinerei gemacht, nicht wahr, Herr Doktor?«

»Ich muß doch sehr bitten!« rief ich. Jetzt war ich hellwach und wütend, aber ich wußte noch nicht, worauf die Sache hinauslief.

»Eine kleine Schweinerei, harmlos ausgedrückt«, sprach die Stimme weiter. »Man könnte auch sagen, eine ethische Sauerei.«

»Ich weiß nicht, wovon Sie reden«, gab ich zurück. »Wer sind Sie überhaupt?«

Natürlich wußte ich jetzt Bescheid.

»Computer sind nichts für Idioten, wenn ich mal so sagen

darf.« Seine Stime klang ruhig und beherrscht. »Es ist wie bei einer Maschine. Was man reinsteckt, kommt auch wieder raus. Jedes Bitchen.« Er lachte über sein Wortspiel. Ich schwieg, bis ich mich gefangen hatte.

»Was wollen Sie eigentlich von mir?« fragte ich schließlich.

»Ganz einfach«, sagte die Stimme. »Sie haben eine Menge Geld, und ich will was davon abhaben. Sie reichen mir eine angemessene Summe rüber, damit Sie Ihre Unterlagen zurückkriegen. Natürlich auch die auf dem Computer.«

»Ich glaube nicht, daß Sie etwas gegen mich in der Hand haben«, sagte ich, um Zeit zu gewinnen. Er war sich seiner Sache so sicher, daß er etwas Konkretes wissen mußte. Vielleicht, hoffte ich verzweifelt, hatte er die Angaben in einer Patientenakte falsch verstanden. Wenn dort zu lesen war, daß ich eine fremde Eizelle verwendet hatte, konnte ein Laie schnell auf einen Verstoß gegen die Ethik schließen.

»Sagen wir mal so, Dr. Lyall«, erwiderte die Stimme. »In meinem Stadtplan gibt es nirgends eine Havingdene Road. Und deshalb wohnt dort auch kein kinderloses Pärchen mit dem Namen Mouette. Oder?«

»In meinen Akten gibt es jede Menge falscher Namen«, bluffte ich. »Das dient dem Schutz von Prominenten. Die betreffenden Leute heißen nicht Mouette, trotzdem sind sie meine Patienten.«

»Haben Sie auch eine, die Ruth heißt?«

Mein Herz hämmerte. Ich spürte, wie mich ein neuer Schub Adrenalin durchströmte. »An eine Patientin dieses Namens kann ich mich nicht erinnern.«

Jetzt wurde die Stimme scharf und bösartig.

»Erzähl mir keinen Scheiß, Onkel Doktor«, sagte er, wobei er das letzte Wort ironisch überbetonte. »Ich weiß, daß du Dreck am Stecken hast, und du weißt es. Und du weißt, daß ich es weiß. Bißchen wie beim Schach, will ich mal sagen.«

»Da müssen Sie aber Beweise bringen«, sagte ich. »Ihre Behauptungen zählen gar nicht.«

»So? Damit hat man schon bessere Leute als dich fertiggemacht. Und du steckst nicht allein in der Scheiße. Du und eine Ruth Schroeder, ihr habt zusammen was ausgeheckt. Ich weiß auch, was.«

»Lassen Sie die aus dem Spiel!« Ich ließ meine Stimme so drohend klingen, wie es mir unter den Umständen möglich war.

»Noch habe ich sie nicht. Sie ist keine Ärztin, jedenfalls steht sie nicht im Ärzteverzeichnis. Aber ich werde sie finden. Ob ich sie drankriege oder nicht, müssen Sie mir schon überlassen.«

»Wenn Sie das ...« begann ich.

Er schnitt mir das Wort ab. »Wenn ich was?« Wieder wechselte er den Ton, der bis dahin verhältnismäßig ruhig geblieben war. »Jetzt hören Sie mir mal zu, mein lieber Herr Fotzendoktor. Ich weiß, daß Sie mit Ihrem Leichensperma irgendeine Mrs. Mouette abgefüllt haben. Wer das ist, weiß ich nicht, aber ich kriege es raus, keine Sorge. Ich brauche mich nur nach der automatischen Datierung Ihrer Computerdatei zu richten und die Krankenakten aus derselben Zeit durchzugehen. Sie haben ja auch wunderbar ausführliche Notizen über die Mouettes und ihr Kind gemacht. Wie hieß es gleich?« Er hörte auf zu sprechen und raschelte mit Papieren. »Ach ja, Adam hieß es. In dem Zeitraum kämen vielleicht fünf oder sechs Leute in Frage. Denen brauche ich nur zu schreiben, oder?«

Ich gab keine Antwort, und er deutete mein Schweigen richtig.

»Jetzt sind Sie wohl am Boden, was? Das sollten Sie auch. Aber hören Sie zu. Ich bleibe dran. Ich sage Ihnen, wieviel ich will und gebe Ihnen die Zeit, es zu beschaffen. Sie kriegen Ihre Unterlagen zurück, wenn Sie tun, was ich sage. Keine Tricks, keine Anzeige. Wenn ich in hundert Meilen

Umkreis auch nur eine Uniform sehe, bin ich derjenige, der die Trillerpfeife bläst, und Sie sind der Verlierer. Denken Sie dran: Das hier ist keine Entführung, und es geht keiner dabei drauf. Das Lösegeld wird nur für einen Haufen Papier bezahlt – und für ein paar Disketten.« Er lachte gehässig. »Der einzige, der dabei draufgeht, sind Sie, wenn Sie nicht mitspielen. Sie und Ihre Zulassung, die über dem Schreibtisch baumelt.«

Er legte auf, bevor ich antworten konnte.

Ich sank ins Kissen zurück. Mein Haar war völlig verschwitzt, meine Hände außer Kontrolle. Es war nicht so sehr die Angst wie die Wut auf die Raffinesse dieses Kerls und auf meine eigene unverzeihliche Dummheit. Daß ich nicht das Geringste tun konnte, brachte mich noch mehr in Rage. Ich war dem Kerl ohnmächtig ausgeliefert, er wußte es und würde mir keinen Millimeter entgegenkommen. Er hatte mich in der Hand, eine Schachfigur, mit der er machen konnte, was er wollte.

Den Rest der Nacht verbrachte ich mit Überlegungen, wie ich meinem Schicksal entrinnen konnte. Eine Weile dachte ich daran, die Polizei zu benachrichtigen, wie es der Kommissar verlangt hatte, doch ich entschied mich dagegen. Stattdessen grübelte ich nach, ob es eine Chance gab, den Erpresser auszutricksen. Es mußte einen Weg geben.

Drei Tage später kam Molly herein, als ich gerade eine Patientin untersuchte. »Ein dringender Anruf, Herr Doktor«, sagte sie und schenkte der Patientin ein bedauerndes Lächeln. »Ich kann nicht durchstellen. Die Leitung ist wieder gestört.«

Ich ging in mein Büro, nahm den Hörer ab und drückte auf den Knopf. Meine Hand zitterte. In den vergangenen Nächten hatte ich nur mit Hilfe kräftiger Valiumdosen schlafen können. Jedesmal, wenn das Telefon klingelte, gerieten meine Nerven in Aufruhr, besonders nachts.

»Hallo«, sagte ich zaghaft.

Es war Ruth. »Dom, bist du's? Ich muß dich sehen, und zwar sofort.«

Ich fragte nicht nach dem Grund. Den kannte ich. »Wo bist du?«

»In der Telefonzelle an der Paddington Station. Kann ich in die Praxis kommen?«

»Lieber nicht. Wir können doch zusammen essen ...«

»Du mit deinem verdammten Essen!« schrie sie. »Was ich will ...«

»Reiß dich zusammen«, sagte ich resolut. »Wir treffen uns im ...« Ich suchte nach einem geeigneten Lokal, doch mir fiel keins ein. »An der Speaker's Corner im Hyde Park.« Ich blickte auf den Terminkalender. »Gib mir eine Stunde Zeit.« Bevor sie etwas erwidern konnte, hatte ich aufgelegt.

Sie stand allein, wenige Meter entfernt von einem Mann im abgeschabten Trenchcoat, der betrunken auf einem blauen Plastik-Bierkasten balancierte und vor ein paar Neugierigen über die Untaten der Regierung von San Salvador schwadronierte.

»Was hast du angestellt?« waren ihre ersten, erregten Worte.

Ich nahm sie beim Arm und schlug den Weg zum Teehäuschen in der Mitte des Parks ein. Mein Schritt war ihr zu langsam, und sie drängte mich zur Eile, als würde so die Zeit rascher vergehen und sie schneller aus ihrer mißlichen Lage herauskommen.

»Nichts habe ich angestellt«, erwiderte ich.

»Ich habe einen Anruf bekommen ...« begann sie, aber ich stoppte sie mit einer Handbewegung.

»Du hast einen Anruf von einem Erpresser bekommen – wie ich auch«, erklärte ich. »Aus meiner Praxis sind Patientenakten gestohlen worden. Offenbar ist das nicht unüblich. Auf diese Weise kommen Erpresser an Informationen heran. Der Mann, dessen Namen ich noch nicht kenne, hat vermutlich herausbekommen, daß ich dir bei der Untersuchung des

Toten aus der Bronzezeit geholfen habe, und hält das für einen Verstoß gegen die Ethik – ein Arzt, der Kranke heilen soll, befaßt sich mit Leichen, die nur Pathologen, Gerichtsmediziner und Totengräber etwas angehen. Er irrt sich natürlich.«

»Aber er hat Unterlagen. Über einen Mr. Mouette und seine Frau. Was haben die damit zu tun? Ich sehe keine ...«

»Ich habe aufgeschrieben, was wir zusammen gemacht haben«, log ich. »Aus rein wissenschaftlichem Interesse, und das ist alles. Es gibt nichts, wofür ich mich schämen müßte, und nichts, was ich zu verbergen hätte, abgesehen davon, daß ich mich vor den Vorurteilen einiger Patienten schützen muß. Ich habe dir ja damals gesagt, daß ich aus diesem Grund meinen Namen aus der Sache heraushalten wollte. Das Ganze hängt mit meiner Büroausrüstung zusammen. Alle meine Aufzeichnungen stecken im Computer, und ich muß jeder Datei einen Namen geben. Meinen Notizen habe ich daher den erfundenen Namen Mouette gegeben und dazu eine erfundene Adresse eingetragen. Ohne Namen und Adresse nimmt die Dateiverwaltung die Information nicht an ...«

Ich erzählte ihr noch mehr davon, wie ich unsere gemeinsame Arbeit dokumentiert hatte. Sie war so leicht zu belügen und schien mir alles abzunehmen. Als wir am Teehaus angekommen waren, wirkte sie schon viel ruhiger und entspannter. Wir gingen hinein, setzten uns an einen Tisch, und ich bestellte eine Kanne Kaffee.

»Er will Geld von mir«, sagte sie mit gedämpfter Stimme, obwohl nur eine japanische Reisegruppe im Lokal war.

»Von mir auch«, bestätigte ich. »Ich glaube, es ist am besten, ihn zu bezahlen, damit er den Mund hält und die Akten herausgibt. Im Interesse meiner Patienten habe ich gar keine andere Wahl. Ich glaube zwar kaum, daß er etwas gegen einen meiner Klienten in der Hand hat, aber man kann nicht wissen. Ich schlage dir vor, daß du alles mir überläßt.«

»Wie ist er denn an meinen Namen herangekommen?«

»Der steht in meinen Aufzeichnungen. Er mußte nur in einem Adreßbuch für Akademiker nachschlagen. Ich nehme an, du hast einen Eintrag im ...«

»So wird es gewesen sein!« Ihre Erleichterung klang nicht überzeugend. »Ich dachte schon, er würde mir nachschleichen.

»Nein, zu dieser Sorte gehört er nicht«, sagte ich. »Es ist zwar ein käuflicher Ganove, aber nicht in dem Sinn, daß er dich physisch bedroht. Oder auch mich. Er will nur Geld.«

»Weißt du, wieviel er von dir will?«

»Noch nicht. Er läßt mich noch ein bißchen im unklaren.«

Erst jetzt wurde mir klar, daß der Erpresser sich nur deshalb Zeit ließ, weil er mich entnerven wollte – bis ich so erledigt war, daß ich seinen Forderungen ohne Widerstand nachkam. Ein Dieb, der zugleich ein raffinierter Psychologe ist, dachte ich, und der seinen Beruf wahrscheinlich so gut beherrscht wie ich den meinen. Ich nahm mir vor, seinen psychologischen Tricks so gut es ging zu widerstehen.

»Von mir wollte er fünfzehntausend Pfund. Das übersteigt einfach meine Möglichkeiten.«

»Für mich ist das kein Problem«, sagte ich. »Ich zahle für uns beide. Das werde ich ihm sagen.«

»Von dir wird er aber viel mehr wollen. Er weiß, daß ich nur eine Archäologin bin, aber du bist eine Art Modearzt.«

Die Kanne mit dem Kaffee wurde serviert. Ruth goß uns ein und reichte mir eine Tasse.

»Ich bin wohl kaum ein Modearzt«, sagte ich. »Es ist nur so, daß ich reiche Patienten habe.«

»Das muß er ja nicht wissen. Er wird soviel aus dir herausholen, wie er nur kriegen kann.«

Wie sehr sie doch im Unrecht ist, dachte ich, während sie an ihrem Kaffee nippte. Er wußte genau, was ich war, und er würde mich dafür büßen lassen.

»Hör mal«, sagte ich. »Du hast eine lange Fahrt hinter dir,

und dieser verdammte Erpresser hat dich in Angst und Schrecken versetzt. Du mußt ja völlig fertig sein. Was hältst du von meinem Vorschlag, daß wir zusammen Abendessen gehen, du dann bei mir übernachtest und erst morgen zurück nach Oxford fährst?«

»Zum Ausgehen bin ich nicht gerade passend angezogen«, sagte sie mit einem Blick auf ihre Jeans.

»In dem Fall machen wir eben einen Bogen um die teuren Schuppen«, erwiderte ich.

»Es ist aber nicht nötig, daß du mich einlädst ...«

»Aber ich tu's gern. Ein Bonbon nach der bitteren Pille.«

In jener Nacht schliefen wir miteinander. Wie ich erraten konnte, war sie tief innerlich noch immer von Angst beherrscht. Die Liebe machte sie zwar gelöster, aber es blieb ein Rest. Danach fiel sie in einen leichten, unruhigen Schlaf.

Ich lag neben ihr auf dem Rücken, ihr Kopf ruhte an meiner Schulter. Mein Blick irrte an der Decke umher, und ich fragte mich, ob er wußte, daß sie hier war, ob er die Praxis beobachtete, um festzustellen, ob ich die Polizei benachrichtigt hatte. Ich rief mir unsere Rückkehr aus dem Restaurant vor Augen und versuchte, mich zu erinnern, ob Autos auf der Straße gestanden hatten, die mir unbekannt waren.

Allmählich richteten sich meine Gedanken wieder auf die Zwangslage, in der ich mich befand. Wenn alles schiefging und die Sache publik wurde, wenn der Erpresser herausbekam, welche Verbindung vom Namen Mouette zum Namen Cordiner führte, wenn Brian und Larry die Wahrheit erfuhren, wäre nicht ich der Leidtragende, jedenfalls nicht in letzter Konsequenz. Ich würde meine Praxis verlieren, meinen Beruf, meine Reputation. Die Arkassians würden mit mir brechen. Ich würde eine Weile für Schlagzeilen in der Boulevardpresse sorgen und fliehen, um dem unvermeidlichen Schauprozeß, der Vorladung zur Ethikkommission der britischen Ärztekammer und, wie ich nicht bezweifelte, dem Gefängnis zu entgehen.

Doch der eigentliche Leidtragende wäre Adam. Ich würde meine Vergangenheit verlieren, aber er wäre seiner Zukunft beraubt.

Es verlief alles ganz einfach.

Vier Tage nach dem Treffen mit Ruth klingelte erneut das Telefon mitten in der Nacht.

»Dr. Lyall?« sagte die Stimme.

Ich war nicht erschrocken. Ich hatte darauf gewartet und war vorbereitet. Meine Entschlüsse hatte ich gefaßt.

»Ja«, erwiderte ich barsch.

»Ich hoffe, Sie haben nicht die Polizei gerufen, Dr. Lyall. Wär echt blöd, wenn das danebenginge. In Ihrem Interesse und in meinem.«

»Ich habe nicht die Polizei gerufen«, versicherte ich.

»Und Ihre kleine Ami-Nutte?«

»Sie auch nicht.« Wut stieg in mir hoch, doch ich beherrschte mich. Wenn ich meinen Gefühlen freien Lauf ließ, würde ich nichts erreichen.

»Gut, sehr gut. Und jetzt die Anweisungen ...«

»Zum ersten«, unterbrach ich ihn, »vertrete ich nicht nur meine Belange, sondern auch die von Dr. Schroeder. Ich möchte nicht, daß sie weiter von Ihnen behelligt wird. Sie können alle Forderungen auf mich übertragen.«

»Oh, Sie sind ja ein Kavalier, Herr Doktor!« sagte er mit schneidender Ironie. »Zwar bin ich es, der hier die Bedingungen stellt, aber ich akzeptiere. Hauptsache, das Geld fließt. Wer zahlt, ist mir egal.«

»Zum zweiten«, fuhr ich fort, »welche Garantien habe ich, daß ich nach der Bezahlung alles zurückbekomme und die Sache dann beendet ist?« Eine rührend naive Frage, und doch mußte ich sie stellen, damit er nicht auf falsche Gedanken kam.

»Keine«, sagte er. »Sie müssen mir schon trauen. So wie ein Gauner dem anderen traut.«

»Ich verstehe«, sagte ich tonlos.

»Ist doch eine Ehrensache unter Gentlemen, Dr. Lyall.« Er lachte kurz und hart. »Jetzt also die Anweisungen. Ich will 75 000 Pfund, alles in Fünfzigern, alle gebraucht, ohne laufende Nummern. Heben Sie nicht alles an einem Tag ab. Verteilen Sie das auf vier Tage, und fangen Sie am Montag an. Sie können mich nicht austricksen. Ich habe Zugang zu Ihrem Konto und kann alles überprüfen. Ich hoffe, Sie können würdigen, daß ich Ihr Guthaben nicht übermäßig strapaziere. Es bleibt Ihnen dann noch ...« – er unterbrach, und ich hörte die Tasten eines Computers klicken – »... mehr als genug auf Ihrem Privatkonto.«

»Wie wollen Sie wissen ...?«

»Sie unterschätzen mich, Dr. Lyall. Und Sie verschwenden meine Zeit. Jetzt hören Sie zu. Die Scheine müssen gebündelt sein, so, wie sie von der Bank kommen. Das sind dreißig Bündel zu fünfzig Scheinen. Sie werden die Bündel in Plastikhüllen bekommen. Nehmen Sie das Geld raus und stecken Sie es in eine alte Aktentasche, aber nicht abschließen. Und versuchen Sie keine Tricks mit dem Geld. Kein Enzianblau, kein Malachitgrün, keine Fallen, keine Sprengsätze und auch keine Imprägnierungen. Sie werden die Tasche vor mir öffnen. Alles verstanden?«

Ich wiederholte seine Anweisungen.

»Gut. Ich melde mich wieder«, sagte er und legte auf.

Wie er es verlangt hatte, begann ich am Montag damit, bei meiner Filiale der Barclays Bank in der Oxford Street Geld abzuheben. Weil der Donnerstag völlig ausgebucht war, hob ich die letzte Rate bereits am Mittwochmittag ab. Er mußte ständigen Zugang zum Bankcomputer haben, denn kaum war Molly am Mittwoch gegangen, klingelte schon das Telefon.

»Ich sagte, vier Tage«, waren seine ersten Worte.

»Morgen muß ich den ganzen Tag operieren, ohne Unterbrechung.«

»Okay.« Er klang wie ein Schulmeister, der sich die faulen Ausreden eines mißratenen Schülers anhört. »Diesmal lasse ich's noch durchgehen, aber in Zukunft keine Eigenmächtigkeiten mehr. Verstanden?«

»Verstanden«, sagte ich mit knirschenden Zähnen.

»Das wäre also erledigt. Hören Sie jetzt zu: Freitagnachmittag. Sie verlassen Ihr Haus Punkt zwei, fahren mit der U-Bahn bis Hampstead. Dann gehen Sie durch den Flask Walk und den Well Walk, bis Sie zur Heath Road kommen. Von dort gehen Sie quer durch den Park bis zu den Highgate-Teichen. Wenn ich auch nur ahne, daß irgendwas faul ist, sind Sie geliefert.«

Er knallte den Hörer auf.

Wie befohlen, machte ich mich am Freitag, zwei Uhr nachmittags, auf den Weg. Es war ein sonniger Tag, ideal für einen Spaziergang durch die Wiesen von Hampstead Heath. Ich trug einen dunkelgrauen Anzug, schwarze Schuhe und passende Lederhandschuhe, die dünn und schmiegsam waren. Meine Aktentasche war ebenfalls schwarz, und ihr Inhalt machte sie schwer. Selbst der aufmerksamste Beobachter mußte mich für einen Geschäftsmann halten, der den Tag mit einem Verdauungsspaziergang beendete oder nach dem Lunch in Hampstead zu einem Geschäftstermin unterwegs war.

Der Park war belebt von Leuten, die ihre Hunde ausführten, von umherrennenden Kindern, von Studenten, die im Gras saßen, und Liebespärchen, die aneinander geschmiegt unter Bäumen lagen. Ich war etwa bis zur Mitte gelangt, ohne daß sich mir jemand näherte. Ab und zu schaute ich mich um, ob ich verfolgt wurde, aber es war niemand hinter mir her. Erst als ich den Hügel überschritten hatte und mich den Teichen näherte, bemerkte ich, daß mich jemand beobachtete. Ein Mann in Jogging-Kluft hielt sich auf einem Parallelweg in meiner Höhe. Seine Jacke war mit einer Kapuze ausgestattet, die er übergezogen hatte, und er trug eine große, reflektierende Sonnenbrille. Auf dem Rücken hing ein Rucksack, der nur mäßig gefüllt zu sein schien.

Als die beiden Wege sich vereinten, trat er auf mich zu. »Guten Tag, Dr. Lyall.«

Die Stimme war unverkennbar.

»Gehen Sie zu dieser Bank am Teich.« Er wies mit behandschuhtem Finger die Richtung. »Die nächste Bank nach dem Abfallkorb.«

Ich tat wie befohlen, und er joggte davon. Als ich die Bank erreicht hatte, setzte ich mich hin. Eine kleine Armada von Enten schwamm in Erwartung von Brotkrumen auf mich zu. Es war niemand in der Nähe, und die Enten betrachteten mich als ihre einzige potentielle Nahrungsquelle. Nach ein paar Minuten tauchte der Jogger wieder auf, stellte sich hinter die Bank und tastete meinen Oberkörper ab. Er griff mir kurz unter die Achseln, klopfte flüchtig meine Taschen und den Hosenbund ab. Dann setzte er sich ans Ende der Bank.

»Brav, brav«, sagte er wie zu einem Schoßhund. »Bin wirklich froh, daß Sie allein gekommen sind. Keine Freunde und keine heroischen Anwandlungen. Wenn ich eine Kanone gefunden hätte, wäre es anders gelaufen. Aber noch ist niemandem was passiert. Ist doch auch das Vernünftigste, oder?«

Sein Mund verzog sich zu einem Grinsen. Ich sagte nichts und versuchte, die dunkle Sonnenbrille zu durchdringen. Nicht, daß ich ihn identifizieren wollte. Ich wollte nur meinen Feind kennen, wollte wissen, wie der Bastard aussah, der alles zerstört hatte.

Er wies mit einer Kopfbewegung auf die Aktentasche. »Drehen Sie die Tasche zu mir und machen Sie sie auf. Aber nicht zu weit, nur halb.«

Ich gehorchte. Er blickte lange in die Öffnung, dann schob er die Hand hinein, und ich hörte, wie er die Geldbündel mit den Fingern prüfte.

»Sieht gut aus. Aber Sie würden mich ja auch nicht übers Ohr hauen. Sie als Arzt!«

»Fünfundsiebzigtausend«, sagte ich. »Plus fünfzehn für Dr. Schroeder.«

»Ich zähle nicht nach. Nicht hier. Klappen Sie langsam den Deckel runter, und lassen Sie die Schlösser einrasten.«

Ich folgte seiner Anweisung, doch als er nach der Tasche griff, zog ich sie zurück.

»Wo sind meine Akten?«

Er nahm den Rucksack ab, öffnete die Plastikschließen und holte ein dickes Bündel im A4-Format heraus, das mit Klebestreifen zugeklebt und mit einem Bindfaden umschnürt war. Er legte das Bündel neben die Aktentasche auf die Bank, aber nahm die Hand nicht weg.

»Sind das alle Akten?« fragte ich.

»Die meisten. Die Akte von Mr. und Mrs. Mouette ist dabei und auch die Disketten.«

»Wie kann ich denn sichergehen, daß Sie keine Kopie von den Disketten gemacht haben?«

Sein Mund verzog sich wieder zu einem matten Lächeln. »Gar nicht.«

»Und die restlichen Akten?« fragte ich.

»Die behalte ich, Dr. Lyall. Es sind nur ein paar. Stehen hochinteressante Sachen drin.«

»Sie haben aber ...« begann ich zu stottern.

»Einen Scheiß habe ich!« erwiderte er. »Sie zahlen dafür, daß Sie Ihre Ruhe haben, Dr. Lyall. Für Ihre kleine Sauerei und für diesen ganzen Schrott, in dem nichts Brauchbares drinsteht. Der Rest bleibt noch eine Weile im Rennen. Na, wollen Sie das hier nun haben oder nicht?«

Ich hatte keine andere Wahl. Ich nahm die Aktentasche, schob sie zu ihm hinüber und griff nach dem Bündel. Er ließ es los und machte sich daran, die Aktentasche in den Rucksack zu zwängen.

Das war meine Chance. Ich warf einen Blick in die Runde,

um mich zu vergewissern, daß wir noch allein waren, griff in die Hosentasche und zog eine Spritze mit einer großkalibrigen Kanüle heraus. Die Lederhandschuhe waren mir nicht hinderlicher als die Gummihandschuhe, in denen ich meine Operationen ausführte. Die Kanüle hatte ich vorsorglich mit einem Superkleber befestigt.

Ich zog die grüne Schutzkappe ab, warf mich hinüber und rammte ihm die Nadel durch den Jogginganzug seitlich in den Bauch. Für den Bruchteil einer Sekunde spürte ich den Widerstand des Nylonstoffs, aber dann war ich drin. Ich drückte den Kolben und ließ die Spritze stecken. Es ging alles so schnell, daß er völlig überrumpelt war. Da er mich nach Waffen abgesucht hatte, verstand er nun nichts mehr.

»Was, zum Teufel ...« Er machte eine unbeholfene Bewegung und zog dabei versehentlich die Spritze heraus. Sie fiel auf die Bank und dann durch die Ritzen zu Boden.

Immobilon ist ein tierärztliches Betäubungsmittel, eine Mischung aus einem Morphiumderivat und einem Tranquilizer. Es wird zum Ruhigstellen von Pferden verwendet, zum Betäuben von Elefanten und manchmal auch zum Einschläfern von altersschwachen oder gemeingefährlichen Tieren.

Es war nicht schwer gewesen, mir eine Ampulle davon zu beschaffen. Ich fing die älteste und räudigste der Katzen ein, die am Ende meiner Straße bei den Abfallbehältern herumstreunte, und brachte sie, indem ich den besorgten Katzenhalter spielte, zu einem Tierarzt in Maida Vale. Der war bereit, die Einschläferung zu übernehmen, und während er damit beschäftigt war, stahl ich eine 5-ml-Dosierflasche aus dem Plastikbehälter in seinem Arzneischrank.

Die Dosis, die ich dem Erpresser verpaßt hatte, reichte aus, um einen Stier zu töten. Es gibt ein Gegenmittel mit dem Namen Revivon, aber das hatte ich nicht gestohlen, und außerdem hätte es binnen einer Minute angewendet werden müssen, um noch zu wirken.

Er sagte nichts mehr. Er begann plötzlich zu hecheln, eine Hand hielt er an die Kehle, die andere an die Seite. Ich beugte mich hinüber und nahm die Aktentasche aus dem Rucksack.

Es waren keine dreißig Sekunden vergangen, seit die Nadel in ihn eingedrungen war. Sein Gesicht war gerötet. Ich konnte sein Herzrasen förmlich hören. Er riß sich die Handschuhe herunter, griff nach seiner Kapuze und warf die Sonnenbrille zur Seite.

Er war ein absolut gewöhnlich aussehender junger Mann. Sein Haar war rötlich und gewellt, kurz geschnitten und drahtig. Er hatte Sommersprossen im Gesicht, seine Augen waren tiefblau, er war glattrasiert und trug einen goldenen Ohrring.

Die Venen an seinem Hals, im Gesicht und auf den Handrücken traten hervor wie dicke Schnüre. Auf seiner Stirn standen Schweißperlen, und er rang nach Atem. Seine Beine zuckten, und die Arme verkrampften sich.

Wie seltsam war es doch, nach so vielen Jahren wieder einen Menschen sterben zu sehen. Seit meinen durchwachten Nächten in den Notaufnahmen war mir der Tod nicht mehr begegnet. Aus der Welt der Zerstörung war ich in eine Welt der Schöpfung eingetreten. Wenn es eine Fehlgeburt oder eine Totgeburt gab, betrachtete ich das nicht als Todesfall, sondern als eine Art Hürde auf dem Weg zum Leben. Jeder Schritt, den ich tat, war leidenschaftslos und sachlich auf die Schaffung von Leben gerichtet. Jetzt zerstörte ich ein Leben mit derselben Nüchternheit, und ich sagte mir, während der Erpresser befremdlich gurgelte und röchelte, daß auch dies meinem eigentlichen Ziel diente. Es waren nicht nur egoistische Motive, die mich vorangetrieben hatten: Ich mußte diesen rothaarigen Dieb töten, um Adam zu schützen.

In mir war kein Bedauern. Den Erpresser sah ich nicht mehr als Menschen, als ein Wesen der Schöpfung, sondern nur noch als Hindernis, als eine von vielen Hürden, die übersprungen werden mußten. In meinen Augen war er kaum mehr als ein Stück absterbendes Gewebe. Er hätte auch ein Tumor in der Nierenschale sein können, der auf den Verbrennungsofen wartet.

Während sich seine Finger streckten und wieder zusammenkrampften, überkam mich ein wunderbares Gefühl der Allmacht. So fühlt es sich also an, wenn man ein Gott ist, dachte ich in kaltem Triumph.

Ich stand auf, sagte nichts zu ihm und holte die Spritze unter der Bank hervor, setzte die Kappe wieder auf die Nadel und steckte sie in die Hosentasche. Danach griff ich mir die Aktentasche, klemmte mir das Bündel mit den Akten und den Disketten unter den Arm und ging den Teich entlang davon. Die Enten folgten mir, als wüßten sie, daß von dem Mann auf der Bank keine Brotkrumen mehr zu erwarten waren. Nach wenigen Minuten war ich in Fitzroy Park, wo ich den Porsche vorsorglich abgestellt hatte.

Ich startete den Motor, fuhr südwärts nach Kentish Town und hielt an einer Telefonzelle. Meine Hände zitterten nicht, mein Verstand war klar. Ich saß ruhig hinter dem Lenkrad und überdachte die Lage. Es war ganz so, als würde ich vom Operationstisch wegtreten und nicht mehr den narkotisierten Patienten vor mir haben, sondern ein Problem, zu dessen Lösung ich bereits den Schlüssel besaß.

Wie jeder Mörder war ich überzeugt, daß man mich nicht finden würde. Ich hatte Handschuhe getragen, also gab es keine Fingerabdrücke auf der Parkbank oder am Rucksack. Niemand war in der Nähe gewesen und hatte unser Treffen beobachtet. Der Weg um den Teich war asphaltiert, es gab daher auch keine Fußspuren. Ich hatte meine Akten zurück. Wenn die Polizei schließlich die Identität des Mannes ermittelte, konnte sie auch auf die zurückgehaltenen Akten stoßen. Aber das würde nicht ausreichen, um mich mit seinem Tod in Verbindung zu bringen, und ein gewisses Risiko mußte ich einfach in Kauf nehmen. Außerdem hatte er wahrscheinlich auch Unterlagen aus anderen Quellen, und ich war nur eins von vielen Opfern.

Trotzdem spielte ich fünfzehn Minuten lang alle Eventualitäten durch und prüfte noch einmal meine Pläne, meine Aussagen und mein Alibi. Dann erst stieg ich aus dem Auto, schloß es ab und machte den Anruf.

»Ruth?«

»Ja?« Ihre Stimme war zaghaft wie die einer Patientin, die das Ergebnis eines kritischen Labortests erwartet.

»Ich bin's, Dom«, erklärte ich überflüssigerweise. »Du hast nichts mehr zu befürchten. Ich habe ihn bezahlt, und er wird uns nicht mehr behelligen.«

»Bist du sicher?«

»Ja«, beruhigte ich sie, »ganz sicher.«

Ich hörte einen Seufzer. Es war kein entspanntes Aufatmen, vielmehr eine tiefes Luftholen, als wäre sie nach einem Monat in der Stadt plötzlich ins Gebirge gekommen.

Als ich aufgelegt hatte, fiel mir die Umgebung der Telefonzelle auf. Alles war übersät mit dem Müll einer verwahrlosten Großstadt – Zigarettenkippen und zerknüllte Packungen, Hundekot, Scherben, zertretene Bierdosen, Bonbonpapiere, verwehtes Zeitungspapier und ein paar alte Einwegspritzen. Dem Abfall fügte ich meinen eigenen hinzu. Ich warf die Spritze zu den anderen.

Auf dem Rückweg zum Auto überschwemmte mich eine sanfte Welle der Euphorie. Ruth und ich waren in Sicherheit, und auch Adam blieb geschützt. Die Gefahr, daß das Geheimnis auffliegen würde, war noch einmal gebannt.

Es begann alles mit einer Schlange.

Drei Tage lang war Chuhi von der Lichtung verschwunden. Er war allein in den Dschungel gegangen, ohne auch nur ein einziges Mal zurückzuschauen. Niemand winkte ihm nach oder wünschte ihm Glück. Er ging einfach los und verlor sich im Schatten der Bäume. Als er schließlich zurückkam, am Nachmittag des dritten Tages, trug er eine etwa drei Meter lange Boa Constrictor um den Hals wie einen dicken Strick. Ihr Rücken hatte eine grob dreieckige, dunkelbraune Zeichnung, die innen gelbbraun war und von zwei gewürfelten Längslinien in derselben Tönung gesäumt wurde. Der Schwanz der Schlange war dunkelrosa, und die gewürfelten Linien wechselten ihre Farbe von Blaßbraun zu einem matten Rot. Sie hatte sich erst kürzlich gehäutet und glänzte daher wie poliert. Sogar im Tod hatte sie nichts von ihrer Pracht eingebüßt.

Als die Lichtungsbewohner Chuhi kommen sahen, verfielen sie in eine unerklärliche Aufregung, die mich wunderte. Sie sahen häufig Schlangen und fingen oder töteten sie, ohne ein Wort darüber zu verlieren, doch diese löste fast einen Aufruhr aus. Nur Keewei schien sich abseits zu halten.

Die große Feuerstelle in der Mitte der Lichtung wurde angezündet, ein rauchgeschwärzter Eisenkessel, den ich nie zuvor gesehen hatte, wurde auf das Feuer gestellt und mit Wasser gefüllt. Als es kochte, wurde die Schlange hineingedrückt wie ein bizarres Riesenspaghetti. Die gesamte Bewohnerschaft vom kleinsten Säugling bis zum ältesten Mann sammelte sich um das Feuer.

Die Sonne ging unter, aber niemand verließ den Kreis. Ab und zu ging eine Frau beiseite, aber nur, um mit Feuerholz, mit gedörrten Fischen oder mit Fleischstreifen wiederzukommen, die von den Männern und den Kindern gekaut wurden. Niemand sprach, die Szenerie war unheimlich. Die Leute, die normalerweise den ganzen Tag miteinander redeten, wirkten nun wie verhext. Sogar die Hunde liefen gedrückt umher, knurrten sich nicht mehr an und balgten sich nicht mehr um Knochen oder Schlafplätze im Staub.

Ich schaute von meiner Veranda aus zu. Niemand lud mich ein, und ich hielt es für das beste, mich nicht zu nähern. Das war ganz offensichtlich keine gewöhnliche Zusammenkunft. Erst viel später, als es schon Nacht wurde, löste sich einer aus dem Kreis und kam auf mich zu. Es war, wie meistens, Chuhi.

»*Señor*«, sagte er, »*ven*«, und er machte eine einladende Kopfbewegung.

Ich folgte ihm zum Feuer, wo man mir im Kreis Platz machte. Ein paar Männer nickten kurz, womit sie meine Ankunft zur Kenntnis nahmen, das war alles. Ich nickte höflich zurück und war gespannt, was als nächstes passieren würde.

Alles starrte weiter in die Flammen unter dem Eisenkessel. Erst, als es völlig dunkel war, stand Keewei auf, ging zu den Langhäusern und kam mit seinem Hut aus Leopardenfell und den Reeboks ohne Schnürsenkel zurück. Was immer geschehen würde: es war offensichtlich von größter Bedeutung. Einen Moment lang dachte ich daran, mein Stethoskop und den weißen Kittel anzulegen oder mir wenigstens das alte Dosimeter ans Hemd zu stecken, doch dann spürte ich, daß es mißbilligt würde, wenn ich jetzt wegginge, daß es den Zauber brechen würde, der sich um uns herum aufbaute.

Vor sich her trug Keewei ein Bündel, das er fast ehrfuchtsvoll in den Händen hielt und dann auf einem flachen Stein am Feuer niederlegte. Die Umhüllung aus Blättern fiel ab, und zum Vorschein kam der Kopf von Rodriguez, dessen schulterlanges Haar mit einer Schnur zum Knoten gebunden war. Mir fiel unwillkürlich die Frau ein, die den Kopf des Brüllaffen auf demselben Stein zerschmettert hatte, und ich hörte erneut den Schädel krachen.

Q'eke und Mayno knieten sich neben den Kopf, bestrichen ihn leicht, fast zärtlich mit den Fingern und schüttelten sie dann plötzlich über dem Feuer ab, als wären sie von dem grotesken Kopf befeuchtet worden. Dieses Ritual setzten sie einige Minuten fort, wobei ihnen alle wie gebannt zuschauten. Dann hob Mayno den Kopf in die Höhe, und Q'eke schlitzte mit beherztem Schnitt die Haut unter dem rechten

Ohr auf und schob das Messer darunter, um sie abzulösen. Ich wurde an eine Schönheitsoperation erinnert, die ich vor vielen Jahren miterlebt hatte. Mit flinken Bewegungen und weiteren Schnitten zog er die Haut vom Kopf ab, so gewandt, als würde er eine Katze häuten. Nur an Augen, Nase und Mund hielt er inne und umschnitt sie in einem Bogen, damit sie die Operation nicht behinderten. Die Augäpfel selbst hebelte er heraus und warf sie ins Feuer, wo sie zischend verschmorten. Die Umsitzenden stöhnten dazu, als ob dieser Akt sie von schrecklichen, lang angestauten Gefühlen befreite. Als der Schädel bloßgelegt war, nahm ihn Chuhi mit sich fort, und wenig später hörte man vom Fluß her ein Plumpsen. Wieder stöhnte alles auf.

Die Haut, die sich beim Abziehen gewendet hatte, wurde wieder umgekrempelt, dann schob Keewei einen Stock durch das Haar und senkte den Skalp unter wirrem Singsang in den Kessel. Wieder und wieder hob er ihn aus dem Wasser und tunkte ihn erneut ein, wobei seine Beschwörungen immer lauter wurden. Aus dem Kessel stieg ein schwach wachsartiger Geruch auf, der mir trotz meiner medizinischen Erfahrungen den Magen umdrehte.

Chuhi bemerkte sofort meine Übelkeit und reichte mir ein breites, glänzendes Blatt, das ich kauen sollte. Ich steckte es in den Mund, und während ich kaute, fragte ich mich, ob er sich die Hände gewaschen hatte, nachdem er den Schädel ins Wasser geworfen hatte. Das Blatt war säuerlich und schmeckte doch süß wie ein Fruchtbonbon. Meinen Magen beruhigte es im Handumdrehen. Wie ich jetzt bemerkte, kauten auch andere am Feuer ein solches Blatt. Also, dachte ich, war nicht nur mir übel geworden.

Nach etwa einer halben Stunde wurde der Kessel vom Feuer genommen, der Skalp herausgeholt und auf dem flachen Stein ausgebreitet, wo er schnell trocknete.

Noch während er dort lag, begannen die Leute wieder wie gewohnt zu plappern, und ein großer Fisch wurde über dem

Feuer geröstet, von dem sich jeder Stücke abbrach, wenn sie gar waren, und verzehrte. Eine Schüssel *yamanachi* machte die Runde, und ich trank mit, nachdem ich das zerkaute Blatt ins Feuer gespuckt hatte wie die anderen auch.

Während des Essens verschwanden Q'eke und Mayno, um bald darauf splitternackt zurückzukommen. Sie waren am ganzen Körper eingeölt und glänzten im Licht des Halbmondes, der inzwischen aufgegangen war und dem Feuer Konkurrenz machte. Entlang ihren Rippen und Armknochen hatten sie schwarze Striche aufgemalt, und auch ihre Gesichter waren bis auf die Augenhöhlen und den Mund geschwärzt.

»*Hombres muertos*«, flüsterte Chuhi und fügte hinzu: »He is dead.«

Der Skalp von Rodriguez sah jetzt aus wie ein Stück schlaffes, bleiches Leder. Keewei bohrte Löcher um den Einschnitt unter dem Ohr und entlang der Halslinie und zog einen Faden hindurch, so daß aus dem Skalp eine Art Schnürbeutel wurde. Mir fiel sofort die Ähnlichkeit mit dem Leinenbeutelchen ins Auge, in dem ich als Kind meine Murmeln aufbewahrt hatte. Danach nähte er den Mund, die Augenlöcher und die Nase fest zu, bis statt der Löcher nur noch Schlitze zu sehen waren.

Ich schaute mit einer kalten, morbiden Faszination zu. Weder war ich angeekelt, noch befürchtete ich, daß auch mir eines Tages ein solches Schicksal drohte. Rodriguez tat mir nicht leid, schließlich hatte er versucht, mich umzubringen. Diese Art von Brutalität, die sich da vor mir abspielte, konnte ich ohne weiteres ertragen. Außerdem hatte ich nicht das geringste Recht, sie zu verurteilen. Ich selbst hatte einen Mann getötet, und das auf eine sehr viel kalkuliertere und gewaltsamere Art, als Chuhi und die anderen mit Rodriguez verfahren waren. Sie hatten den Bernsteinhändler umgebracht, um mich zu schützen, um ihren Freund oder einen der Ihren zu verteidigen, während ich mein Opfer aus einem einzigen Grund ermordet hatte – um mich selbst in Sicherheit zu bringen. Natürlich, so sagte ich mir, tat ich es auch für Adam, aber das war eine Ausrede, eine nachträgliche Rechtfertigung.

Keewei bei dieser Arbeit zuzuschauen war, so vermutete ich, eine Art Straflektion, in der ich lernen sollte, mich in meiner eigenen Niedertracht zu begreifen, ein Exerzitium, das ich als Vorbereitung auf meine Fahrt in die Hölle bestehen mußte. Denn als ich mit den Leuten von der Lichtung am Feuer saß und mit ihnen auf den Kopfbeutel starrte, ging mir auf, daß ich nicht anders war als sie. Sie haßten und töteten, liebten und verehrten genauso wie ich. Ihnen fehlte nur meine technische Ausbildung, das Wissen, das sich in so vieler Hinsicht als mein Verderben erwiesen hatte. Abgesehen davon unterschied uns nichts. Wir wurden von derselben Überlebensgier getrieben, vom Drang, die Welt um uns auf die Probe zu stellen, sie zu beherrschen und uns untertan zu machen. Ein wesentlicher Unterschied war höchstens noch, daß sie ihren Göttern huldigten und ich mich darin versucht hatte, mein eigener Gott zu sein.

Jetzt legten zwei Frauen ein Eisenblech auf das Feuer und schütteten aus einem Korb Flußsand darauf, den sie mit einem Stock breitstrichen. Eine Zeitlang stieg Dampf auf, dann trocknete der Sand und begann zu knacken. Keewei krempelte den Kopfbeutel wieder um und hielt ihn auf wie einen kleinen Sack. Mit einem Holzspatel schaufelte Q'eke den heißen Sand hinein, und Keewei schüttelte den Beutel kräftig, damit sich der Sand in alle Falten der Haut verteilte. Sie hörten erst auf, als der Beutel gefüllt war. Keewei zog die Schlaufe um den Hals zu. Aus der Haut trat nun eine Flüssigkeit aus, als wäre die Seele des Toten ins Schwitzen geraten. Ich schaute mir an, was da auf den flachen Stein tropfte. Es war Fett, das aus den Poren trat.

Als keine Feuchtigkeit mehr kam, machten sich die drei Männer daran, den Kopf zu kneten und zu pressen, wie es

Kinder mit einem Klumpen Knetmasse tun mochten. Sie drückten und rieben mit den Daumen, massierten und zerrten mit den Fingern und polierten die Haut mit ihren Handballen. Schließlich sah der Kopf aus wie eine Karikatur von Rodriguez.

Mich hielt es nicht länger bei dieser Zeremonie. Ich hatte genug gesehen, um mich selbst in den Bewohnern der Lichtung wiederzuerkennen und zu begreifen, daß ich nichts Besseres darstellte als sie: einen konfusen Haufen primitiver Ängste und Haßimpulse, Begehrlichkeiten und Absichten. Nichts davon wollte ich mehr sehen.

Ich ging in meine Hütte, legte mich angezogen aufs Bett und starrte ins Dachgebälk. Später sank ich in einen ruhelosen Schlaf. Ich träumte, daß Rodriguez auf der Straße vor meiner Praxis stand und ein Bündel Akten unter dem Arm hatte. Adam, verkleidet als Miniatur-Gaucho, spielte mit einer Pistole und zielte auf meinen Kopf. Und als Rodriguez sprach, hatte er die Stimme von Ruth.

Es war ein Morgen mit tristem Londoner Nieselregen, der nicht fein genug war, um als Nebel bezeichnet zu werden, und nicht feucht genug, um als Regen gelten zu können. Er hatte sich in dicken Tropfen auf der polierten Vorderhaube des Porsche niedergeschlagen, den ich nicht in die Mietgarage am Ende der Straße eingeschlossen hatte. Ich war erst um drei Uhr nachts nach Hause gekommen, nachdem ich einer Zwillingsgeburt in einer Privatklinik bei Woking beigewohnt hatte.

Ich zog mich gerade an, als es an der Haustür klingelte. Auf meinem Wecker war es kurz nach sieben. Seit meinem Rendezvous von Hampstead Heath war ich empfindlich gegen solche unerwarteten Vorkommnisse. Im Trubel des Arbeitstages konnte mich so etwas nicht aus der Fassung bringen. Aber eine verkehrt gewählte Nummer in der Nacht, der

Anruf einer besorgten Patientin außerhalb der Sprechzeit oder Fahrzeuggeräusche in den frühen Morgenstunden brachten mich sofort an den Rand eines Nervenzusammenbruchs.

Die Entdeckung einer Leiche auf einer Parkbank durch einen Vater und seinen Sohn, die auf dem Teich Schiffe schwimmen lassen wollten, beherrschte die Schlagzeilen der Abendzeitungen und die Lokalnachrichten im Radio.

Die Zeitungen vermuteten, da es sich bei dem Rothaarigen um einen bekannten Kriminellen und gelegentlichen Heroindealer handelte, daß die tödliche Injektion der bizarre Vergeltungsakt einer Verbrecherorganisation sei, und nach mehreren Tagen schon war die Geschichte von neuen Ereignissen in den Hintergrund gedrängt. Da kein Polizeibeamter bei mir erschienen war, um mich in der Sache zu befragen, nahm ich an, daß nichts aufgetaucht war, was mich mit dem Tod des Erpressers in Verbindung brachte, wie auch Kommissar Rhys zufolge die Aufklärung des Einbruchs in meine Praxis keinerlei Fortschritte gemacht hatte.

Von Zeit zu Zeit stellte ich mir die Frage, was wohl wäre, wenn nicht die Polizei, sondern ein Komplize des Toten mich aufspürte. Dann konnte es sein, daß mir blühte, was die Zeitungen im Falle des Erpressers vermutet hatten: ein Racheakt der Unterwelt. Doch allmählich verblaßte diese Angst, wie es irrationale Befürchtungen an sich haben.

Trotzdem lüftete ich die Gardine mit äußerster Vorsicht, aber ich konnte nichts auf der Straße entdecken, was mich betraf. In der Annahme, es könnte der Briefträger sein, der manchmal schon vor acht kam, ging ich die Treppe hinunter und öffnete die Haustür. Vor mir stand Ruth, und unter dem Arm trug sie eine verschlissene Aktentasche.

»Ruth!« rief ich und schaute auf die Uhr. »Was machst du hier um diese Zeit? Ich ...«

»Ich will mit dir reden.« Ihre Stimme war kaum mehr als ein Flüstern. »Und zwar jetzt.«

Sie schob sich an mir vorbei und stieg die Treppe hoch. Ich folgte ihr mit wachsender Angst. Sie machte nicht in der Praxis halt, sondern ging direkt in die Wohnung, wo sie im Wohnzimmer stehen blieb. An der Wand hinter ihr hingen Adams beste Bilder.

»Du Schweinehund!« rief sie mit gedämpfter Stimme. »Du absolut skrupelloses Arschloch!« Ihr Gesicht war vor Wut versteinert, ihre Augen stumpf, und ihr Mundwinkel zuckte kaum merklich.

»Wo brennt's denn? Setz dich doch!« erwiderte ich.

»Wo brennt's denn!« Sie äffte meinen Akzent nach und fügte in ihrem eigenen Akzent hinzu: »Das weißt du verdammt nochmal genau!«

Sie war kurz vor dem Zusammenbruch, ihre Hände krallten sich in die Aktentasche, die sie nun vor sich hielt. Mir war klar, daß ich sie erst beruhigen mußte, denn mit ihrer hysterischen Wut konnte ich genauso wenig umgehen wie mit der hysterischen Verzweiflung von Patientinnen, die sich von Gott und der Natur im Stich gelassen fühlten.

»Wenn du es mir nicht sagst, kann ich dir kaum helfen«, erklärte ich.

»Ich brauche deine verdammte Hilfe nicht. Auch nicht diese ekelhafte Bevormundung. Was ich will ...« Sie brach ab und nahm einen tiefen Atemzug. Ich hoffte schon, ihre Wut hätte sich gelegt, aber das war ein Irrtum.

»Also, was willst du?« fragte ich so ruhig wie möglich.

»Wer sind die Mouettes?«

»Das sind Patienten von mir«, heuchelte ich den Ahnungslosen und setzte mich ans andere Ende des Kaffeetischchens, das vor ihr stand. »Über Patienten darf ich keine Auskünfte geben.«

»Von wegen Patienten!« Jetzt schrie sie beinahe. »Mouette! Die gibt es überhaupt nicht!« Sie knallte die Aktentasche so auf den Tisch, daß die Verschlüsse Kratzer hinterließen. Ich hörte die Stimme des Erpressers aus ihr sprechen. »Und die

Adresse auch nicht. Es gibt keine Havingdene Road in London. Du hast da ein Ding gedreht, du verdammter Hurensohn. Und ich weiß auch, was für eins.«

Sie setzte sich und verharrte einen Moment, atmete aber heftig, als hätte die Schimpfkanonade sie körperlich erschöpft. Ich sagte nichts, weil ich mir ausrechnete, daß das Spiel nur zu meinen Gunsten lief, wenn ich lange genug schwieg.

Als sie etwas beruhigter wirkte, fragte ich: »Was glaubst du denn, was ich getan habe?«

»Ich werde dir sagen, was du getan hast. Ich glaube es nicht, ich weiß es. Du hast eine Probe von meinem Bronzemann mitgenommen und kultiviert. Für mich wolltest du das nicht tun, du Schweinehund, aber selbst hast du's getan. Du hast eine Eizelle damit befruchtet. Vielleicht auch mehr als eine. Und du hast es zum Funktionieren gebracht.« Sie schlug heftig auf die Aktentasche und machte noch mehr Kratzer. »Und dann ...«

»Und dann?«

»Das weiß ich nicht. Vielleicht hast du ...« Entweder versuchte sie, ihre Vermutungen in den Griff zu bekommen, oder sie hoffte, mich hier und jetzt zu einem Geständnis zu bringen.

»Wenn du es nicht weißt«, sagte ich mit ruhiger Stimme, »solltest du auch keine wilden Schlüsse ziehen.«

Sie erwiderte nichts, sondern starrte mit einem solchen Abscheu auf die Aktentasche, daß ich mich fragte, was sie enthielt.

»Soviel kann ich dir sagen«, begann ich. »Ich habe tatsächlich eine Probe mitgenommen. Aus reiner Neugier. Und ich habe versucht, eine Reihe von Eizellen damit zu befruchten. Das Material war natürlich nicht motil, sondern lange tot. Ich habe daher die Entsprechung eines Spermiums durch die Zellmembran injiziert. Diese Technik wird angewandt, wenn das Sperma eines Patienten von normaler Qualität ist, aber nicht aus eigener Kraft in die Eizelle eindringen kann. Ach ja, die Eizelle wurde tatsächlich befruchtet. Aber ...«

»Genug!« sagte sie. Ihre Stimme war tonlos und fast drohend. »Sag mir nur eins: Wann gedenkst du zu publizieren?«

»Ich habe nichts publiziert und habe es auch nicht vor«, erwiderte ich. »Das war auch nie meine Absicht. Ich wollte nur aus akademischer oder beruflicher Neugier, wenn du so willst, herausbekommen, ob es möglich ist.«

»Und dann?«

»Nach Abschluß meiner Arbeiten hätte ich dich informiert. Du hättest die Daten bekommen und zur Wiederholung der Experimente nutzen können, um deine eigenen ...« Ich stockte. »Um deine eigenen Schlüsse daraus zu ziehen. Ich konnte ja nicht wissen ...« Ich ließ den Satz in der Luft hängen.

»Warum hast du mir nicht vertraut?« fragte sie.

Jetzt war es an mir zu schweigen. In Wahrheit konnte ich nicht antworten, weil ich es nicht wußte. Vielleicht war es Eitelkeit, die Angst, verklagt zu werden und vor die Ethik-Kommission zu müssen, der Ehrgeiz, den neuen Boden allein zu betreten, und schließlich auch das Mißtrauen ihr gegenüber. Sie war nicht meine Geliebte oder meine Partnerin. Ich hatte keinen Grund zur Annahme, daß ich ihr bedingungslos vertrauen konnte. Andererseits war es vielleicht gar nicht das Wissen, sondern die Macht, die ich über die Schöpfung erlangt hatte und die ich mit niemandem teilen wollte.

»Also, was hast du mit den Eizellen gemacht? Wo sind sie jetzt?« fragte sie. »Hast du sie seziert? Eingefroren? Dokumentiert? Hast du eine DNA-Analyse gemacht?«

Ich schwieg.

»Was hast du mit ihnen angestellt?« bohrte sie weiter.

Ich überging ihre Frage und fragte meinerseits: »Wie bist du auf all das gekommen?«

»Ich habe Fotokopien geschickt bekommen, von Computerausdrucken, per Einschreiben.« Sie deutete auf die Aktentasche. Ich drehte sie auf den Rücken, öffnete die Schnappschlösser und zog einen großen braunen Umschlag heraus. Auf ihm klebten Briefmarken mit hohen Werten und ein Begleitzettel. Ich mußte nicht in die Tüte hineinsehen.

»Das kann nur der Erpresser geschickt haben«, erklärte sie.

Ich schaute mir den verschmierten Poststempel auf dem Umschlag genau an. Das Datum war zu entziffern, und ich rechnete schnell nach. Wer immer den Umschlag abgeschickt hatte, hatte es zwei Tage nach meinem Spaziergang durch Hampstead Heath getan, zwei Tage, nachdem ich eine Spritze mit Immobilon in meiner Hosentasche umhergetragen hatte.

Ich lehnte mich zurück und ließ den Umschlag auf den Tisch fallen. Im Kopf fühlte ich mich ganz leicht wie nach einer Ohnmacht. Meine Hände wogen nichts, und mein Zimmer kam mir fremd vor, als wäre ich an einem anderen Ort erwacht. Meine Wangen waren eiskalt.

Es war nicht vorbei. Der Erpresser hatte einen Komplizen, der an die gestohlenen Akten herankam. Das Material war nicht im Schlupfloch des Erpressers aufbewahrt worden, und daher hatte die Polizei auch den Toten am Teich nicht mit mir in Verbindung bringen können. Aber dieser Jemand konnte es, und er setzte jetzt das Spiel fort. Mein Spaziergang durch den Park war vergeblich gewesen.

»Alles in Ordnung, Dom?« Es war Ruths Stimme. Ich schaute sie an. Mein Gesicht muß fahl gewesen sein, denn sie griff mir an die Schläfe, um meine Temperatur zu fühlen.

»Du bist ganz weiß geworden«, stellte sie fest.

Ich raffte meinen Verstand zusammen. »Hast du diese Papiere jemandem gezeigt?«

»Nein«, antwortete sie.

Ich nahm den Umschlag und stand auf. Bis auf ein leichtes Schwindelgefühl hatte ich mich unter Kontrolle. »Warte hier«, befahl ich, ging an Mollys Empfangstisch und schaltete den Shredder ein. Er fraß den Umschlag mitsamt seinem Inhalt und beförderte ihn in Form von dünnen Streifen in den Papierkorb.

Als ich zurückkam, saß Ruth da wie zuvor, ihre Hände lagen auf den Armlehnen des Sessels.

»Wir haben nichts zu befürchten. Die Disketten habe ich im Austausch gegen das Lösegeld zurückbekommen. Du kannst sie haben und die Daten für dich verwenden. Aber es ist nicht ratsam, Ausdrucke davon kursieren zu lassen.«

Sie nickte. »Ich dachte, du wolltest meine Forschungsarbeit unterminieren und die Dinge an mir vorbei veröffentlichen. Etwas in der Art.«

»Nein, das hatte ich nicht vor«, versicherte ich ihr wahrheitsgemäß. Ich schaute auf die Uhr: »Jetzt kommt gleich mein Personal, und ich habe einen arbeitsreichen Tag vor mir. Vielleicht können wir danach weiterreden. Bleibst du den ganzen Tag in London?«

»Ich fahre gleich zurück nach Oxford.« Sie stand auf und griff nach ihrer Aktentasche.

»Ich melde mich wieder«, versprach ich, doch ich wußte schon, daß es gelogen war.

Sie wandte sich zum Gehen und sah Adams Zeichnung an der Wand. Erst schaute sie weg und machte einen weiteren Schritt, dann blieb sie stehen und blickte forschend auf das Bild.

»Dom ...« begann sie flüsternd, ohne sich zu mir umzudrehen.

»Ja?«

»Du hast es getan. Oder?«

»Getan? Wovon sprichst du?«

»Mr. und Mrs. Mouette.«

»Ja«, gestand ich. Es hatte keinen Sinn mehr zu leugnen.

»Und es hat geklappt«, sagte sie. Es war keine Frage, sondern eine Feststellung.

Ich hatte darauf nichts zu erwidern.

Ruth drehte sich nicht um und starrte weiter auf das Bild. Mindestens eine Minute lang stand sie so vor der Wand und zeigte mir den Rücken.

»Wissen sie Bescheid?«

»Nein.«

»Wir müssen es ihnen sagen«, befand sie nach einer längeren Pause. »Sie sollen es wissen.«

»Nein«, erklärte ich. »Das dürfen sie nicht.«

Sie wandte sich heftig zu mir um, in ihren Augen blitzten Tränen. »Doch, sie müssen es erfahren! Sie haben ein Recht darauf. Ihr Kind ...«

»Wenn das herauskommt« sagte ich tonlos, »wird das Kind zum Monster gestempelt. Jeder Kinderarzt, Forscher, Gentechniker, Professor und so weiter wird sich auf ihn stürzen. Jeder Journalist, jedes Kamerateam der Welt wird sich um ihn reißen, und er ist dazu verurteilt, nichts weiter als ein wissenschaftliches Kuriosum zu sein, ein Versuchskaninchen für Experimente, ein wandelnder Genpool, der zurückreicht bis ...«

Ruth legte mir die Hand auf den Arm. Es war keine freundliche Geste. »Das hättest du dir früher überlegen müssen«, sagte sie, ließ mich stehen und ging. Ich folgte ihr bis zur Haustür.

»Du hörst von mir, Dom.«

Ich spürte eine erschreckende Kälte in ihren Worten, und mir wurde klar, woran sie dachte. Endlich war eine bedeutende Entdeckung in ihre Reichweite gerückt, eine so ungeheuerliche Perspektive, daß sie es kaum zu glauben wagte. Vielleicht schreckte sie davor zurück, aber sie würde nicht zögern.

Ich schaute zu, wie sie ihr Auto aufschloß, und ließ ihre letzten Worte in mir nachwirken. Sie würde wieder von sich hören lassen, sie würde keine Ruhe geben, bis sie Adam gefunden hatte, bis er leibhaftig vor ihr stand und sie die Hand auf ihn legen konnte. Sie würde nicht lockerlassen, bis sie ihre Proben genommen, ihr Mikroskop scharfgestellt und ihre DNA-Maschine in Schwung gebracht hatte, die ein Strichcode-Bild nach dem anderen ausspuckte.

Sie stieg in ihr Auto, das sie an der Einmündung der Privatstraße abgestellt hatte, fuhr an mir vorbei bis zum Ende der Straße, wo sie wendete und den neuen Daimler meines Nachbarn vorsichtig umkurvte. Als sie wieder an mir vorbeikam, stoppte sie und kurbelte die Scheibe herunter. »Weißt du, was das bedeutet?«

Ich nickte.

Natürlich wußte ich es. Es bedeutete, daß das Ende bevorstand.

Der Anrufer drückte sich knapp und präzise aus. Molly hatte das Gespräch kurz vor dem ersten Morgentermin durchgestellt, so daß mir keine Zeit blieb, mich innerlich darauf vorzubereiten.

»Dr. Lyall?« fragte die Stimme betont sachlich.

»Am Apparat«, erwiderte ich.

»Guten Morgen, Herr Dr. Lyall, mein Name ist Jonathan Clague.«

Nach dieser Einführung fügte er hinzu: »Ich bin Journalist.« Er machte eine Pause, vielleicht, um mich aus der Reserve zu locken, doch inzwischen war ich gewappnet, wer immer er auch war.

»Ich verstehe. Womit kann ich Ihnen dienen?«

»Ich arbeite für die Rubrik ›Einblicke‹ bei der ›Sunday Times‹. Wir haben eine Reihe von Dokumenten erhalten, die angeblich aus Ihrem Computer stammen.« Sein Tonfall war kultiviert und dennoch bohrend.

»Darf ich fragen, woher Sie die Dokumente haben?« Meine Frage war rein rhetorisch. Ich wußte, daß sie vom Komplizen des Erpressers stammten.

»Die Quelle ist anonym, doch die Unterlagen scheinen

echt zu sein. Gehe ich recht in der Annahme, daß kürzlich bei Ihnen eingebrochen worden ist?«

»Ja«, erwiderte ich. »Das stimmt.«

»Und die Ermittlungen ohne Ergebnis geblieben sind?«

»Bislang, ja«, bestätigte ich.

Er machte wieder eine Pause. Ich hörte ihn in einem Notizbuch blättern und fragte mich, was er noch alles wußte.

»Darf ich fragen, ob ein Erpresser an Sie herangetreten ist?«

»Nein, bis jetzt nicht«, log ich, und ich beschloß, zur Offensive überzugehen. »Wenn das Material, das Sie in der Hand haben, echt ist, muß ich Sie bitten, es mit der äußersten Diskretion zu behandeln. Nicht in meinem Interesse, sondern, wie Sie verstehen werden, im Interesse meiner Patienten. Meine Akten enthalten zum Teil hochsensible Informationen ...«

»Aber natürlich«, unterbrach er mich. »Das verstehe ich. Und daher wollte ich Sie fragen, ob Sie mir eventuell ein Interview gewähren würden. Ich weiß zwar, daß Ihre Zeit kostbar ist, aber ich kann mich ganz nach Ihnen richten.«

»Anfang der nächsten Woche wird es bei mir möglich sein«, schlug ich vor, um Zeit zu gewinnen. »Vielleicht Montag, am späten Nachmittag?«

»Ich hatte eigentlich gehofft, daß es eher möglich ist«, sagte er. »Es ist wichtig, daß die Sache aufgeklärt wird, und ich möchte Ihnen gerne die Unterlagen zurückgeben. Aber ich habe auch ein paar Fragen zu einem Ihrer Patienten.«

Den Namen brauchte er mir nicht zu nennen, den kannte ich bereits. Plötzlich fühlte ich mich müde, niedergeschlagen und gelangweilt von diesem Versteckspiel, doch ich mußte es durchhalten.

»Vielleicht geht es doch noch heute?« beharrte Clague. »Etwa gegen sechs? Nach Ihrer Sprechzeit, natürlich.«

Ich wartete eine Weile, als müßte ich in meinen Terminkalender sehen, dann lenkte ich ein. »Heute abend bin ich leider schon anderweitig verpflichtet. Vielleicht morgen abend?« sagte ich, um noch möglichst viel Zeit herauszuschinden. »Sagen wir, um sieben Uhr?«

Er stimmte zu, und ich legte auf. Innerlich war ich völlig klar. Ich hatte keine Angst. Mit beherrschter Hand begann ich den Plan auszuführen, den ich nach dem Mord für diesen Fall entworfen hatte.

Eine strenge Stimme hinter mir sagte: »Kann ich Ihnen helfen?« Es war der Tonfall, den man normalerweise mit übellaunigen Oberschwestern oder strengen Politessen in Verbindung bringt. Ich drehte mich um und stand vor einer Frau in mittlerem Alter. Sie trug einen groben Arbeitskittel, ihr Haar war zu einem zerzausten Dutt geknotet, und am Handgelenk trug sie eine Kinderuhr.

»Ist das die St. Katharinenschule?« fragte ich, obwohl ich am Eingang zum Spielhof das Schild gesehen hatte.

Ich spielte den Unwissenden, um meine Position zu stärken: Ein Mann, der auch das Offensichtliche noch einmal überprüft, ist immer vertrauenswürdig. Diese Erkenntnis hatte ich in der medizinischen Fakultät von einem Dr. Hämmerström gewonnen, der uns erklärt hatte, daß ein Chirurg, wenn er vor der Operation alle Vorbereitungsschritte laut herunterbete, seinen Patienten mit einem solchen Vertrauen erfülle, daß dieser freudig auf den OP-Tisch steige. Das sei Teil des »Showbusiness der Medizin«, und es funktioniere zuverlässig, egal, ob es sich um die tausendste Operation oder um die erste Begegnung mit einer Bauchspeicheldrüse handelte.

»Ja, das ist die St. Katharinenschule«, blaffte sie. »Darf ich fragen, was Sie wünschen?«

»Mein Name ist Dr. Lyall, und ich bin der Pate von Adam Cordiner. Vor einer halben Stunde habe ich hier angerufen.«

Sie dachte einen Moment nach, bevor sie antwortete. »Ja,

natürlich. Können Sie sich ausweisen? Man kann gar nicht genug aufpassen heutzutage.«

»Aber sicher«, sagte ich und lächelte über den Tiefsinn ihrer Feststellung. Ich überreichte ihr den Sicherheitsausweis für ein Krankenhaus, das ich oft besuchte. Mit der Gier eines übereifrigen Grenzbeamten studierte sie die Karte. Ihre Lippen formten die Worte nach, die sie las, als würden die Angaben dadurch an Glaubwürdigkeit gewinnen. Und schließlich blickte sie mir scharf ins Gesicht, um das in Plastik eingeschweißte Paßbild zu überprüfen.

»Scheint in Ordnung zu sein«, befand sie. »Können Sie mir Ihr Anliegen noch einmal erläutern?«

»Mr. und Mrs. Cordiner mußten heute überraschend zu einem Krankenbesuch in der Verwandtschaft abreisen. Ich besitze ein Landhaus im selben Ort und habe versprochen, mich in ihrer Abwesenheit um Adam zu kümmern. Da ich aber außerdem eine Patientin im Musgrove Park Hospital betreuen muß, kann ich Adam nicht abholen, wenn die Schule vorbei ist. Deshalb bin ich bereits jetzt gekommen.« Sie setzte schon zu einer Frage an, und so ergänzte ich: »Meine Haushälterin wird auf ihn achten, während ich die Patientin besuche. Ich habe eine Privatpraxis.«

Es war alles erfunden. Brian befand sich in seiner Zahnarztpraxis, und Larry war, wie ich wußte, nach Bath gefahren, wo sie seit Semesterbeginn einmal wöchentlich eine Gastvorlesung in Kunstgeschichte hielt. Im Musgrave Park Hospital war ich nie gewesen. Mein letzter Satz jedoch hatte alle ihre Zweifel beseitigt.

»Ich hole Adam, Sir«, sagte sie abrupt und setzte sich in Gang.

»Ach, bevor Sie gehen«, sagte ich hastig, »können Sie mir erzählen, wie er so in der Schule ist? Ich als sein Pate . . .«

Sie taute sichtlich auf. »Er ist, offen gesagt, ein bemerkenswertes Kind, Herr Doktor. Er verträgt sich mit allen, hat viele Freunde und ist überraschend ausgeglichen für sein

Alter. Er stellt keine Dummheiten an und prügelt sich nicht in den Spielstunden. Er ist tatsächlich so eine Art Vorbild für die anderen Jungen, auch für die älteren, aber er reißt sich nicht darum, so etwas wie ein Anführer zu sein. Im Gegenteil. Er kann sich so in sich zurückziehen, daß ich mich schon frage, ob er glücklich ist, aber das geht schnell vorüber. Kein Grund zur Sorge, bei begabten Kindern ist es normal, daß sie in eine Phantasiewelt hinüberwechseln können. Er hat ...«, sie stockte, um ihre Worte sorgfältig zu wählen, »... ein gewisses Charisma. Ganz bezaubernd bei einem so kleinen Jungen. Wirklich ein vorbildlicher Schüler. Und überhaupt nicht altklug. Ich würde, soweit man das in seinem Alter schon beurteilen kann, voraussagen, daß er es einmal weit bringt. Ein hochbegabter kleiner Kerl.«

»In welcher Weise ist er denn begabt?« fragte ich weiter.

»Seine sprachlichen Fähigkeiten sind hervorragend, und sein Wortschatz ist dem Alter weit voraus. Er liest, wie es von einem Neunjährigen zu erwarten wäre. In Mathematik denkt er gut mit, und in Kunsterziehung – nun, Sie sehen ja, daß wir dem Umgang mit Pinsel und Farbstift großes Gewicht beimessen.« Sie richtete den Blick auf die Bilder an der Wand, um ihrer nächsten Feststellung den nötigen Nachdruck zu verleihen. »Die Kunst schafft den sozialen Ausgleich, Herr Doktor. Sie erlaubt den nicht so weit Fortgeschrittenen, sich ein wenig im Licht der vielleicht schon weiterentwickelten Kinder zu sonnen.«

Damit eilte sie davon. Eine Klingel schrillte, und aus einem Klassenzimmer drang gleich darauf Kinderlärm herüber, der von einer Frauenstimme übertönte wurde und sich dann etwas gedämpft fortsetzte. Im langen Korridor hing der ferne Widerhall eines Liedes, das von Klaviergeklimper begleitet war.

Ich nahm die Bilder in Augenschein. Sie waren kindlich unbeholfen, und an manchen Stellen war die Farbe heruntergelaufen. Grellgelbe Sonnen schienen auf schwarze und weiße Tiere, die Kühe darstellen mochten. Bäume sahen aus wie grüne Lutscher und Wolken wie aufs Papier geklebte Wattebäusche. Ein Hundebild war aus Jutestücken zusammengesetzt und auf die Umrisse einer Hundehütte geklebt worden.

Nach ein paar Minuten erschien die Lehrerin mit Adam, der mich entdeckte und auf mich zusprang.

»Hallo, Onkel Dom!« rief er.

Ich beobachtete die Lehrerin: Auf diese Reaktion Adams hatte sie gewartet, und sie war eine viel bessere Referenz als mein Krankenhaus-Paß.

Ich begrüßte ihn, bedankte mich bei der Lehrerin und entschuldigte mich für die Umstände, die ich ihr bereitet hatte. Dann nahm ich Adam bei der Hand, und wir verließen die Schule, überquerten den Hof und gingen hinüber zum Porsche. Ich spürte die Blicke der Lehrerin im Rücken, bis sie, vom Anblick des teuren Autos endgültig beschwichtigt, die Augen abwandte.

»Was ist los? Wo fahren wir hin?« fragte Adam, als ich den Motor startete.

»Eine Riesenüberraschung«, sagte ich. »Wir fahren zusammen in die Ferien, sozusagen als Geburtstagsgeschenk.«

»Ich habe doch noch gar nicht Geburtstag«, wandte Adam ein.

»Stimmt. Aber an deinem Geburtstag werde ich nicht da sein, deshalb kriegst du dein Geschenk schon jetzt. Du wirst sieben, und das ist ein großer Geburtstag.«

»Dann muß ich meinen Koffer packen«, erklärte er.

»Nicht nötig. Da, wo wir hinfahren, brauchst du keine englischen Anziehsachen. Eher ...«

»Fliegen wir mit dem Flugzeug?« Seine Stimme war schrill vor Aufregung.

»Aber ja. Mit mehreren.«

Wir erreichten eine Hauptstraße, und ich bog nach links zur Autobahn ab. In weniger als einer Stunde würden wir am Flughafen Bristol sein.

»Müssen wir nicht Mama und Papa auf Wiedersehen sagen?« fragte Adam.

Eine Welle der Panik überlief mich, und der Schock traf mich wie ein heimtückischer Hieb. »Nein, sie wissen Bescheid. Das ist Teil der Überraschung.«

Ich hatte meine Vorbereitungen für diesen Tag, für den Rest meines Lebens getroffen – oder für unser Leben – und war dabei mit derselben Gründlichkeit und Präzision vorgegangen wie eine OP-Schwester, die eine besonders heikle Operation vorbereitet.

Am Anfang meiner Planungen war es meine größte Sorge gewesen, ob ich einen Reisepaß für Adam bekommen würde, doch zu meinem Erstaunen erwies sich dies als das geringste Problem. Ich mußte nur seinen Namen in meinen Paß eintragen, in einer Handschrift, die der meinen nicht allzu sehr ähnelte. Ich packte ein paar Bücher zu Paketen zusammen und suchte neben den wichtigsten medizinischen Handbüchern auch solche aus, die mich vielleicht irgendwann interessieren würden und mir die Zeit meines restlichen Lebens vertreiben konnten: der gesammelte Dickens, die Tragödien von Shakespeare, eine Ausgabe der ›Goldenen Schatztruhe‹, des einzigen Gedichtbuchs, das ich besaß. Daneben legte ich meine Grundausrüstung mit dem Stethoskop, ein paar Thermometern und Ähnlichem, und sandte alles postlagernd nach Santo Antonio do Içá. Außerdem schickte ich ein paar Pakete mit Kleidung für mich und Adam ab. Ich spielte auch mit der Idee, ein paar Schulsachen einzupacken – Füller, Bleistifte, Farbstifte, Schulbücher und Übungshefte –, aber ich entschied mich dagegen. Wenn Adam eine Ausbildung brauchte, dann mußte sie für sein neues Leben gut sein, nicht für das alte.

Nachdem ich die Sicherungsdiskette, die ich in Cobb End aufbewahrte, zerstört und die Mouette-Patientenakte durch den Shredder gejagt hatte, blieb mir als letzte Aufgabe, einen Ausdruck der im Computer verborgenen Datei anzufertigen.

Ich schaltete den Drucker an, suchte die Datei »Mouette.doc« und gab den Druckbefehl. Nach zwanzig Minuten lag der ganze Inhalt der Datei als säuberlich gestapelter Papierstoß vor mir. Darauf tippte ich den Löschbefehl ein und wies ihn wiederum der Datei »Mouette.doc« zu. Einen Moment zögerte ich, bevor ich die Bestätigungstaste drückte. Ein Fingerdruck würde alles auslöschen. Dann tat ich es doch. »Wollen Sie die Datei wirklich löschen?« fragte der Computer, und ich bestätigte auch das. Die Festplatte summte ein paar Sekunden lang, dann war es vorbei. Mit Hilfe des Kompressionsprogramms stellte ich sicher, daß die Festplatte an der Stelle, wo die Datei gespeichert war, von anderen Daten überschrieben wurde.

Santo Antonio do Içá war mehr oder weniger eine zufällige Wahl. Ich hatte den ›Times‹-Atlas nach einem abgelegenen, von der Welt vergessenen Ort durchsucht. Wie jeder, der ein schwerwiegendes Verbrechen begangen hat, war ich nicht bereit, mich zu stellen oder zu sterben oder für meine Taten geradezustehen. Ich wollte mich verstecken.

Für unsere gemeinsame Zukunft hatte ich keine Pläne gemacht. Als Mediziner, so kalkulierte ich, würde ich immer Arbeit finden. Wo Menschen in Armut leben, haben der Priester und der Arzt genug zu tun. Der eine, um die Leiden der Lebenden zu lindern, der andere, um die Angst vor dem Tod zu beschwichtigen.

Ein paar Meilen vor dem Flughafen hielt ich an, nahm einen großen, braunen Umschlag aus dem Handschuhfach und ging, nachdem ich Adam gesagt hatte, ich würde gleich wiederkommen, in ein Dorfpostamt. Es war eng und mit Postkartenständern vollgestellt, mit Regalen voller Schreibwaren, mit Schachteln gelber Bic-Stifte, mit Packpapierrollen und Stapeln von Aufklebern. Der Posthalter stand hinter einer dicken Glasscheibe.

»Was darf's denn sein?« fragte der Mann.

Ich mußte zu lange gezögert haben, denn er blickte äußerst mißtrauisch und war sichtlich von der Frage bewegt, ob ich ihn ausrauben wollte oder nur Briefmarken brauchte.

»Ich möchte einen Brief aufgeben«, sagte ich und schob den Umschlag unter der Scheibe durch. »Per Einschreiben bitte.«

Der Posthalter ließ den Brief auf eine Waage plumpsen. »Bißchen schwer«, bemerkte er, »macht 67 Pence plus 55 Pence Einschreibgebühr.«

Ich schob eine Fünfpfundnote durch, und er schob mir das Einschreibformular entgegen. »Ausfüllen!« sagte er und riß die benötigten Briefmarken von den Bögen in einer Mappe.

»Der Absender fehlt«, bemängelte er, als ich den Zettel zurückgegeben hatte. »Ohne geht es nicht.«

Ich widersprach ihm nicht, sondern trug einen erfundenen Absender ein. Er klebte die Briefmarken auf den Umschlag, stempelte den Beleg und stieß ihn zusammen mit dem Wechselgeld durch den Spalt. Ich las die Adresse auf dem Zettel: *Mr. & Mrs. B. Cordiner, Dell Cottage, Harbury, Somerset TA14 2NN.*

Nun würden sie alles erfahren: Was ich getan hatte und warum ich es getan hatte. Ich beschönigte nichts. Ausreden sind ein Mittel der Feigheit und eine der wesentlichen menschlichen Schwächen. Es ist besser, sein Heil im selbstverordneten Unglück zu suchen, als Ausreden zu gebrauchen. So etwa hatte ich es in meinem Brief ausgedrückt.

Als ich das Postamt und seinen mürrischen Vorsteher verlassen hatte, ging ich mit dem Gefühl zum Auto, daß ich meine drückende Last ein wenig erleichtert hatte. Natürlich konnte es überhaupt keine Rechtfertigung geben: Ich hatte das Leben zweier Freunde zerstört, unwiderruflich und unwiederbringlich. Daß meine Einstellung immer noch von reiner, ungetrübter Selbstsucht beherrscht war, hätte ich mir niemals eingestanden, zumindest damals nicht.

Wir checkten uns am Flugschalter ein. Die Tickets waren in Ordnung. Die Angestellte, eine hübsche Brünette in der

Uniform der Fluglinie, lächelte höflich und wünschte uns einen guten Flug. Als der Einwanderungsbeamte in der Abflughalle meinen Reisepaß nahm, befiel mich – nur für einen Moment – das heftige Verlangen, umzukehren, mein Geständnis abzulegen, das Versteckspiel zu beenden und das Karussell des Schicksals, das ich in Schwung gebracht hatte, wieder anzuhalten.

Doch der Anblick Adams, der neben mir stand, die kleine Bordtasche, die ich ihm gekauft hatte, in der Hand, strahlend vor Glück und Erregung, sagte mir, daß ich es tun mußte. Wenn nicht für mich, dann für ihn.

Mehrfach glaubte ich, daß es mir nun an den Kragen ging. Ich war überzeugt, daß der Beamte, der die Boarding-Pässe kontrollierte, Lunte gerochen hatte, daß das Röntgengerät bei der Sicherheitskontrolle die dicken Geldbündel in meiner Aktentasche orten würde. Als der Einwanderungsbeamte meinen Paß in die Höhe hielt und mit einer Suchliste verglich, spürte ich deutlich, wie sich mein Herzschlag beschleunigte. Er sah meinen Gesichtsausdruck und sagte lächelnd: »Justizflüchtlinge, Vormundschaftsfälle und so weiter.«

»Natürlich«, erwiderte ich und dachte daran, daß in den nächsten vierundzwanzig Stunden auch mein Name auf der Liste stehen würde.

Ich hatte alles sorgfältig geplant. Wir mußten nicht länger als eine halbe Stunde auf den Zubringerflug nach Brüssel warten. Adam durchwanderte den Duty-Free-Shop, wollte aber nichts kaufen. Im Unterschied zu den anderen Kindern in der Lounge, die in die Ferien flogen und ihrer Kaufgier ungezügelt nachgaben, befriedigte ihn schon das Zuschauen. Als der Flug aufgerufen war und wir an Bord gegangen waren, als die Triebwerke aufheulten, der Rumpf zu beben begann und wir anrollten, kam ein seltsamer Friede über mich.

Das Abenteuer hatte begonnen, die Flucht war gelungen.

Was jetzt vor uns lag, war die Zukunft, der Aufbau einer neuen Existenz.

Das Flugzeug hob ab und stieg auf. Tief unter uns wurde der Flickenteppich der englischen Felder, Dörfer, Straßen und Bahnlinien immer kleiner, und dann wurde er zugedeckt von Schäfchenwolken. Das alles würde ich nie wiedersehen, jedenfalls nicht auf diese Weise. Wenn ich jemals zurückkommen sollte, wenn das Schicksal uns tatsächlich so grausam mitspielen sollte, dann nur, um in einen Betonkasten gesperrt zu werden, durch eine Zelle zu schlurfen und meine Zeit mit Männern zu versitzen, die weder Phantasie noch Ziele hatten. Ich würde meine Tage mit endlosen Billardspielen und mit dem Erlernen von Lektionen verbringen, die ich weder brauchte noch wollte. Eine Ewigkeit mit hallenden Korridoren und krachenden Türschlössern.

Die Stewardess schob den Getränkewagen vorbei, und ich nahm ein einfaches Tonic-Wasser, während Adam sich für eine Coca-Cola entschied. Beide erhielten wir die obligatorische Packung mit gerösteten Erdnüssen, die den Fluggästen rund um die Welt den Atem verderben.

Als ich an meinem Becher nippte, drehte sich Adam, der aus dem Fenster gesehen hatte, plötzlich zu mir um und sagte: »Wir kommen nie wieder zurück, nicht wahr, Onkel Dom?«

Ich war sprachlos und starrte ihn nur an.

»Es ist okay«, sagte er. »Ich bleibe lieber bei dir. Du verstehst, wie ich die Dinge kenne.«

Er blickte zu mir auf und schenkte mir ein verhaltenes Lächeln, in dem so viel erwachsener Gleichmut steckte, daß ich erschrak. Die Tränen schossen mir in die Augen, so daß ich meinen Becher hinstellte und mir das Gesicht mit der Serviette abwischte.

Adam legte seine Hand in meine wie ein Kind, das über eine verkehrsreiche Straße gebracht werden wollte, und sagte: »Du brauchst nicht traurig zu sein, Onkel Dom. Ich glaube, wir werden wirklich ...« – er suchte nach einem passenden Wort – »... Spaß haben.«

Adam, Urú und Yammi waren sofort Freunde. Ich saß auf der Veranda und schaute ihnen zu. An manchen Tagen, wenn niemand meine medizinische Hilfe in Anspruch nahm, beobachtete ich sie stundenlang ohne Unterbrechung. Von Zeit zu Zeit blickte Adam zu mir herüber und winkte oder lächelte, worauf ich dann zurückwinkte oder ihm zuzwinkerte. Das brachte ihn immer zum Lachen. Aus irgendeinem Grund konnte ich nicht mit den Augen zwinkern, ohne meine ganze Gesichtshälfte zu verziehen. Es war nicht so, daß er meine Zustimmung zu dem wollte, was er gerade tat, sondern er wollte mich einbeziehen, wollte, daß ich zu seiner neuen Existenz gehörte.

In kürzester Zeit lernte er Spanisch und auch den Huambas-Dialekt, sprang mühelos von einer Sprache in die andere, und nach wenigen Wochen schon konnte er in einfachen Fällen als mein Dolmetscher fungieren, was ihm sichtlich Vergnügen bereitete. Die Frauen der Lichtung schlossen ihn sofort ins Herz. Sie nannten ihn Aracás, was soviel wie »der Sänger« bedeutete. Denn Adam sang den ganzen Tag, er summte ohne Melodie, aber doch musikalisch vor sich hin und artikulierte dabei Wörter, die er, wie ich glaubte, bei Urú und den anderen aufgeschnappt hatte, doch das war nicht der Fall. Keiner verstand, was er vor sich hinsummte.

Wenn ihn nicht gerade die Frauen verwöhnten, zog es Adam zu den Männern. Chuhi zeigte ihm, wie man mit Pfeil und Bogen umging, obwohl er noch nicht kräftig genug war, um damit zu schießen. Zum Trost führte Chuhi ihn in die Technik der Steinschleuder ein. Bald entwickelte er darin beträchtliche Übung, und er traf aus zwanzig Metern Entfernung sehr kleine Ziele auf einem Baumstamm am Ufer.

Was mich betraf, so erfreute ich mich seiner Gesellschaft,

war glücklich über seine unbeschwerte Fröhlichkeit und führte meine Aufzeichnungen fort. Mit dem Eifer eines fanatischen Chronisten schrieb ich jeden Abend im Schein der Petroleumlampe, während Adam selig in seiner kleinen Koje am anderen Ende der Hütte schlief.

Eines Tages, es war unser zweiter Monat, kam ich von einem kurzen Spaziergang am Fluß zurück, als ich Adam allein und ein wenig abseits von der Lichtung am Ufer entdeckte. Er hockte über einem schmalen Streifen aus Sand und Schlamm und blickte angestrengt ins Wasser. Auf seiner Stirn tanzten die Reflexe der Sonnenstrahlen.

»Was machst du da, Adam?« fragte ich.

Er zögerte mit der Antwort, und ich glaubte schon, er hätte mich nicht gehört. Als ich meine Frage wiederholen wollte, richtete er sich auf und blickte mich an. »Das ist sehr interessant, Dom«, sagte er. Neuerdings ließ er den »Onkel« weg – nicht, weil ich es so gewollt hatte, sondern weil es der natürlichen Entwicklung unserer Beziehung entsprach.

»Was meinst du?«

»Ich kenne diese Fische. Nicht alle, aber manche. Ich kenne die *paraíba.* Eigentlich dürfte ich die aber nicht kennen, oder? Schließlich bin ich ja nicht von hier.«

Ich setzte mich auf einen Baumstamm, nachdem ich mit dem Taschentuch die Ameisen heruntergewedelt hatte. »Nein«, sagte ich, »du stammst nicht von hier.«

»Woher stamme ich dann?«

Er stand vor mir, seine Arme hingen locker herab, und sein Kopf war leicht gesenkt. Das grelle Sonnenlicht, das vom Fluß zurückgeworfen wurde, verwandelte sein Haar in einen schimmernden Strahlenkranz.

»Larry ist deine Mutter«, sagte ich zum ihm, »aber Brian ist nicht dein Vater.«

»Das dachte ich mir schon. Mama ... habe ich gekannt. Aber Papa habe ich nie gekannt. Und sie war so sehr wie er ...« In seiner Stimme klang kein Schmerz, eher eine leichte, unterdrückte Trauer, als hätte er es gern anders gewollt, aber gewußt, daß es nicht zu ändern war. »Das war es, was ich nicht mochte. Ich konnte Mama nichts sagen.«

»Das weiß ich.«

»Aber dir konnte ich es sagen.«

»Ja, und du kannst es immer noch.«

Hinter mir raschelte es. Ich blickte wachsam in die Runde. In diesen frühen Tagen beschäftigte mich noch die Angst vor Jaguaren, Grubenvipern und Kaimanen.

»Es ist nur eine Eidechse«, beruhigte mich Adam. »Eine von den großen, grünen, die aussehen wie Dinosaurier.« Er hob einen Kieselstein auf und warf ihn ins Unterholz. Erneut raschelte es im alten Laub, dann trat Stille ein.

»Darf ich dich etwas fragen, Dom?«

»Nur zu«, antwortete ich, hob den Kopf und schirmte meine Augen mit der Hand gegen die Sonne ab. Er blickte mir direkt ins Gesicht.

»Bist du mein richtiger Vater?«

»Nein, Adam, das bin ich nicht.«

Ich stockte. Er mußte es erfahren. Ich hatte keine andere Alternative. Zugleich wußte ich, daß ich nichts mehr zu befürchten hatte. Das Geheimnis war jetzt allen bekannt außer Adam, dem allein es gehörte.

»Ich bin nicht dein Vater«, begann ich und hatte keine Angst mehr, über meine Tat zu sprechen. »Aber ich habe dich gemacht. Als Arzt war ich in der Lage, Babys zu machen, das war mein Beruf. Manche Paare können keine Babys bekommen, weil ihre Körperzellen, die zusammenkommen müssen, damit ein Baby entsteht, nicht richtig funktionieren. Dieses Problem habe ich gelöst. Normalerweise habe ich die betreffende Körperzelle der Frau mit der Körperzelle des Mannes in einem Glasröhrchen zusammengebracht. Wenn sie sich miteinander vereinten, habe ich sie in den Bauch der Frau zurückgetan, und es wurde ein ganz normales Baby daraus. Du weißt ja, daß Babys im Bauch ihrer Mutter entstehen, oder?«

»Ja, das weiß ich.«

»Nun, in deinem Fall habe ich eine Zelle von deiner Mutter genommen und mit einer Zelle von einem anderen Mann zusammengetan. Die Zellen von Brian wollten mit Larrys Zellen nicht zusammenkommen.«

Adam dachte eine Weile nach. Ich fragte mich, ob ich ihn in Verwirrung gebracht hatte, aber es sah nicht so aus. »Wer ist dann mein richtiger Vater? Werde ich ihn einmal sehen?«

»Nein, das geht nicht. Dein richtiger Vater ist gestorben. Vor mehr als dreitausend Jahren. Aber die Zellen, mit denen Babys gemacht werden, waren noch erhalten.«

Adam drehte sich weg und blickte auf den Fluß. Es dauerte einige Minuten, bis er wieder sprach, Minuten, die für mich eine Folter waren. Ich konnte nicht wissen, ob es richtig war, ihm alles zu sagen. Schließlich war er noch ein Kind. Vielleicht hätte ich noch ein paar Jahre warten sollen, bis er alt genug war, die Last der Erkenntnis zu tragen.

Endlich wandte er sich um und schaute mich wieder an.

»Glaubst du, daß mein Vater, mein richtiger Vater, die Tiere gekannt hat?«

Ich drückte ihn an mich. Nie zuvor hatte ich eine solche Liebe für ein anderes menschliches Wesen empfunden wie in diesem Moment. Und ich bin sicher, daß ich sie nie wieder empfinden werde. Was ihn betraf, so legte auch er die Arme um mich und schmiegte sich an mich.

»Sag mir doch«, fragte ich, als ich ihn losgelassen hatte, »welcher ist der *paraíba?*«

Er steckte die Hand ins Wasser, machte sein leises Geräusch, und nach weniger als dreißig Sekunden erschien ein gewaltiger Fisch im Uferschlamm des Flusses. Er lag im Wasser wie ein großer, abgebrochener Ast. Ich schätzte ihn auf mindestens zwei Meter Länge.

»Das ist ein *paraíba*«, erklärte Adam. »Er hat einen Bart

aus vier komischen Fransen, die an seinem Kinn hängen, und zwei wachsen aus seiner Lippe.«

Ich kniete nieder und betrachtete den Fisch. Er dürfte mindestens hundert Kilogramm gewogen haben. Sein Rumpf wirkte fest, war aber etwas abgeflacht, und die haifischartigen Augen erinnerten an das leere Glotzen eines blinden Bettlers. Die Rückenflosse ragte aus dem Wasser, wenn sie aufgerichtet war, und hatte die Form eines viktorianischen Fächers. Adam streckte den Arm aus und strich dem Fisch, der keine Reaktion zeigte, über den Kopf.

»Ist er gefährlich?« fragte ich.

»Er hat keine großen Zähne, aber Urú sagt, daß er dich am Bein packt und unter Wasser zieht. Sie sagt, er versteckt dich im Schlamm und frißt dich später.«

»Ich glaube, du solltest lieber deine Hand herausnehmen.«

»Keine Sorge, Dom«, erwiderte er, »ich kenne ihn.«

Kurz danach brachte Adam Urú bei, wie man den *paraíba* kannte. Sie weihte ihn dafür in ihre Fähigkeit ein, den geflügelten Göttern zu lauschen, was, wie ich bald erkannte, nur eine Erweiterung der Fähigkeiten war, die er bereits besaß und die ich das erste Mal an ihm bemerkte, als er das Kommen von Napoleon ankündigte.

Am Ende unseres dritten Monats auf der Lichtung war Adams Haut genauso nußbraun wie die der anderen Kinder. Irgendwann ging er dazu über, auch ihre Kleidung zu tragen, die sie untereinander tauschten. Es kam vor, daß ich ihn nicht mehr von den anderen Kindern unterscheiden konnte, wenn ich aus der Hütte heraus nach ihm Ausschau hielt.

Eines Vormittags, es war unser fünfter Monat, kam Adam zu mir und setzte sich neben mich auf die Veranda. Ich war dabei, wie ich mich erinnere, laienhafte Skizzen anzufertigen.

»Was zeichnest du?« fragte er.

»Die Langhäuser«, sagte ich. »Zumindest mache ich den Versuch.«

Er lehnte sich herüber und warf einen kurzen Blick auf die Zeichnung, gab aber keinen Kommentar ab. Nach einem kurzen Schweigen fragte er mich plötzlich: »Willst du von hier fortgehen, Dom?«

»Nein!« rief ich und legte Stift und Papier beiseite. »Niemals gehe ich von hier fort!«

Er lächelte auf die berückende Art eines Kindes, das noch nichts von der Falschheit der Erwachsenen weiß.

»Ich will auch nicht fort«, sagte er treuherzig, »mir gefällt es hier auf der Lichtung.«

»Warum?« fragte ich.

Er dachte nach. »Hier ist es schön. Ich habe viele Freunde. Und ... ich glaube, mein richtiger Vater könnte auch hier sein.«

Im sechsten Monat, ich war auf dem Weg zum Wasserfall, stieß ich zufällig in der Nähe des Baches und der moosbedeckten Felsen auf Adam. Er war allein, saß mit gekreuzten Beinen auf dem Waldboden und summte abwesend vor sich hin. In der linken Hand hielt er einen grauen Steinbrocken von der Größe einer Pampelmuse, seine Rechte umfaßte einen kleineren, viel dunkleren Stein. Als ich ihn erblickte, schlug er gerade mit dem dunklen Stein auf den hellen, daß Funken sprühten und von dem größeren Stein ein Splitter absprang. Ich glaubte, er wolle Feuer machen und war schon entschlossen, ihn trotz der umgebenden Feuchtigkeit zu warnen, als er damit begann, die Steine systematisch und im Takt zu seinem Gesumm aneinanderzuschlagen. Volle fünf Minuten beobachtete ich ihn. Schließlich hatte er eine recht klobige Steinaxt zustande gebracht.

»Wie findest du meine Axt?« fragte er, ohne aufzublicken.

Ich fuhr zusammen. Aus irgendeinem Grund hatte ich angenommen, daß meine Anwesenheit unbemerkt geblieben war. Ich hätte es besser wissen können.

»Sehr gut!« lobte ich ihn. »Hat dir Chuhi das beigebracht?«

»Ich weiß, wie es geht«, antwortete er und begann wieder zu summen.

Während Adam sich langsam in einen Lichtungsbewohner verwandelte, tat ich es auch – auf meine Art. Meine Umwandlung ging nicht so drastisch und auf so wundersame Weise vonstatten wie die von Adam, aber sie war dennoch eindeutig. Ich gewöhnte mich an ihren Zeitrhythmus, stand bei Tagesanbruch auf und ging etwa eine Stunde nach Einbruch der Dunkelheit schlafen, meine Mahlzeiten verlegte ich auf den frühen Morgen und den Abend. Mein Speisezettel wurde zu einer blassen Nachahmung dessen, was die Lichtungsbewohner aßen, denn meine eigenen Vorräte gingen langsam zur Neige, und ich mußte mich an die Dschungelkost und den bescheidenen Gartenbau der Lichtungsbewohner halten. Meine Angst vor dem Dschungel hatte sich allmählich gelegt, genauer gesagt, sie wurde vernünftig.

Die Leute akzeptierten mich. Das war die wunderbarste Erfahrung. Fast vom ersten Tag an – ganz sicher aber seit der ersten Woche – betrachteten sie mich als einen der Ihren. Adam, da bin ich mir sicher, ebnete den Weg zu dieser Anerkennung. Es sah alles so gut aus.

Am Ende des achten Monats stellte ich eines Morgens beim Erwachen fest, daß Adam noch in seiner Koje lag. Gewöhnlich war er mit dem ersten Vogelschrei auf den Beinen und traf sich mit Urú und den anderen. Ich legte die Hand auf seine Stirn. Sie war heiß. Ich holte ein Thermometer vom Regal, schüttelte es, steckte es in seine Achsel und drückte den Arm fest an. Sein Puls, den ich mit dem Daumen fühlte, raste, sprang und ebbte wieder ab. Als ich das Thermometer herauszog, zeigte es 41 Grad.

»Adam!« rief ich und rüttelte an seiner linken Schulter.

Er bewegte sich und murmelte etwas Unverständliches. Ich zog das Laken weg, unter dem er nackt und braungebrannt lag. Es fühlte sich kalt von Nachtschweiß an. Er sah so friedlich, so unschuldig aus.

Ich legte ihn behutsam auf den Rücken und untersuchte ihn gründlich. Sein Atem ging flach, und seine Bauchdecke fühlte sich feuchtkalt an. Vorsichtig drückte ich sie mit den Fingern ein und bemerkte, daß seine Leber vergrößert war.

Ihn zum Trinken zu bringen, war unmöglich, da Adam nicht schlucken konnte. Jede Flüssigkeit, die ich ihm gab, lief ihm wieder aus dem Mund. Trotzdem mußte ich ihn auf irgendeine Weise mit Flüssigkeit versorgen. Ich warf das Ende eines Bindfadens über den Dachbalken bei seiner Koje, hängte einen Beutel mit Kochsalzlösung daran und setzte ihm einen Tropf in die linke Ellenbeuge.

Die Symptome verwirrten mich. Sie schienen auf Malaria hinzudeuten, doch Adam hatte in den vergangenen Tagen weder über Kopfweh noch über Muskelschmerzen geklagt. Auch das Fehlen von Schüttelfrost machte mich besorgt. Wenn es tatsächlich Malaria war, überlegte ich, konnte es sich unter diesen Umständen nur um den lebensbedrohlichen Typus handeln, die Malaria cerebralis.

Ich entnahm einen Blutstropfen von seinem Daumen, schob ihn unter Dr. Suárez' uraltes Mikroskop und drehte an den Messingknöpfen, bis die Probe auf dem Glas scharfgestellt war. Es war Malaria. Adams rote Blutkörperchen waren stark von Merozoiten befallen, auch Gametozyten waren vorhanden, und sie bewiesen, daß Adam schon einige Tage an der Krankheit gelitten hatte, ohne irgendwelche Symptome zu zeigen. Daß das theoretisch unmöglich war, wußte ich, doch hier hatte ich den leibhaftigen Beweis vor Augen. Mir kam der Gedanke, daß Adam vielleicht ein Abwehrsystem besaß, das die Malaria unterdrückte, es aber nicht geschafft hatte, sie zu besiegen. Sogleich stiegen Erinnerungen in mir auf: Ich sah Ruth in der Küche von Cobb End sitzen und hörte ihre Stimme – *Keine Huntington-Chorea und kein Alzheimer mehr. Es ist nur noch eine Frage der Zeit, dann wird alles möglich!*

Ich schaute auf Adam nieder, der reglos vor mir lag und

nur ganz flach atmete, und fragte mich, welche anderen Geheimnisse er in sich bergen mochte, welche anderen Talente ihm noch zugute gekommen wären, wenn ich ihn seinem Schicksal überlassen und nicht dazu bestimmt hätte, das meine zu teilen.

In rasender Hast blätterte ich das Handbuch der Tropenkrankheiten durch, doch zu meiner Enttäuschung fand ich bei all meinem Können nichts, was ich noch hätte versuchen können. Das Chinin aus meinem Arzneimittelvorrat konnte seinen Zustand sehr leicht verschlimmern und die Malaria in ein Schwarzwasserfieber verwandeln. Als einzige Möglichkeit blieb mir, die Krankheit dem Selbstlauf zu überlassen.

Den ganzen Vormittag saß ich an seiner Seite, tupfte ihm den Schweiß von der Stirn und kontrollierte immer wieder den Tropf.

Gegen Mittag öffnete er plötzlich die Augen.

»Hallo!« Ich begrüßte ihn wie einen Patienten, der aus der Narkose erwacht. »Wie fühlst du dich?«

»Sehr müde.«

Draußen, irgendwo über dem Blechdach, pfiff der verfluchte *seringuero.* Adam schaute mit einem in die Ferne gerichteten Blick in die Dachbalken hinauf. Einen Moment lang glaubte ich törichterweise, er würde durch das Dach hindurchblicken.

»Der Vogel sagt, daß die Sonne oben steht«, sagte er mit schwacher Stimme. »Der Tag ist auf dem halben Weg zur Nacht.«

»Nur ruhig, Adam«, sagte ich. »Du darfst dich nicht bewegen.«

Er schaute auf die Kanüle in seinem Arm.

»Ich habe großen Durst, Dom«, flüsterte er.

Ich hielt ihm eine Tasse an den Mund. Er versuchte zu trinken, hatte aber Schluckschwierigkeiten. Kurz darauf sank er wieder in Schlaf, und sein Kopf fiel zur Seite.

Seit Adams Abwesenheit am Morgen aufgefallen war, hatten sich erst die Kinder und dann die Erwachsenen stumm auf der Veranda gesammelt. Sie lugten durch die Tür und durch die Fenster, und eine lähmende Stille machte sich unter ihnen breit. Wenn sie kamen und gingen, bewegten sie sich mit einer Vorsicht, als würden sie über schlafende Raubtiere steigen. Nur selten knackte ein Dielenbrett.

Am späten Nachmittag wachte er wieder auf und bat um etwas zu trinken. Als ich ihn ein wenig aufrichtete, um die Tasse anzusetzen, entdeckte er die vielen Gesichter, die zu ihm hereinsahen.

»Alle meine Freunde sind da«, flüsterte er.

Während er das sagte, trat Keewei mit einem Bündel rauchender Blätter und Baumrinden ein. Er schwenkte es über Adams Kopf und murmelte kaum hörbar. Ich versuchte nicht, ihn fortzuschicken. Er konnte Adam nicht mehr schaden.

»*Dejale dormir en paz*«, hörte ich Chuhi von der Tür her sagen.

Binnen Minuten war Adam wieder eingeschlafen, ein mattes Lächeln auf den Lippen. Er wachte nicht mehr auf.

Chuhi, Mayno und Q'eke halfen mir dabei, ihn in dem Sarg wegzutragen, den ich aus dem Holz einer Vorratskiste gebaut hatte. Wir brachten ihn nicht zum Berg, sondern trugen ihn, meinem Vorschlag folgend, zu den Felsen am Bach. Ich hob eine flache Grube aus, und möglicherweise stammelte ich ein paar Worte, als ich auf den Holzdeckel hinabstarrte, auf dem wie zum Hohn ein verblichenes rotes Kreuz zu sehen war. Im Schatten des Dschungels, auf den Felsen hockend und auf dem Weg verharrend, waren alle Bewohner der Lichtung versammelt, und sie sprachen kein Wort. Die Vögel in den Bäumen sangen weiter, als wäre nichts geschehen.

Dann ging Chuhi, und die Leute folgten ihm. Ich blieb allein mit ihm und weinte und verfluchte mich. Schließlich bedeckte ich ihn mit Erde, legte seine Axt auf den Grabhügel und gelobte, fortan nur noch die Brücke über den Bach zu nehmen.

In der Nacht verbrannte ich, begleitet von Chuhi, Keewei und Mayno, alle meine Aufzeichnungen.

Die Sonne hat ihren Höhepunkt bereits überschritten. Ich schätze es auf etwa halb drei. Der Rauch von einer Kochstelle schwebt durch die Bäume und bringt die Lichtstrahlen zum Leuchten. Ein Trupp Brüllaffen schreit in der Ferne. Die Vögel im Umkreis der Lichtung lärmen nicht so sehr, wenn die Sonne hoch am Himmel steht.

Unten am Flußufer hilft Urú ihrer Mutter beim Waschen von Kleidern. Yammi neckt einen der Hunde mit einem Palmwedel, der von der morgendlichen Korbflechtarbeit liegengeblieben ist, während ein anderer Junge an einer Schilfrohrflöte schnitzt. Chuhi ist auf Jagd gegangen, und die anderen Männer sind beim Fischen. Nur Keewei ist auf der Lichtung geblieben, doch er macht ein Nickerchen vor dem Langhaus, das dem Ufer am nächsten ist.

Wenn ich nur könnte, wäre ich gern wie diese Menschen, aber ich schaffe es nicht. Sie sind einfache, ehrliche Menschen, die ohne Scham leben. Nicht, weil ihnen die Scham fremd wäre, sondern weil sie ohne Tadel sind. Niemand verletzt die Gesetze der Lichtung. Niemand bestiehlt seinen Nachbarn, niemand verführt die Frau seines Freundes, niemand betrügt seine Mitmenschen. Sie kennen kein Schuldbewußtsein, weil sie es nicht brauchen.

Ich bin zu dieser menschlichen Einfalt nicht fähig. Ich bin ein Mann voller Heimlichkeit und Arglist, voller Verstellung und Selbstsucht. Mag ich auch aus meiner Welt verstoßen sein, so kann ich sie doch nicht abschütteln. Und so gern ich meine Schuld verbergen würde, wenn ich könnte, bin ich doch unfähig, sie auszulöschen. Es ist nur eine Frage der Zeit, bis meine Vergangenheit mich einholt. So gewiß wie der Tag auf die Nacht folgt, wird der Moment kommen, daß Urú nach oben blickt, dann nach mir ruft und auf den Dschungel zeigt. Wenn dieser Moment kommt, so habe ich beschlossen, werde ich nicht davonlaufen. Ich werde auf meinem Verandastuhl sitzenbleiben und warten. Mehr bleibt mir nicht übrig. Die Bewohner der Lichtung werden verdutzt sein, Chuhi wird mir zurufen, daß ich mich verstecken soll. Keewei wird mit den Armen rudern. Mayno, Q'eke und die anderen werden vielleicht die Giftpfeile holen. Und ich werde ihnen *No luchar! No luchar!* zurufen, weil ich nicht will, daß sie um meinetwillen ihr Leben riskieren.

Das ist der größte Vorteil, den sie mir gegenüber haben. Für sie gibt es keine Vergangenheit und keine Zukunft außer in den Mythen. Und vielleicht die geflügelten Götter.

Am Dachbalken links neben dem Spalt, durch den die Fledermäuse ein- und ausfliegen, hängt der Schrumpfkopf von Rodriguez. Keewei hat ihn mir überreicht, was eine beachtliche Ehre darstellt. Er hat die Größe einer kleinen Kokosnuß und ist damit auf etwa ein Viertel seiner ursprünglichen Größe geschrumpft. Das Haar ist lang und glattgekämmt. Statt der Augen hat er Schlitze, und die Wangen sind mit einer Farbe gerötet, die *pi-ah-ko* heißt und deren Bedeutung ich nicht herausgefunden habe. In seinen Mund wurde ein Stück gebleichtes Holz eingeschoben, und zusammen mit einem schwarzen Zickzackfaden, der die Lippen fast zusammenzieht, erweckt es den Eindruck einer Zahnreihe. Sitze ich im Schatten der Veranda, glaube ich manchmal, daß dieses bizarre Ding mich angrinst. Ob es stimmt oder nicht, kann ich nicht entscheiden, da ich nicht genug Vorstellungskraft besitze und auch keine Angst mehr habe. Wenn ich flüchtig hinüberblicke und diese eingeschrumpfte Fratze im Abendlicht hängen sehe, kommt sie mir vor wie die Spukgestalt des Mannes aus der Bronzezeit.

Und der, da bin ich ganz sicher, treibt seinen Spott mit mir.

T. C. Boyle im dtv

World's End
Roman · dtv 11666

Ein fulminanter Generationenroman um den jungen Amerikaner Walter Van Brunt, seine Freunde, seine holländischen Vorfahren, die sich im 17. Jahrhundert im Tal des Hudson niederließen, und die Indianer dort.

Greasy Lake und andere Geschichten
dtv 11771

Geschichten von bösen Buben und politisch nicht einwandfreien Liebesaffären, von Walen und Leihmüttern – mit wenigen Strichen umreißt Boyle das Amerika der siebziger Jahre.

Grün ist die Hoffnung
Roman · dtv 11826

Drei schräge Typen wollen in den Bergen nördlich von San Francisco Marihuana anbauen, um endlich ans große Geld zu kommen. Aber die Natur ist widerspenstig – und Hanf ist ein empfindsames Pflänzchen …

Wenn der Fluß voll Whisky wär
Erzählungen · dtv 11903

Vierzehn Geschichten aus Amerika: vom Kochen und von Alarmanlagen, von Fliegenmenschen, mörderischen Adoptivkindern, dem Teufel und der heiligen Jungfrau.

Willkommen in Wellville
Roman · dtv 11998

1907, Battle Creek, Michigan. Im Sanatorium des Dr. Kellogg läßt *man* sich mit vegetarischer Kost von seinen Zipperlein heilen. So auch Will Lightbody. Einziger Lichtblick dort ist Schwester Irene. Doch Sex hält Dr. Kellogg für die schlimmste Geißel der Menschheit …

Der Samurai von Savannah
Roman · dtv 12009

Als der japanische Matrose Hiro Tanaka irgendwo vor der Küste Georgias von Bord seines Frachters springt, trägt er außer einem Rettungsring nicht viel bei sich. Was ihm in Amerika blüht, hat er sich freilich nicht träumen lassen.

Gabriel García Márquez im dtv

Laubsturm
Roman
dtv 1432

Der Herbst des Patriarchen
Roman
dtv 1537

Der Oberst hat niemand, der ihm schreibt
Roman
dtv 1601

Die böse Stunde
Roman
dtv 1717

Augen eines blauen Hundes
Erzählungen
dtv 10154

Hundert Jahre Einsamkeit
Die Geschichte vom Aufstieg und Niedergang der Familie Buendía und ihres Dorfes Macondo.
dtv 10249

Die Geiselnahme
Ein sandinistisches Guerillakommando preßt politische Gefangene aus den Folterkammern des Somoza-Regimes frei.
dtv 10295

Chronik eines angekündigten Todes
Roman
dtv 10564

Die unglaubliche und traurige Geschichte von der einfältigen Eréndira und ihrer herzlosen Großmutter
dtv 10881

Die Liebe in den Zeiten der Cholera
Roman
dtv 11360

Der Beobachter aus Bogotá
Journalistische Arbeiten 1954 – 1955
dtv 11459

Das Abenteuer des Miguel Littin
dtv 12110

Oscar Collazos:
Gabriel García Márquez
Sein Leben und sein Werk
dtv 11108

Martin R. Dean im dtv

Foto: Isabelle Blaser

Die verborgenen Gärten
Roman · dtv 6359

Manuel, ein junger Mann ohne Arbeit, wird von einem exzentrischen Millionär als Hüter seiner abgelegenen, ziemlich verwahrlosten Villa in der Provence engagiert. Der Aufenthalt in dem beängstigend großen Haus mit dem wildwuchernden mediterranen Garten wird zur Reise in ein Labyrinth… Der Roman ist eine Parabel auf den Umgang des Menschen mit der Natur, eine Satire auf den Junggesellenmythos und vor allem eine raffinierte psychologische Kriminalgeschichte.

Die gefiederte Frau
Fünf Variationen über die Liebe
dtv 10758

Surrealistische Männer- und Frauenphantasien. »Martin R. Dean ist fast ein Einzelfall in der jungen deutschen Gegenwartsliteratur, seine Geschichten zeugen von einer ungewöhnlichen Bildphantasie und vertrackten Fabulierkunst.« (Frankfurter Allgemeine Zeitung)

Der Mann ohne Licht
Roman
dtv 12139

Ein junger Journalist interviewt einen alternden Schweizer Schriftsteller, der seit zehn Jahren nichts mehr veröffentlicht, aber offenbar an einem interessanten Werk gearbeitet hat. Das Tonband wird zum Vermächtnis … »Dean gelingt das Kunststück, etwas von der Problematik des Edison-Mythos sichtbar zu machen.«
(Die Zeit)